BATYA GOUR

Meurtre au kibboutz

ROMAN TRADUIT DE L'HÉBREU PAR ROSIE PINHAS-DELPUECH

FAYARD

Titre original :

לינה משותפת

édité par Maxwell-Macmillan-Keter Publishing House Ltd., Jérusalem.

Pour Amos

CHAPITRE PREMIER

Dans le champ, près de l'entrée du kibboutz, les grosses bottes de foin disposées en quinconce formaient une grande muraille dorée. A l'intérieur des carrés vides aménagés entre chaque botte, on avait glissé des gerbes de fleurs. Quelqu'un s'était donné beaucoup de peine pour que celles-ci paraissent avoir poussé là de leur propre gré. Des bouts de ciel bleu d'azur pointaient à travers les trouées de cette muraille champêtre.

Aharon sourit intérieurement en pensant au combat que livrait Sroulké pour chacune de ces fleurs. Il imaginait son visage ridé et buriné par le soleil, ses lèvres pincées qui cachaient sa fierté et trahissaient sa haine du gaspillage, son dos courbé, le regard hostile adressé à la jeune femme venue réclamer les fleurs rituelles. Il se demanda qui était cette année l'émissaire envoyé à Sroulké. Autrefois, c'était toujours Esty, mais en la croisant aujourd'hui dans la salle à manger, sèche et ridée, il s'était souvenu avec un pincement de cœur de la mince et gracieuse silhouette qui savait si bien infléchir l'humeur de Sroulké et avait compris que ce ne pouvait plus être elle. Ces messagères changeaient toutes les quelques années et Sroulké disait invariablement : « Elle est sympathique, délicate, pas comme vos sabras[1] », et il cueillait alors les fleurs qu'elles lui demandaient. Aharon remarqua les grandes roses sensuelles, le jaune et le rouge des gerberas, le mauve des mufliers, l'humble simplicité des pâquerettes, mais la couleur dominante était comme toujours le brun de la terre poussiéreuse, souligné par le foin doré. L'espace d'un instant, devant les fleurs, les couleurs, la saison, Aharon éprouva cette joie précieuse et rare des retrouvailles avec soi. Comme si ce qu'il y avait en lui de bon et de poétique avait momentanément ressurgi et qu'il pouvait de nouveau regarder les choses pour elles-mêmes, sans avoir à être calculateur, prudent, sensible au moindre mot.

Moysh s'était déjà huché sur l'estrade qu'on avait dressée devant le mur de foin et, planté devant le microphone, il regardait la foule en train de se rassembler. Les groupes porteurs des prémices de la fête se tenaient dans une partie plus éloignée du champ. Le chœur du kibboutz, composé de trois femmes et quatre hommes vêtus de bleu et blanc, leurs partitions à la main, avait déjà pris place devant un autre microphone. Tous les membres du kibboutz étaient là. Ils avaient commencé à affluer à l'heure prévue, aussitôt après le café et les gâteaux traditionnels. A midi, Mathilda avait fait remarquer de sa voix grincheuse qu'il ne restait plus le moindre paquet de margarine dans le grand réfrigérateur de la salle à manger. Mais dans l'après-midi, quand une délicieuse odeur de gâteau au fromage s'était répandue dans toutes les maisons, elle avait été bien obligée de reconnaître que même les jeunes s'étaient mis à la pâtisserie et que son petit livre de recettes préparé pour la fête avait bien servi.

Le vaste espace situé près du château d'eau fut progressivement envahi par les membres du kibboutz,

1. Fruit du cactus, piquant à l'extérieur, sucré à l'intérieur, qui désigne par métaphore les jeunes Israéliens nés dans le pays. *(N.d.T.)*

les enfants, les bébés et les nombreux invités aisément reconnaissables à leurs habits trop élégants pour qu'ils puissent s'asseoir sur cette terre poussiéreuse, qui déposait partout une fine pellicule brune et dont Aharon gardait longtemps après le souvenir dans les narines. Elle lui rappelait les étés de sa jeunesse, quand il revenait de ses promenades dans les champs et qu'elle collait à sa peau même lorsqu'il avait pris une douche. Il regarda les tracteurs garés en bordure du champ. Les enfants grimpaient sur les grandes chaînes du D6, le Caterpillar jaune décoré de géraniums roses et rouges, et les pères soulevaient les tout petits pour les déposer sur cet engin destiné à la cueillette du coton. Il stationnait en tête des tracteurs comme un grand animal assoupi, couronné de guirlandes de zinnias rouges, roses et jaunes qui évoquaient ces fleurs que les petits du jardin d'enfants s'appliquaient à colorier d'un air grave en remplissant chaque feuille et chaque pétale. Aharon remarqua aussi l'ancienne génération de tracteurs, deux puissants John Deere verts dont les roues avaient été astiquées et décorées de ces grandes roses jaunes que Sroulké aimait tant.

Moysh fit quelques essais au microphone : « Un, deux, trois... un, deux », mais personne ne se tut. Alors le chœur entama en canon : « Un panier sur la tête, une guirlande dans les cheveux... », l'auditoire commença à faire taire les enfants et les vieilles dames debout au premier rang poussèrent le long « chut » paisible des jours de fête et pas celui, impatient et furieux, des jours ordinaires.

A l'écart, Aharon parcourait du regard ces visages de vieilles sillonnés de rides, couronnés de rares cheveux, ces corps habillés de robes fleuries à la coupe informe, les hommes debout à côté d'elles ou assis par terre, à leurs pieds. Il remarqua la maigreur de Ze'ev HaCohen, qui semblait s'être tassé au fil des années, mais dont la crinière blanche était toujours aussi imposante. Et il se souvint des paroles de Sroulké, « ce politicard... », lancées avec fureur tout en rinçant une tasse à café. C'était une image ancienne, Sroulké en maillot de corps gris, debout devant l'évier, et Myriam assise à une table couverte d'une toile cirée beige à fleurs marron dont les coins étaient durcis et le milieu collant au toucher. « Pourquoi parles-tu ainsi de lui ? » avait dit Myriam, effrayée et implorante, puis ils s'étaient soudain tus en apercevant Ze'ev debout devant la porte. Maintenant, il était assis aux pieds de Mathilda l'économe, qui dirigeait aussi le petit supermarché, et un jeune garçon jouait avec la boucle de ses sandales à lanières. Sans doute le fils d'un de ses fils, né d'une de ses multiples femmes, se dit Aharon, et il se souvint vaguement des histoires que racontait Moysh sur la vie domestique compliquée de cet éminent philosophe et penseur, reconnu non seulement dans le kibboutz mais également dans d'autres analogues.

« Quel âge peut-il bien avoir ? avait-il demandé à Moysh lorsqu'ils étaient arrivés sur l'esplanade.

— Je ne sais pas très bien. Peut-être soixante-quinze ans. Non, sûrement plus », avait distraitement répondu Moysh.

Puis il avait posé par terre l'enfant qu'il portait sur les épaules et s'était dirigé vers le podium.

Le kibboutz avait été fondé cinquante ans plus tôt. Ce n'était pas le plus ancien, mais sûrement l'un des plus prospères. Quoique l'ambiance fût un tantinet solennelle, on sentait que personne ne prenait les choses très au sérieux. Seuls les enfants paraissaient excités, mais ils s'intéressaient plus à la rangée de véhicules agricoles qu'au chœur d'hommes et de femmes qui chantaient sur le podium. Mis à part les chanteurs, personne n'était en blanc. Aharon remarqua avec une pointe de déception amusée que même les petits du jardin d'enfants n'étaient plus habillés de bleu et blanc et qu'aucun drapeau national ne flottait au-dessus de l'aire de fête. Il fallait qu'il pose la question à Moysh. Il se souvint de la nostalgie qu'il avait éprouvée aux fêtes nationales, de l'émotion qui s'emparait de lui particulièrement à Shavouot, la fête des Prémices, du sentiment d'appartenance à un groupe ; et force lui fut de reconnaître que sans le bleu et blanc, sans les drapeaux sur le Caterpillar, cette cérémonie lui paraissait aussi étrangère et archaïque que si elle avait été célébrée dans un kolkhoze russe.

Il avait l'impression que le temps s'était figé comme dans un vieux film sur l'histoire du sionisme. Toute cette mise en scène pastorale était une vaste comédie qui masquait la faillite d'une agriculture sauvée *in extremis* par une activité industrielle. Ironie du sort ou de l'histoire, le kibboutz fabriquait sous brevet exclusif un produit de beauté de renommée internationale qui effaçait les rides et lissait la peau. Tous les journaux exhibaient la photo d'une femme d'abord ridée, puis le teint lisse, avec cette légende au-dessous : « Avant » et « Après ». Personne dans cette assemblée, se dit Aharon en mâchonnant un brin de paille, ne semble avoir conscience de l'absurdité de cette pseudo-fête agricole financée par une activité industrielle. Mais là peut-être était l'explication de l'absence de Sroulké. Il l'avait cherché pour lui dire bonjour, mais ne l'avait pas trouvé dans la salle à manger. Moysh avait pourtant dit en riant d'un air moqueur : « Tu le rencontreras sûrement, parce qu'il viendra vérifier en personne l'usage qu'on aura fait de ses fleurs. »

Tout en cherchant autour de lui Sroulké, mais aussi Osnat, il remarqua que le secteur de la procréation se portait bien. C'était à se demander si cette activité intensive laissait du temps pour autre chose. Des enfants couraient dans tous les sens et, à la vue de cette assurance tranquille des familles nombreuses, Aharon éprouva une vague nostalgie aussitôt refoulée par sa petite voix intérieure. C'était son démon qui se moquait de son besoin d'appartenance, tandis que le doute grandissant qui s'était emparé de lui au fil des années lui soufflait des images de vaches suisses. Son humeur, qui se voulait festive, en fut irrémédiablement atteinte, il essaya d'ignorer l'espèce de stupeur qui se cachait sous la placidité ambiante et se souvint de sa fureur d'antan. Il l'avait ressentie aujourd'hui aussi en se dirigeant avec Moysh vers la salle à manger.

Le trajet, des plus courts, avait paru interminable parce qu'ils étaient sans cesse abordés par un membre du kibboutz ou que Moysh se souvenait d'un problème à régler; ils s'étaient arrêtés au jardin d'enfants pour voir si l'on avait réparé la fuite d'eau, si le bac était bien rempli de sable frais; ils étaient passés par le secrétariat pour voir s'il y avait un appel, et ce n'est qu'après avoir lu les annonces du tableau d'affichage, pris le journal déposé dans sa boîte, consulté les petits messages qui s'y trouvaient, et répondu au téléphone du rez-de-chaussée, qu'ils avaient fini par monter à la salle à manger.

En entrant, Moysh s'était attardé sur le seuil pour s'imprégner de l'atmosphère de la salle, et une éternité semblait s'être écoulée avant qu'ils prennent leur plateau. Pendant qu'ils attendaient leur tour, Aharon s'était senti très fatigué. Une sensation de temps perdu, de vacuité. Dès qu'il arrivait au kibboutz, il avait l'impression de manquer d'air, de ne pas pouvoir agir. Cette placidité, cette lenteur le mettaient hors de lui. Pour s'en protéger et se distraire, il s'était mis à jouer aux devinettes : qui était qui, qui était avec qui. Il avait réussi à identifier trois, voire quatre générations, des groupes, des enfants sur les épaules de leur père. Il ne pouvait pas dire avec précision qui était né dans le kibboutz, qui s'y était associé par mariage, mais il devinait aisément qui était, comme lui, un invité.

Quand la fête commença, il n'avait toujours pas aperçu Osnat et n'osait pas la chercher ouvertement. On appela d'abord sur le podium les représentants des plantations et du potager. Deux enfants et deux hommes en bleu de travail déposèrent deux grands paniers d'osier devant le mur de foin et s'approchèrent du microphone. Leur brève allocution sur les fruits de l'année citait la mangue, l'avocat, le kiwi, les caramboles et l'ananas, mais pas l'abricot ni le raisin. Aharon se sentit de nouveau floué. Le contenu des corbeilles paraissait provenir de la vitrine d'un marchand de légumes chic de la rue Ben Yehouda à Tel-Aviv ou du restaurant d'un grand hôtel. Quelle valeur accorder à cette mise en scène anachronique, avec les paniers des pionniers d'autrefois remplis de fruits à la mode d'aujourd'hui !

Puis ce fut le tour du coton, suivi de l'atelier de couture et de la fabrique de vêtements. « Vêtus des derniers modèles créés chez nous », annonça Moysh avec un petit signe en direction de Fania, la doyenne du groupe, qui se tenait à l'écart, loin du microphone. Ensuite on présenta les produits des champs, puis les paysagistes du kibboutz, mais Sroulké était toujours invisible et il paraissait inconcevable que lui, le père de l'horticulture d'agrément, soit absent de ce défilé. Mais l'arrivée sur scène du clou du spectacle fit oublier à Aharon ses interrogations : c'était un grand panier porté par Vered qui contenait des pots de crème géants dont un était déposé dans un écrin de plastique transparent entouré d'un ruban doré. Moysh présenta la « Rosée du matin » qui, sous cette appellation banale, rapportait des centaines de milliers de dollars au kibboutz. Le panier était décoré du cactus dont on extrayait la base cosmétique et Aharon regarda avec stupéfaction cette plante verte aux grosses tiges si ordinaires.

Avant le défilé des tracteurs, ce fut le tour du mini-zoo des enfants, qui tiraient par la bride un ânon d'un mois, dont le cou frêle était entouré d'une guirlande d'œillets, et un jeune poulain à la robe brune ; une petite fille vêtue de blanc portait sur l'épaule un lapin blanc et une poule montrait sa tête curieuse dans un panier d'osier porté par une fille et un garçon.

Ce défilé vivant était suivi de celui de onze jeunes mères qui présentèrent devant le mur fleuri leur bébé né dans l'année et l'assistance applaudit de nouveau, mais distraitement et sans enthousiasme. Enfin, les tracteurs s'ébranlèrent lentement dans le brouhaha général, laissant dans leur sillage serpentins et confettis lancés par des jeunes filles montées devant les herses.

Il faisait une chaleur sèche, comme toujours dans le nord du Néguev. Le soleil était encore haut malgré l'heure tardive et les enfants étaient excités par les engins, qui soulevaient des nuages de poussière. Ils s'étaient tous levés et tenaient la main des tout petits qui voulaient courir voir les tracteurs de plus près. Les responsables des divers secteurs agricoles étaient juchés avec leurs enfants sur les cabines de pilotage.

Le grand engin qui servait à la cueillette du coton était conduit par un adolescent bronzé, torse nu, jouant au bel indifférent comme s'il n'était pas conscient de l'effet qu'il produisait sur les enfants et les adolescentes en herbe dont les robes blanches soulignaient la beauté printanière.

« Nos greniers sont pleins de grains, nos pressoirs débordent de vin, nos maisons sont riches d'enfants », chantait le chœur, et Aharon se dit que nul autre endroit ne pouvait mieux illustrer cette phrase. La crise économique qui affectait les kibboutzim faisait la une des journaux et alimentait les discussions de la Knesset et des commissions d'éducation, ne semblait pas concerner ce lieu. Les bénéfices de l'usine de produits cosmétiques étaient tels, lui avait dit Moysh, qu'ils permettaient même de subventionner les activités d'autres kibboutzim lourdement endettés. Ici, les membres pouvaient encore se payer des voyages à l'étranger et si le projet de logements familiaux avait été ajourné, ce n'était pas faute de moyens mais à cause du débat idéologique engagé avec l'aile conservatrice du mouvement national. Autoriser les enfants à dormir sous le même toit que les parents, recréer la cellule familiale bourgeoise impliquait un renoncement à l'un des fondements de l'idéologie collectiviste.

Aharon, qui ne cessait de chercher Osnat du regard, aperçut tout près de lui Dvorka, qui avait mis sa main en visière pour se protéger du soleil. Un petit garçon d'environ cinq ans lui tenait l'autre main. Aharon se dit avec émoi que c'était sans doute le jeune fils d'Osnat, petit-fils de Dvorka. Le temps n'avait pas épargné cette dernière, elle paraissait plus voûtée que dans son souvenir.

« Elle doit avoir plus de soixante-dix ans », avait-il dit à Moysh pendant le déjeuner.

Et Moysh avait hoché la tête.

« Soixante-douze. Mais un vrai bulldozer. C'est toujours elle qui fait tourner le kibboutz... Tu la verrais pendant les réunions, la même voix, la même énergie. Quelle terreur ! » avait-il dit en souriant.

Cela faisait huit ans qu'Aharon n'était pas revenu au kibboutz. Et lorsqu'il avait accepté l'invitation aux doubles festivités de Shavouot et du jubilé, il avait aussi pensé à Osnat. Il y avait si longtemps qu'il ne l'avait pas revue ! Il essaya distraitement de calculer si la dernière fois où il était venu Arnon était déjà né, et se souvint confusément de la grossesse de Dafna.

Mais Osnat n'était pas l'unique raison de la rareté de ses visites. Malgré sa position d'homme public, de membre de la Knesset, il se sentait mal à l'aise au kibboutz. Les notices biographiques se plaisaient à souligner qu'il avait été membre d'un kibboutz dont il n'était pas natif, qu'il s'y était bien intégré et l'avait quitté après avoir achevé ses études. Quelqu'un avait même écrit qu'il avait étudié aux frais du kibboutz, puis l'avait abandonné. « Un des grands espoirs déçus du kibboutz », avait dit de lui un journaliste connu, éclairant d'un aspect psychologique « l'indignation du député de la Knesset Meroz devant la demande d'échelonnement des dettes qui écrasent le mouvement des kibboutzim ».

Un sentiment de malaise et d'oppression s'emparait de lui dès qu'il arrivait devant le portail et chaque visite devenait plus difficile que la précédente.

« Tu te rends compte, cinquante ans ! Il faut que tu fasses un effort », avait dit Moysh au téléphone.

Il n'avait pas besoin de faire un effort. Il pouvait inventer une justification officielle, couverture journalistique de l'événement par exemple, mais peut-être à cause d'Osnat, se disait-il à présent tout en continuant à la chercher autour de lui, il n'avait informé personne de son départ, sauf sa fille, et s'était octroyé deux jours d'absence.

En route, comme pour différer l'échéance, il s'était arrêté devant la mairie d'Ashkélon pour un rendez-vous professionnel avec le directeur de l'éducation et, à la dernière minute, avait braqué son volant et la voiture l'avait conduit au kibboutz.

Cette fois-ci, il avait franchi l'entrée avec l'état d'esprit du héros qui, après la victoire, s'en revient au bercail. Lors de sa dernière visite, il était déjà un avocat reconnu mais sa réputation n'était pas parvenue jusqu'au kibboutz, tandis qu'aujourd'hui, même ici, nul ne pouvait ignorer son titre. Pourtant, ce sentiment de victoire était terni par le poids d'une ancienne oppression. Des sentiments dont il essayait de se défaire, des images honteuses, le chagrin, la solitude, la honte. Surtout la honte. Les premières images étaient les plus dures, les plus angoissantes, et il y avait cette douleur au bras gauche, à cause de laquelle il avait cessé de fumer.

Il s'était garé devant les « Cyclamens », où habitait Moysh, et avait remarqué deux jeunes qui bavardaient tout en l'observant avec une espèce de curiosité à la fois distraite et désinvolte. Ils portaient des bleus de travail et l'un d'eux tenait à la main une grosse perceuse. Aharon était sûr d'être reconnu à cause des photos dans les journaux et de ses récentes apparitions à la télévision, mais ils n'avaient rien dit et il s'était demandé si c'était parce qu'ils l'avaient reconnu ou simplement parce qu'ils étaient à leur affaire.

A midi, dans la salle à manger, lorsqu'il s'était approché de Dvorka avec cette nouvelle assurance lui permettant de dissimuler le malaise qu'il éprouvait chaque fois qu'il pensait à elle, il avait été étonné de voir une expression d'hésitation sur son visage. Puis elle l'avait salué d'un mouvement de tête, sans sourire, et lui avait mollement serré la main de sa main calleuse et rêche. Avant de lui tourner le dos, elle lui avait demandé : « Comment vas-tu ? » avec une indifférence qui n'attendait pas de réponse et, lorsqu'il avait fait une remarque sur les festivités, elle avait hoché distraitement la tête tout en paraissant occupée à chercher quelqu'un dans la foule.

Aharon avait toussoté : « Nous nous reverrons plus tard. Il faut que je te consulte sur un ou deux points. »

C'est seulement alors qu'elle l'avait fixé de ce regard énergique dont il se souvenait et qui faisait de lui un enfant complètement transparent. Puis, comme si elle en avait tiré une conclusion, elle lui avait dit : « Je t'attendrai ce soir. Si tu restes avec nous. » Il lui avait promis de passer. « Après le spectacle, avait précisé Dvorka, après dîner. Nous avons des choses à nous dire. »

Aharon avait avalé sa salive et acquiescé docilement. Ils faisaient la queue devant le plat principal et il avait posé son plateau pour lui serrer la main. Pendant ce temps, la queue s'allongeait derrière eux. Il avait vu du coin de l'œil Moysh remplir les carafes de jus de fruits et écouter attentivement une femme qui lui parlait.

« Ça fait longtemps que nous ne t'avons pas aperçu, avait dit Froïké. C'est moi qui suis de service aujourd'hui. »

Aharon n'avait pas compris s'il s'excusait ou bien justifiait sa présence au self-service.

Dvorka avait été son premier professeur au kibboutz, en classe de sixième. Il se rappelait sa grande taille, ses vêtements sombres, sa natte brune parsemée de fils blancs, ses mains qui dégageaient une odeur de savon et sa voix enthousiaste et passionnée. Il l'avait appelée « Madame », elle l'avait gentiment repris et avait dit « Dvorka » en appuyant sur la dernière syllabe. En l'apercevant aujourd'hui dans la salle à manger, il s'était rappelé les matins d'hiver froids et pluvieux, le grincement de ses bottes de caoutchouc et sa voix chaude qui lisait les poèmes de Rachel la poétesse. Et quand il lui avait serré la main, il avait éprouvé de nouveau ce même pincement au souvenir des douches en commun, du rhabillage devant les filles et les garçons, de la gêne profonde. Et cette assurance avec laquelle Hadas glissait ses jambes bronzées dans un short bleu aux bords élastiqués et, en hiver, dans un pantalon fait de cette même toile grossière. A la maison des enfants, le linge propre était toujours rassemblé en un gros tas et les rares vêtements qu'il avait rapportés de chez lui n'échappaient pas à la règle. Si bien qu'il lui arrivait de voir sa propre chemise à carreaux sur le dos d'un autre garçon. C'est ainsi que les frontières s'étaient lentement estompées et que, renonçant à chercher ses vêtements, il s'était mis à s'habiller comme les autres en se servant dans le tas de linge propre rapporté de la lingerie.

L'année où son père était mort, sa sœur aînée l'avait conduit au kibboutz pendant les vacances de Pâque. Elle faisait son service militaire dans une unité agricole qui lui était rattachée et, ignorant ses regards implorants, elle s'était dirigée vers le secrétariat, l'avait confié à Dvorka et était repartie. C'était la famille de Moysh qui l'avait adopté. Après ses heures d'étude et de travail, il allait chez Sroulké et Myriam, les parents de Moysh. La seule évocation du nom de Sroulké provoquait chez lui un sentiment de crainte et de malaise, un mélange d'étrangeté et d'hésitation comme s'il était encore à l'essai et qu'il devait répondre à leurs attentes. Il ignorait jusqu'à ce jour quelles étaient ces attentes et à quoi lui-même aspirait, mais en présence de Sroulké et de Dvorka, il éprouvait toujours un sentiment de faute, de honte et de colère.

Aharon s'était senti au kibboutz le garçon le plus malheureux du monde. Toute la sensibilité pédagogique de Dvorka, tous ses efforts n'étaient pas venus à bout des barrières qui se dressaient entre lui et les autres enfants. Dans la salle à manger, Dvorka n'avait pas fait la moindre allusion à son itinéraire politique et, contrairement à son habitude, ne lui avait manifesté aucun intérêt, aucune attention. Un seul regard avait suffi à effacer en lui le sentiment de fierté victorieuse qu'il éprouvait en arrivant. Après le déjeuner, il s'était senti de nouveau mal à l'aise en prenant le café chez Moysh, comme s'il était encore cet enfant de l'extérieur accueilli grâce à sa sœur.

Son départ du kibboutz avait été perçu comme une trahison. Ce que le journaliste avait dit était évidemment faux. Il n'avait pas fait ses études sur le compte du kibboutz, avait-il précisé au cours d'une récente conférence de presse. Mais selon les spécialistes, les démentis ne servaient à rien dans la vie publique. En fait, il voulait étudier le droit, mais la commission pédagogique avait proposé qu'il attende son tour et étudie « quelque chose qui soit utile au kibboutz », comme l'économie ou l'agriculture. Puis, à la réunion plénière, on avait proposé qu'il attende son tour « et ensuite on verra ». La proposition avait été votée à une majorité quasi absolue quand Yoheved s'était brusquement levée en disant :

« Pourquoi es-tu si pressé ? Les études, ce n'est pas tout dans la vie. Il te faut d'abord acquérir quelques années d'expérience au travail. C'est le plus important. » Et cette phrase assenée par Mathilda : « Même nos fils, qui sont nés ici, ne sont pas encore partis étudier. »

Mais Dvorka, furieuse, lui avait imposé le silence,

Ze'ev HaCohen l'avait blâmée et Yehouda Harel, le mari de Dvorka, qui était au kibboutz ce jour-là — d'habitude, il était en ville où il occupait les fonctions de secrétaire pour les contacts avec l'extérieur —, avait dit : « Ça n'a rien à voir. Aharon est un enfant du kibboutz et un membre à part entière. »

Mais Aharon savait déjà qu'il partirait. Ses possibilités au kibboutz étaient limitées et presque prévues d'avance. Elles ne lui laissaient aucune marge d'action ni de liberté.

Quand il avait annoncé au secrétariat sa décision de partir, on l'avait envoyé voir Dvorka. Il se souvenait parfaitement de cette conversation et de ce qui l'avait précédée. L'hésitation avec laquelle il avait frappé à sa porte, l'aisance avec laquelle elle avait mis la bouilloire sur le feu et l'avait retirée avant qu'elle ne déborde, la manière sûre de servir le café, découper le gâteau marbré, disposer les tasses et les soucoupes sur la nappe brodée qui couvrait la petite table récemment distribuée aux anciens. Il se souvenait de son regard aigu, omniscient, au moment où il avait bredouillé son besoin de prendre des distances, de ne pas pouvoir attendre son tour pendant deux ans, et la réponse de Dvorka sur des sacrifices à court terme qui justifient la portée d'actions à long terme.

A l'époque, il n'avait pas compris le sens de ses paroles mais ces derniers temps, entre deux réunions, tout en mâchonnant une *pita* insipide avec du café instantané et de la poudre de lait, entre deux rendez-vous avec tel ou tel inspecteur régional, ou en déjeunant avec un journaliste responsable de la rubrique éducation, il lui arrivait de se rappeler cette phrase et son intonation. Alors il essayait de se consoler en se disant qu'il avait été un excellent étudiant en droit et qu'il était devenu un bon avocat, avec un grand appartement à Ramat-Aviv, une voiture climatisée — celle qui stationnait devant chez Moysh —, autant de réussites qui étaient comme un défi adressé au kibboutz en général et à Dvorka en particulier parce qu'elle n'avait pas su évaluer ses capacités.

Quand il avait quitté le kibboutz, Osnat habitait déjà avec Youvik. Dvorka n'avait pas fait le moindre commentaire à ce sujet. Mais elle ne pouvait pas ignorer combien l'histoire d'Osnat et de Youvik l'avait affecté. Pendant des jours et des jours, dans tout le kibboutz, il n'avait été question que de cette liaison. Il avait senti sur lui les regards apitoyés et compatissants de ceux qui baissaient vite la tête pour ne pas croiser son regard, et il était reconnaissant à Dvorka de l'avoir traité comme d'habitude. Mais après leur conversation, quand elle s'était levée pour emporter les deux tasses de café, elle s'était penchée vers lui et lui avait dit d'une voix affectueuse et hésitante :

« A moins que tu ne partes pour des raisons personnelles et dans ce cas aussi, des solutions ont pu être trouvées dans le passé... »

Il avait ignoré la phrase et s'était levé, embarrassé et maladroit. Alors, elle avait ajouté :

« A ton âge, tu es déjà responsable de l'irrigation, ce n'est pas très fréquent, et tu ne mesures pas à sa juste valeur l'importance de cette position. »

Aharon avait entendu derrière cette remarque le rappel de son extériorité, du kibboutz qui lui avait réservé un « traitement de faveur » et l'avait hissé à une position élevée. Il s'était redressé, furieux, et lui avait répondu :

« J'y repenserai, je n'ai pas encore vraiment décidé. »

Parfois, en rentrant en voiture de Jérusalem, il lui arrivait de se demander ce qui se serait passé si au lieu de Youvik, c'était lui qu'Osnat avait choisi. Se serait-il laissé entraîner avec elle dans l'éducation paisible des enfants et les discussions passionnées sur la gestion du kibboutz? Mais il ne poussait jamais cette rêverie jusqu'au bout et son imagination s'arrêtait toujours sur le seuil de leur chambre à coucher, après qu'ils avaient couché les enfants (Youvik et Osnat en avaient quatre, combien en aurait-elle eu avec lui ?). L'image disparaissait à cet instant précis, car la colère, toujours aussi vivace, s'emparait alors de tout son être.

La cérémonie s'acheva. Aharon regarda les gens se diriger lentement vers la salle à manger et attendit Moysh, qui bavardait avec celui qui démontait les microphones. Il se souvint de la fête de Shavouot, trente ans plus tôt. A l'époque, il n'y avait ni vigne ni fruits tropicaux, ni cette expression de tranquille indifférence qui se lisait sur les visages. Tout était plus émouvant, personne n'arborait de sourire tolérant et la joie, intense et tendue, était autre. Les préparatifs duraient longtemps et chacun prenait sa fonction au sérieux. La deuxième année de son séjour au kibboutz, c'était lui qui avait présenté le petit ânon du mini-zoo. Il se revit en train d'attendre son tour et se souvint de la nuque de Hadas, qui portait un pain pétri par les enfants, et de sa longue tresse. Aujourd'hui, elle était installée avec son mari aux États-Unis.

Depuis longtemps aussi, les membres n'habitaient plus dans des « chambres » mais dans des appartements de trois pièces que les anciens continuaient d'appeler « la chambre ». Appartements équipés de tout le confort nécessaire : chauffage, grand réfrigérateur, cuisinière, moulin à café, robot mixeur complet. Le circuit de vidéo interne diffusait jusque tard dans la nuit des films et des émissions enregistrées, surtout celles du samedi soir, qui étaient à la même heure que la réunion plénière du kibboutz. « La concurrence est rude avec la télévision, avait dit Moysh, en précisant que la réunion plénière était, elle aussi, diffusée à la télévision. Nous avons deux installations vidéo. Pour les anciens qui ne sont plus en état d'assister aux réunions. Mais il y en a beaucoup qui en profitent. Que faire ? il y en a toujours qui en profitent. »

Aharon marchait maintenant aux côtés de Havaleh, la femme de Moysh, qui tenait par la main son petit garçon. L'autre sautillait derrière eux et les aînés, un garçon et une fille, se dirigeaient vers le monument aux morts, d'où venaient des cris d'allégresse. Aharon regarda Havaleh en se disant avec étonnement qu'elle ne tarderait pas à être grand-mère. L'expression de contentement qu'il lut dans ses yeux lorsqu'elle regarda ses aînés s'éloigner lui fit presque oublier le ressentiment qu'elle avait manifesté après le déjeuner, pendant qu'ils prenaient le café chez Moysh ; elle avait engagé une discussion sur un ton revêche et Moysh l'avait arrêtée du regard.

Ils longeaient les habitations des jeunes, une rangée de baraques anciennes qui avaient d'abord abrité les fondateurs. Aharon se souvenait du jour où Sroulké et Myriam avaient emménagé dans une maison de pierre. Aujourd'hui, on logeait dans ces baraques les jeunes qui faisaient leur service militaire et les célibataires. Ils croisèrent Moysh, qui se trouvait devant la chambre d'Amit, son deuxième fils alors au service militaire. Ses supérieurs avaient accordé un congé à tous les jeunes de son kibboutz.

« Amit fait son service dans une unité agricole qui est basée en ce moment à Hebron, lui expliqua Moysh. Je ne sais qu'en penser. Et toi, avec ton gouvernement... »

Aharon avait deux enfants d'un mariage dissous, fruit du hasard et non d'un choix délibéré. Arnon, un garçon de sept ans, et Pazit, une fille de dix ans, qui n'avait pas le charme des filles du kibboutz. Havaleh avait six enfants, mais elle pouvait se permettre de porter un short dans la maison et un bikini à la piscine, comme en témoignait une photo familiale (prise par Amit avant sa conscription, comme l'expliqua Moysh) qui trônait sur la télévision de la salle de séjour. Havaleh et Moysh avaient son âge, ils faisaient encore partie des jeunes couples du kibboutz et leur place dans le monde était assurée. Moysh était directeur du kibboutz et Havaleh, en congé de formation, se spécialisait dans l'éducation musicale. Le rôle d'Aharon au sein de la commission d'éducation de la Knesset ne fut même pas évoqué. Son itinéraire politique ne semblait pas impressionner Havaleh qui, après l'avoir dévisagé d'un air curieux, se détourna de lui en étouffant un grand bâillement.

Toute la famille également avait pris le repas de midi dans la salle à manger et, en voyant Amit découper un grand concombre, Aharon s'était souvenu de la dextérité avec laquelle les kibboutznikim préparaient la salade du soir : d'abord le lent épluchage du concombre, en ôtant des pelures aussi fines que possible, puis le découpage en tout petits cubes, ainsi que la tomate, l'oignon et le poivron frais, puis enfin l'huile et — pour les plus perfectionnistes — le citron. Après de multiples tentatives maladroites dont le concombre sortait passablement aminci et la tomate complètement écrasée, Aharon avait décrété l'inanité de ce cérémonial qui le mettait en fureur et dont il avait plus tard découvert dans la littérature qu'il était une des caractéristiques du repas au kibboutz. L'individualisme ne s'exprimait ici que dans le découpage des légumes. Toute l'énergie individuelle disponible se canalisait dans la lente et attentive préparation de cette salade personnelle où s'exprimaient les différences. Mais à l'époque, Aharon ne savait pas mettre des mots sur sa fureur, il ne pouvait pas la nommer. De son temps, les enfants mangeaient dans le coin repas de la maison des enfants, sauf le shabbat où l'on ne servait que du bouillon de poule et du poulet bouilli (les tables n'étaient pas garnies comme aujourd'hui de feuilletés au fromage, de hoummous et de thina). A cette époque, quand Moysh venait en ville avec lui, il engloutissait avidement les glaces que lui offrait Aharon et une fois, alors qu'ils étaient venus passer deux jours en ville avec la mère d'Aharon, Moysh avait voulu voir trois films d'affilée au cinéma. Aujourd'hui, les films existaient en cassettes vidéo et des cars climatisés venaient chercher les gens pour écouter un concert rock dans l'amphithéâtre du kibboutz voisin. « Aujourd'hui, lui dit Moysh, le kibboutznik voit plus de spectacles qu'un citadin. Ce n'est plus comme autrefois. »

C'était vrai, rien n'était plus à sa place. L'ancienne salle à manger avait été transformée en club et les repas étaient dorénavant pris dans un luxueux bâtiment tout neuf. Mais Moysh le reconnut en faisant la queue : « Ne crois pas que c'est le paradis. »

Et tandis qu'Aharon s'extasiait sur le repas de fête, Moysh, inspectant la salle du regard, soupira comme pour dire que rien n'était parfait. : « Ce n'est pas si simple. Le progrès se paie. » Puis, dans un élan retrouvé d'énergie planificatrice, il lança : « Allons-y. On commence tôt. »

La salle à manger était décorée pour la fête, les longues tables recouvertes de nappes blanches. Ils s'assirent à l'une d'elles sur laquelle un carton portait le nom de la « famille Eyal ».

« Que se passe-t-il ? On a des places fixes maintenant ? » s'étonna Aharon.

Havaleh expliqua sur un ton didactique :

« Ils ont besoin de connaître à l'avance le nombre d'invités. Ils ne peuvent plus se dire : il y aura de la place. »

Puis elle fit asseoir ses fils, Gay et Assaf, et s'installa énergiquement entre les deux. Aharon tendit la main vers une assiette pleine de dattes et en prit quelques-unes. Une tache jaune s'étalait déjà à côté de la bouteille de jus d'orange. On avait disposé sur les tables des jus de fruits, des bouteilles de vin, de jolies assiettes en carton. Les gens arrivaient tranquillement et s'installaient. Au fond de la vaste salle, on avait dressé un podium décoré pour la fête des Prémices avec sept espèces de produits de la terre. Il y avait aussi des microphones. Aharon savait que le repas serait précédé d'un spectacle. Un groupe d'adultes monta sur scène.

« Il faut que j'y aille », dit Moysh.

Il repoussa sa chaise, s'extirpa de la table et, quelques secondes plus tard, annonça au microphone d'une voix ferme et modérée :

« Bonsoir à tous. Bonne fête. Nous allons commencer notre soirée par un programme sérieux qui précédera le repas. Après le dîner, nous regarderons ensemble un spectacle plus léger. »

Aharon chercha de nouveau Osnat autour de lui. Il n'osait pas poser de questions. L'absence de Sroulké l'intriguait aussi. Il était sur le point d'en parler à Havaleh quand son attention fut captée par l'aisance avec laquelle Moysh s'adressait au public. Il rappela à l'ordre quelques enfants excités qui se rassirent aussitôt à leur place et, une fois le silence obtenu, lut la prière de bénédiction, puis se mit à côté du chœur et chanta avec eux « Les épis dans les champs ». Un silence paisible et attentif, interrompu de temps en temps par un pleur d'enfant, régnait dans la salle.

La chevelure autrefois brune de Moysh grisonnait, sa chemise blanche soulignait ses bras bronzés et Aharon se demanda pour la centième fois, comme à chaque visite au kibboutz, pourquoi il ne vivait pas ici, dans cette paisible harmonie que procuraient l'éducation des enfants, le travail de la terre, les fêtes collectives d'antan et ce sentiment d'appartenance qui enveloppait tout le monde. Ils étaient chez eux, c'était leur maison. Mais lui, il restait l'enfant venu d'ailleurs malgré les regards affectueux qui croisaient le sien. Et chaque fois qu'il croquait un cornichon ou un piment mariné, il le faisait presque à la dérobée, comme s'il n'avait pas travaillé pour mériter ce repas. Être l'invité du directeur du kibboutz ou avoir remarqué des fausses notes ici et là ne lui était d'aucun secours. Comme cette brève querelle après le déjeuner, pendant que Moysh préparait le café turc, quand Havaleh avait dit :

« Mais si je ne veux pas aller en voyage et que j'ai envie d'un grand réfrigérateur et si maman me dit qu'elle va me donner l'argent, en quoi cela te dérange ? »

Et la voix dure de Moysh qui surveillait le café : « Quand le kibboutz décidera d'acheter de grands réfrigérateurs pour tout le monde, tu en auras un aussi, ce n'est l'affaire ni de ta mère ni de personne. »

Et Havaleh avait répliqué d'une voix menaçante : « On verra ça. »

Ce qu'il avait découvert dans leur salle de bains n'était pas plus joyeux. Mu par une curiosité qui le laissait perplexe, il avait ouvert leur armoire à pharmacie. Et là, parmi les crèmes « Contour des yeux », « Crème pour les mains » toujours fabriquées par Lina, la cosméticienne du kibboutz, il avait vu une boîte de « Tagamet » et un flacon de liquide laiteux, « Alumag ». La boîte de « Tagamet » était marquée au nom de « Moshé Eyal ». En lisant attentivement la notice, Aharon avait compris soudain que son ami d'enfance, cet homme robuste, grisonnant et paisible, avait un ulcère. La stupéfaction qu'il en avait éprouvée était à la mesure d'une soudaine et douteuse explosion de joie. L'air paisible qu'il avait affiché pendant le déjeuner, puis pendant la cérémonie, et qu'il afficherait sûrement tout au long de ce dîner n'était donc qu'une apparence.

Dvorka monta sur scène, s'approcha du microphone et se mit à lire des passages de la Bible. L'auditoire suivait sur des programmes composés en l'honneur de la fête de Shavouot et du jubilé. Elle avait toujours cette voix impressionnante, chaude, pleine d'émotion, qui, de temps en temps, se brisait comme si elle ne pouvait pas la contenir. Elle lisait le livre de Ruth et il se demanda si elle aussi pensait en ce moment à Osnat, enfant de l'extérieur, partie en terre étrangère. « Pourquoi donc terre étrangère ? » se dit-il, effrayé par l'association qu'il venait de faire, et il se remit à écouter Dvorka.

Elle avait changé, elle semblait plus amère.

« Ça a commencé avant la disparition de Youvik.

Elle vieillit et c'est difficile pour elle, avait dit Moysh. D'abord Yehouda est mort, puis Youvik au Liban, alors qu'à son âge, il n'aurait pas dû y être. Encore un an et on l'aurait libéré du service de réserve. Elle n'a plus que ses petits-enfants et Osnat pour la maintenir en vie. »

Aharon s'était senti rougir, mais Moysh qui, le dos tourné, lavait les tasses à café, n'avait rien remarqué et avait poursuivi :

« En fait, ce qui la sauve, c'est son lien avec Osnat. Sauf qu'elle a ses idées sur cette proposition de coucher familial. Elle ne pense qu'à ça et se fâche avec tout le monde.

— Elle est pour ou contre ? »

Aharon avait posé la question distraitement. Depuis que son nom avait été prononcé, Osnat occupait toute sa pensée.

« Contre. Bien sûr qu'elle est contre. Tu connais bien les idées de Dvorka.

— Oui, mais je la croyais plus souple dans ce domaine. Tous les kibboutzim optent maintenant pour cette solution et... »

L'air grave et solennel, Dvorka referma lentement la petite Bible, ôta ses lunettes et descendit du podium. Les épaules légèrement voûtées, les cheveux plus clairsemés et argentés, elle se dirigea d'un pas ferme vers les cuisines. Après l'avoir suivie du regard, Aharon fixa de nouveau la scène.

Cette fois, des enfants vêtus de bleu et blanc occupaient le devant du podium.

« Ce sont les petits faons du cours élémentaire », dit Havaleh.

Des enfants débordant de santé récitèrent en chœur un texte de leur composition dont ils prononçaient les mots d'un air sérieux et solennel, et lorsqu'on applaudit, quelques-uns arborèrent des sourires fiers qui découvraient les trous laissés par les dents de lait. Mais ni ce souvenir, ni la conscience que les choses n'étaient pas aussi simples, ni même l'ennui qui s'insinuait en lui et pesait sur ses membres alourdis, ne vinrent à bout de cette conviction intime que la véritable paix intérieure se trouvait ici et qu'il en était exclu. A l'idée qu'il ne pourrait jamais faire partie de cette vie simple et heureuse, il éprouva une tristesse qui n'était pas celle des regrets, mais de l'aigreur.

Il se souvint alors de sa conversation avec Havaleh, qui lui avait dit d'un air placide : « Tu n'aurais pas tenu longtemps ici. Si mes souvenirs sont exacts, tu as toujours eu du mal avec les autres. Tu n'es pas le genre de personne à te plier à la suprématie de la réunion plénière. »

« La suprématie de la réunion », l'expression paraissait déplacée dans sa bouche, comme si elle récitait un dogme archaïque et bizarre.

« Depuis combien d'années es-tu directeur du kibboutz ? demanda Aharon pendant qu'on servait l'entrée.

— Mange donc, dit Havaleh, ce sont des *nems* tout à fait délicieux.

— Ça fait la quatrième année, répondit Moysh avec lassitude. J'espère qu'on me remplacera cette année. Je commence à en avoir assez et je meurs d'envie de revenir au coton. »

Aharon regarda la bouteille de vin blanc posée à côté de celle de vin rouge et leva son verre.

« Votre situation économique semble plutôt bonne. Vous vous êtes bien sortis de cette affaire d'actions bancaires ?

— Oui, nous n'allons pas trop mal », dit Moysh.

Havaleh, qui tout en s'occupant sans cesse d'Assaf et de Gay ne ratait pas un mot, dit fièrement :

« C'est grâce à Jojo. Il a su se retirer au bon moment. »

Et comme pour s'assurer qu'Aharon comprenait bien l'allusion, elle précisa : « De la bourse. Nous nous sommes retirés à temps et nous avons gagné. Maintenant, il faut aider les autres kibboutzim qui sont vraiment embourbés. » Elle le dit d'un air de reproche comme pour dénoncer une injustice.

Puis ce fut le tour du plat principal. On ramassa les assiettes en carton, qu'on jeta dans de grandes corbeilles disposées sous les tables. Aharon se servit un morceau de poulet et refusa la tranche de rôti que lui tendait Havaleh. Elle en prit une bouchée dans son assiette : « Mmmm, délicieux ! Qui a fait cuire ce rôti ? »

Avant même d'avoir terminé, elle se resservit quelques tranches et découpa le poulet qui était dans l'assiette d'Assaf. Moysh approcha de la sienne les cornichons au sel et mangea à sa manière tranquille et méthodique la graisse qui entourait la tranche de rôti.

« J'veux pas la peau, j'veux pas la peau ! cria Assaf.

— Pour lui, ce qui n'est pas lisse et brun, c'est de la peau », dit Moysh en souriant. Il mit de côté tous les morceaux qu'Assaf qualifiait de peau.

« C'est le premier dîner de fête auquel les petits participent, dit-il en servant du vin à Aharon. Depuis qu'il est question de les faire dormir chez leurs parents, tout le monde se comporte comme si c'était déjà fait. On sent partout le changement. Nous sommes un anachronisme au sein du mouvement national, le dernier bastion qui n'a pas encore opté pour le coucher familial.

— Ah bon ! Tous les kibboutzim le pratiquent déjà ? s'étonna Aharon.

— Peut-être pas tous. En tout cas, même si tous ne l'ont pas encore mis en pratique, tous l'ont déjà décidé. Évidemment, il faut d'abord revoir les habitations familiales et leur ajouter des chambres, ce qui pose des problèmes économiques. »

Puis Moysh sourit comme s'il venait de penser à quelque chose :

« Le plus absurde est que nous n'avons pas ce problème technique, mais nous dépendons de la décision du mouvement national. Pour le moment, il est question de geler les constructions, le temps que les kibboutzim assainissent leurs finances. Ce qui n'est pas notre problème. En revanche, nous ne sommes pas encore arrivés à un consensus interne. »

Un homme gros, avec des lunettes, s'approcha de Moysh et lui posa une question sur la distribution des tâches du lendemain. Il dévisagea Aharon avec curiosité. Aharon ne se souvenait pas de lui.

« Tu ne te souviens pas? dit Moysh à l'homme. C'est Aharon Meroz. C'était un enfant de l'extérieur adopté par nous et membre du kibboutz jusqu'il y a vingt-deux ans, n'est-ce pas? Jusqu'à l'âge de... Quel âge avais-tu quand tu es parti?

— Vingt-quatre. »

Aharon sentit revenir sa douleur au bras gauche. Il était mal à l'aise. Comme elle avait cessé pendant quelques jours, il avait renoncé à aller voir un médecin.

« Mais tu es revenu depuis... » dit l'homme.

Aharon fit oui de la tête.

« Ton visage me paraissait familier, mais je n'arrivais pas à te situer.

— Tu l'as peut-être vu à la télévision, dit Havaleh.

— C'est ça. Tu es le secrétaire du groupe parlementaire, n'est-ce pas? »

Puis il reposa la question de la distribution du lendemain.

Moysh répondait par des phrases brèves.

« Regarde sur le tableau. Vous avez des points, finit-il par dire.

— Quels points? demanda Aharon après le départ de l'homme.

— Que crois-tu donc? Qu'on se porte volontaire comme autrefois? La responsable des travaux est malade et de toutes façons, elle remplit très mal cette fonction. Chaque fois que j'ai besoin de main-d'œuvre ponctuelle, je deviens fou. Maintenant, on distribue des points à ceux qui participent à la cueillette, des bonus et toutes sortes d'autres appâts. Mais ce n'est pas du tout mon affaire. Ils n'ont qu'à aller voir Osnat.

— Osnat ? demanda Aharon comme s'il avait reçu un coup de poing en plein ventre.

— Je ne te l'avais pas dit ? Osnat est maintenant secrétaire du kibboutz. Eh oui, nous avons grandi. »

Puis il regarda autour de lui d'un air soucieux :

« Quel bruit ! Je me demande bien comment ils vont pouvoir faire le sketch. »

Sur scène, on commençait les préparatifs pour la seconde partie de la soirée.

« Ça fait combien d'années que tu n'as pas vu de sketch au kibboutz ? »

Aharon haussa les épaules.

« Sans doute depuis la dernière fois où j'y ai participé moi-même. A l'époque, il n'y avait pas tant d'enfants. » Il parlait avec lassitude, essayant de ne pas penser à la douleur qui le lancinait.

« Il y en avait, dit Moysh, mais ils n'avaient le droit de venir à la fête qu'à partir de six ans. Les plus jeunes se couchaient tôt... Tu vois, ajouta-t-il d'un air songeur, les innovations et les modifications sociologiques commencent à se faire sentir. Quand on vient au spectacle avec les bébés, il faut commencer tôt. Autrefois, on ne commençait jamais avant neuf heures et demie, dix heures, après avoir couché les petits. Maintenant, personne ne danse plus. Ou peut-être juste les jeunes. Nous rentrerons chez nous pour coucher les petits. »

Il reprit une lamelle de poivron et se leva. C'est alors que Havaleh dit :

« Je ne vois Sroulké nulle part et je commence à m'inquiéter.

— Où est-il ? Pourquoi n'est-il pas venu avec vous ? demanda Aharon.

— Il a dit qu'il devait passer un instant dans sa chambre et qu'il revenait aussitôt. J'avais complètement oublié », dit Havaleh en regardant autour d'elle.

Moysh était tout près d'eux et hochait la tête

devant une dame très âgée. Aharon ne la reconnut pas.

« Ne vois-tu pas, protestait-elle, qu'il n'y a pas de place pour tout le monde ? Nous n'avons pas assez de place pour faire de telles fêtes dans la salle à manger. On n'entend rien, on est mal assis et...

— Calme-toi, Menouha. Si le besoin se fait sentir, nous essaierons de régler le problème. On ne peut pas arrêter un processus. Nous en reparlerons plus tard. »

Il la raccompagna à sa place en la tenant gentiment par l'épaule. Pendant ce temps, les enfants de la classe de sixième, le groupe « pâquerette », commença son spectacle de danse. La fille de Havaleh y participait aussi et sa queue de cheval se balançait au rythme de ses pas. Moysh se rassit et regarda autour de lui.

« Je ne vois pas Sroulké. Il n'est pas encore arrivé ?

— Il est peut-être fatigué par toute cette agitation de l'après-midi », dit Havaleh, le regard voilé.

Aharon se hérissa de nouveau en entendant Moysh appeler son père par son prénom. Il ne comprenait pas trop cette habitude des enfants du kibboutz à laquelle il restait totalement étranger. Il eut envie de dire qu'il n'avait pas aperçu Sroulké depuis son arrivée, mais tout le monde s'était retourné pour écouter le sketch composé par Youpy. Pris de panique, Aharon essaya sans succès de se rappeler son vrai nom et sentit que ce trou de mémoire ne le lâcherait plus, comme une mouche importune. C'était un jeu, il ne poserait pas la question à Moysh. Mais à force de se creuser la cervelle pour se rappeler le vrai nom de Youpy, il n'arrivait pas à écouter le sketch qui, d'après les éclats de rire du public, était truffé de jeux de mots, de persiflages et de plaisanteries internes.

Gay s'était endormi dans les bras de Havaleh, Assaf regardait la scène, les yeux dans le vague, et jouait avec un bout de *pita* dans laquelle il mordait de temps en temps, Moysh suivait le spectacle en souriant. Mais brusquement il consulta sa montre, regarda autour de lui et l'inquiétude se peignit sur son visage :

« S'il ne vient pas dans les minutes qui suivent, j'irai voir ce qui lui arrive. »

Aharon s'apprêta à dire une parole apaisante, mais quelqu'un dans l'assistance le regarda et lui fit une remarque méprisante sur les politiciens. Au moment où il se retournait pour lui répondre par le sourire qu'il affichait dans ces circonstances, il aperçut Osnat. Ses yeux verts se rétrécirent dans un effort de concentration qu'il connaissait bien et sous l'effet de son regard, il éprouva comme une forte décharge électrique. Elle n'avait presque pas changé. Identique à elle-même, féline et blonde, la peau bronzée, avec des yeux obliques dont il se rappelait l'éclat dans l'obscurité et qui le fixaient maintenant sans émoi, curieux et souriants, mais quelque peu songeurs. Elle était de l'autre côté de la table et se penchait vers un homme jeune, assis à côté de Havaleh, quand soudain elle aperçut Aharon, interrompit sa phrase et, sans le moindre embarras, lui tendit la main et lui dit bonjour d'une voix sérieuse et mesurée.

Il savait qu'elle avait suivi de près son ascension fulgurante de ces dernières années. Quand Youvik avait été tué, il lui avait envoyé une lettre de condoléances sur laquelle il avait longtemps peiné avant de trouver un ton chaleureux mais pas trop séduisant, intime sans être trop proche. La mort de Youvik ne faisait que compliquer des choses auxquelles Aharon s'interdisait de penser et qui représentaient une réelle menace. Osnat aussi évitait d'y penser, il en était certain. En ce qui la concernait, la menace était encore plus concrète.

« Je vais voir ce que devient Sroulké, dit Moysh en se levant.

— Je t'accompagne », dit Aharon en se levant aussi, à moitié hésitant.

Moysh ne l'empêcha pas de le suivre. C'est ainsi

qu'ils découvrirent ensemble Sroulké, étendu sur le parterre de fleurs, devant sa chambre, dans le quartier des anciens et qu'Aharon entendit pour la première fois Moysh dire :

« Papa ! Qu'est-ce qui t'arrive, papa ? »

Mais d'abord il y eut un cri :

« Sroulké, Sroulké, lève-toi ! Qu'est-ce qui se passe ? »

Abasourdi par la violence de la réaction de Moysh, qui avait perdu tout contrôle, Aharon ne comprit pas que Sroulké, dont le visage éclairé par le réverbère jaune de l'entrée semblait figé dans une expression de terrible douleur, était mort. Il lui sembla avoir attendu une éternité avant de pouvoir dire :

« Je cours chercher un médecin. »

Il laissa Moysh près de son père, courut vers la salle à manger et ressentit de nouveau cette douleur au bras gauche. Il se souvint alors que les chambres étaient équipées de téléphones et qu'il pourrait appeler une ambulance. Il s'arrêta, mais le désir pressant et irrationnel de faire quelque chose de concret fut plus fort et il arriva essoufflé devant la salle à manger. Il demanda à un membre assis près de la porte où se trouvait le médecin, celui-ci lui lança un regard surpris et curieux et lui désigna une table au fond de la salle. Aharon se faufila parmi les chaises, bouscula Fania de l'atelier de couture et finit par attirer l'attention du jeune médecin, qui enjamba la grande table et s'approcha de lui. Soucieux de ne pas occasionner de panique, il prit le médecin par le bras et lui chuchota à l'oreille que Sroulké était étendu sans connaissance sur la plate-bande de fleurs, devant sa chambre. Le visage soudain sérieux, le médecin se hâta vers la sortie, où il interpella un jeune garçon en faction devant la porte :

« Va vite chercher Riki et dis-lui de prendre au dispensaire la trousse de réanimation et de l'apporter dans la chambre de Sroulké. C'est urgent. Et n'en parle à personne, tu m'entends ? »

Effrayé, le garçon hocha la tête et entra dans la salle à manger. Le médecin partit au pas de course et Aharon lui emboîta le pas. Tout en s'efforçant de le suivre et de contrôler sa respiration désordonnée, il lui demanda si Sroulké avait eu des ennuis de santé ces derniers temps.

« Pas à ma connaissance, dit le médecin, mais je ne l'ai pas examiné. Va savoir à cet âge, il n'est plus très jeune. »

Ils arrivèrent ainsi devant le quartier des anciens et prirent le sentier qui conduisait à la maison de Sroulké. Il y habitait seul depuis que Myriam était morte, huit ans plus tôt. Une expression d'épouvante se peignait sur le visage de Moysh, accroupi, sans recours, près du corps de son père.

« Apporte-moi une serviette », dit le médecin.

Aharon entra dans la chambre et fut aussitôt frappé par la forte odeur de la toile cirée qu'il ne put s'empêcher de toucher au passage en se demandant si c'était toujours la même. Il distingua aussi une autre odeur, celle des roses et de la terre humide, moins caractéristique d'une chambre de personne âgée. Lorsqu'il revint avec la serviette, Moysh était près du médecin, qui essayait de ranimer Sroulké en tapant sur son large torse couvert de poils gris. Sa chemise blanche était déchirée et tachée et Moysh répétait sans cesse :

« Ses mains étaient mouillées. Il avait ouvert ou fermé le bec d'arrosage, je ne sais pas. En tout cas, ses mains étaient mouillées. Je les ai essuyées avec sa chemise. »

Le médecin ne réagit pas, il continua de taper sur le torse et de coller sa bouche sur celle de Sroulké, comme Aharon l'avait vu faire dans les clips télévisés sur les premiers secours. On entendait le bourdonnement des réverbères au néon, la stridulation des criquets et l'écho lointain de voix qui chantaient en chœur. Le ciel était étoilé et, debout sur le sentier, parmi ces plates-bandes et les rangées de maisons qui, comparées aux espaces célestes et aux vastes étendues de terre, paraissaient minuscules, Aharon se sentit tout petit. Et pour dissiper cette sensation physique de petitesse et entendre sa voix adulte et responsable, il dit au médecin :

« Ta trousse de réanimation met du temps à arriver. » Le médecin ne réagit pas. « Ne faut-il pas appeler une ambulance ? »

Pas de réponse.

« Comment se fait-il qu'il n'y ait pas d'ambulance dans le kibboutz ? »

La question s'adressait à Moysh, qui répondit :

« Il y en a une. Mais le starter est en panne. On m'a dit aujourd'hui qu'elle n'avait plus de starter, et trouver maintenant un mécanicien... On me l'a dit cet après-midi et j'ai oublié de demander à Hilik d'y jeter un coup d'œil. Personne ne devait accoucher cette semaine... » Moysh renifla. Il reprit d'une voix étouffée : « J'ai oublié de le dire à Hilik.

— Peu importe. Nous n'y serions de toutes façons pas arrivés, dit le médecin. Même si nous en avions appelé une, le temps d'arriver à Ashkélon... »

Il n'acheva pas sa phrase et écouta des bruits qui parvenaient du sentier, des pas rapides et une respiration saccadée.

« Riki ? »

Une jeune femme surgit, essoufflée, et le médecin lui dit : « Donne-moi vite d'abord la perfusion. »

Elle sortit une grosse aiguille et l'enfonça dans le bras de Sroulké. Pendant ce temps, le médecin planta une canule dans le cou du vieil homme. Aharon se détourna.

« Et maintenant, vite, l'oxygène. »

Riki lui tendit l'appareil et ils se mirent à l'œuvre, très concentrés. De temps à autre, le médecin marmonnait entre ses dents, disait que les muscles étaient tendus. Au bout d'un long moment, lorsque le corps étendu ne manifesta pas le moindre signe, il regarda Moysh et hocha la tête en signe de négation.

Les genoux tremblants, Moysh s'assit sur une des pierres qui bordaient la plate-bande, tout près de Sroulké, et caressa la tête de son père.

« Veux-tu le faire transférer à l'hôpital ? » demanda le médecin.

Moysh le regarda, étonné :

« Pour quoi faire ? Ça peut servir à quelque chose ? »

Le médecin toussota avant de dire d'une voix assourdie :

« Non. Mais sans autopsie, nous ne pourrons pas savoir...

— Non, trancha Moysh. Pour quoi faire ? A qui cela servirait-il ? » Et après un bref silence, il ajouta : « C'était quoi... le cœur ?

— Apparemment. Une attaque.

— Selon la procédure, peut-on ne pas le transférer ? demanda Aharon.

— Oui, bien sûr. Je peux signer un... »

Le médecin regarda Moysh et respira comme pour reprendre courage. « Je peux signer un acte de décès... à son âge... »

Alors Aharon et le médecin soulevèrent le corps, le portèrent à l'intérieur et le posèrent sur le double lit de la chambre à coucher. Le médecin lui ferma les yeux et le couvrit d'un drap blanc, amidonné, qui se trouvait au pied du lit.

CHAPITRE 2

On enterra Sroulké le lendemain dans l'après-midi, un jour de fête. « On n'a pas le choix », expliqua Ze'ev HaCohen à Yoheved, qui se plaignait au nom des vieux parents de Ruti. Ils habitaient depuis quelques années le kibboutz où ils continuaient de manger kasher et de respecter les commandements. Ils étaient évidemment contre un enterrement un jour de fête.

« Nous n'avons pas les moyens de le garder ici », chuchota Ze'ev HaCohen.

Il regarda dans la direction de Moysh pour s'assurer qu'il n'avait pas entendu. Puis il effleura l'épaule de Yoheved : « Il faut leur expliquer que c'est sans aucune mauvaise intention. Dis-leur que j'irai les voir dans l'après-midi. Je vais leur parler. » Il le dit sur le ton autoritaire et apaisant qu'il réservait aux situations de crise.

Aharon resta au kibboutz jusqu'après l'enterrement. Il ne s'avouait rien au sujet d'Osnat, mais nourrissait certains espoirs. Il évita de penser au rapport entre la mort et la passion, mais ces funérailles au kibboutz, le visage placide de Havaleh, celui sérieux d'Amit, la toux de Moysh, qui avait vomi la veille au soir, le silence pesant de Dvorka, qui avait passé la matinée de fête auprès du défunt, ses yeux rouges, soulevèrent en lui un tourbillon de sentiments et une angoisse qu'il essaya de refouler. Il ne comprenait pas ce qu'il éprouvait. La mort de Sroulké aurait dû le soulager en quelque sorte. Il l'avait toujours considéré comme un des témoins de ses humiliations d'antan.

Enfant, il craignait beaucoup cet homme qui, à force de volonté et de labeur, avait fait du kibboutz un îlot de verdure agrémenté de fleurs, un petit paradis presque irréel qui tranchait parmi ces étendues ocre et brunes. Les photographies exposées à l'occasion du jubilé dans le hall du self montraient des étendues arides, quelques tamaris et une terre nue. Une autre grande photographie en couleur représentait le paysage devant la salle à manger, avec cette légende : « Hier... aujourd'hui. » Au-dessous de la photo de la serre expérimentale de Sroulké, qui n'était au début qu'un passe-temps, une installation précaire près de l'atelier, et aujourd'hui un lieu prestigieux visité par tous les kibboutzim des environs, on avait marqué ces mots de Hertzl : « Si vous le voulez, ce ne sera pas une légende. »

Sroulké était un grand silencieux qui n'avait jamais adouci les peines d'autrui par un sourire ou un mot. Comme d'ailleurs il n'avait jamais fait de mal à personne. On eût dit qu'il n'était pas conscient de son impact sur son entourage. Lorsqu'il revenait du travail, il demandait aux enfants ce qu'ils avaient fait dans la journée, s'intéressait plus à leurs travaux dans les champs qu'à l'école, puis il prenait une douche et, vêtu d'un tricot de corps gris et d'un pantalon bleu, il sortait devant sa porte et s'occupait de ses fleurs. Il se penchait sur ses rosiers, inspectait les rangées de fuchsias, des dizaines de variétés dont les branches ployaient sous le poids des fleurs rouges, bleues, roses, et ce n'est qu'après avoir humé le parfum du jasmin jaune qu'il dépliait le journal *Al HaMishmar*[1]. Quand il commençait à faire nuit, il poussait un soupir, pliait soigneusement le journal, regardait autour de lui, mettait en marche un bec d'arrosage, déplaçait un tuyau, effleurait une feuille.

Devenu grand, Aharon avait remarqué avec étonnement que loin de craindre son père, Moysh l'aimait tendrement. Cet homme, qui le glaçait par sa seule présence affairée et tranquille, ne représentait pas une menace pour son fils. En fait, Aharon avait toujours attendu un mot gentil de Sroulké, une reconnaissance, mais ce mot n'était jamais venu, Sroulké ne s'était jamais adressé à lui directement et ils ne s'étaient jamais retrouvés un instant en tête-à-tête.

Il pensa pour la première fois que Sroulké était sans doute un grand timide et que s'il ne lui avait jamais parlé, c'était peut-être pour ne pas faire semblant ou par crainte de paraître hypocrite. Avec Osnat, c'était plus facile, Sroulké lui lançait des sourires muets et affectueux. Aharon se souvenait encore de l'expression de Sroulké quand, assise sur l'herbe, Osnat racontait sa journée à Myriam.

1. Journal du parti Mapam, aile gauche, pure et dure, du mouvement ouvrier. *(N.d.T.)*

Aharon marchait avec le cortège, sans tristesse ni soulagement, mais plutôt tendu et contraint de rester auprès de Moysh. Il ne pouvait s'empêcher de penser à cette coïncidence de sa présence au kibboutz juste au moment de la mort de Sroulké. Sa dernière visite remontait à huit ans. C'était pour les funérailles de Myriam, la mère de Moysh. Après l'enterrement, il n'avait pas pu faire démarrer sa voiture, on lui avait donné une chambre et c'est alors qu'il avait couché pour la première et unique fois avec Osnat. Elle l'avait accompagné dans sa chambre, dans le quartier des baraques et lui avait porté son linge. C'était l'hiver et la météo avait annoncé du gel. Il se souvenait parfaitement de leur conversation sur la récolte des avocats. Les gens en avaient parlé en chuchotant sur le chemin du cimetière. Osnat avait allumé le petit chauffage électrique qu'elle avait sorti du placard.

« A qui est cette chambre ? avait demandé Aharon.

— A Dave. Tu ne le connais pas. Un célibataire. Il est arrivé comme volontaire du Canada et a été accepté comme membre l'an dernier. Nous l'avons envoyé faire un stage idéologique à Giv'at Haviva.

— Pour qu'il se trouve une femme ? avait plaisanté Aharon.

— Ce n'est pas drôle, avait dit Osnat. Tu crois que c'est facile de rester seul ici ?

— Sans doute plus facile qu'en ville.

— Je n'en suis pas si sûre », avait répondu Osnat en frissonnant.

Puis elle avait posé le linge propre sur le lit à une place et s'était mise à décoller les coins du drap blanc amidonné. Elle portait un chandail noir et, les yeux plissés, elle s'était assise au bord du lit et avait feuilleté un livre posé par terre. « Gurdjieff », avait lu Aharon d'une voix hésitante.

« Qu'est-ce que c'est ? avait-il demandé en s'asseyant sur le lit, à côté d'elle.

— Je ne sais pas, un truc mystique. Il me l'a expliqué une fois et me l'a donné à lire, mais je ne suis pas bonne pour ce genre de choses.

— Quelqu'un qui se cherche ? » avait dit Aharon en souriant.

Osnat avait haussé les épaules.

« Dis-moi, tu l'aimais, Myriam ? »

Elle avait mis du temps à répondre. Puis elle avait fini par dire :

« Sans plus. Je préfère Sroulké. Elle, ce n'était pas vraiment une personnalité.

— Mais elle était gentille avec nous quand nous étions petits, avait protesté Aharon.

— Tu veux dire qu'on lui a collé deux enfants de l'extérieur et qu'elle s'en est chargée? Que veut dire gentille ? On ne pouvait jamais lui parler. Elle s'occupait toujours plus de Moysh et de Shoula que de nous. On avait beau dire qu'elle était affectueuse... elle t'a jamais embrassée, toi ? »

Aharon s'était tu et avait essayé de se souvenir. Puis il avait fini par reconnaître :

« Je ne me rappelle pas.

— Tu vois ? Si elle l'avait fait, tu te serais rappelé. Et j'ai toujours eu l'impression qu'elle avait peur de moi.

— Tu sais, ça ne fait pas longtemps que j'ai commencé à penser à tout ça. Combien c'était difficile pour moi et sûrement pour toi aussi. Nous n'en avons jamais parlé ensemble.

— On ne peut pas dire que tu étais très bavard à l'époque. »

Osnat s'était levée et avait étalé les couvertures de laine l'une sur l'autre.

« Et Youvik, il est bavard, lui ? » Aharon n'avait pas pu réprimer une certaine amertume et Osnat s'était tue. Il avait regardé ses boucles attachées par un gros élastique, son beau visage pas maquillé, un visage large de paysanne slave aux lèvres charnues. En isolant chaque trait, on pouvait lui trouver des défauts — l'arête du nez trop effilée, les pommettes trop saillantes, le regard voilé, des taches livides sur une peau foncée — mais elle avait une beauté sauvage et sensuelle qui contrastait avec l'expression sévère qu'elle affichait en préparant le lit.

« Comment c'est d'être mariée avec Youvik, la grosse tête du kibboutz ? »

Aharon avait posé la question avec une grossièreté dont il était le premier surpris. Elle l'avait regardé avec colère et chagrin, puis s'était mordu les lèvres : « Bon, si tu arrêtais maintenant... »

Embarrassé et honteux, il lui avait répondu : « Excuse-moi, ça m'a échappé. Nous n'en avons jamais parlé. Mais je voulais vraiment savoir comment tu allais. »

Osnat l'avait regardé d'un air très sérieux, ses lèvres s'étaient refermées, ses yeux rétrécis, et elle avait dit : « Bien, très bien. Je suis plongée dans mes études. »

Sans savoir pourquoi, il avait soudain eu l'impression que s'il l'attirait à lui, elle n'opposerait pas de résistance. Envahi par un sentiment d'abandon, de chagrin et de solitude, il avait pris sa main douce dans la sienne et croisé ses doigts avec les siens. Alors elle s'était tournée vers lui et il avait vu sur son visage cette expression sérieuse qu'il connaissait si bien et derrière laquelle se dissimulait son propre sentiment de solitude et d'abandon. Une espèce de complicité dans le malheur qui l'avait toujours désarmé. Ses mains posées sur le pantalon de flanelle grise rapporté de Londres s'étaient soudain transformées en deux petites mains égratignées par une journée de travail dans les champs. Il s'était revu enfant et elle petite fille, tous deux assis sur un lit, dans la maison des enfants, et il s'était souvenu de son envie de toucher sa menotte. C'était l'année de sa bar-mitzvah, quelques mois avant d'avoir surpris la conversation entre Alex et Riva. Il n'avait pas osé la toucher jusqu'à ce soir-là.

Tout doucement, les phrases qui commençaient

par « Tu te souviens? » étaient remontées à la surface, ils avaient revécu ces instants de solitude et de haine du groupe. Aharon s'était surpris en train de dire naturellement et sans aucune gêne : « J'ignorais moi-même combien je te désirais à l'époque. »

Et Osnat lui avait répondu d'un air hésitant : « Mais je ne pouvais pas. Je ne sais pas si je le voulais ou non, mais je ne pouvais pas. »

Dans un élan d'assurance jamais éprouvée auparavant, comme s'il recueillait enfin ce qui lui revenait, il l'avait attirée à lui et l'avait serrée dans ses bras. Au cours de cette nuit, après l'enterrement de Myriam, ce qui lui paraissait autrefois impossible lui avait paru naturel et évident.

A deux heures du matin, Osnat s'était levée et habillée rapidement, sans dire un mot. Elle avait ignoré son sourire hésitant et, arrivée devant la porte, il lui avait demandé s'ils pouvaient se revoir :

« A quoi bon? Pas comme ça, avait-elle dit.

— Que veux-tu dire? » avait demandé Aharon.

Il s'était assis sur le lit et s'était enveloppé dans la couverture dont le contact piquant était désagréable.

« Je veux dire que je ne veux pas te rencontrer comme ça.

— Mais tu viens étudier à Ramat-Aviv, tu seras en ville et...

— Je ne veux pas, avait dit Osnat d'une voix dure. Si tu viens ici, on se revoit. Sinon, tant pis. »

Aharon avait soupiré et l'avait regardée en silence. Alors elle avait dit :

« Ne crois pas que je suis toujours comme ça.

— Enfin, ça suffit, avait dit Aharon avec impatience. Je ne suis tout de même pas un étranger.

— Non, avait-elle dit en plissant les yeux, le regard méfiant et hostile. Sache que c'est contre mes principes. Je n'ai pas l'intention de recommencer. Je ne sais pas ce qui m'est arrivé. J'ai dû perdre la tête.

— Youvik n'a pas la conscience aussi chatouilleuse que la tienne. J'ai entendu pas plus tard qu'aujourd'hui qu'il était avec une volon... »

Osnat lui avait répondu en articulant chaque mot avec une fureur à peine contenue : « Youvik et moi, ce n'est pas pareil. » Et avant de claquer la porte, elle avait ajouté : « A ta place, j'aurais honte. »

C'était comme une répétition de cette ancienne querelle qu'ils n'avaient jamais évoquée, pas même cette nuit-là. Une terrible querelle qui remontait au soir où il lui avait annoncé son intention de quitter le kibboutz, avant que l'affaire avec Youvik ait commencé. Elle l'avait traité d'opportuniste et d'aventurier. Elle pensait que seule la vie au kibboutz pouvait procurer une liberté intérieure, un sentiment de sécurité et d'appartenance.

« Tu parles comme une vieille de soixante-dix ans. Regarde-toi un peu, avait-il dit.

— Je me regarde, mais c'est toi qui ne vois rien ! » avait-elle crié.

Maintenant, elle marchait en tête du cortège, aux côtés de Havaleh, de Moysh et de la sœur de celui-ci, Shoula, qui était arrivée de Beer-Sheva avec son mari et ses enfants. Osnat avait toujours été la fille de la maison, et jusqu'à ce jour, Aharon ne s'était pas rendu compte à quel point il l'enviait. Il n'avait jamais éprouvé de jalousie à son égard, même quand il avait l'impression que Myriam — il en était sûr pour Sroulké — aimait plus Osnat que lui.

Loin derrière Moysh, Aharon fermait le cortège et, en marchant, il entendit Fania de l'atelier de couture se parler toute seule. Il ne comprenait pas les mots, mais le ton de cruel ressentiment lui était familier, ce ton hystérique, au bord de la crise, sur lequel se disent des choses terribles, comme si celui qui les profère est si pressé de se défaire d'un poids d'amertume accumulé au fil des années qu'il lui importe peu d'empoisonner son entourage. Des mots dont on ne se remet pas, qui s'infiltrent dans la conscience et qu'on n'oublie jamais. C'est du moins ce que Dvorka dit plus tard à Fania. Mais en attendant, il était impossible de l'arrêter et Aharon reconnut l'étincelle de joie maligne dans les yeux de Brouria de la laverie, qui reniflait le scandale, et il vit les visages choqués de Shmil et Hanna du poulailler. Le cortège était encore à l'extérieur du cimetière, mais tout le monde s'arrêta. Il régnait dans l'air comme une atmosphère de sacrilège.

Il ne comprit les mots qu'une fois arrivé devant la tombe :

« Vous êtes satisfaits maintenant, piaillait Fania. Vous l'avez tué avec toutes vos idées, vos belles phrases sur la qualité de la vie, sur le coucher familial et vos idées d'une maison de vieux. »

Quelqu'un fit « chhhut », mais Fania cria de plus belle : « Je ne me tairai pas et personne ne me dira chut... tout est à cause de la maison des vieux et du coucher familial, parce que vous ne supportez pas que les choses restent comme elles étaient autrefois.

— Où est sa sœur ? Où est Gouta ? dit quelqu'un.

— Elle n'est pas venue. Elle ne va pas aux enterrements. »

Finalement, Osnat s'approcha de Fania et la prit par le bras. Aharon était médusé. C'était la première fois qu'il entendait Fania s'exprimer avec de si longues phrases. Elle avait toujours marmonné des monosyllabes, des demi-mots. Personne n'attachait beaucoup d'importance au ressentiment qui s'exprimait lorsqu'elle marmonnait ainsi aux réunions plénières, car elle ne disait jamais de mal de personne. Debout devant la tombe, Aharon se dit qu'elle allait à l'encontre de tous les stéréotypes sur les ateliers de couture des kibboutzim. Chez elle, on ne se livrait à aucun commérage et toutes les couturières avaient peur d'elle. Elle ne disait jamais de mal de personne, ni de bien non plus. C'était une couturière émérite, aux mains de fée.

Aharon se souvint d'une image. Shoula et Osnat devant la porte de la chambre, un soir de fête au kibboutz, et Myriam en train de s'exclamer : « Regardez les robes cousues par Fania. Elle pense à tout, elle exploite le moindre bout de tissu. Des robes rouges à carreaux pour toute une classe, n'est-ce pas joli ? »

Et Osnat, les mains dans les poches de la robe de fête :

« Elle n'a fait que deux modèles.

— Que voulais-tu ? Qu'elle en fasse douze ? avait dit Myriam en riant de bon cœur. C'est ça qui est bien, qu'elle ait réussi à faire des modèles qui vont à tout le monde, qui mettent en valeur ce que chacune a de plus joli. »

Comme Osnat faisait toujours la moue, elle avait ajouté sur ce ton affectueux et discret qui était le sien :

« Quelle importance ! A votre âge, on est toujours jolie. »

Et Aharon, assis dans un coin de la pièce, en train de feuilleter d'anciens numéros reliés du journal pour enfants *Al Hamishmar,* mais qui ne ratait pas un mot de ce qui se disait, avait entendu Osnat ravaler sa déception et réciter d'un ton digne et suffisant : « Dvorka nous dit que la beauté intérieure de chacune de nous rayonne vers l'extérieur même quand nous sommes en vêtements de travail. »

Aharon n'avait pas tout à fait compris ce qui se passait, mais il avait senti que les sous-entendus d'Osnat avaient complètement échappé à Myriam, qui avait répliqué : « Dvorka a raison ! Elle a mille fois raison ! » Elle n'avait absolument pas senti la colère qui pointait sous les mots faussement innocents d'Osnat.

Aharon se demanda ce que Myriam aurait pensé si elle avait su que l'entreprise la plus florissante du kibboutz était l'usine de cosmétiques qui fabriquait des pommades à partir d'un cactus planté à la place des anciens pruniers arrachés pour la bonne cause. Qu'en pensait Dvorka ? se demanda-t-il en souriant presque à l'évocation de la morale de simplicité professée par cette pionnière. Pourtant, toute cette prospérité qu'il avait constatée au cours de la cérémonie et du dîner provenait de cette usine de cosmétiques qui exportait ses produits dans le monde entier. Qu'en pensaient les femmes pionnières dont le visage était plissé de rides depuis leur jeune âge? Que disaient-elles à la vue de certaines jeunes femmes si soignées et si fraîches qu'elles semblaient ne jamais avoir travaillé dans les champs?

Pendant le dîner de la veille, Moysh lui avait raconté que Fania avait du mal à admettre que l'atelier de couture fondé par elle périclitait, que l'usine de cosmétique avait sapé ses fondements et qu'il fallait procéder à des changements dont elle ne voulait même pas entendre parler. Quand on lui avait proposé de faire de l'atelier une grande usine, d'y faire venir des coupeurs et des spécialistes de l'extérieur et de lui en confier la direction, elle avait été prise d'un tel accès de fureur que tout le monde avait rentré les épaules et enterré le projet. A mesure qu'elle vieillissait, ses modèles se faisaient plus farfelus et futuristes, si bien qu'on avait du mal à imaginer qui porterait toutes ces lignes géométriques. « Toutes sortes de déguisements, avait dit Moysh d'un air perplexe, des trucs... enfin, je ne m'y connais pas, mais on me l'a dit, Havaleh me l'a dit. » A telle enseigne qu'on avait fini par faire appel à des coupeuses de l'extérieur, que les femmes du kibboutz préféraient s'habiller en ville et que l'atelier ne servait plus qu'à fabriquer des vêtements de travail et à habiller les enfants.

« Même en ne faisant que ça, elle crée des choses bizarres, des modèles dont on se demande où elle est allée les chercher. Imagine, dit Moysh en riant, qu'elle a cousu des costumes safari pour les garçons qui fêtaient leur bar-mitzvah. Elle voulait qu'ils ressemblent à des petits lords. » Puis il redevint sérieux et dit presque en chuchotant : « Elle n'a pas supporté les changements, le passage à la production en série. On ne pouvait pas l'appâter, lui dire qu'elle serait la responsable d'une couture de luxe. Ou bien, quand nous avons eu cette idée d'un atelier de poupées. C'était un vrai scandale, elle n'a pas marché. Je crois qu'elle n'a plus toute sa tête. »

Osnat prit le bras de Fania, puis la serra dans ses bras, alors les syllabes et les demi-mots cédèrent la place à des gémissements étouffés, pendant un instant on entendit de nouveau les oiseaux, puis Fania se dégagea des bras d'Osnat et se mit à crier : « Une maison de vieux, voilà ce que vous voulez. Nous mettre dans une maison de vieux, c'est pour ça qu'il est mort. Que croyez-vous donc, les vieilles bêtes ont fait leur temps. Espèces d'Apaches ! Barbares ! »

Elle se remit à marmonner par monosyllabes inaudibles. Aharon suivit le cortège qui continuait d'avancer malgré l'attroupement autour de Fania. On essayait de l'apaiser, mais le chiffre bleu inscrit sur son avant-bras intimidait souvent les bonnes volontés. Tout le monde craignait Fania et Gouta. Même si cette dernière paraissait moins effrayante et qu'il lui arrivait parfois de rire et de raconter des histoires. Quand il était enfant, il regardait avec effroi le chiffre tatoué sur le bras avec l'impression que tout leur était permis, tout leur était pardonné.

Les deux sœurs étaient des modèles de travail. Personne ne leur contestait cette qualité. Une fois, lorsqu'il était en classe de terminale, il avait participé à la cueillette des pêches et s'était trouvé à côté de Gouta. Elle remplissait ses paniers à une vitesse vertigineuse. C'était la deuxième récolte de la saison, les arbres étaient hauts et des fruits roses étaient accrochés aux branches. La cueillette se faisait tôt le matin, avant que la chaleur monte, et après avoir fini, ils allaient prendre leur petit déjeuner. Aharon observait Gouta, la manière dont elle mangeait lentement, méthodiquement, la moindre miette dans son assiette pleine à ras bord, avec cette même expression concentrée et solitaire qu'elle avait pendant la cueillette et qui lui faisait peur.

« Que voulez-vous, après tout ce qu'ils ont subi... »

disait toujours Myriam lorsque ceux qui travaillaient à l'étable se plaignaient de Gouta qui les épuisait et les réprimandait sans cesse. Ses vaches étaient célèbres dans tout le Néguev. Et dans les sketches écrits par Youpy, il était toujours question du sentiment maternel de Gouta pour ses vaches, qu'elle connaissait une par une et appelait par leur prénom. On chuchotait même en secret qu'elles lui étaient plus chères que ses enfants et que le soir, elle inspectait d'abord ses vaches avant d'aller border ses enfants. Un jour, Aharon s'était réveillé en retard et était arrivé à bout de souffle à l'étable, où il était de corvée ce jour-là. Gouta n'avait rien dit, elle n'avait même pas levé la tête du seau sur lequel elle était penchée et lorsqu'il avait voulu apporter le foin, elle avait dit : « Ce n'est pas la peine. Je l'ai déjà fait. Tu crois que j'ai le temps d'attendre que tu te décides à venir ? »

Mais Fania était pire que Gouta. Il la craignait encore plus. Les jours où il était de corvée à la cuisine en même temps que Fania, c'était l'enfer. Elle ne parlait jamais, sinon par monosyllabes inaudibles, et travaillait, elle aussi, à une cadence infernale. Après le petit déjeuner, quand on avait fini de laver le carrelage de la salle à manger et que ceux qui étaient de corvée ce jour-là s'asseyaient pour prendre un café, elle ne se joignait jamais à eux et trouvait toujours quelque chose à faire, un coin à gratter ou à astiquer. Elle peinait en grinçant des dents et en émettant des sons qui effrayaient tout le monde. On faisait du bruit, on parlait à voix haute pour couvrir les plaintes qu'elle poussait en yiddish pendant qu'elle faisait briller les vitres.

Fania aussi avait deux enfants. Sa fille avait quitté le kibboutz, elle vivait à Haïfa et revenait en visite pour les fêtes, avec son mari et ses enfants. Alors Fania bombait un torse fier, emmenait toute la famille dans la salle à manger, leur servait des montagnes de nourriture d'un air agressif et provocateur comme si on pouvait lui dénier le droit de recevoir les siens.

Quant à Yankélé, son jeune fils, on l'évoquait comme « un problème ». Aharon l'avait aperçu pendant la cérémonie, mince et juvénile, paraissant plus jeune que son âge — il avait un an de moins que Moysh — avec son éternel sourire figé en un rictus sur ses lèvres. Il vivait seul, à l'autre bout du kibboutz, dans le quartier des célibataires, juste à côté des logements des volontaires, et travaillait à l'usine de cosmétiques que tout le monde appelait « le complexe ». « C'est une bonne solution, il peut être très bien dans ce genre de travail », avait dit Moysh.

Aharon ne s'était pas attardé sur la notion de « solution » parce que cette remarque sur Yankélé et son sourire l'avait fait frissonner en lui rappelant un souvenir encore vivace : celui de Moysh qui clopinait vers le dispensaire pour se faire soigner une blessure faite par Yankélé, qui l'avait mordu au mollet en revenant des champs. Personne n'avait compris pourquoi il s'était brusquement jeté sur Moysh. Ils revenaient avec la Jeep de leurs travaux d'irrigation, bien avant les méthodes modernes qui avaient rendu inutiles ces expéditions nocturnes et romantiques dans les champs, instants précieux qui remplissaient Aharon d'une assurance toute virile. En revenant vers la Jeep, tandis qu'ils plaisantaient et reprenaient leur souffle, Yankélé s'était jeté sur Moysh et lui avait planté ses dents dans le gras du mollet. Il avait soudain surgi de la terre sur laquelle il était étendu et Aharon ignorait jusqu'à ce jour s'il s'était endormi ou s'il les guettait, étendu parmi les tiges de coton.

La morsure était profonde, elle avait arraché la chair. La blessure saignait mais après le premier cri de douleur, Moysh n'avait plus rien dit. Aharon avait arraché de force Yankélé collé à la jambe nue. Ils n'avaient dit la vérité à personne, même pas à Riva l'infirmière qui, à la vue des traces de dents, répétait : « C'est peut-être un chacal. Il faut une piqûre de tétanos. »

Moysh avait nié : « Je te dis que non. C'est la clôture, ce ne sont pas des dents, ce sont les fils barbelés. »

Malgré la piqûre de tétanos, il avait continué de prétendre que c'étaient les fils barbelés. Depuis ce jour-là, Aharon frissonnait à la vue de Yankélé et de son sourire.

Fania se comportait comme si tout allait bien. Elle refusait de reconnaître que Yankélé n'était pas comme les autres, n'évoquait jamais son état et n'autorisait pas la moindre discussion à son sujet. Elle attribuait sa dispense de service militaire aux crises d'asthme de son enfance et, visiblement soulagée, exhibait fièrement son fils dans la salle à manger, où elle lui remplissait l'assiette de nourriture en choisissant les tomates les plus fermes et les concombres les plus croquants. Puis elle l'incitait avec des gestes vifs à manger des légumes.

Zacharia, le père, ne parlait jamais. Humble et soumis, il travaillait au poulailler auprès de Hannah et, le soir, suivait Fania et Gouta dans la salle à manger, la démarche feutrée et silencieuse comme s'il voulait se rendre invisible. Aharon se souvenait qu'au jardin d'enfants, les petits étaient gentils avec Yankélé comme s'il était malade ou infirme. Un jour où il travaillait au mini-zoo, les petits du jardin d'enfants étaient venus voir l'agneau nouveau-né et Yankélé, qui traînait dans les parages, avait lancé des brindilles vers la cage à lapins. Les deux poings sur les hanches, Rinat l'avait grondé en adoptant la même pose que Lotte, sa mère. Alors Oded, fils de Yoheved, avait chuchoté à l'oreille de Rinat :

« Parle-lui gentiment, sinon Fania te fera des histoires.

— Elle ne me fera pas d'histoires, avait répondu Rinat avec assurance, Lotte va lui dire.

— Mais elle te fera peur la nuit parce qu'elle est de garde, avait dit Oded, terrorisé. Je sais qu'elle est de garde la nuit parce que quand elle est de garde la nuit, je ne dors pas à la maison des enfants.

— Tu ne peux pas, avait dit Rinat avec une superbe assurance.

— Je peux, c'est Yoheved qui l'a dit.

— Elle n'a pas dit. Et puis, ce n'est pas elle qui décide. Ce ne sont pas les mamans qui décident.

— Yoheved m'a dit, s'obstina Oded, que je peux dormir chez eux parce que quand Fania nous garde, j'ai peur de dormir. Elle ne vient jamais quand je pleure, jamais! »

Aharon s'étonna de ce dialogue conservé intact dans sa mémoire et regarda Fania qui reniflait sans cesse.

« Si elle n'a dans la vie que ses enfants, pourquoi les laisse-t-elle dormir en groupe et ne les prend-elle pas chez elle? » avait-il demandé une fois à Osnat.

Elle lui avait répondu sans hésiter que c'était pour Fania un principe indiscutable. Arrivée très jeune au kibboutz, elle avait fait de ses enfants de vrais « sabras ». Le coucher collectif était comme un commandement divin, une injonction du destin, tout comme le fait qu'un beau jour, sa fille Nehama était partie vivre à Haïfa avec son mari. Fania n'avait pas émis la moindre protestation. Comme une bête de proie qui sort ses griffes pour veiller sur ses petits, elle protégeait les siens de toute attaque et les élevait à l'ombre de ses gros bras. Quant au problème de l'éloignement la nuit, elle l'avait résolu en se portant volontaire pour veiller les enfants qui étaient terrorisés. Pourtant elle était affectueuse, mais les enfants ressentaient les appréhensions de leurs parents, une peur transmise par les bribes de conversation, les remarques des adultes et surtout par ces espèces de monosyllabes plaintives en polonais et en yiddish qui s'échappaient de ses lèvres tandis qu'elle parcourait les sentiers du kibboutz.

Ni Dvorka ni les autres vieux ne pleurèrent devant la tombe. Bezalel et Shmil, les amis de Sroulké, et quelques autres survivants de la génération des pionniers étaient eux aussi tout près de la tombe. Aharon regardait les inscriptions sur les pierres. Sroulké serait enterré à côté de Myriam, dont la tombe était encore fleurie par les gerberas qu'il avait déposés le soir de la fête, juste avant de mourir. Aharon fut saisi d'un désir irrépressible de se glisser sous ces mottes de terre avec la certitude que c'était là qu'il voulait être couché, parmi les grands cyprès, dans le silence que seul troublait le chant des oiseaux.

Dvorka fit l'éloge de Sroulké, puis Ze'ev HaCohen dit à son tour quelques mots. Bien que profane, la cérémonie était empreinte d'une atmosphère de gravité religieuse et Aharon, qui avait déjà assisté à quelques enterrements à Holon et Kiriat Shaoul, se dit que Sroulké avait eu une mort heureuse qui l'avait surpris en pleine activité, parmi les fleurs qu'il aimait tant. C'est d'ailleurs ainsi qu'il avait essayé de consoler Moysh. « Le baiser de l'ange sur un lit de fleurs », dit Osnat après l'enterrement, quand tout le monde revint chez Moysh et Havaleh. Il y avait les enfants, Osnat, Bezalel qui travaillait dans les champs, Shmil et Ze'ev HaCohen. Dvorka rentra chez elle, le dos plus voûté que la veille.

Le silence était difficile à supporter dans la pièce. Aharon se mit à feuilleter les bulletins du kibboutz rangés sur une étagère, au-dessous de la télévision. Il jeta un coup d'œil aux comptes rendus des séances plénières. En fait, il voulait rentrer mais cherchait le bon moment pour se lever et prendre congé. Il remarqua sur quelques bulletins la signature d'Osnat qui, après avoir dirigé le lycée de région puis représenté le kibboutz au séminaire idéologique de Giv'at Haviva, était depuis un an la secrétaire du kibboutz. Il y avait aussi des articles de Dvorka.

Le silence était pesant. Bezalel se leva et remplit la bouilloire électrique. Pour dire quelque chose, n'importe quoi, Aharon demanda : « Qu'est-ce qui lui a pris, à Fania ? »

Le silence se poursuivit comme si personne ne l'avait entendu, et Moysh, qui ne pouvait plus supporter le regard d'Aharon, finit par dire :

« C'est difficile pour elle. Elle était très attachée à Sroulké. C'est lui qui les a fait venir ici après la guerre, elle et Gouta.

— Je n'en savais rien, dit Aharon.

— C'est parce que Sroulké n'a jamais été très bavard.

— Comment l'a-t-il fait venir? D'où?

— De Milan. Il y avait là un camp de réfugiés qui attendaient des certificats d'hébergement, dit Shmil. Tu sais bien, nous travaillions pour la Breha, l'organisation issue de la Haganah, de l'Agence Juive et du Joint, pour faire entrer clandestinement des réfugiés dans le pays. Enfin, peu importe maintenant, c'est une longue histoire. Ils étaient effrayants à voir. Nous avons obtenu des certificats et les avons fait venir ici, en même temps que Shmouel et Ruhalé et d'autres encore que nous avons placés ailleurs.

— Quel âge avaient-ils? demanda Aharon, soulagé par cette amorce de conversation.

— Dix-huit à vingt ans, je ne me souviens pas très bien. Mais ils étaient jeunes, très jeunes. Fania était malade, elle avait la tuberculose. Et Gouta était tout le temps affamée, elle avait si peur de manquer de nourriture qu'elle cachait sous sa couverture tout ce que nous lui donnions. Des restes. C'était terrible. Tu les vois aujourd'hui et tu n'imagines pas ce qu'elles ont pu vivre.

— Quelle est cette maison de vieux dont elle parlait? continua de demander Aharon.

— Des bêtises, dit Shmil avec colère. Des idées stupides dont il ne sortira rien. Il y a des gens qui bavardent au lieu de travailler. »

Il lança à la dérobée un regard craintif à Osnat.

« Premièrement, ce n'est pas une maison de vieux et deuxièmement, ce ne sont pas des bêtises, dit Osnat avec une tranquille assurance.

— Alors, c'est quoi si ce n'est pas une maison de vieux? dit Bezalel, furieux. Vous dites des bêtises et ça ne se passera pas comme ça. Ne me répète pas toutes ces idées insensées. En quoi la vie que nous menons vous gêne-t-elle ? Pourquoi faut-il tout le temps changer des choses ? Où courez-vous comme ça, c'est bien ce que je me demande ?

— C'est toute une conception, dit Osnat sur ce même ton assuré. Il s'agit de sauver des vies. Regarde donc les kibboutzim voisins, crois-tu qu'on puisse vieillir tranquillement à Ma'ayanot ? Nous ne pensons qu'à l'aspect positif de la chose, faites comme nous.

— Nous verrons ça, menaça Shmil. Nous verrons les résultats du vote. Heureusement que tout le monde ne pense pas comme toi. »

Osnat ne répondit pas et Ze'ev HaCohen dit sur un ton apaisant :

« Ce n'est pas si terrible que ça. Il faut simplement se débarrasser de quelques préjugés.

— Vous aurez des logements neufs, dit soudain Havaleh. On n'entendra plus ces commérages sur notre génération qui aurait des villas alors qu'on se serait contenté d'améliorer vos habitations.

— Mais de quoi s'agit-il ? Qu'appelle-t-il une maison de vieux ? » insista Aharon.

Osnat toussota, puis se redressa sur son fauteuil et dit :

« Tout d'abord, il faut que tu changes de terminologie. Il n'est pas question de maison de vieux, mais d'une institution régionale sur le même principe que le lycée de région pour les kibboutzim. Une espèce de centre pour le troisième âge qui regrouperait plusieurs kibboutzim et aurait un fonctionnement autonome. La proposition n'est pas encore tout à fait au point mais nous avons déjà soumis au vote la question d'une commission d'étude, après quoi nous passerons vraiment au vote. » Elle lança à Shmil un regard qui se voulait à la fois réconfortant et autoritaire. « Mais rien n'est encore décidé. En tout cas, le principe est celui d'habitations communes autour de travaux agricoles, enfin une espèce de kibboutz pour le troisième âge. »

Elle croisa les bras et, le visage sérieux, regarda autour d'elle.

« Mais pour quoi faire ? s'exclama Aharon. Ce qui est bien ici, c'est de vivre ensemble, les vieux aux côtés des jeunes. Pourquoi changer ?

— C'est compliqué, très compliqué à expliquer, répondit Osnat. Mais crois-moi, le mouvement national ne pense pas que ce soit une aussi mauvaise idée. C'est la conséquence de la crise économique et du gel de la construction dans les kibboutzim. Je ne peux pas entrer dans les détails. Je peux juste te dire qu'il existe des kibboutzim où l'on ne peut pas vieillir dignement, d'autres qui ont fait faillite. Sais-tu que le mouvement des kibboutzim réunis a même décidé de vendre à des gens de la ville des appartements dans de tels centres ? »

Aharon fit non de la tête.

« Alors nous devons nous estimer heureux, dit Bezalel avec un sourire amer.

— Nous ne sommes pas intéressés par le profit, dit Osnat. Nous ne vendons pas d'appartements pour le troisième âge mais, dit-elle en se tournant vers Aharon, nous y avons pensé. Si ça t'intéresse, je peux te passer de la documentation.

— Ça m'intéresse », dit Aharon sans trop savoir pourquoi.

Sa propre mère habitait dans une maison pour le troisième âge, à Ramat-Aviv, et semblait très satisfaite, mais il était tout de même ébranlé par cette idée. Il pensait à Sroulké.

« Comment Sroulké a-t-il réagi ? demanda-t-il d'une voix sourde.

— Il n'a rien dit. Tu le connaissais, dit Osnat.

— Sroulké était un saint, dit Shmil d'une voix forte, un des trente-six justes de sa génération. Vous ne pouvez pas savoir ce qu'il pensait, personne au monde ne pouvait le savoir. Surtout depuis la mort de Myriam. »

Havaleh fit une grimace d'impatience et se leva : « Je vais faire du café. Qui en veut ? »

Personne ne lui répondit.

« C'est à cause de notre vote qui les dérange dans leurs projets, explosa Shmil. Ils croient que nous ne sommes même pas capables de comprendre ça. »

Osnat se tourna calmement vers Aharon :

« Alors, veux-tu recevoir de la documentation ?

— Tu peux me la donner maintenant », proposa Aharon en hésitant.

Il pensa à une occasion de rester seul avec elle.

« Non, trancha Osnat. Il faut que je la prépare d'abord. »

Son visage prit cet air sérieux qu'il connaissait si bien, celui qu'elle affichait en classe quand elle s'occupait des activités culturelles, ou plus tard, quand elle était responsable du groupe de Nahal, le service militaire agricole.

Quand il se leva et bredouilla quelques mots sur des obligations et la nécessité de rentrer chez lui, il espéra qu'Osnat l'accompagnerait. Mais ce fut Moysh qui se leva comme s'il avait repris ses esprits et l'accompagna jusqu'à sa voiture : « Je voudrais te dire que tu m'as vraiment aidé. »

Aharon regarda la mèche grise, le visage douloureux, l'expression douce et inhabituelle des yeux gris, les grands pieds bronzés dans les sandales et la santé qui émanait de toute sa personne. Il pensa à l'Alumag et aux cachets de Tagamet qu'il avait aperçus dans la salle de bains, voulut dire quelque chose mais se retint. Il éprouva la même douleur aiguë en levant le bras pour lui dire au revoir : « Ce n'est rien, c'est normal. Je suis content d'avoir été là pour aider. Après tout, je suis redevable à Sroulké, non ? »

Il sentit aussitôt que ce qu'il disait sonnait faux, mais il ne savait pas ce qui était faux. Moysh n'était pour lui ni un frère ni un ami, quant à Sroulké, il ne le considérait pas comme un père. Tout ce qu'il aurait pu dire de plus chaleureux aurait sonné faux.

Quand il rentra chez lui, il était déjà sept heures et demie et la douleur au bras persistait. La maison était vide, il pensa à Osnat avec qui il n'avait pu échanger un seul mot plus personnel et dans un élan irrépressible, il composa le numéro de son appartement. Il entendit sa voix claire dire « Bonsoir » et reposa le récepteur sans dire un mot.

CHAPITRE 3

Au cours des semaines qui suivirent la mort de Sroulké, Aharon revint une ou deux fois au kibboutz. Il garait sa voiture près du portail arrière, derrière le dépôt à grains de coton, en espérant que personne ne le verrait. Sans le dire explicitement, Osnat avait laissé entendre qu'il fallait garder le secret.

Il venait le jeudi soir, à la tombée de la nuit, quand elle n'avait plus de réunions avec la commission éducative, la commission universitaire ou bien la commission d'expansion, terme qui désignait le groupe d'étude chargé de planifier le coucher familial. Quand elle était absente, ce qui était arrivé deux fois, il connaissait la cachette de la clef et attendait son retour. Puis ils dînaient dans son appartement et passaient la nuit ensemble.

Prudents et attentifs, ils ne cherchaient pas à revivre les émotions érotiques de l'adolescence, mais quelque chose de plus intime qui leur rappelait leurs marches nocturnes et silencieuses, quand ils rentraient de chez Myriam et Sroulké pour aller dormir à la maison des enfants.

Ils se quittaient en affichant un air faussement désinvolte et Aharon veillait à ne pas évoquer leur prochaine rencontre de crainte qu'elle refuse ou le ressente comme une menace. Il partait avant l'aube par le portail arrière, qui était censé être verrouillé mais ne l'était jamais. La chaîne de métal pendait à l'un des battants, il ouvrait, passait avec sa voiture, redescendait pour fermer le portail, puis repartait.

La première fois qu'il revint, elle lui demanda d'un air détaché si quelqu'un l'avait aperçu. Il se souvint avec un certain malaise d'une ombre qu'il avait vue surgir derrière la rangée de maisons, mais ne lui en dit rien. De toutes façons, il était impossible de l'identifier dans l'obscurité, à la lueur de l'unique réverbère qui éclairait le bout du sentier. Il ne prenait pas de précautions particulières et se disait qu'il pouvait toujours prétendre être venu voir Moysh. Mais l'ombre qui surgissait derrière la maison chaque fois que son pas solitaire résonnait sur le sentier asphalté éveillait ses soupçons.

A sa quatrième visite, il réussit même à voir une silhouette mince, en short, aux allures d'adolescent, courir se cacher au bout du sentier. Il ne savait pas si c'était toujours la même personne et n'en dit rien à Osnat. Il craignait d'attiser chez elle une peur latente qu'elle manifestait de manière détournée quand elle lui demandait d'un air détaché si quelqu'un l'avait aperçu. Il savait qu'elle avait toujours été très soucieuse de préserver sa vie privée. Quand ils étaient petits, à la maison des enfants, elle préférait une chambre à l'écart et un lit dans un coin.

Lorsqu'il était chez elle, elle fermait les rideaux épais et les fenêtres et mettait en marche l'air conditionné dont l'appareil, placé à l'extérieur, étouffait les bruits de l'intérieur. Elle verrouillait toujours la porte. Il avait remarqué avant la fête cette nouvelle habitude de verrouillage des portes. Moysh avait répondu par un haussement d'épaules : « Il y a déjà eu des vols, sans doute des gens de l'extérieur. »

Et, gêné, il avait caché la clé sous une pierre du muret qui entourait le petit jardin devant la maison. Avant de partir à la fête, des gens avaient frappé à la porte et étaient entrés sans attendre que Moysh leur réponde. On ne sentait pas chez lui ce souci qu'avait Osnat de préserver son intimité.

Aharon se souvenait encore comment elle avait harcelé Yedidya, l'intendant, pour qu'il lui fasse « une petite commode avec une clé ». Yedidya était responsable de l'atelier à outils, où il rangeait aussi des débris avec lesquels il fabriquait des merveilles. Lorsqu'Osnat était parvenue à ses fins et avait installé à son chevet, dans la maison des enfants, la petite commode tant souhaitée, Hadas avait exigé une réunion de classe. Ils n'avaient que douze ans à l'époque, mais la demande de réunion avait déjà des airs d'assemblée plénière des adultes. Hadas avait posé devant la classe la question de la confiance mutuelle et avait dit d'Osnat : « Elle suspecte tout le monde et n'a confiance en personne. » Toujours aussi ferme et chaleureuse, Dvorka avait encouragé Osnat à s'expliquer devant la classe, mais celle-ci avait baissé la tête et s'était enfermée dans un silence obstiné. De longues minutes s'étaient ainsi écoulées et, sous le regard des onze paires d'yeux qui la fixaient, elle avait dit sur un ton de défi désespéré : « J'ai besoin de cette commode. » Elle n'avait rien ajouté de plus. Il y avait eu un grand tumulte, la classe avait mis Osnat en quarantaine et Aharon avait été le seul à enfreindre l'interdit. Puis, une nuit, la commode avait été fracturée et son contenu jeté par terre, éparpillé dans toute la pièce : des pages écrites, des photos jaunies, une fleur séchée, un petit flacon de parfum, un bracelet fendu en métal léger, des photos en noir et blanc de monuments touristiques américains dans des encadrements de plastique jauni, un petit carré de savon bleu, de ceux qu'il verrait plus tard dans les hôtels dont à l'époque il ignorait jusqu'à l'existence, et surtout un soutien-gorge, petit bout de tissu rose que l'auteur de l'effraction avait ostensiblement accroché comme un fanion à un montant de lit. Il y avait évidemment eu des réunions et des enquêtes, puis un ultimatum de Dvorka, mais on n'avait jamais retrouvé le coupable et pendant plusieurs jours, Lotte, la puéricultrice, ne s'était pas départie de son expression tragique. Puis l'épisode avait été oublié, Osnat avait renoncé à fermer sa commode à clé et Myriam lui avait proposé un coin à elle dans la pièce familiale, proposition qui avait la couleur des conseils pédagogiques de Dvorka et que Myriam n'aurait pas été capable de trouver seule.

Ses visites chez Osnat commençaient toujours par des conversations sur les changements institutionnels survenus dans le kibboutz. La première fois, il était venu deux semaines après la mort de Sroulké. Il était arrivé avec les brochures qu'elle lui avait envoyées sur les changements imminents dans le mouvement kibboutzique en général et leur kibboutz en particulier. Il avait très vite compris que s'il manifestait de l'intérêt pour ce qu'elle appelait « le nouveau concept », il la rencontrerait plus facilement.

Dès qu'il était question du coucher familial ou bien des institutions du kibboutz, une lueur fanatique s'allumait dans le regard d'Osnat, Aharon était gêné mais il n'osait pas lui en parler. Comme il était membre de la commission d'éducation de la Knesset, il lui apportait des articles de la presse internationale sur les structures familiales. Elle les lisait très attentivement, puis lui parlait des projets et de la nécessité de transformer le kibboutz en une nouvelle société idéale.

Aharon ne la contredisait jamais ni ne se moquait d'elle. Le sujet ne l'intéressait pas, mais la naïveté avec laquelle elle se penchait sur les journaux en rejetant ses cheveux en arrière et son enthousiasme étaient très touchants. Il savait parfaitement ce qu'elle ressentait, comme si elle avait été transparente. Il la voyait lutter contre cette image de femme frivole qui lui collait à la peau, contre sa beauté féline dont elle n'avait jamais tiré aucun profit, qu'elle avait toujours ignoré et considéré comme un obstacle. Tout le monde attendait d'elle qu'elle soit experte en amour, alors qu'elle s'intéressait aux problèmes d'organisation.

Les études avaient été pour elle une sorte de défi,

elle lisait beaucoup, évitait les conversations oiseuses et les commérages en classe. Aharon se souvenait de ses nuits blanches passées à préparer le baccalauréat et de son anxiété mêlée d'espoir lorsque, les lèvres serrées, elle attendait que le kibboutz lui accorde des études. On avait voulu l'envoyer étudier au séminaire de formation d'instituteurs. Mais elle avait eu gain de cause et étudié les sciences de l'éducation et la sociologie. Plus tard, elle avait appliqué ce savoir dans ses responsabilités administratives au sein du mouvement kibboutzique.

Ces visites prudentes et secrètes au kibboutz, le malaise devant ce personnage mystérieux qui surgissait au bout du sentier comme s'il le guettait, sa patience affectée en écoutant Osnat discourir sur l'avenir du kibboutz, toute cette pression latente se glissa entre eux, au lit. Aharon ne se considérait pas comme un expert en affaires amoureuses. Il avait renoncé depuis longtemps à la possibilité d'une relation sexuelle suivie et n'avait jamais été attiré par les flirts épisodiques.

Très vite après son mariage, il avait découvert ce qu'il savait déjà intuitivement, que ça ne marcherait pas. Il avait discrètement observé le lent éloignement de sa femme Dafna et n'avait rien fait pour l'empêcher. Ils n'avaient presque plus de rapports sexuels et la nécessité de passer des nuits à Jérusalem lui avait paru comme une aubaine. Chaque fois que se présentait l'occasion d'une relation passagère, il avait l'impression de n'avoir « rien à proposer dans ce domaine ». Et les deux fois où il avait cédé à des femmes qui en avaient pris l'initiative, ce n'avait été pas tant par désir que par embarras et crainte de refuser.

Il n'était jamais libre ni à l'aise dans son corps, craintif et perplexe devant ce qu'on attendait de lui. L'allure pesante et maladroite, il considérait sa calvitie naissante comme un processus inévitable qui le mènerait, entre autres, à renoncer au sexe. Il ne faisait aucun exercice physique, évitait de regarder dans la glace son corps mou et son visage qui exprimait une espèce d'obstination passive. Les rares fois où son imagination l'avait entraîné à des fantaisies romantiques, il les avait chassées de son esprit et avait pensé à autre chose. Quant à ses rêves, il s'appliquait à les oublier.

Les premières années de son travail dans le bureau d'avocats du père de Dafna, chaque audience le mettait dans un tel état de tension qu'il ne pouvait penser à rien d'autre. Si bien qu'il était reconnaissant à sa femme de son absence d'exigences. Il avait fini par se considérer comme un homme frugal et n'avait conservé qu'une nostalgie abstraite pour Osnat, dont l'image se réduisait à deux menottes faibles et désarmées. C'était une nostalgie de cette triste solitude qui les unissait dans leur enfance, de ce sentiment de destin commun qu'il n'avait éprouvé avec personne d'autre.

Or chaque fois qu'il repartait de chez elle à l'aube, après une nuit sans sommeil — il était trop tendu pour s'endormir —, il sentait le goût fade du ratage. Une sensation d'aigreur lui tenaillait l'estomac comme s'il n'avait pas trouvé ce qu'il cherchait. Mais il était incapable de dire ce qu'il cherchait vraiment. Les choses se passaient autrement qu'il l'avait espéré et la liaison qu'il avait appelée de ses vœux s'entourait de trop de précautions. Il avait envie de se sentir à l'aise, de ne pas être sur ses gardes ni surveiller à ses propos.

La première fois, il avait été si ému qu'il s'était senti oppressé. Il avait garé sa voiture à l'écart, comme elle le lui avait demandé, mais sans en comprendre la raison. Elle lui avait demandé aussi d'arriver tard.

« Tard ? avait-il demandé.

— Après dix heures, pour que nous puissions être tranquilles, après l'heure du coucher. Sinon, il faudra que tu m'attendes », avait-elle répondu.

Il était arrivé en avance. La clé se trouvait à la place indiquée. Il entra, s'assit comme une momie, n'osant ni bouger ni même regarder autour de lui ou feuilleter les livres sur les étagères. Au bout d'un moment, il saisit les vieux numéros de *Shdemot*, la revue culturelle du mouvement kibboutzique, posés par terre, dans un panier en osier. Quand Osnat arriva, il lut sur son visage la tension et les marques de l'âge.

Elle discourut longuement sur le programme de transformation du kibboutz, se servant avec un sérieux empreint de gravité d'expressions comme « marcher avec son temps », « moyens économiques », « anachronisme » qu'il entendait souvent à la commission d'éducation de la Knesset. Elle parlait de « mettre l'accent sur l'individu », condition essentielle pour la survie du kibboutz au vingt et unième siècle. « La vision du nouveau kibboutz, répétait-elle en revenant d'un séminaire à Giv'at Hanina, est l'élitisme égalitaire » et les mots « nouvelles valeurs » et « concept » revenaient souvent dans son vocabulaire.

Aharon était de plus en plus lassé par ces discours. Au début, il essaya de la détourner du projet du troisième âge qu'elle appelait « le kibboutz suprarégional », mais renonça très vite à ses tentatives de la convaincre.

« J'en suis certaine, dit Osnat, j'aurai la majorité pour ce projet-là. Et pas seulement parmi ceux de notre génération. Une partie des anciens est enchantée par cette idée. En tout cas, c'est une question de survie. On ne peut pas procéder à des changements avec un si grand groupe qui veut préserver le passé. Il y a ici trois cent quarante membres, dont cent quarante vieillards ! Pour décider d'une chose aussi essentielle que le coucher familial, il faut une majorité des deux tiers ; or, la plupart des vieux s'y opposent. Les jeunes aussi ont toutes sortes d'objections bizarres. C'est incroyable ce que les gens peuvent être bornés et conformistes ! »

Aharon essaya de chasser le malaise qu'il éprouvait devant ce ton catégorique. Ces arguments sur les forces qui freinaient le progrès étaient empreints d'une cruauté dont l'origine lui paraissait évidente. Il était à la fois embarrassé par cette transparence d'Osnat et entraîné par sa croyance passionnée en cette vision d'avenir. Il se passa des heures avant qu'il ose lui prendre la main. Au début, ils étaient assis de chaque côté de la table basse ; elle parlait avec feu, lui cherchait un moyen de s'approcher d'elle. Mais comme il y avait la table entre eux, il restait à sa place en se répétant qu'il voulait coucher avec elle cette nuit-là.

Finalement, ce fut elle qui vint s'asseoir sur le canapé à côté de lui, sans arrière-pensée sexuelle, mais uniquement pour lui montrer des graphiques sur les dépenses du kibboutz par habitant. Elle se pencha sur la feuille où figurait le tableau, il regarda sa nuque et finit par prendre sa main. Elle ne réagit pas. La main reposait dans la sienne, sèche et figée. Il désirait surtout ressentir cette intimité d'antan, savoir ce qu'elle pensait vraiment. Il avait du mal à croire que l'idéologie du kibboutz nourrissait son énergie affective (elle n'avait même pas fait allusion à ses enfants). Il lui caressa le bras tout en pensant à sa beauté et à ses années de solitude depuis la mort de Youvik. Quand il lui caressa les cheveux, Aharon sut qu'il ne brûlait pas de désir. Il avait peur d'elle et de la déception qui ne lui laisserait même pas le plaisir imaginaire. Elle tourna la tête vers lui, puis le corps, répondit à son étreinte, tendit les lèvres, et tout le reste. Mais ses gestes étaient dépourvus de chaleur et de conviction. Il se leva et l'emmena dans la chambre à coucher, où fonctionnait l'air conditionné ; elle se laissa déshabiller — il le fit avec des gestes maladroits et un sourire embarrassé.

Puis elle l'aida avec des gestes efficaces et sans aller jusqu'à plier ses vêtements, les posa sagement au pied du lit comme dans un scénario connu d'avance.

Gêné par la blancheur molle de son corps, par le fait de n'avoir pas pris de douche, il se déshabilla vite et, sans ôter son slip, se glissa sous les couvertures. Ils n'échangèrent pas un mot. L'odeur d'Osnat lui était étrangère et l'idée qu'à tout moment elle puisse reprendre ses esprits et faire marche arrière le glaçait d'effroi.

Même après, il n'osa rien lui dire. Elle se leva, il entendit l'eau couler dans la salle de bains, puis elle revint, enveloppée dans une grande serviette. « C'était bon ? » lui demanda-t-il alors. Elle fit un léger signe et le regarda de son regard droit et tranquille. La même chose qui l'avait empêché d'arriver avec sa voiture par l'entrée principale, de tout arrêter avant qu'il ne soit trop tard, de prendre la fuite avant que n'expire son dernier fantasme, l'empêchait maintenant de parler de ce qui était arrivé. Il essaya de se persuader qu'il devait lui laisser le temps, s'armer de patience, voir ce qui arriverait la fois suivante et toutes sortes de prétextes oiseux dont il savait qu'ils étaient vains.

Il éprouvait toujours cette même déception. Et ce goût de ratage se répéta les fois suivantes. En silence. Comme si c'était le tribut à payer pour justifier ses visites. Il ignorait pourquoi il la rappelait, pourquoi il refaisait ces voyages nocturnes et se pliait à ces rencontres à la dérobée. Sans appeler les choses par leur nom, il savait qu'il ne renonçait pas à l'espoir d'éprouver pour Osnat les mêmes sentiments qu'autrefois.

Bien sûr, elle avait choisi Youvik qui était revenu au kibboutz après trois années d'absence. Peut-être parce qu'il était le fils de Dvorka, qu'il était bronzé et bouclé, qu'il avait brillamment achevé une école d'officier de marine. Qu'Aharon fût responsable des travaux agricoles et occupât une position centrale dans le kibboutz ne semblait pas impressionner Osnat. Il fallait qu'elle consolide sa position en épousant le fils de Dvorka, un des piliers du kibboutz. Il s'était souvent demandé si elle en était consciente et quelle était, dans cette union, la part du calcul. Il n'était même pas sûr qu'elle ait savouré sa revanche ni éprouvé la joie de la victoire que représentait ce mariage.

Pendant ces années passées loin d'elle, une fois l'affront effacé, il s'était souvent demandé si ce mariage avec Youvik lui avait apporté la paix intérieure et la sécurité auxquelles elle aspirait. La rage, la haine, l'humiliation dont il connaissait si bien les causes avaient-elles disparu pour autant ? Dès la première fois où il coucha avec elle, la nuit qui suivit l'enterrement de Myriam, alors qu'elle était déjà mère de deux enfants, il sentit qu'il n'en était rien. Sous des apparences paisibles et efficaces, la haine et l'humiliation couvaient encore. Et les incartades de Youvik avec de jeunes volontaires étrangères ou des adolescentes du Nahal[1] — rumeurs colportées par Havaleh — n'étaient sûrement pas faites pour consolider cette mince couche de fausse appartenance qu'elle manifestait en présence d'Aharon.

Si elle avait acquis une certaine assurance, la mort de Youvik, dont les jambes bronzées brillaient sur la grande photo accrochée au-dessus de la télévision, l'avait sans doute sérieusement ébranlée. Dès qu'il apprit la naissance d'un premier fils, deux mois après son mariage avec Youvik, Aharon sentit qu'Osnat avait voulu des enfants qui seraient les petits-enfants de Dvorka. Elle avait toujours vécu dans la crainte d'être renvoyée. A présent, ses enfants étaient les petits-enfants de Dvorka. Et son expression sérieuse, cette intonation catégorique devenue la sienne au fil des années, correspondaient aussi à une vision du monde. Quand elle parlait de changements néces-

1. Initiales de « Jeunesses Pionnières Combattantes » : mouvement de jeunesse du sionisme socialiste qui permet d'effectuer son service militaire dans un kibboutz ou de fonder une unité agricole. *(N.d.T.)*

saires « afin d'adapter le système à ce qui se passe en ce moment dans le monde », elle s'animait d'une passion qui lui faisait défaut au lit.

Parfois, quand elle parlait de ses enfants, il se sentait proche d'elle. Ou bien un soir où elle lui raconta comment les hommes du kibboutz la courtisaient même du vivant de Youvik et ce qu'elle faisait pour les esquiver. Et la scène que lui avait faite Tova, fille d'un second mariage de Ze'ev HaCohen avec Hannah Spitzer (qui s'était pendue lorsque Ze'ev l'avait quittée, après quoi le kibboutz avait envoyé Ze'ev en poste à Marseille). Il sentait alors dans les yeux d'Osnat cette expression de bête traquée, de désespoir qu'il connaissait bien. Comme lorsque Dvorka faisait la morale sur l'engagement personnel et la nécessité de se sacrifier pour rendre possible la vie en commun.

Un jour où il lui demanda en souriant ce que Dvorka pensait d'elle quand elle dirigeait le lycée régional, Osnat lui répondit d'un air grave : « Mais pourquoi souris-tu ? Crois-tu qu'il ne me soit rien arrivé depuis l'âge de dix-sept ans ? Que Dvorka continue de me considérer comme une écervelée ? Sache que personne ne le pense plus. Elle sait depuis longtemps que je ne suis pas celle pour qui ils me prenaient. »

Une fois, il osa lui demander de couper le téléphone quand il était chez elle : « Ce n'est pas la peine. Pour quoi faire ? » répondit-elle. On l'appelait souvent pour des raisons professionnelles et il écoutait avec étonnement cette nouvelle intonation pleine d'une confiance inébranlable dans la voie qu'elle s'était choisie.

Quand il découvrit que le personnage public avait accaparé toute sa vitalité, il se dit avec pessimisme qu'ils ne retrouveraient jamais cette connivence muette de deux marginaux qui font semblant d'appartenir à la même grande famille, tout en sachant parfaitement que personne n'oublierait jamais d'où ils venaient.

A leur troisième ou quatrième rencontre, elle lui demanda s'il envisageait l'éventualité de revenir au kibboutz. Il dit non et lui demanda à son tour avec prudence si elle s'imaginait vivre hors du kibboutz. Il fut étonné de voir qu'elle ne rejetait pas du tout cette éventualité. « Mais Dvorka ne me laisserait pas prendre les enfants », ajouta-t-elle. Aharon lui fit remarquer que c'étaient ses enfants. Alors elle lui lança un regard stupéfait : « Tu ne sais pas de quoi tu parles. C'est elle qui a élevé les deux premiers. Quant aux deux derniers, tu vois bien qu'elle continue à les coucher tous les soirs. J'ai toujours l'impression qu'elle ne me fait pas confiance pour leur transmettre les bonnes valeurs. Elle ne me laissera jamais emmener les enfants. En tout cas, si on découvre notre liaison et qu'elle t'en parle, dis-le-moi. »

Osnat restait de glace devant tous ceux qui la courtisaient, mais quand Tova, la fille de Ze'ev HaCohen, lui avait fait un scandale en pleine salle à manger, elle avait senti l'inanité de toutes ses tentatives pour se libérer de l'image de femme frivole qui lui collait à la peau. « C'est vrai qu'il est venu me voir une ou deux fois, et ses intentions étaient évidentes. Mais ce qu'elle a dit est faux. Il ne m'intéressait pas. Je n'ai jamais eu de liaison avec un homme marié. En fait, je n'ai jamais eu aucune liaison. Et même si tout le monde savait que c'était faux, continua-t-elle avec fureur, tout ce bruit, ces soupçons ont fini par tout détruire. » Elle n'expliqua pas ce que voulait dire « tout détruire », mais il le comprit parfaitement.

Il était avec elle ce soir-là, devant la chambre d'Alex — ils étaient tout jeunes alors. Ils ne se tenaient plus par la main et s'apprêtaient à entrer chez Alex pour préparer l'arrivée d'un groupe de lycéens de Tel-Aviv. C'étaient des jeunes d'un mouvement de jeunesse ouvrière, l'Hashomer Hatsair, et loger tout ce monde, organiser la cueillette des pêches posaient des problèmes techniques.

La chambre d'Alex était dans les baraquements

affectés aujourd'hui aux jeunes du kibboutz en train de faire leur service militaire. A l'époque, Alex y habitait avec Riva. Il était responsable de la distribution du travail et Riva était l'infirmière du kibboutz. Avant d'entrer, Aharon et Osnat avaient fait le tour par-derrière, étaient passés sous les fenêtres grandes ouvertes. Il faisait chaud, la baraque en bois renvoyait la chaleur accumulée pendant le jour, les arbres grinçaient ; ils étaient devant le palmier et Osnat avait posé un doigt tremblant sur ses lèvres et s'était mise à lui serrer le bras à mesure que la voix de Riva devenait plus distincte.

Elle parlait de cette voix agréable et apaisante qu'elle prenait avant de faire un vaccin ou de soigner l'affreux furoncle qu'il avait eu à l'intérieur de la cuisse et qui l'avait empêché de participer à la sortie annuelle de la classe dans le nord et à Haïfa. Cette excursion d'où les enfants étaient revenus couverts de puces — Lotte, la puéricultrice, avait fait brûler les matelas, nettoyer les vêtements à l'essence et Aharon avait été le seul à échapper à cette opération de nettoyage et de purification.

Riva parlait de cette même voix gentille et rassurante :

« Il faut surveiller Osnat. Avec un passé aussi lourd que le sien, elle aura du mal à s'adapter. J'ai parlé avec cette espèce de femme, sa mère, et je te dis qu'il faut surveiller cette enfant parce que ces choses-là, c'est dans les gènes et le jour où l'on s'en apercevra, il sera trop tard. Elle a déjà le même regard que la mère. »

Alex lui avait répondu d'une voix tranquille et mesurée ; les mots n'étaient pas distincts, mais Osnat était oppressée, elle serrait le bras d'Aharon avec rage et il se souvint de cette douleur trente ans plus tard, quand elle lui raconta la scène que Tova lui avait faite devant tout le monde : « Devant tout le monde, sans retenue, sans pitié. On a essayé de la faire taire mais c'était pire. Elle criait : "Putain ! Tu détruis des foyers, comme ta mère, voilà ce que tu es!" Et j'avais beau n'avoir rien fait, c'était inutile. Tous ceux qui ne savaient pas, les jeunes du Nahal par exemple, étaient informés sur ma mère. »

Aharon s'était souvenu alors de cette douleur au bras et des marques bleues qu'elle y avait imprimées en enfonçant dans sa chair ses ongles rongés tandis que la voix si agréable de Riva parvenait nettement à leurs oreilles : « Que peut-on espérer de ce regard de nymphomane! Sa mère est une femme malade, tu comprends? C'est une maladie, je l'ai lu et nous l'avons appris en stage. Tu ne comprends pas que c'est dans les gènes, qu'elle a juste l'âge qu'il faut et que si nous ne la surveillons pas, elle va se taper tous les garçons du kibboutz, puis détruire les foyers. Tu parles comme si tu n'avais jamais vu ce genre de choses. »

Osnat ne s'était pas enfuie aussitôt. Elle respirait si fort qu'Aharon craignait qu'on les entende par la fenêtre ouverte, d'où s'échappait une forte odeur de café et le bruit de cuillers qui tintaient dans les verres. Puis elle s'était assise dans l'herbe, près de l'arbre, sans rien dire, et ne lui avait lâché le bras qu'après s'être levée. Elle avait marché lentement vers le château d'eau, à l'entrée du kibboutz, et lui qui avait tellement envie de la consoler, de lui dire : « Laisse tomber, ce n'est pas grave », l'avait suivie en silence. Il avait marché derrière elle sans oser toucher son épaule nue, ses cheveux relâchés. Arrivée au château d'eau, elle s'était assise par terre et lui, à ses côtés.

Comme le silence était pesant et que la moindre parole risquait de la faire éclater en sanglots, il avait touché son bras d'une main hésitante et moite. Elle s'était secouée et l'avait regardé comme si elle venait de l'apercevoir. Alors il l'avait embrassée, et ses lèvres avaient un goût sucré — un baiser sans passion mais avec une terrible envie de la consoler, de se sentir proche d'elle, de ne pas gâcher cet instant avec des mots.

Mais au bout de quelques secondes, comme si elle entendait de nouveau la voix de Riva, le charme avait été rompu. Elle avait reculé et dit : « Ils verront. Je vais me marier vierge. Tu verras. » Puis elle s'était levée et lui avait dit d'une voix dure et étouffée : « Viens. Rentrons. »

En route, elle avait ajouté : « Je n'ai aucune intention de partir. D'abord je n'ai pas où aller, et puis je suis bien ici. Et même si je n'y suis pas heureuse pour le moment, un jour je le serai et ils le regretteront. »

Et aujourd'hui, pendant qu'il l'attendait chez elle et regardait les dessins au fusain qui couvraient les murs, le vase avec des fleurs sur la télévision, la grande photo de Youvik accrochée au-dessus, il pensa de nouveau à sa retenue, à l'atmosphère monacale qui régnait dans cette pièce prolongée par le coin cuisine. On n'y voyait ni le grand réfrigérateur auquel aspirait Havaleh ni le moulin à café. L'ameublement était plutôt austère et banal, un canapé marron à trois places, deux fauteuils de l'autre côté de la table basse, un petit tapis beige, le tout d'une propreté impeccable, sans la moindre trace de ses enfants qui étaient censés venir jouer dans l'après-midi.

Alors il se rappela que les enfants allaient chez Dvorka, où Osnat les rejoignait. L'évier en inox reluisait, la bouilloire électrique qu'il mit sur le feu pour se faire du café lui renvoyait une image grossie de lui-même et il devina que tous les jours, elle rentrait et lavait rageusement le carrelage. Les paroles de Lotte, la puéricultrice, lui revinrent en mémoire : « Quand c'est Osnat qui lave le carrelage chez les enfants, on peut manger par terre. » Il remarqua avec une certaine tristesse l'austérité de son habillement lorsqu'il l'aperçut sur l'écran de télévision qu'il alluma distraitement en attendant son retour. On voyait la salle à manger où les membres étaient en réunion.

Le visage de Moysh apparut sur l'écran, pâle et

gris, et Aharon pensa aux quelques fois où lui aussi avait été invité au journal télévisé ou à « Info-soir ». C'était pendant la grève des enseignants puis des étudiants, le ministre était en voyage à l'étranger, personne d'autre n'était disponible.

Il y avait sans doute un problème avec le son parce qu'on n'entendait presque pas la voix de Moysh. Aharon se leva pour augmenter le volume et entendit alors la voix d'Osnat, claire et officielle : « Je le soumets au vote. Qui est pour la création d'une commission ? » Elle était présidente de la séance. Le téléviseur grésilla comme si la question était trop difficile. Il reconnut aussi Alex, qui s'était tassé et dont le crâne était complètement chauve, et Jojo, le comptable. Il ne connaissait pas les autres membres du secrétariat, mais il distingua Dvorka assise dans un coin, le visage fermé ; la caméra avait cadré ses cheveux ramassés en chignon et son profil reflétait la force inépuisable que, malgré son veuvage et le deuil de son fils, elle consacrait encore à la vie publique du kibboutz.

Les membres du kibboutz faisaient face à l'équipe du secrétariat. La salle n'était pas pleine et Aharon sourit en apercevant Fania assise à la même place depuis plus de trente ans, à l'avant-dernière rangée, sur la chaise la plus proche des grandes baies vitrées. Pourtant, ce n'était plus la même salle, mais le nouveau bâtiment luxueux équipé d'un distributeur d'eau fraîche au rez-de-chaussée, avec du carrelage à motifs dans les toilettes, une rampe spéciale pour monter les poussettes de bébé et les fauteuils roulants, un vaste escalier qui conduisait à l'étage et des tapisseries décoratives entre les baies vitrées.

Fania tricotait vite et rageusement une chose indéfinissable. Moysh compta les mains levées et murmura quelques mots à Osnat, qui les inscrivit sur un bout de papier posé devant elle. « Trente et une voix pour. Qui est contre ? »

Les mains se levèrent de nouveau et Moysh dit : « Vingt-trois contre. Qui s'est abstenu ? »

C'était une question de routine et ses lèvres remuèrent en silence pour compter : « Huit abstentions. »

Alors il leva la tête et revint aux chiffres : « Il est important de comprendre, dit-il tranquillement, qu'il ne s'agit que d'un début de processus. Le vote final sera soumis à d'autres règles. Il nous faudra une majorité des deux tiers pour pouvoir réaliser le projet. Les kibboutzim qui ont opté pour le coucher familial — sans parler du projet pour le troisième âge — ont exigé l'accord des deux tiers. Alors, raison de plus pour nous qui avons cet énorme programme. »

Une main se leva à l'une des rangées de devant et Aharon entendit une voix féminine qu'il ne sut identifier :

« Je voudrais juste ajouter au protocole qu'il faut penser aussi aux autres et pas seulement à nous. Si ceux — et je ne veux pas citer de noms — qui ont parlé ici ce soir pensaient un peu aux autres, ils comprendraient que les changements sont uniquement positifs. C'est peut-être difficile de s'adapter, mais il est important de ne pas penser qu'à nous. Je ne veux pas revenir sur les paroles de Ze'ev, mais nous ne sommes pas tous d'accord avec ce que d'autres membres ont dit ici ce soir.

— Bon, Haviva. C'est noté », dit Moysh.

Il regarda sa montre et se tourna vers Osnat, qui dit : « Il nous reste très peu de temps pour débattre de deux questions qui ne sont pas des plus simples. L'une d'elles inscrite à l'ordre du jour est la décision de la commission universitaire de ne pas accorder à Tsviki le voyage pour un cours à Londres. Mais Tsviki conteste la décision et veut la soumettre à la réunion plénière. Veut-il exposer le problème ? »

Osnat s'adressait d'une voix hésitante à Ze'ev HaCohen, assis dans un coin. Ce dernier proposa de présenter le cas, puis d'appeler Tsviki pour qu'il expose ses propres arguments.

« Pourquoi toutes ces complications ? Tsviki a tout

simplement demandé quelque chose d'inadmissible. Qu'y a-t-il à exposer ? cria un des membres du secrétariat qu'Aharon ne connaissait pas.

— Attendez, pour respecter le tour de parole, il ne faut pas s'emballer. Ça ne sert à rien de crier, dit Ze'ev HaCohen. Nous avons assez crié pour aujourd'hui. »

Aharon regarda avec un sourire amusé la bouche de Fania, qui marmonnait toute seule des choses inaudibles.

« Ce n'est pas une question d'inadmissiblité, reprit Ze'ev HaCohen. Il s'agit de savoir si un membre qui a achevé un cycle de cours ici peut les continuer à l'étranger. C'est une décision de principe. Comme c'est le troisième cours que Tsviki demande en trois ans, nous avons pensé qu'on pourrait au moins reporter la décision d'une ou deux années.

— De quel cours s'agit-il ? » demanda Hayouta d'une voix impatiente.

Aharon se félicita d'avoir reconnu cette femme, qui était de trois ans son aînée et ressemblait déjà à une brave grand-mère.

« Des cours de blabla », fit une voix claire.

C'était Gouta, assise à la même place qu'autrefois, près de Fania : « Travaillez d'abord. Que chacun fasse d'abord son travail. Après, vous dites que vous n'avez pas assez d'argent pour pouvoir nous garder ici ! » cria-t-elle.

Fania serra les lèvres et inclina la tête sur son tricot.

Ze'ev HaCohen leva la main pour faire taire Gouta qui, furieuse, se tourna vers lui : « Ne m'interromps pas, toi ! D'un côté, vous parlez d'efficacité et d'épargne et de l'autre, vous... »

C'est sans doute à ce moment-là qu'il s'endormit. La même douleur au bras le réveilla. Sa montre indiquait deux heures du matin, il était étendu sur la banquette étroite et couvert d'une légère couverture en coton. Il se dit aussitôt qu'il ne devait plus revenir ici, que cela n'avait aucun sens. Il se leva et alla dans la chambre d'Osnat. Elle dormait. Il lui toucha l'épaule, elle émit quelques sons étouffés.

« Pourquoi ne m'as-tu pas réveillé ? » Il essayait de dominer sa colère et parlait en chuchotant.

« Tu avais l'air si fatigué que tu ne m'as même pas entendue entrer. Alors j'ai eu pitié de toi. » Complètement éveillée, Osnat s'était redressée dans le lit.

« Ta main est si chaude », dit Aharon. Il voulait lui dire au revoir et repartir aussitôt, mais il fut le premier étonné par la douceur de sa propre voix.

« La réunion a été difficile ce soir et je crois que j'ai de la fièvre », dit Osnat.

Il posa la main sur son front. Il était brûlant. « Où est le thermomètre ? »

Elle lui indiqua la salle de bains, d'où il revint avec le thermomètre. « Tu as trente-neuf quatre, dit-il, effrayé. Il faudrait peut-être appeler quelqu'un. »

Elle fit un signe obstiné de la tête, mais avala docilement les deux cachets d'aspirine qu'il lui apporta avec de l'eau. Puis elle posa des lèvres tremblantes sur le verre plein de thé au citron, fut saisie de frissons et dit : « Il vaut mieux que tu partes parce que je ne sais pas ce que j'ai et je ne veux pas que tu l'attrapes. De toutes façons, il est tard et j'ai envie de dormir. »

Aharon hocha la tête, lui demanda si elle voulait un autre verre de thé et effleura son front toujours brûlant : « Bon, au revoir. Je t'appellerai demain. Va voir le médecin », dit-il sur un ton hésitant.

Puis il partit.

Des étoiles brillaient dans le clair ciel d'été, mais pas assez pour éclairer le sentier. Le réverbère était éteint et il faillit trébucher sur une pierre en prenant la direction du portail arrière. Quand la silhouette en short surgit de nouveau derrière la maison, comme si elle s'était tenue sous la fenêtre de la chambre d'Osnat, il s'arrêta de respirer. Soudain, il comprit qu'elle s'était certainement tenue sous la fenêtre.

Il se demanda s'il devait se lancer à sa poursuite — il était maintenant sûr que c'était un homme plutôt grand — mais la douleur au bras l'en empêcha.

Il se dirigea d'un pas rapide vers sa voiture.

CHAPITRE 4

Simha avait tout enduré dans la vie, jusqu'au jour où se présenta le problème de Motti. Si quelqu'un avait dit d'elle qu'elle était « un cas social », elle l'aurait regardé, ahurie, incapable de comprendre ce qu'il voulait dire. Elle élevait pratiquement seule six enfants, depuis qu'Albert souffrait de douleurs au dos à la suite d'un accident de travail. Il passait ses journées au lit et ne sortait que pour sa visite mensuelle à la sécurité sociale, où il touchait sa maigre pension d'handicapé, et ses visites quotidiennes au café du coin pour y rencontrer des gens, boire du café turc et parfois de l'arak allongé d'eau.

Pendant ce temps, Simha travaillait à l'extérieur, mais ne quittait jamais la maison sans avoir nettoyé, rangé, cuisiné. Quand elle rentrait, elle gardait les enfants des voisins, écoutait les doléances des belles-sœurs et beaux-frères, neveux et nièces qui venaient lui raconter leurs malheurs. Pourtant, il émanait de Simha une espèce de paisible soumission proche de la satisfaction.

Elle n'avait pleuré qu'à l'enterrement de sa mère, à la naissance de son troisième enfant mort-né et à une autre occasion. Le médecin qui la soignait au dispensaire lui avait demandé : « Où travaillez-vous, madame Maloul ? » Elle lui avait répondu, puis il l'avait interrogée sur ses autres occupations, son mari, ses enfants et finalement, sur ses difficultés économiques. Elle lui avait raconté en détail sa journée de travail. Le médecin l'avait regardée en soupirant, alors elle avait dit : « Que faire, docteur ? C'est difficile ? Difficile. »

Et elle s'était sentie au bord des larmes, non parce que la vie était difficile mais à cause du regard compatissant et désemparé du médecin. Si on lui avait posé la question, elle n'aurait pas su dire ce qui dans ce regard avait provoqué des larmes dont elle ignorait en elle l'existence. En revanche, elle aurait dit qu'au lieu de ce jeune médecin aux yeux bleus, elle aurait préféré le vieux docteur qui ne posait pas de questions et se contentait d'examiner et de prescrire des médicaments.

Mais le vieux docteur était en vacances et le jeune médecin lui avait prescrit un arrêt maladie d'un mois. Simha n'en avait pas tenu compte parce qu'elle craignait d'être remplacée et qu'on ne pouvait tout de même pas laisser l'infirmerie sous la seule surveillance des autres aide-soignantes.

Après avoir fait pendant de longues années des ménages à Kiriat Malahi, puis à l'hôpital d'Ashkélon, où le travail était facile mais les infirmières exigeantes, les malades très souffrants et les voyages si longs, elle avait osé, avec l'appui de l'infirmière en chef, ce qu'elle n'avait jamais fait de sa vie : elle avait demandé à suivre un stage d'aide-soignante à domicile. Le cours avait duré six mois, après quoi elle avait obtenu ce poste au kibboutz, où elle travaillait depuis deux ans. C'est ainsi qu'à quarante-neuf ans, grand-mère de cinq petits-enfants, il lui arrivait parfois de s'octroyer un peu de repos sur son lieu de travail.

Sans cette histoire avec Motti, elle aurait vécu paisiblement, car elle savait s'accommoder de l'argent qu'elle gagnait, ne servait du poulet que le vendredi, des boulettes de légumes et des soupes épaisses les autres jours et avec les ailes du poulet de vendredi, elle savait préparer les plus délicieux beignets. Mais le problème de Motti ne lui laissait aucun répit.

Motti n'avait que douze ans, mais Simha savait que si elle n'agissait pas rapidement pour l'éloigner de ce quartier, tout serait perdu. Motti était le plus jeune de ses fils, il était encore à la maison avec Limor, sa fille de treize ans, une enfant docile et bonne, qui travaillait bien à l'école et savait l'aider à la maison. Mais Simha avait immédiatement repéré ce qui risquait d'arriver à Motti, c'était le cas de nombreux jeunes du quartier et elle savait en reconnaître les premiers signes.

Elle connaissait les descentes nocturnes de policiers, les cris, les familles ruinées, l'argent volé, ces jeunes qui traînaient toute la journée dehors, jouaient avec les manettes des machines à sous ou restaient chez eux, étendus sur le dos, le regard vide. Jeannette Abecassis l'avait appelée plus d'une fois au secours pour l'aider à réagir devant son fils aîné qui venait lui extorquer de l'argent. Sans s'attarder sur les raisons du comportement de Motti, elle savait obscurément qu'il était lié au comportement d'Albert et à sa propre faiblesse. Au fil des années, son énergie s'était épuisée, elle ne surveillait plus les devoirs avec la même fermeté et lorsqu'elle le grondait pour avoir manqué l'école, sa voix n'avait plus cette autorité qu'elle avait exercée sur les aînés.

Elle ne prononçait jamais le mot « drogue ». Quand la conseillère d'éducation l'avait convoquée à l'école, elle l'avait écoutée en hochant la tête et n'avait pas dit une seule fois « Que faire ? » comme elle l'avait tant de fois entendu dire aux autres mères démunies. Quand la conseillère avait eu fini de parler, Simha s'était tue, puis elle avait dit : « J'ai compris », avec un certain sentiment de supériorité sur la conseillère, qui ne mesurait pas la gravité du problème. Car cette jeune personne, qui cachait son embarras en rentrant une mèche de cheveux sous son coquet foulard de femme pieuse, ne savait sûrement pas reconnaître ceux que Simha nommait en silence les « maudits ». Motti n'était pas encore tout à fait « maudit », mais il fallait qu'elle arrive à l'éloigner de leur petite ville.

Elle en avait parlé à son frère aîné et, après des tentatives infructueuses pour avoir une conversation avec Motti, qui le regardait droit dans les yeux sans rien dire, celui-ci avait fini par conseiller à Simha de l'envoyer au kibboutz. Elle connaissait parfaitement ce découragement qu'exprimait le visage de son frère. Elle aussi sentait que Motti lui échappait de plus en plus. Lorsqu'elle essayait de lui parler, les jours où il avait fait l'école buissonnière, elle croisait ce regard droit et vide qui la fixait sans la voir. Des images de son enfance lui remontaient à la mémoire, quand il était un bébé potelé qui ne pleurait jamais la nuit, était accroché à son tablier et attendait le moment où elle rentrerait à la maison. En regardant maintenant ses yeux vides, elle était envahie d'un sentiment d'échec qu'elle n'avait jamais connu.

« Tu travailles au kibboutz, lui avait dit son frère, tu pourrais peut-être lui arranger quelque chose. »

Elle y avait longuement réfléchi.

Chaque matin, après avoir préparé les sandwichs et avoir envoyé les enfants à l'école, Simha courait attraper le bus de huit heures dix, de Kiriat Malahi. Elle descendait sur la grand-route et parcourait à pied le sentier long et étroit qui la conduisait au kibboutz. Parfois, quand elle avait de la chance, une voiture s'arrêtait et lui épargnait tout ce chemin. A neuf heures moins le quart, elle était auprès des malades et remplaçait l'équipe de nuit.

Le docteur Reimer arrivait au moment du changement d'équipe et écoutait en même temps qu'elle les nouvelles de la nuit. Ensuite, il ne revenait plus que dans l'après-midi, une fois Simha partie. Chaque fois qu'elle le voyait, elle s'apprêtait à lui parler de Motti, mais au dernier moment, la honte l'empêchait de lui raconter son problème. Elle y pensait depuis le début, depuis qu'elle avait commencé à travailler au kibboutz. A l'époque, les signes avant-coureurs n'étaient pas aussi visibles, mais elle avait déjà remarqué une certaine faiblesse chez son fils — un manque d'ambition, aurait dit un professionnel —, un manque qu'elle ne savait pas nommer et qu'elle décelait d'un œil triste dans son comportement, ses actes, dans le choix de ses amis.

Depuis, sa décision était prise et sa timidité devant le docteur Reimer avait fait place à de la détermination. Elle savait qu'elle devait s'adresser au secrétariat du kibboutz. En deux ans de travail, personne ne l'avait jamais réprimandée, on l'appréciait beaucoup et on le lui manifestait par des paroles, des fruits, des cadeaux pour les fêtes. L'infirmière Riki, les malades, leur famille pensaient d'elle le plus grand bien et lui témoignaient souvent leur gratitude.

Ce matin-là, Simha y repensa pour se donner du courage; il ne lui restait plus qu'à faire le premier pas. D'abord, elle se demanda à quel moment elle irait au secrétariat : le matin, il fallait qu'elle soit auprès des malades avant neuf heures et dans l'après-midi, qu'elle coure prendre le bus de trois heures et demie. Le suivant ne partait qu'à sept heures et elle ne pouvait pas laisser les enfants si longtemps sans surveillance. Il fallait aussi qu'elle garde ses deux petits-enfants dans l'après-midi pendant que sa fille et son gendre iraient à un mariage à Kiriat Shmoneh. Sans compter qu'elle était seule et qu'il lui était interdit — interdiction qu'elle n'avait jamais transgressée — de laisser les malades sans surveillance. On le lui avait précisé dès le début et elle ne quittait l'infirmerie qu'en fin de journée, pour prendre son autobus.

Le travail n'était pas difficile. Il y avait peu de malades, surtout des malades en quarantaine et des vieux. Parfois, il y avait des soldats, ceux qui avaient la jaunisse, par exemple, et qui préféraient être soignés au kibboutz plutôt qu'à l'hôpital. L'infirmerie n'était jamais complètement vide et elle avait une espèce de certitude qu'il en serait toujours ainsi et qu'elle ne serait jamais obligée de rechercher une place d'aide-soignante auprès d'une famille.

Depuis qu'elle travaillait dans l'infirmerie, il y avait toujours eu des vieux. Ils y passaient des mois et

Simha, qui regardait Félix en se demandant comment elle ferait pour le réveiller et l'aider à se laver, pensa à la difficulté d'attendre sa mort patiemment, sans lutter. C'était comme sa grand-mère, qui était morte peu de temps après leur arrivée en Israël et avait passé les deux dernières années de sa vie alitée.

Les pauvres! soupira-t-elle tout en préparant la bassine d'eau chaude. La fille de Félix, Zahara, venait le voir deux fois par jour, mais il ne parlait pas. Les petits-enfants aussi venaient le voir parfois. On l'avait longtemps soigné dans son appartement, avait raconté le médecin à Simha, mais maintenant il avait besoin d'une surveillance constante. En ce moment, il n'y avait dans l'infirmerie que deux vieux. C'étaient des soins qui ne présentaient pas de difficulté, mais les séances de lavage la fatiguaient. Surtout avec Félix, qu'il fallait forcer. Comme un enfant têtu, il refusait de lui faciliter la tâche. Elle savait d'expérience que ses jours étaient comptés. Chaque fois qu'elle renouvelait la perfusion, elle voyait dans son regard un désespoir furieux qui était pour elle un des signes de la fin.

Après, il n'y avait plus que le renoncement définitif. Ce désespoir, le visage gris jaunâtre, la peau qui faisait des plis sur les vieux os indiquaient que la fin était proche. Mais elle n'en disait évidemment rien à personne. En regardant Félix, elle pensa à Motti et se dit qu'elle n'aurait pas le courage de demander conseil au médecin. Il était toujours pressé et en train de courir. Alors elle prit la décision d'aller le jour même au secrétariat. Même si elle devait rater l'autobus, elle irait se renseigner au sujet de Motti. Ou alors, se dit-elle, elle sortirait un peu plus tôt, avant que n'arrive l'autre aide-soignante et cette seule pensée la plongea dans l'effroi.

Simha aimait son travail. La satisfaction qu'elle éprouvait à la vue du linge sale de la nuit amoncelé dans un coin et du malade couché dans des draps propres, amidonnés, après la toilette du matin, était semblable à l'heureuse fatigue qui l'envahissait le vendredi soir, quand tout le monde était assis autour de la table et que la maison était propre. C'étaient des instants paisibles et agréables.

Tout en trempant le gant de toilette dans la bassine en plastique bleu, Simha ne put s'empêcher de soupirer. Félix s'éloignait de plus en plus, se dérobait et refusait de participer.

« Tu auras des escarres, il faut te laver à cause de l'hygiène, répétait-elle au vieux qui, couché en fœtus, refusait de changer de position. Tu te sentiras mieux, tu verras comme c'est agréable. »

Et elle tira le drap qui lui couvrait les épaules. « Zahara viendra tout à l'heure, elle t'apportera le journal, les enfants aussi viendront, c'est honteux de rester comme ça. » Elle rinça le gant dans la bassine. « C'est honteux », répéta-t-elle.

Le mot « honte » résonna dans son esprit alors qu'elle ne pensait plus à la propreté mais à l'humiliation que représentaient la vieillesse et la dépendance. Il ne lui appartenait pas de penser à d'autres solutions, elle exécutait sans se poser de questions les ordres du médecin mais parfois, lorsqu'elle voyait le regard désespéré de Félix au moment où elle introduisait la bouillie dans la sonde, elle éprouvait du chagrin et une terrible envie de ne pas voir cette déchéance.

Après Félix, c'était le tour de Braha, qui était plus facile à soigner même si elle non plus ne parlait pas. Ils étaient couchés dans deux chambres attenantes, séparées par une grande porte de bois dont on ne fermait les battants que lorsque la situation devenait vraiment trop difficile. Mais en général, les chambres restaient ouvertes. Parfois, on y mettait plus que deux vieillards, mais l'intention initiale était d'assurer l'intimité de chacun. Simha s'étonnait de ce besoin d'intimité alors qu'ils n'étaient même pas conscients de leur entourage et qu'ils étaient repliés sur eux-mêmes, dans un autre monde.

La troisième chambre, à l'écart et plus petite, était réservée à ceux dont l'état nécessitait l'isolement. Depuis le départ du soldat qui avait eu une jaunisse infectieuse, elle était inoccupée. Le soldat avait mis de l'animation dans l'infirmerie, il y avait tout le temps du monde, de la musique et c'était sympathique. Maintenant, le silence régnait de nouveau dans le petit pavillon occupé par les vieux.

Simha fit manger Braha. Elle réchauffa la bouillie apportée le matin, plongea le doigt dans le bol et n'installa Braha qu'après s'être assurée que le repas était à la bonne température. Elle la fit asseoir, l'adossa à un grand oreiller, étala une serviette propre sur la couverture et se mit à la faire manger. Elle ramassait soigneusement ce qui dépassait des bords des lèvres et lui parlait tout en la nourrissant. Pendant le stage, on leur avait appris à parler aux malades. Même s'ils ne paraissaient pas réagir, le contact humain était important, leur avait-on dit. Simha se pliait docilement aux consignes et parlait à Braha, ce qui n'était pas trop difficile parce qu'elle aimait bien la vieille dame. Puis elle lava le carrelage, frotta le placard de cuisine et lorsqu'elle regarda la grande horloge accrochée au mur, il était déjà midi. Bientôt on apporterait le repas et après, elle se promit d'aller au secrétariat.

C'est alors qu'elle entendit des bruits, non pas les bruits familiers du chariot, mais des voix. Aussitôt, elle vit apparaître le docteur Reimer et Riki qui amenaient une nouvelle malade, une jeune femme que Simha reconnut pour être celle qui parlait au téléphone le jour où elle avait été admise au travail, une blonde dont on remarquait la beauté malgré sa pâleur et ses yeux fermés. Ils l'accompagnèrent presque en la traînant dans la chambre isolée. Simha resta à l'écart, prête à aider, et se demanda si c'était un nouveau cas de jaunisse, mais ne dit rien et attendit patiemment l'arrivée du chariot. Le repas arriva, mais le médecin et l'infirmière étaient toujours dans la chambre. Simha réchauffa les bouillies, puis servit dans les assiettes, vérifiant ce qu'il fallait pour la sonde de Félix et ce que mangerait Braha. Entre-temps, le docteur Reimer sortit pour donner des instructions à Simha :

« Écoute, Simha. Nous venons d'amener Osnat, qui passera quelques jours ici. Elle a une forte pneumonie et je veux qu'elle reste à l'infirmerie. Il faut veiller à ce qu'elle boive beaucoup, lui prendre sa température et, si elle le désire, l'aider à se laver. Pour l'instant, elle est très faible, mais elle se sentira mieux d'ici un ou deux jours et pourra même sortir. Riki lui fera une piqûre tout à l'heure. »

Simha acquiesça, se renseigna sur le repas de midi, le médecin dit qu'elle ne mangerait sûrement pas mais qu'il fallait la faire boire :

« Si je lui donnais un peu de jus de pruneaux ? proposa Simha en hésitant.

— Tout ce que tu voudras, pourvu qu'elle boive. Elle est consciente et tu peux lui poser la question. »

Puis tout le monde partit, le calme revint. Simha entra doucement dans la chambre où était couchée la femme, qui n'était pas aussi jeune qu'elle le pensait, mais qui n'était pas vieille non plus. Elle était vraiment très belle et paraissait somnoler. Le médecin avait dit que Riki reviendrait avec une piqûre. Simha décida de lui demander la permission d'aller au secrétariat, Riki accepterait peut-être de l'attendre quelques minutes. Lorsque Riki arriva, Simha était occupée à faire la vaisselle de midi, les yeux fixés sur l'horloge. Riki entra dans la chambre isolée et Simha entendit des murmures, des bouts de phrases auxquelles elle ne prêta pas attention.

Elle pensait à Motti, à l'assistante sociale et à sa fille, Limor, qui lui avait dit le matin :

« Où vas-tu trouver l'argent pour payer Victor l'épicier ? Il a dit qu'il ne nous donnerait plus rien si nous ne payons pas. »

Riki sortit de la chambre et dit :

« Ça y est, je lui ai fait la piqûre de pénicilline pour aujourd'hui. Je reviendrai dans l'après-midi. Quand Yaffa arrivera pour te remplacer, dis-lui de la faire beaucoup boire. »

Simha acquiesça en silence. Riki partit. Les deux vieux somnolaient, Simha jeta un coup d'œil dans la chambre où Osnat était couchée, les yeux fermés, elle hésita, regardant tantôt l'horloge, tantôt la femme endormie, puis elle entra dans la chambre et posa la main sur le front de la malade. Osnat ouvrit les yeux et sourit. Simha lui sourit aussi et lui demanda si elle voulait boire. Après qu'elle lui eût donné quelques cuillerées de la compote destinée à Braha et qu'Osnat eût dit qu'elle voulait dormir, Simha posa le bol sur la table de chevet blanche, ôta sa blouse et quitta le pavillon.

Elle courut tout le long du chemin — le secrétariat était à l'autre bout du kibboutz — et quand elle y arriva, la porte était fermée et un petit mot indiquait qu'il y avait une réunion au club. Elle soupira et revint sur ses pas. Depuis le temps qu'elle y travaillait, elle n'avait jamais eu le temps de regarder autour d'elle. Elle remarqua les petites maisons, les fleurs et le calme, entendit le gazouillement des oiseaux et pensa à la vie tranquille qu'on pouvait mener ici, à Motti et même à toute la famille qui s'y plairait bien.

Elle pressa le pas mais elle avait du mal à marcher. En entrant dans le petit bâtiment blanc, elle regarda l'horloge et vit qu'il était déjà deux heures et qu'elle s'était absentée environ une demi-heure. Mais lorsqu'elle eut repris son souffle et dominé sa peur, elle remarqua que la porte de la chambre des vieux était fermée. Elle alla l'ouvrir et vit que la grande porte en bois qui séparait les deux chambres était elle aussi fermée. Son cœur se mit à battre en pensant qu'il s'était passé quelque chose pendant son absence. Mais les deux vieux étaient couchés et somnolaient comme d'habitude. La porte de la chambre isolée était fermée aussi et tout en remettant la blouse qu'elle avait laissée sur la chaise de la cuisine, Simha se demanda, effrayée, si c'était elle qui l'avait fermée avant de sortir. Tandis qu'elle regardait, perplexe, la porte fermée, étrangement consciente du gazouillement des oiseaux, elle entendit des plaintes et entra dans la chambre isolée.

La tête de la malade dépassait du lit, son souffle oppressé et haletant sifflait et émettait des râles. Tandis que Simha, paralysée sur le seuil, se demandait si elle devait courir téléphoner au dispensaire, elle remarqua que tout le corps était hors du lit, sur le point de tomber. Elle courut vers Osnat, la souleva et trouva à grand-peine les mots pour lui dire :

« Là... doucement... »

Alors Osnat se mit à vomir et Simha lui tint la tête. Les yeux de la malade étaient fermés, il était impossible de savoir si elle était consciente ou non. Elle soutint fermement la tête et sentit contre son corps les spasmes des vomissements. Quand Osnat parut s'arrêter, Simha lui caressa la tête, rejeta en arrière la mèche de cheveux qui collait à son front et s'apprêta à apporter des serviettes et de l'eau. Mais alors Osnat émit une espèce de ronflement et sa tête retomba en arrière.

Simha avait déjà vu plus de morts qu'il n'en fallait et tout en refusant d'y croire, elle savait pertinemment que la femme était morte. Glacée d'effroi, elle essaya d'abord de voir si elle respirait, mais les lèvres tordues dans une expression de douleur étaient immobiles et quand elle approcha son oreille du visage convulsé, elle n'y décela pas le moindre mouvement. Elle savait ce qu'il fallait faire. Elle se précipita vers le téléphone, composa le numéro du dispensaire où se trouvait Riki, qui était occupée à distribuer des médicaments, renouveler des pansements et faire le travail de routine en l'absence du médecin. L'infirmière arriva, essoufflée, dans la chambre isolée et un homme à qui elle cria : « Moysh, Moysh, viens, c'est ici ! » se précipita à sa suite.

Simha resta sur le seuil et vit Riki faire du bouche-à-bouche, masser le cœur de la malade qu'elle appelait déjà « la défunte » ou « la pauvre » parce qu'il lui paraissait évident que la femme ne reviendrait plus à la vie. Un jour, on avait pu ranimer la femme du boucher Ben Yaacov en lui tapant sur la poitrine comme le faisait en ce moment Riki à cette pauvresse, mais pour la femme de Ben Yaacov le boucher, c'était après une noyade et pas parce qu'elle avait quarante de fièvre.

Pendant ce temps, l'homme que Riki appelait Moysh sortit de la chambre pour téléphoner et Simha l'entendit crier :

« Mordy, amène vite ici l'ambulance, Osnat va très mal. » Puis : « Non, non. Eli Reimer est déjà en route pour Soroka, il est parti il y a à peine un quart d'heure. Impossible de le joindre. »

L'ambulance arriva aussitôt, on y transféra Osnat et, au dernier moment, Riki l'infirmière revint dans la chambre, fouilla dans la petite corbeille, en extirpa une ampoule et une seringue vides et dit à Simha : « Donne-moi une pochette en plastique. »

Elle ressortit et s'engouffra dans l'ambulance, dont les roues grincèrent sur la route étroite, puis ce fut le silence complet.

Alors seulement Simha se dit qu'il lui faudrait raconter qu'elle avait quitté son poste, et comme apparemment Osnat était bien morte et que rien au monde ne pourrait la ressusciter, c'est elle qui serait accusée. Si elle était restée à son poste, elle aurait pu alerter l'infirmière Riki, qui aurait pu faire quelque chose pour la sauver. Si seulement elle était restée et avait agi aussitôt, dès qu'Osnat avait commencé à se sentir mal ! Elle fut de nouveau prise de panique à l'idée d'avoir à raconter qu'elle était allée au secrétariat et avait laissé les malades seuls, ce qui signifiait la fin de ce travail et de la possibilité d'arranger quelque chose pour Motti.

Elle regarda Félix étendu comme si de rien n'était,

les yeux grands ouverts, le regard fixé sur le mur près du lit, dans la même position fœtale qu'il avait gardée pendant tout le mois. Quant à Braha, elle dormait paisiblement, comme à l'heure de la sieste, et Simha savait qu'elle ne se réveillerait pas avant l'arrivée de l'autre aide-soignante. Comme personne ne savait qu'elle était sortie, peut-être qu'elle n'en dirait rien pour ne pas tout perdre. Elle s'épongea le front, ôta sa blouse bleue souillée de vomissure, se dirigea vers la chambre isolée et, mue par la force de l'angoisse, enleva les draps et la chemise, dont elle nettoya les traces de vomissure, puis les jeta dans le panier à linge ; ensuite, elle frotta le matelas, remit des draps propres qui sentaient bon et lava deux fois le carrelage.

Quand elle eut fini et que la chambre fut aussi propre qu'avant, elle se sentit soulagée. Son angoisse disparut, elle se dit que même si elle ne s'était pas absentée, elle n'aurait pas pu aider Osnat, car l'infirmière Riki n'avait rien pu faire. Mais d'autres voix s'élevèrent pour lui dire que ce n'était pas obligatoirement vrai ; elle nettoya sa robe tachée de vomissure et se sentit oppressée, les jambes tremblantes, puis fit disparaître les dernières traces d'odeur en aspergeant la chambre de déodorant. Alors elle s'assit près de la petite table de cuisine, posa la tête sur ses bras, ferma les yeux et attendit.

CHAPITRE 5

Michaël Ohayon s'agitait sur sa chaise. Tantôt il croisait les bras, tantôt il les posait sur la table, devant lui. Ni les cigarettes qu'il fumait à la chaîne, ni les remarques réservées d'Emmanuel Shorer, chef des Affaires criminelles, n'arrivaient à dissiper la crispation, l'humiliation et la fureur de l'inspecteur Mahlouf Levi. Vêtu de son uniforme, Levi défroissait sans répit un pli imaginaire sur son pantalon, s'épongeait le front avec un mouchoir qu'il tirait cérémonieusement de sa poche — pour ce faire, il se soulevait légèrement sur sa chaise — puis repliait méticuleusement le mouchoir et le remettait à sa place. Chaque fois qu'il parlait, il inclinait la tête et regardait un point invisible par terre tout en faisant tourner le gros anneau d'or qu'il portait à l'auriculaire de la main droite. Il fit machinalement tomber la cendre de sa cigarette dans le cendrier de verre posé près de lui et alors seulement leva la tête pour regarder son interlocuteur.

Michaël Ohayon secoua sa cigarette dans le verre de café vide où il jetait l'un après l'autre ses mégots, qui atterrissaient dans le marc en émettant un léger grésillement de feu qui s'éteint.

Le chef de l'UNEC[1], le commissaire principal Yehouda Nahari, était le seul à être indifférent au sort d'un dossier qui ne semblait pas le concerner. Par moments, il paraissait s'ennuyer. A mesure que la réunion avançait, les coups d'œil rapides à sa montre se multipliaient, et il pianotait du bout des doigts sur le bord de la table — un battement rythmé et monotone qui ne s'interrompit que lorsqu'il appuya son menton sur la main. Quand Michaël s'autorisa à soupirer bruyamment pour libérer l'air comprimé dans sa poitrine, Shorer prit la parole :

« Je l'ai déjà dit, il y a deux possibilités, et j'ai déjà dit que ce n'est pas moi qui ai décidé de transmettre le dossier à l'UNEC, mais le préfet de police. Là-dessus, il n'y a pas à discuter. Mais il y a une possibilité qui serait d'inclure dans l'équipe quelqu'un de la région de Lahish, si tu es d'accord, bien sûr. »

Pour la quatrième fois au cours de cette réunion, on entendit la voix de Mahlouf Levi dire avec une déférence mêlée de colère et d'humiliation :

« Et tout ça à cause de cette lettre ? Alors qu'elle ne

1. Unité nationale d'enquêtes sur les crimes graves. *(N.d.T.)*

contient aucun élément incriminatoire ? » Shorer resta silencieux. « Vous savez bien que ce n'est pas uniquement la lettre, reprit Mahlouf Levi en élevant le ton. Si l'affaire avait eu lieu à Ashkélon, vous n'auriez pas transmis le dossier à l'UNEC, même avec *deux* lettres. Ne me racontez pas d'histoires ! Tant pis pour le dossier, mais soyez au moins honnêtes, non ? »

Michaël s'abstint de répondre au regard vexé et fixa Shorer comme un élève docile et obéissant.

« Ne prends pas les choses si à cœur, dit Shorer, essayant d'apaiser Levy.

— Alors, comment les prendre ? Dis-moi comment je dois les prendre ! » Mahlouf lança son briquet en or sur la table. « Qu'est-ce que ça veut dire ? Vous croyez que personne ne sait travailler en dehors de l'UNEC ? Il y a des dossiers importants et d'autres qui ne le sont pas, et nous, nous devons passer notre vie à nous occuper du délinquant du coin, du voleur d'à côté et de la prostituée du quartier ? Ne racontez pas d'histoires ! Ce n'est pas à cause de la lettre, mais à cause du kibboutz. Dites au moins la vérité ! »

Le seul avantage de cette soudaine explosion, se dit Michaël Ohayon, qui évita de regarder les yeux clairs de Mahlouf Levi et fixa le mur devant lui pour que la colère et l'offense ne retombent pas sur lui, le seul avantage était que tout ce qui avait été passé sous silence remontait à la surface. L'inspecteur Mahlouf Levi avait le courage d'appeler un chat un chat et de ne laisser personne le mépriser. Une telle explosion était rare dans ce genre de réunion. Les différences de grade et le lieu, siège de la police nationale, auraient pu l'intimider.

« Je ne te comprends pas, dit Shorer en tentant une autre approche. Tu traites ce dossier comme si nous avions déjà décidé qu'une équipe d'enquêtes spéciales s'en occuperait. Mais il faut d'abord le décider. Et si nous concluons qu'il y a crime, sais-tu seulement ce que signifie une enquête dans un kibboutz ?

— Et alors ? explosa Mahlouf Levi. Quand il a fallu enquêter sur les vols au kibboutz Maayanot, nous étions assez bons ? Et quand il y a eu l'affaire de la drogue, nous pouvions enquêter aussi ? Et maintenant, nous ne sommes plus assez bons pour les enquêtes internes ? Qu'est-ce que ça veut dire ? Je vous demande pardon, monsieur, avec tout mon respect, mais nous connaissons le terrain mieux que les autres. La région de Lahish est la nôtre et nous ne sommes pas nés de la dernière pluie. A part ça, je voudrais bien savoir à quand remonte le dernier contact de l'UNEC avec un kibboutz ? »

Il lança autour de lui un regard victorieux, mais Shorer resta silencieux, le visage fermé, et Mahlouf Levi baissa les yeux. Le chef de l'UNEC, Nahari, soupira et fixa le plafond avec une expression de désespoir, le commissaire Shmerling, responsable des Affaires criminelles de la région sud, regarda d'un air fatigué dans la direction de Mahlouf Levi et ouvrit grand la bouche pour dire quelque chose. Shorer reprit la parole :

« Ce n'est pas nous qui avons pris cette décision. De toute façon, le dossier n'a pas l'air si alléchant. Ça me paraît même être une affaire perdue d'avance et, à ta place, je serais heureux d'en être débarrassé. La décision du préfet est arrivée après que tu as signalé la lettre, tu le sais très bien, et l'UNEC a été créée précisément pour des cas de ce genre. Je ne te comprends vraiment pas, ajouta-t-il doucement comme s'il s'adressait à un enfant. Tu sais que chaque fois qu'il s'agit d'une affaire impliquant des membres de la Knesset, des personnalités publiques, et qu'on ne sait pas trop ce qui se cache au-dessous, on fait appel à l'UNEC. Nous t'avons déjà félicité pour la rapidité avec laquelle tu as agi, et pour l'identification de cette lettre qui mérite assurément toutes les louanges. »

Mahlouf Levi ne parut pas entendre le compliment. Il savait qu'il avait perdu et il était déterminé à en tirer le meilleur parti possible. L'expression de son visage était celle de quelqu'un qui fait appel à sa raison pour dominer ses sentiments.

« Bon, je vais tout leur transmettre. Mais comprenez qu'on n'aime pas être traités comme des subalternes. Nous savons aussi travailler avec l'Institut médico-légal, nous avons aussi des techniciens à l'Identité judiciaire, chez nous aussi il y a tout ce qu'il faut. Ne l'oubliez pas ! » Puis il ajouta avec une soudaine animation : « Mais nous n'avons même pas décidé si c'était un dossier de meurtre ou de mort non naturelle. Si c'est une MNN, pourquoi nous prendraient-ils le dossier ?

— Je ne sais pas ce que tu veux dire par "décider", répliqua Nahari. Nous mettrons du temps à décider. Dans quelques heures, nous aurons le rapport d'autopsie, alors nous saurons la cause du décès. Nous sommes ici en alerte ; s'il apparaît qu'elle est morte d'une pneumonie, toute cette histoire sera enterrée. Alors, à quoi jouons-nous ? Pourquoi faire des vagues avant même de savoir ce qui se passe ? Pourquoi cette susceptibilité ? En quoi ça te dérange si Ohayon vient avec toi ou va à ta place à l'Institut ? Pourquoi est-ce qu'il faut tout le temps ménager la susceptibilité de chacun ? »

Il se tourna vers Shorer, qui étudia de nouveau les papiers posés devant lui, hocha la tête et enleva ses minuscules lunettes de lecture, acquisition récente qui avait suscité un sourire surpris chez Michaël Ohayon lorsqu'il les avait remarquées ce matin-là. La monture dorée et rectangulaire disparaissait sur le large visage de Shorer, qui avait dit, comme pour se justifier : « Pourquoi ris-tu ? Elles m'ont coûté quatre dollars à Hong Kong, j'en ai acheté trois paires. »

Shorer retira les lunettes, et dit :

« Il n'y a aucune incompatibilité. Je suis sûr que ça ne peut qu'être utile. Pour ma part, on peut se mettre tout de suite au travail.

— On peut avoir un autre café ? » demanda Michaël Ohayon.

Il feuilletait le dossier cartonné et Shorer regarda les autres d'un air interrogateur.

« Je préfère quelque chose de froid, dit Nahari. Il fait chaud chez vous, à Jérusalem. Ce n'est pas mieux qu'à Petah Tikva.

— Mais il fait sec ici, pas comme sur la côte, ajouta Shmerling. Chez nous aussi c'est sec. On ne transpire pas comme à Tel-Aviv. »

Il regarda Mahlouf Levi dans l'espoir d'une confirmation. Mais ce dernier se taisait et continuait à tourner sa bague autour du doigt. Il fit un bruit d'acquiescement en direction de Shorer et répondit : « Oui, merci », à la question de savoir s'il désirait une boisson fraîche.

Quand le café et les bouteilles de jus de fruits arrivèrent, tout le monde était plongé dans la lecture des feuilles insérées dans les dossiers. Shorer servit le sucre et le lait. Il mit trois cuillerées de sucre dans le café noir de Michaël Ohayon, mélangea soigneusement, puis, montrant le verre avec une expression de dégoût, dit : « Tiens, voilà ton poison. Tu peux le boire comme un sirop. »

Pendant quelques minutes on n'entendit plus que des bruits de déglutition, des tintements de cuillers et le bruissement des feuilles de papier. Le ventilateur qu'on avait mis en marche dans un coin de la pièce — l'air conditionné était en panne — ne suffisait pas à dissiper la chaleur, il sifflait à chaque tour et renvoyait des petites bouffées d'air passagères.

Shorer posa le dossier devant lui et brisa une allumette brûlée qu'il prit dans la boîte de Michaël Ohayon.

« Mahlouf, dit-il, si tu nous racontais encore une fois toute cette histoire ? Nous connaissons les faits, mais l'équipe n'a jamais entendu l'histoire et on peut dire que c'est une équipe qui commence à travailler. Quelle date sommes-nous ? Le sept juillet ? Ça s'est passé il y a deux jours, n'est-ce pas ? »

Il se tourna vers Nahari, qui hocha la tête tout en buvant le restant de café dans son verre.

« Donne-moi une cigarette », dit Nahari à Michaël Ohayon.

Ce dernier lui tendit un paquet de Noblesse à travers la longue table, puis il présenta l'allumette brûlante à Mahlouf Levi, qui se cala sur sa chaise avant d'entamer un long discours. L'expression concentrée reflétait un mélange d'effort et de douleur et Michaël Ohayon éprouvait de l'embarras à être témoin de ces sentiments. Ce n'est qu'après la réunion, en sentant la tension des muscles de ses jambes, que Michaël comprit qu'il s'était complètement identifié à l'inspecteur Mahlouf Levi. Originaire comme lui de la région de Lahish, Levi ne répondait pour le moment à aucun des espoirs qu'avait fondés sur lui Nahari.

L'inspecteur fronça les sourcils au-dessus de ses yeux gris clair. Puis il baissa les yeux, les leva vers le plafond, gonfla les joues en aspirant bruyamment, rejeta l'air cérémonieusement à travers ses lèvres minces et, posant seulement alors ses mains devant lui, il se mit à parler.

Michaël se prépara à écouter attentivement et essaya de réprimer l'émotion qui le saisissait chaque fois qu'il regardait Mahlouf Levi, dont la ressemblance avec son oncle était frappante. Il s'agissait de son oncle maternel, qui était brusquement mort d'une hémorragie cérébrale au cours d'une mission à Bruxelles pour le compte du Mossad. Michaël l'aimait beaucoup. C'est vers lui qu'il se tournait chaque fois qu'il était en détresse. Il sourit intérieurement en pensant aux blagues que racontait Jacques pour dissiper la tension avant son divorce.

Jacques était célibataire et son succès auprès des femmes était un mythe familial. Il ne s'en vantait jamais. A chaque fête, il faisait son apparition aux bras d'une femme différente, qu'il présentait sans ciller à tout le monde comme si elle était la première. C'était de lui que Michaël avait appris la manière de se pencher vers une femme et de la regarder dans les yeux avec cette nostalgie qui faisait fondre les cœurs. (« Mais il faut vraiment la désirer, avait précisé Jacques. Ce n'est pas du cinéma, peut-être juste une absence de pudeur. ») Chaque fois que Michaël commençait une liaison avec une femme, qu'il lui tenait la porte ou écoutait attentivement ce qu'elle disait, les phrases de Jacques lui revenaient en mémoire :

« Sois un homme, deviens humble, dit la chanson. C'est le sommet de l'art. Sache-le, Michaël. Avec ces yeux, ce corps mince et cette jolie bouche comme celle de ton père, tu iras loin. Mais sache devenir humble, et pas trop. »

Jacques riait de son gros rire, ce qui le rendait différent de Mahlouf Levi, dont les yeux étaient dépourvus de cette étincelle malicieuse.

« Devenir humble veut dire ne pas se prendre trop au sérieux, en tout cas pas tout le temps », lui avait souvent expliqué Jacques.

Lui aussi portait une bague en or à l'auriculaire de la main droite, lui aussi la tournait autour du doigt, surtout lorsqu'il faisait la morale à Michaël. Le père de Michaël était mort quand il était petit et sa mère appelait son frère au secours, chaque fois qu'il fallait faire preuve d'autorité, ce qui était rare. Comme la fois où, après la mort de son père, il avait refusé de se nourrir pendant des semaines ou quand il avait insisté pour étudier dans un internat à Jérusalem, ou encore lorsqu'il avait disparu pendant deux jours et qu'à son retour on avait su qu'il était allé à Eilat.

Jacques était mort un an après le divorce de Michaël et pendant tout le temps qu'avait duré le mariage de celui-ci, ils s'étaient rencontrés entre hommes une fois par mois, dans un restaurant de poisson de Jaffa où son oncle était reçu comme un habitué. Il ne critiquait jamais Nira, ni Youzek ni Fella, les parents de Nira, qu'il traitait toujours avec respect et politesse. Il avait conquis Nira dès la première fois, lorsqu'il avait chanté les louanges de ses carpes farcies avec le plus grand sérieux et s'était resservi de la compote dont elle était si fière. Mais ce qui avait séduit Youzek et Fella, plus circonspects à l'égard de leur gendre, c'était l'aisance de Jacques, ses manières naturelles, son exquise politesse.

Dès la première fois où il avait été invité chez eux, il s'était comporté comme s'il avait toujours dîné chez de riches diamantaires polonais. Et quand Youval était né, quatre mois après le mariage de Michaël, il avait manifesté envers Nira une affection toute particulière. Jacques était le seul membre de la famille de Michaël capable de faire sourire et même rougir Nira. Il lui faisait la cour sans vergogne mais avec sa délicatesse habituelle, ne venait jamais sans un bouquet de fleurs, ne s'attardait jamais trop.

Il habitait seul dans une garçonnière au centre de Tel-Aviv, d'où il partait pour ses voyages secrets. La mère de Michaël se faisait du souci pour son frère — Jacques était de seize ans l'aîné de Michaël — et des années après la mort de celle-ci, Michaël l'entendait encore soupirer : « Il n'a même pas de femme pour s'occuper de lui ! »

Michaël aimait son oncle et était fier de lui. Youval avait sept ans lorsque Jacques était mort, et quand il était triste, il demandait à son père de lui parler de l'oncle Jacques. Il disait : « Viens, on va se souvenir de l'oncle Jacques » et il sortait l'album de photos de l'étagère de la chambre à coucher, le feuilletait et s'écriait avec joie : « Voilà l'oncle Jacques, quand vous étiez sur le mont Hermon, le voilà sur la planche à voile... »

Et Youval soupirait en regardant la photo en noir et blanc, où Michaël était assis à l'arrière d'une grosse moto, les bras autour de la taille de l'oncle, les yeux éclairés par un large sourire. « Dommage qu'il soit mort, disait-il en se penchant avec tristesse sur la photo. Je ne t'ai jamais vu aussi joyeux que lorsque tu étais avec lui. » Et il regardait son père d'un air songeur.

« C'est vrai que je l'aimais, répondait Michaël. Mais je t'aime aussi », ajoutait-il aussitôt comme pour se justifier.

Jacques était le seul à ne pas se moquer des inquiétudes de Michaël pour son fils. Quelques jours après la naissance de Youval, Jacques était arrivé avec un gros nounours.

« Un enfant, voilà une chose que je n'ai jamais osé faire, avait-il chuchoté à l'oreille de Michaël, debout devant le berceau. Je n'en ai jamais eu le courage. Je ne sais pas comment on les protège, ça me paraît comme un vrai miracle. »

Et il avait délicatement effleuré le pied nu du bébé.

« Protège-le », avait-il ajouté au moment de partir. Puis il avait disparu.

Maintenant, face à Mahlouf Levi, Michaël entendit la voix douce et mélodieuse et décida que la ressemblance entre son oncle et le policier était bien faible. Quand, après son divorce, il avait décidé de quitter l'université, de renoncer à une bourse à Cambridge et à une brillante carrière universitaire pour se consacrer à Youval, Jacques avait été le seul à le soutenir, et c'était lui qui lui avait fait rencontrer Shorer.

« C'est un très bon ami », avait-il dit à Michaël en lui présentant le directeur du service des enquêtes.

Michaël savait qu'il devait à son oncle cette affection particulière que lui témoignait Shorer et dont les autres étaient jaloux.

Quelques semaines plus tôt, quand Michaël Ohayon avait été transféré à l'UNEC et qu'il avait commencé ses voyages quotidiens à Petah Tikva, il ne s'imaginait pas du tout que le premier cas dont il aurait à s'occuper serait un meurtre dans un kibboutz. En apprenant l'événement, sa première réaction avait été la stupeur : « Y a-t-il jamais eu de meurtre dans un kibboutz ? » avait-il demandé.

Et Nahari avait fait une grimace affirmative : « Il y a eu deux cas, mais pas comme celui-ci. Un meurtre dans un accès de folie, il y a longtemps, puis, dans les années cinquante, une affaire bizarre. » Il avait regardé ses notes et lu le numéro de dossier et le verdict : « Une femme qui est devenue folle, et a tenté d'empoisonner quelqu'un qui ne lui avait rien fait. Tiens, lis le verdict toi-même. »

Le procureur avait fait appel du verdict et, pendant dix jours, au mois de mars 1957, les juges s'étaient penchés sur le cas de l'accusée, condamnée à seize mois de prison, et sur l'appel du procureur général, qui avait contesté la clémence du verdict. Trente-deux ans s'étaient écoulés depuis et Michaël avait eu l'impression de tenir entre les mains un document historique. Au bout de quelques lignes, il avait oublié Nahari et s'était plongé dans la lecture du verdict :

« L'instituteur du kibboutz M., M.A., dînait un soir seul dans la salle à manger communautaire, lorsqu'il remarqua la présence de l'appelante. A la fin du repas, celle-ci s'approcha de lui et lui offrit une coupelle de crème au chocolat. M.A. en fut bien étonné pour plusieurs raisons : premièrement, que faisait l'appelante dans la salle à manger, alors qu'elle avait fini d'y travailler depuis midi... »

La voix de Nahari l'avait troublé un instant : « Je ne t'ai pas dit de tout lire maintenant. Tu pourras l'emporter, il fera partie de notre dossier. Je voulais juste te montrer qu'il y avait des précédents. »

Michaël avait replié le document et l'avait mis dans la poche de sa chemise. Il tenait à le lire même si le dossier ne leur était pas confié. Il y repensa pendant que Mahlouf Levi leur exposait les faits que tous connaissaient déjà.

« Le cinq de ce mois, dit celui-ci d'une voix officielle, nous avons reçu un appel au commissariat de la part du docteur Guilboa de l'hôpital Barzilaï à Ashkélon. L'appel a été enregistré par... »

Nahari l'interrompit d'un ton impatient : « Laisse tomber ces détails. Va droit aux faits. »

Mahlouf Levi rougit d'humiliation. Michaël se sentit vexé d'avoir trouvé des ressemblances entre lui et son oncle Jacques.

« Laisse-le raconter à son rythme, dit Shorer, empêchant ainsi Mahlouf de protester. Ça va prendre quelques minutes de plus. Mais on ne reviendra plus là-dessus. Continue à ton rythme, avec tous les détails. »

Shorer parlait avec une autorité que Michaël connaissait mais qui ne cessait de le surprendre.

« Bref, le sergent Kohava Strauss et moi sommes allés à l'hôpital et là, elle nous a tout expliqué... je veux dire le docteur Guilboa. Ils ont reçu le cadavre d'une femme de quarante-cinq ans, Osnat Harel, apparemment morte d'une réaction à une piqûre de pénicilline qu'on lui a faite au kibboutz. L'infirmière du kibboutz l'avait accompagnée dans l'ambulance, mais elle était déjà morte lorsqu'ils sont arrivés et il n'y avait plus qu'à vérifier la cause du décès. C'était tout un cirque dans la salle de réanimation, car ils ont essayé de la réanimer et tout, puis la responsable, le docteur Guilboa, a vu que ça ne servait à rien. C'est une femme jeune mais très bien, je l'ai déjà vue à l'œuvre » — Mahlouf Levi hésita avant de se lancer dans la démonstration des capacités professionnelles du docteur Guilboa, mais un coup d'œil vers l'expression de Nahari qui pianotait sur la table du bout des doigts refréna son envie. « Bref, elle a expliqué à la famille et au directeur du kibboutz, qui étaient arrivés entre-temps, qu'il fallait pratiquer une autopsie sur le cadavre et donc le transporter à l'Institut médico-légal d'Abou Kabir.

— Bon, rappelle-nous le problème, dit Shorer d'un ton patelin, et essaie d'être précis : pourquoi ils ne pouvaient pas affirmer que la mort était due à une réaction à la pénicilline. Ohayon ne le sait pas encore, il ne sait que ce qui est écrit dans ton dossier. »

Il lança un coup d'œil menaçant à Nahari, qui cessa de pianoter sur la table, regarda attentivement ses doigts dont il fit craquer une par une les phalanges, puis finit par appuyer le menton dans la paume de sa main.

« Bon, voilà, dit Mahlouf en jetant un coup d'œil à Michaël, qui alluma une nouvelle cigarette sans quitter des yeux son interlocuteur. Tout a commencé avec l'infirmière du kibboutz, une salariée de l'extérieur qui va quitter ce poste à la fin du mois. Une femme de trente-quatre ans, Rivka Maïmoni, que tout le monde appelle Riki. C'est une infirmière expérimentée qui a déjà travaillé à l'hôpital Barzilaï et qui connaît l'équipe. Alors voilà ce que cette infirmière a raconté : elle a dit que la défunte souffrait d'une pneumonie aiguë diagnostiquée par le médecin du kibboutz, le docteur Reimer, qui travaille aussi à l'hôpital Soroka de Beer-Sheva et qui habite le kibboutz comme médecin salarié. Il avait diagnostiqué la pneumonie la veille au soir, le dimanche, et voulait hospitaliser la malade le lundi, mais elle n'était absolument pas d'accord.

— Qui n'était pas d'accord ? demanda Michaël. La malade ?

— La défunte, corrigea Mahlouf Levi. Osnat Harel ne voulait absolument pas être hospitalisée. Riki, l'infirmière, m'a dit que c'était une femme têtue et volontaire, qui n'aimait pas se soumettre. Le médecin n'arrivait pas à distinguer si c'était une pneumonie contagieuse ou non. J'ai oublié les termes exacts. »

Il regarda Michaël, qui fit une moue comme pour dire : je n'y connais rien.

« Virale et bactérienne, dit Nahari d'un air fatigué. Et le problème n'est pas la contagion, mais le fait de savoir si un traitement antibiotique est utile ou non. Mais peu importe. Continue.

— Ils l'ont transportée à l'infirmerie du kibboutz et là, l'infirmière lui a fait une piqûre de pénicilline selon les ordres du médecin. C'est ce qui est écrit dans le rapport inclus dans le dossier.

— Procaïne pénicilline, six cent mille unités, dit Nahari en grattant son menton pointu et rasé de près. Pourquoi ne lui a-t-elle pas donné des cachets ?

— Je n'en sais rien, c'était la décision du médecin,

répondit Mahlouf Levi en haussant les épaules. C'est le traitement qu'il a décidé d'appliquer. Il est médecin, non ? »

Nahari hocha la tête, mais tout le monde remarqua que quelque chose l'intriguait. Le ton de la remarque attisa la nervosité ambiante, qui s'était un tant soit peu atténuée. Un autre à sa place aurait laissé passer, mais pas Emmanuel Shorer. Avec son style direct, imperméable aux nuances, il demanda :

« Quel est le problème ? »

Michaël craignit qu'il n'explose et ne dénonce ce besoin qu'avait Nahari de toujours tout savoir.

« D'après ce que je sais et si mes souvenirs sont exacts, répondit Nahari avec une fausse modestie qui ne trompait personne, le problème est que depuis deux ou trois ans on ne fait plus de piqûres de pénicilline pour traiter les pneumonies. On préfère donner des cachets. Alors, ça m'intéresse de savoir ce qui s'est vraiment passé.

— Bon, je n'ai pas vérifié cette question et le docteur Guilboa n'a rien dit à ce sujet, se justifia Mahlouf Levi.

— Il faut vérifier ce point », ordonna Nahari à Michaël.

Ce dernier s'exécuta à contrecœur et, avec le crayon jaune qu'il venait de commencer à mordiller, prit note de vérifier le problème du médicament.

« Deux secondes, dit Nahari. Avant de continuer, j'ai besoin de comprendre. Le médecin du kibboutz, celui qui lui a prescrit la piqûre, tu ne l'as pas interrogé ?

— Non, dit Mahlouf Levi, je n'en ai pas eu l'occasion parce qu'il était de garde jusqu'au lendemain soir, qu'il est ensuite parti à l'armée et que je n'ai pas pu le joindre. »

Nahari afficha une expression dédaigneuse sous laquelle pointait un air de triomphe comme signifiant que son attente était comblée : Mahlouf Levi était pris en défaut.

« S'il le faut, on peut libérer quelqu'un de l'armée », dit Nahari sur un ton indifférent.

Il leva les yeux au plafond puis lança à Shorer un regard amusé.

« Je peux continuer ? » demanda Mahlouf Levi, hésitant.

Il alluma une autre cigarette et posa le briquet à côté du dossier qu'il consultait de temps en temps.

« Vas-y, vas-y, l'encouragea Shorer.

— On lui a fait la piqûre, l'infirmière Riki est restée avec elle environ vingt minutes et, comme tout allait bien, elle est repartie, parce qu'elle devait s'occuper du dispensaire.

— Où était le médecin pendant ce temps ? demanda Michaël.

— Justement, il était très pressé parce qu'il était de garde à l'hôpital de Beer-Sheva. Je l'ai déjà dit, il travaille à Soroka.

— Alors elle est restée toute seule à l'infirmerie ? s'étonna Shorer.

— Non, elle n'était pas seule. Parce que là-bas, au kibboutz, ils ont des aides-soignantes, des AS salariées. Vingt-quatre heures sur vingt-quatre par roulement. Il y a aussi deux vieux dont il faut s'occuper. Les AS sont là pour eux, parce qu'ils ne les mettent pas en maison de retraite ni à l'hôpital.

— Alors elle est restée là avec l'AS et les vieux, trancha Nahari. Et après ?

— Les vieux, on ne peut rien en tirer, répondit Mahlouf Levi. Ils sont au bout du rouleau. » Il se tut un instant, comme pour réfléchir, puis soupira et reprit : « Ils sont tous les deux dans le brouillard. On leur parle, ils ne répondent pas. La vieille parle encore mais elle dit n'importe quoi, et le vieux ne répond pas. Vers trois heures, à ce qu'elle dit, l'AS a entendu des bruits dans la chambre de la défunte. Elle est entrée et a trouvé la victime en train de vomir et de s'étouffer, puis elle a eu un râle et elle est morte.

— Qui est cette AS ? » demanda Shorer. Il fouilla

dans le dossier. « Ça y est. Je vois sa déposition. D'après ce qui est écrit ici, continua-t-il plus lentement tandis que les autres consultaient eux aussi leur dossier, elle a téléphoné à l'infirmière; l'infirmière est arrivée du dispensaire, a essayé de ranimer la malade, puis elle a appelé une ambulance. Continue, s'il te plaît, dit-il en s'adressant à Mahlouf Levi. »

Mahlouf Levi inspira profondément et reprit son rapport :

« Voilà. Alors ils l'ont conduite à l'hôpital Barzilaï, puis ils ont téléphoné au poste d'Ashkélon et j'y suis allé avec le sergent Kohava Strauss. Ils nous ont raconté les faits et le docteur Guilboa m'a dit qu'il fallait établir un ordre d'autopsie pour établir la cause du décès. »

Mahlouf Levi prit une gorgée de jus dans la bouteille posée devant lui et, l'air concentré, écouta Nahari.

« Si je comprends bien, le problème du docteur Guilboa était le temps ? »

La question de Nahari était purement formelle. Mahlouf Levi hocha la tête, reprit une gorgée, leva les yeux pour dire « Oui », puis continua après avoir vidé la bouteille :

« Elle m'a dit que selon son expérience — et c'est un fait connu — s'il y a une réaction allergique à la pénicilline, elle se produit tout de suite et pas deux heures plus tard comme dans ce cas.

— Alors, à quoi a-t-elle pensé? demanda Nahari sur un ton plus doux.

— Elle s'est dit que ça ne pouvait pas être une allergie à la pénicilline. C'est écrit ici, dans le rapport.

— Et quelles sont ses suppositions?

— Justement, elle ne savait pas. Elle a dit qu'il fallait transporter le corps à Abou Kabir. Et l'infirmière Riki, qui était tout le temps là, insistait pour qu'on emporte vite le cadavre, parce qu'elle ne voulait pas qu'on dise que la défunte était morte à cause de la piqûre qu'elle lui avait faite.

— Voilà. Et maintenant nous en sommes au point où le cadavre est à Abou Kabir, et vous devez aller là-bas. Mais pourquoi est-ce qu'ils ont mis tant de temps à l'y transporter ? » demanda Shorer. Il se remit à feuilleter le dossier. « Pourquoi ont-ils perdu une demi-journée ?

— Bah, dit Mahlouf Levi, tu sais comment c'est. Il y avait sa belle-mère à l'hôpital, une vieille femme, et sa fille, la fille de la défunte, une jeune de vingt-deux ans, et le directeur du kibboutz. Tu ne peux pas l'annoncer comme ça aux gens, à des gens comme eux. Ils n'étaient pas d'accord. J'ai mis du temps à les convaincre gentiment. Je voulais que ça marche au poil et, d'après mon expérience » — il lança un regard de défi à Nahari — « si on arrive à convaincre la famille, ça se passe mieux et le juge délivre aussitôt une autorisation d'autopsie. C'est d'ailleurs ce qui est arrivé.

— Pourquoi n'étaient-ils pas d'accord ? demanda Michaël.

— Parce que la fille a dit qu'elle voulait consulter son frère, qui était à l'armée, en entraînement avec son unité, et la vieille a dit qu'il fallait laisser les gens mourir en paix. Seuls l'infirmière Riki et le directeur du kibboutz ont insisté pour une autopsie immédiate. La famille... c'est toujours comme ça, il faut du temps pour leur expliquer gentiment. On avait affaire à une famille qui était sous le choc. Mais ils n'avaient pas le choix et ce sont des gens intelligents.

— Entre-temps, tu as trouvé la lettre ? demanda Michaël.

— Oui, c'est la raison pour laquelle j'ai parlé avec le colonel Shmerling, qui en a parlé au commissaire, et c'est comme ça que l'autorisation d'autopsie a été délivrée par vous, à Petah-Tikva. »

La dernière partie de la phrase avait été prononcée sur un ton humble et plaintif.

« Bon, et après ? demanda Nahari. Je vois que l'infirmière avait emporté avec elle la seringue et l'ampoule, que tu as immédiatement envoyées à l'Institut médico-légal. Tout était bon, le produit, la seringue ? Il n'y avait rien de suspect ? »

Mahlouf Levi fit non de la tête.

« Nous avons félicité l'infirmière d'avoir tout mis dans un sac en plastique et de l'avoir apporté à l'hôpital. Mais après avoir parlé avec la famille, nous sommes allés sur les lieux. » Il inspecta de près sa bague en or et reprit : « Ce qui est dommage, c'est que je n'ai pas pu avoir des échantillons de vomi. Nous avons cherché dans la chambre, mais l'AS avait tout nettoyé à fond, lavé sa blouse qui était éclaboussée de vomi et frotté le carrelage. Nous avons tout de même envoyé le tout, même la serpillière, au labo, ici, chez vous.

— Pourquoi as-tu décidé de chercher des traces de vomi ? demanda Shmerling, responsable de la région sud.

— Eh bien, c'est clair, non ? Nous sommes allés là-bas avec un technicien de labo, ça veut dire quoi ? Elle a bien vomi, non ?

— Non, je n'ai rien à redire. Je suis juste surpris.

— Et pourquoi donc ? Tu n'aurais pas fait pareil ? demanda Mahlouf Levi sur un ton provocant.

— Oui, bien sûr. Là n'est pas la question, mais...

— Mais vous m'attendez au tournant, déclara Mahlouf Levi avec audace. Vous m'attendez au tournant.

— Mahlouf, s'il te plaît ! intervint Shorer, désespéré.

— En tout cas, c'est sûr que s'il y avait eu des traces, ce serait plus facile. Tant pis, ils se débrouilleront avec le contenu de l'estomac.

— Quand et comment êtes-vous tombés sur la lettre ? » demanda Nahari.

Il regarda Mahlouf Levi avec intérêt, comme s'il lui découvrait des vertus inattendues, mais ce dernier, plongé dans ses pensées, ne remarqua pas ce changement imperceptible, et répondit :

« Nous sommes d'abord allés dans la chambre de l'infirmerie. Nous n'avons rien trouvé de suspect là-bas, je veux dire sur les lieux.

— Excuse-moi, dit Michaël Ohayon, mais restons encore dans la chambre, à l'infirmerie. Quand vous êtes arrivés là-bas et que vous avez cherché, vous n'avez rien trouvé ? Pas le contenu d'un verre, d'une assiette, rien ?

— Rien. Vraiment rien. Tout était nickel et toutes les empreintes que nous avons pu relever étaient légitimes.

— C'est bien le problème avec le kibboutz, tout le monde a un accès légitime à tout. A qui serait-il interdit d'entrer dans l'infirmerie ? demanda Nahari.

— Ce que je veux dire, c'est qu'en les comparant, nous avons constaté que toutes les empreintes étaient celles de gens qui se trouvaient là-bas, l'AS, la famille des vieux, etc.

— Et qui se trouvait dans la chambre ? » demanda Nahari.

Il repoussa sa chaise en arrière et croisa les mains derrière la nuque.

« Quand ? Pendant les événements ?

— Je ne sais pas, avant qu'elle meure. Y avait-il quelqu'un là-bas ?

— Je l'ai déjà dit. L'AS a raconté que le médecin et l'infirmière ont conduit la malade à l'infirmerie, puis le médecin est parti, puis l'infirmière est restée et lui a fait la piqûre, puis elle est partie elle aussi. Puis, comme je l'ai déjà dit, l'AS a entendu les bruits et...

— Et comment la malade est-elle arrivée à l'infirmerie ? demanda Michaël.

— Qu'est-ce que tu veux dire ? s'étonna Mahlouf Levi.

— Quelle est la procédure là-bas ? Quand a-t-elle commencé à se sentir mal ?

— Elle avait de la fièvre le samedi soir, et elle est restée au lit. Le dimanche, elle devait aller à Givat-Haviva, mais elle n'a pas eu la force de se lever. Elle est restée au lit le dimanche après-midi aussi. Sa fille est alors venue la soigner et ses deux petits enfants sont allés chez leur grand-mère. Le lundi matin, quand le médecin est arrivé — c'est elle qui lui avait téléphoné —, il l'a aussitôt conduite à l'infirmerie.

— Qui savait qu'elle était à l'infirmerie ? demanda Michaël Ohayon en inspectant son crayon jaune.

— Qu'est-ce que tu veux dire ? demanda de nouveau Mahlouf Levi.

— C'est simple. Qui d'autre que le médecin, l'infirmière et l'AS savait qu'elle se trouvait là-bas ?

— Je n'en ai aucune idée. »

Mahlouf Levi regarda d'un air désemparé Michaël, qui nota quelque chose dans la marge d'une feuille du dossier.

« Bon, quand avez-vous trouvé la lettre ? demanda Nahari en consultant sa montre. Nous ne passerons pas notre vie à écouter cette histoire depuis le début. Il est déjà midi, ça fait trois heures que nous sommes ici et nous ne sommes encore arrivés à rien. »

Mahlouf Levi lui répondit du tac au tac en articulant chaque mot :

« C'est toi qui me l'as demandé. Je n'ai fait que raconter ce que tu voulais savoir.

— Bon, ça suffit. On se croirait au jardin d'enfants, se fâcha Shorer. Continue, Mahlouf. »

Mahlouf Levi reprit et raconta dans les moindres détails, parfois assommants, comment ils avaient fait des recherches dans la chambre de la défunte sans rien trouver de suspect, comment il était allé avec Moysh dans la salle à manger, où le directeur du kibboutz lui avait montré la boîte aux lettres d'Osnat et comment, parmi un courrier volumineux, il avait trouvé la lettre, que le directeur avait immédiatement identifiée. C'était ainsi que le député Aharon Meroz, membre de la commission d'éducation de la Knesseth et secrétaire du groupe parlementaire, s'était trouvé impliqué dans l'affaire, qu'on avait découvert sa liaison avec Osnat, liaison qui avait suscité la surprise de Moysh et lui avait fait dire : « Dommage, dommage. »

« Alors où en sommes-nous maintenant ? » demanda Shorer.

Il se tourna d'abord vers Michaël, puis vers Nahari, qui déclara :

« Nous devons être très clairs. Je propose de soulever ici quelques premières questions, puis de détacher de notre unité Ohayon et son équipe pour qu'ils aillent à Abou Kabir. Avec ou sans Mahlouf Levi. Et alors, nous verrons selon les résultats. Parce que nous ne savons rien encore. La raison du décès est peut-être la maladie, ajouta-t-il d'un air dubitatif.

— De nos jours, qui meurt d'une pneumonie ? Personne ! trancha Shmerling.

— Peut-être n'était-ce pas une pneumonie, peut-être que le diagnostic était erroné, il y a toutes sortes de virus, répondit Shorer en refermant le dossier. Avant les résultats, il n'y a pas grand-chose à faire, il faut reparler avec cette AS, comment elle s'appelle déjà ?

— Simha Maloul.

— Avait-elle un rapport quelconque avec Osnat Harel ?

— Elle l'a rencontrée pour la première fois ce jour-là, elles ne se connaissaient pas auparavant », répondit Mahlouf Levi. Puis il réfléchit un instant et ajouta : « Je ne pense pas que ce soit un cas de suicide. La défunte était secrétaire de kibboutz, on a trouvé en fouillant sa chambre des tas de projets d'avenir, de notes, de réflexions. J'ai parlé avec les gens. Personne n'a remarqué de changements ces derniers temps, et personne ne connaissait sa liaison avec le député Meroz.

— Personne ne savait ou personne ne le dit, marmonna Nahari.

— Personne n'a dit qu'il savait », sourit Mahlouf Levi.

C'était son premier sourire depuis le matin, un

sourire qui le rajeunit et le rendit moins vulnérable. Il ressemblait de nouveau à l'oncle Jacques. Michaël eut l'impression que Mahlouf Levi s'était ressaisi, qu'il ne se sentait plus offensé et qu'il serait possible de collaborer avec lui. Il était même convaincu qu'il pourrait compter sur lui.

« Au kibboutz, il n'y a pas de secrets », déclara Nahari.

Il dévisagea les autres dans l'attente d'un assentiment.

« Bien sûr, c'est indiscutable. Mais en fin de compte, il n'y a de secrets nulle part si on se donne la peine, dit Mahlouf Levi lentement, sur un ton philosophique. Même dans un grand immeuble en ville, il n'y a pas de secrets. La question est de savoir combien de temps il se passe avant de les découvrir. » Il tourna l'anneau d'or autour de son petit doigt.

« Je voulais dire, reprit Nahari, qu'on ne peut pas cacher longtemps une liaison au kibboutz. Je le sais, j'ai été membre d'un kibboutz. Un tour à la lingerie ou à l'atelier de couture et on sait tout. Et si on ne sait rien — mais c'est impossible — alors, un tour chez l'infirmière. Une ou deux conversations avec l'infirmière du kibboutz et on est dans le coup.

— Eh bien, cette fois-ci ce n'est pas le cas », dit Mahlouf Levi.

Michaël se demanda s'il avait rêvé ou vraiment entendu l'intonation victorieuse de cette affirmation.

« Il faut savoir à qui le demander, s'obstina Nahari.

— Désolé, protesta Mahlouf Levi, mais dans ce cas, l'infirmière n'a aucun intérêt à cacher quoi que ce soit. Et d'abord, elle souhaite partir. C'est prévu depuis longtemps, et elle attend tout simplement l'arrivée d'une remplaçante qu'ils ont pas encore trouvée. Même en collaborant activement, elle n'avait rien à dire. Personnellement, elle me paraît innocente. Je ne connais aucun mobile. Mis à part le fait que la défunte était très active, qu'elle était secrétaire du kibboutz, veuve de guerre — le Liban —, il n'y a pas d'autre histoire sur son compte. On m'a laissé entendre que c'était une belle femme.

— Et où l'a-t-elle rencontré, le député Meroz? demanda Shmerling.

— D'abord, j'ai compris qu'ils avaient été élevés ensemble, comme enfants extérieurs au kibboutz. Ils se connaissaient depuis longtemps, expliqua Mahlouf Levi. En fait, elle est originaire des environs de Tel-Aviv. Père inconnu, mère plutôt douteuse, peu importe. Quant au député Meroz, il est arrivé au kibboutz après la mort de son père, et il a quitté...

— Bon, nous allons vérifier tous ces détails avec lui, coupa Nahari sur un ton impatient. En conclusion, Ohayon va à l'Institut médico-légal, et vous travaillez ensemble sur le début, d'accord?

— Oui, si tu veux, dit Shorer. Et toi, Michaël, tu ne dis rien?

— Pas de problème, acquiesça Michaël. Aucun problème », répéta-t-il comme pour s'en convaincre.

Il se leva, rassembla les feuillets épars devant lui et les clés de sa voiture, sourit et se tut.

Shorer le rattrapa dans le couloir. Il agita ses minuscules lunettes, les fourra dans sa poche et s'adressa à Michaël :

« Dis-moi. Il faut que je te demande. »

Michaël soupira. Il devina la question.

« Oui. J'ai vu.

— Tu as vu comme il lui ressemble? J'ai cru que j'allais devenir fou. » Il prit Michaël par le bras : « J'étais très attaché à ton oncle. Il t'adorait. Je ne te l'ai jamais dit, mais il parlait sans cesse de toi, des années avant que je te connaisse.

— Tout de même, dit Michaël en le quittant, ils ne se ressemblent pas vraiment. Juste le sourire. »

CHAPITRE 6

« Quoi, tu es à l'UNEC maintenant ? demanda, surprise, la secrétaire du directeur de l'Institut médicolégal. On t'a déjà nommé inspecteur ? Dommage que tu ne sois pas en uniforme, ça t'irait bien ! »

Elle rit et appela le directeur de l'Institut, qui sortit de son bureau et s'exclama :

« Bonjour, Votre Honneur, comment se porte Votre Honneur ? Nous avons une histoire pour toi.

— Vous avez fini ? demanda Michaël.

— Bien sûr que nous avons fini, répondit le docteur Hirsch. Mais appelons plutôt Andreï Kestenbaum, c'est lui qui a opéré.

— Pourquoi ce suspense ? Que se passe-t-il ici, un exercice pédagogique ?

— Un peu de café ? demanda Hirsch.

— D'abord, je veux savoir si j'ai un dossier, dit Michaël. Je n'ai jamais travaillé avec cet Andreï Kestenbaum. Je ne sais même pas de quoi il a l'air.

— Tu n'as pas travaillé avec lui parce qu'à Jérusalem tu n'avais pas de régions agricoles. Kestenbaum est un spécialiste d'agriculture. Patiente et tu verras. Je ne comprends pas pourquoi tu es si pressé. » Hirsch accompagna ces derniers mots d'un sourire et ajouta : « C'est ton premier cas à l'UNEC ? Quelle est ta fonction exacte, actuellement ? Tu es chef de division ? Je ne sais pas très bien comment c'est structuré là-bas, comment ça fonctionne.

— Il n'y a rien à comprendre, répondit Michael. Oui, je suis commissaire divisionnaire. Mais tu vois Nahari tous les lundis ? »

Il s'assit et allongea les jambes devant lui.

« Oui, mais nous sommes enterrés ici, loin de vos soucis. Et ce qui est bien avec les morts, c'est qu'ils ne parlent pas. » Hirsch eut un sourire méchant et reprit : « Chez vous, on parle beaucoup et, maintenant que tu es divisionnaire, tu peux toujours envoyer quelqu'un à ta place. Tu as douze personnes sous tes ordres, comment se fait-il que tu sois ici ? »

Michaël sourit :

« Je ne savais pas que la rumeur était arrivée jusqu'à toi.

— Quoi, la rumeur que tu n'aimes pas venir ici ? Voir comment on travaille sur le cadavre ? Qu'est-ce qui t'arrive ? Franchement ! »

Michaël se contenta de sourire. Hirsch reprit :

« C'est sérieux, l'UNEC, uniquement des cas grandioses ? » Puis, avec un regard amusé : « Fais pas attention, c'est rien. Ce travail rend fou et il n'y en a pas beaucoup autour de moi avec qui je puisse rire.

— Puisque tu parles de cas, dis-moi plutôt ce qu'il en est du nôtre. Tu vas finir par te décider, non ?

— Deux secondes, répondit Hirsch, redevenant sérieux. Je tiens vraiment à ce que ce soit Kestenbaum qui te le dise, c'est à lui que revient tout le mérite. »

Michaël considéra la grande pièce sommairement meublée. Des murs couverts de bibliothèques en bois clair, trois longues tables, un bureau. Le docteur Hirsch s'y assit et décrocha le récepteur pour demander du café et appeler le docteur Kestenbaum. La fenêtre grillagée derrière lui donnait sur la grande pelouse qui séparait le petit bâtiment blanc de la route bruyante.

L'homme sec et ratatiné qui entra dans la pièce avant qu'on n'apporte le café portait une alliance à l'annulaire de la main droite et, en le voyant, Michaël se souvint de lui. Les rares fois où il l'avait aperçu à des réunions, l'homme était toujours assis dans un coin et se taisait.

« Je vous quitte, dit Hirsch. J'ai une autre opération. Donne-lui ton diagnostic, ajouta-t-il, s'adressant à Kestenbaum. Il ne sait pas encore ce qui l'attend. »

Ils s'assirent de chaque côté du bureau de Hirsch et Andreï Kestenbaum posa entre eux son paquet de Kent légères et longues et le mince briquet noir.

On voyait dépasser de sa blouse blanche sa cravate et le col bleu de sa chemise, et ses mains qui jouaient avec le briquet étaient parsemées de taches brunes, trahissant ce que dissimulaient ses gestes fuyants : son âge plutôt avancé. Son visage aussi était couvert de taches brunes et ses cheveux rares, coiffés en arrière comme ceux des acteurs des vieux films américains, lui donnaient un air à la fois étonné et réservé. La passion avec laquelle il s'exprimait avec quelque chose de touchant. Aussitôt assis, il se mit à parler et ne s'arrêta que pour écouter les quelques questions que Michaël put glisser dans ce long monologue, qui commença par : « A l'étranger, je faisais pas seulement autopsies, mais je participais aussi enquête, autrement dit, docteur et détective. »

Michaël lui demanda poliment de quel pays il venait : « De Transylvanie. Huit ans que je suis ici, mais en Hongrie, je travaillais dans la police. »

Michaël attendit.

« Avant de vous donner les résultats, écoutez d'abord ce que je veux dire sur la méthode d'investigation. »

Et il se lança dans un long monologue sur le fait qu'à l'étranger, contrairement à ce qui se passait en Israël, on ne transportait pas le cadavre à l'Institut médico-légal, on le laissait sur les lieux et on ne touchait à rien jusqu'à l'arrivée du vrai maître des opérations, le médecin-légiste. Malgré le fort accent hongrois-roumain, l'hébreu maladroit, les détails qui n'avaient aucun rapport avec le sujet, Michaël, déterminé à ne rien perdre de ce discours, posa le magnétophone sur le bureau, ce à quoi le docteur Andreï Kestenbaum n'opposa pas la moindre résistance. Haussant les épaules, il manifesta ouvertement le plaisir d'être au centre des événements et plus encore, se dit Michaël tendu par l'attente, de se sentir écouté et compris.

« Bon, dit Michaël, alors de quoi est-elle morte ?

— Parathion, répondit Kestenbaum en regardant Michaël. Mais je n'ai pas encore eu le temps faire mon rapport.

— Parathion ? s'étonna Michaël, comment est-ce possible ?

— J'ai examiné estomac, foie, os, partout je trouve parathion, répondit Kestenbaum sur un ton détaché.

— Ah, dit Michaël, perplexe. Mais pourquoi avez-vous cherché du parathion ? Dans la vie, on ne... » Il se ravisa, modéra le ton de sa voix et dit doucement : « Si on ne cherche pas de parathion, on n'en trouve pas. Pourquoi donc avez-vous pensé à en chercher ?

— Ça, j'explique si vous voulez, promit Kestenbaum avec enthousiasme.

— Bien sûr que je veux, répondit Michaël. Encore heureux que vous en ayez trouvé, non ? Y avait-il des symptômes qui faisaient penser au parathion ? »

Kestenbaum secoua plusieurs fois la tête pour dire non.

« Si on ne cherche pas, aucun symptôme. De toutes façons, la dame, elle est arrivée trop tard. »

Suivit un nouveau discours sur les méthodes d'investigation à l'étranger, puis Kestenbaum s'épongea le front et déclara :

« C'est une question d'expérience. J'ai beaucoup d'expérience de la mort dans les régions agricoles, et c'est la raison pourquoi j'ai cherché. J'ai eu une fois un cas comme ça, il y a longtemps. » Il baissa les yeux avec une fausse modestie sur le bout de ses chaussures : « Aussi j'ai écrit un livre sur ça, un textbook qu'on étudiait à la faculté de droit.

— Ah bon ? s'intéressa Michaël.

— Oui, oui, insista Kestenbaum comme pour écarter le moindre doute. En hongrois. Vraiment.

— Comment le parathion est-il arrivé jusqu'à elle ? Vous pouvez le savoir ?

— Oui, bien sûr, répondit Kestenbaum, soudain détendu. Bien sûr, il y a plusieurs moyens. Je ne crois pas par la peau, parce que parathion sur la peau, si c'est la bonne mesure, on peut mourir tout de suite. Mais il y en avait aussi dans l'estomac. Dans boisson, je pense, ou dans pruneaux.

— Vous voulez dire, un suicide? » dit Michaël en touchant le bouton du magnétophone, vers lequel Kestenbaum glissa un regard concupiscent.

« Tout est écrit dans le rapport que nous écrivons après, promit-il. Je ne sais pas si c'est suicide, ou accident, ou assassinat, ça c'est votre travail. » Il haussa les épaules avec une expression innocente : « J'ai beaucoup des histoires, oho! plein des histoires, mais j'avais un cas de pneumonie, ça je peux vous raconter.

— Je vous en prie », dit Michaël.

Kestenbaum tira sur sa cigarette et lui lança un regard comme pour le prévenir :

« Je raconte comme si c'est une narration, oui? »

Il n'attendit même pas l'assentiment muet de Michaël, qui croisa les bras, s'adossa à sa chaise, allongea les jambes et ne quitta plus son interlocuteur des yeux.

« Un jour, à la fin de décembre, je reçois un téléphone comme médecin-légiste, que un enfant est mort pendant traitement avec pénicilline, soigné dans la dispensaire avec diagnose de pneumonie. La maman amène l'enfant de trois ans au dispensaire pour piqûre de pénicilline. Elle parle avec l'infirmière qui était de garde parce que vingt-cinq décembre c'est anniversaire de Yésous. »

Il s'interrompit pour regarder Michaël d'un air hésitant : « Oui? Comme ça on dit?

— Oui, oui », répondit Michaël sur un ton apaisant.

Alors le Dr Kestenbaum reprit l'expression dramatique qu'il affichait au début de son récit.

« Là-bas, même si ce n'est pas fête officielle, c'est quand même fête. Après ving-cinq minutes de piqûre pénicilline, et la maman parle des bêtises avec l'infirmière, on entend du bruit et on trouve enfant en état d'agonie. Après quelques minutes, enfant meurt dans la dispensaire. »

Kestenbaum s'arrêta un instant comme pour laisser son interlocuteur digérer les faits et Michaël éprouva le besoin de dire :

« Aha ! »

Interjection à la fois étonnée et affirmative, qui avait pour but d'entretenir l'illusion d'un dialogue. Kestenbaum reprit :

« Il y avait problème. Est-ce que enfant est mort de choc anaphylactique à pénicilline ? Et la diagnose pour savoir si c'est choc, c'est le travail du médecin-légiste, de préparer un rapport pour dire si c'est choc ou non. » Il prit une longue goulée d'air, tourna la tête de côté et reprit, s'adressant au coin de la table : « Je vous raconte des petits détails, mais j'ai écrit sur ça tout un livre. »

Michaël acquiesça :

« Oui, oui. Je me souviens. »

Kestenbaum considéra de nouveau le coin de la table avec une expression modeste. Michaël lui lança un regard encourageant et plein d'intérêt, en se demandant si les fautes que faisaient les étrangers en parlant une langue avaient une certaine logique. Il réprima un sourire, et le médecin poursuivit :

« Je reçois un téléphone de Procurator de République pour venir sur place. Parce que comme j'ai dit, on ne transporte pas cadavre dans Institut, sinon toutes sortes de choses arrivent en route. Bon, maintenant... » Il se redressa et agita la main qui tenait la cigarette :

« Je... la histoire... » — il hésita — « je raconte la histoire vraie : je dis à Procurator que si enfant est mort trente minutes après piqûre de pénicilline, c'est cent per cent sûr que ce n'est pas choc anaphylactique. Choc, c'est quelques minutes après piqûre ! Cause de la mort c'est ou pneumonie ou autre chose, mais pas piqûre de pénicilline. Mais comme il y a mort dans dispensaire public, Procurator dit, il faut examen du médecin-légiste. Alors je fais opération. »

Le magnétophone émit un bruissement et il y eut un silence. Kestenbaum respira profondément :

« Je fais opération dans dispensaire où il est mort. Je ne trouve pas signe de choc anaphylactique à pénicilline. Pas trace de violence qui explique la cause de mort, cependant... »

Michaël réprima un sourire. Selon une loi jamais explicitée par les meilleurs linguistes, ce mélange étrange d'expressions toutes faites comme « cependant » et de phrases défectueuses faisait de Kestenbaum quelqu'un qui ne parlerait jamais l'hébreu correctement. Et il continua avec l'assurance de parler dans un style choisi :

« ... cependant dans estomac, j'ai trouvé chocolade au début de processus digestif. Avec autres choses que j'ai pris pour examen, j'ai pris aussi contenu de estomac. Car j'ai dit tout de suite à moi-même que le chocolade, ils ont acheté dans le village, et dans des endroits comme ça, il y a beaucoup de souris et on tue les souris avec pesticide. Alors j'ai pensé, peut-être les souris elles ont marché sur la poison, après elles ont monté avec les pieds sur le chocolade. Peut-être, peut-être, peut-être... » A chaque « peut-être » le doute grandissait en même temps que l'espoir : « ... peut-être le enfant il est mort de ça. »

Plus tard, en réécoutant l'enregistrement, Michaël reconnut dans ces trois « peut-être » toute une palette de sentiments qui, lorsqu'il travaillait, étaient aussi les siens : l'espoir d'une solution, ou du moins d'un indice, la fierté de l'intuition, la volonté de suivre des pistes sans aucun fondement réel et surtout ce mélange si familier de fierté démesurée et de doute niché au cœur même de cette fierté anticipée. Ce n'était pas de la modestie mais un doute inhérent à l'intuition, le tout véhiculé par ce « peut-être, peut-être, peut-être » qui ressemblait aussi à un crescendo musical après lequel Kestenbaum se refréna et parla sur un ton plus mesuré. Il baissa de nouveau les yeux vers la table et continua son récit :

« Le lendemain, après examen de toxicologie, on trouve vraiment pesticide dans chocolade, pesticide qui s'appelle parathion. Parathion, c'est un produit photo-organique : un gramme de parathion peut tuer cinquante personnes de soixante kilos. Un petit enfant, cinq ans, il meurt avec quelques milligrammes. Dès que je sais que la mort est causée par parathion contenu dans chocolade, tout de suite je allé sur les lieux, avant enterrement. » Ici, il fit une parenthèse : « A l'étranger, on enterre un mort deux jours, trois jours après qu'il est mort. Je demande à la maman où elle achète chocolade pour le enfant — car c'est fête pour les chrétiens et seulement pour fêtes, on achète chocolade. Uniquement Procurator, il sait ma pensée sur cause de la mort. La maman, elle raconte qu'elle a reçu chocolade par poste, de ex-amie de son ex-mari. Cette femme, elle a envoyé paquet de demi-kilo avec bonbons et chocolade. La maman, elle me donne adresse de cette femme et elle raconte que son mari était deux ans avec cette femme. Ils se sont connus dans même village, un dimanche à la danse au... » Il chercha le mot et dit en hésitant : « ... au bal, oui ? Le mari, il quitte la autre femme et vient danser avec cette femme et il dit à sa oreille : tu veux me marier car dans une semaine, je dois marier la autre femme. Mais je ne veux pas elle, je veux toi. Elle dit oui et le jour qu'il doit épouser la autre, il épouse cette femme. Le jour de mariage, la première femme, elle quitte le village de honte et elle part loin. Fruit du mariage, c'est ce enfant. »

Il s'adossa à sa chaise et respira profondément. Puis il s'avança de nouveau et se remit à parler. Hypnotisé, Michaël était entraîné par l'histoire comme un enfant, comme Youval lorsqu'il lui racontait une histoire effrayante et que l'enfant retenait son souffle non seulement de peur — Michaël lui tenait la main dans l'obscurité — mais aussi à cause du suspense.

« Depuis le jour où elle s'est mariée, elle n'a pas contact avec la autre femme. Un an avant cette histoire, le homme quitte la femme et va dans la ville. Là-bas, il vit avec une femme dix ans plus grande que lui. Le homme conduit les autobus. La troisième femme, très bonne situation économique. Quand le enfant reçoit paquet de la première femme, la maman pense : cette femme aime encore le mari, ce enfant est enfant du mari, alors c'est la raison pourquoi elle envoie paquet. Moi, comme médecin-légiste et détective, je demande tout de suite qu'elle donne à moi le paquet. Elle donne petit petit paquet carton et dedans, deux gaufrettes forme triangle, marque "Delta", trois petits paquets chocolade, marque "Rom"...

— Roum ? demanda Michaël.

— Oui, oui, Rom, répéta Kestenbaum. Et trois bonbons dans cellophane pour mettre sur arbre.

— Vous voulez dire sur un sapin ?

— Oui, sapin pour fête de Yésous. » Et la voix de Kestenbaum enfla sourdement dans un crescendo dramatique : « Paquet carton était enveloppé avec papier très fine, jaune, cette papier aujourd'hui est couleur blanc. Jaune, c'était peut-être avant dix ans. Sur cette papier, il y avait écrit le nom de expéditor, comment on dit ça ? » Envoyeuse ? Michaël fit oui de la tête. « Oui, c'était écrit le nom. La même nuit, j'arrive chez la envoyeuse et à ma stupéfaction, elle dit que elle n'a pas envoyé paquet. Trois ans déjà, pas de contact du tout avec village, ni avec cette famille. Elle les déteste à mort. »

Le dernier mot fut prononcé sans doute sur le même ton fielleux que dans sa version originale.

« Après trois heures de enquête nocturne, je tire conclusion, cette femme elle n'a pas envoyé cette paquet. La même nuit... » Il fit une grimace, découvrit ses dents dans un sourire et corrigea : « Le même matin... » Il fit de nouveau une grimace et opta pour une autre formulation : « La même nuit-matin, je retourne vers la maman, je demande adresse du mari. Le mari conduit autobus exactement dans la ville que j'ai mon travail. Le même jour, je vais dans la maison de ce homme. Il sait que son fils est mort, il a tellement chagrin, il ne peut pas parler. Il me dit, venez un autre jour, après enterrement de enfant. Après quelques jours, je reçois mandate pour faire perquisition. Nous allons dans maison du mari et maîtresse. Il dit qu'il n'a pas envoyé paquet, il ne sait pas, il envoie pension depuis une année et c'est tout. Je fais recherche, je trouve dans petite chambre même papier fin, jaune, qui n'existe plus depuis longtemps. » A ce point de son récit, Kestenbaum respira profondément, écrasa son mégot, alluma une autre cigarette, lança un regard aigu à Michaël et lui demanda : « Vous êtes né ici ou à l'étranger ?

— A l'étranger, répondit Michaël en se demandant la raison de cette question.

— Mais pas Europe de l'Est, affirma Kestenbaum.

— Non, au Maroc.

— Voilà. Alors vous ne savez pas, moi j'explique. Là-bas, dans la Hongrie, ou Roumanie, ou Pologne, pas frigidaire, seulement petite chambre.

— Cellier ? proposa Michaël.

— Comment on dit ? »

Et Kestenbaum articula péniblement le nouveau mot, puis reprit son récit sur un ton utilitaire, d'information secondaire, entre parenthèses.

« Avec tous les crayons, plumes, encre, j'ai pris ça aussi et j'ai dressé protocole. Au laboratoire de police, nous faisons comparaison entre encre de maison et encre de adresse. Résultat : négatif ! »

Michaël haussa les sourcils et fit claquer sa langue de surprise. Kestenbaum lui sourit comme à un enfant :

« Attendez, ce n'est pas le fin.

— Alors qu'avez-vous fait ?

— Nous avons pris trente filles élèves qui connaissent la famille. Parce que avec la psychologie, nous savons c'est écriture fille, pas écriture garçon. » Il se pencha sur la table et dit avec un regard rusé et dédaigneux : « Là-bas, on fait enquête autrement. » Ayant épuisé avec cette phrase sa dose de critique quotidienne contre l'Institut médico-légal en particulier et le pays en général, il reprit sans attendre de réaction : « Nous avons écrit adresse trente fois avec trente filles. Résultat de graphologie : négatif. Personne n'a pas écrit ça. »

Il posa sa cigarette dans le cendrier et tapota le verre qui recouvrait la table comme pour dire : « Voilà, tout semblait perdu. » Mais aussitôt, il enregistra le regard attentif et concentré de Michaël et, mesurant avec satisfaction l'attente curieuse de son interlocuteur, poursuivit :

« Pendant ce temps, j'envoie papier que j'ai trouvé dans, comment on dit, soulier ?

— Cellier, corrigea très vite Michaël.

— Avec papier de paquet, pour faire examen. » Il prit un bout de papier sur la table, le déchira et montra comment les deux bouts devaient se recoller. « Bon, vous connaissez ce examen que on photographie toutes ces choses. Travail très difficile. »

Le hochement de tête affirmatif de Michaël se perdit dans l'espace. Kestenbaum continua de parler sans lever les yeux du petit bout de papier :

« Après deux semaines, je reçois résultat que papier j'ai trouvé dans soulier et papier du paquet, cent per cent même chose. Comme ça, nous savons que expéditor est dans la maison avec le mari. »

Kestenbaum soupira comme s'il venait de se délester d'un poids. Michaël alluma une cigarette, en proposa une à son interlocuteur, qui le regarda d'un air dédaigneux :

« Depuis grève de Doubek, je fume seulement cigarettes étrangères.

— Que s'est-il passé après ? » demanda Michaël.

Kestenbaum soupira.

« Sur le plan juridique, impossible de prouver que ils ont envoyé le paquet. Mais nous savons, le papier il vient de là. Dernière carte pour prouver était seulement carte psychologique. Mais ici il y avait problème important : comment je savais que le chocolade que le enfant a mangé était dans le paquet? Peut-être c'est un autre chocolade. La maman raconte qu'elle a dit à enfant : écoute, si tu laisses faire piqûre, je donne à toi chocolade. Dans laboratoire de toxicologie, j'avais apporté trois paquets "Rom", je donne un paquet les souris. Souris mangent bon appétit, rien ne se passe. Je donne gaufrettes, bonbons à autre groupe : souris mangent et sont vivantes. Restent deux paquets de chocolade Rom avec emballage original. » Il s'interrompit un instant, regarda Michaël avec un plaisir évident et reprit en insistant sur chaque mot : « Devant Procurator, je donne paquet à un groupe de sept souris, nous attendons trois heures, les souris sont cent per cent très bien. Reste dernier paquet. Je dis à Procurator : essayons ça aussi. Procurator examine paquet original bien fermé, personne n'a ouvert, alors il propose : pourquoi attendre les souris pendant trois heures, moi j'essaye et je mange ça. »

Il sourit avec malice à Michaël qui lui rendit le même sourire.

« Je ouvre papier externe, je vois chocolade couvert papier argent original. Je enlève papier et sur la surface de chocolade, où est écrit Rom, je vois une ligne grise et tout le reste brillant. Je donne un bout de ligne grise à souris. Elle mort tout de suite. Je donne à autres souris, encore ligne grise, toutes les souris mortes. Dans examen de sang des souris, il y avait parathion. Dans examen de ligne grise, on découvre tout de suite parathion. Maintenant, tout le monde sait que paquet avec parathion envoyé de chez le mari, dit triomphalement Kestenbaum sur le ton du C.Q.F.D. »

Michaël hocha la tête et dit :

« Bravo, vraiment bravo. »

Kestenbaum baissa les yeux comme une vierge pudique et dit :

« Attendez, ce n'est pas tout.

— Je m'en doute bien. »

Michaël croisa de nouveau les bras et allongea les jambes.

« Je savais où il conduisait la autobus. Un jour, à deux heures, je vais à la station, je le descends du volant, je mets autre conductor à la place, je mets lui dans jeep et nous apportons lui chez Procurator. Avant ça, nous arrêtons la maîtresse, elle attende dans la corridor avec police. Quand nous arrivons, il voit la maîtresse arrêtée.

— Hum! fit Michaël, sur le ton de quelqu'un qui réfléchit.

— Première interrogation chez Procurator nous disons à lui : écoute, ta femme elle a raconté tout. Si tu veux avoir moins de punition, alors parle. Et le homme dit : pour cette putain j'ai tué le enfant. »

Kestenbaum raconta la suite des événements sur un ton presque indifférent, comme s'il s'agissait de la partie la plus futile de l'histoire. Comme la fin d'un roman policier, se dit Michaël. Ce qui est passionnant, c'est le développement de l'intrigue et pas le dénouement si prévisible.

« Il a raconté que cette femme voulait le jeter à la rue parce que l'argent qu'il gagnait, il faut donner un tiers pour le enfant. Quoi faire? Tuer le enfant. Alors elle a donné conseil pour tuer le enfant. Elle parle avec technicien spécialiste pesticide, elle sait quantité exacte qu'il faut pour tuer. Le homme et la femme, ils sont allés tout de suite chez la technicienne, elle a mis avec pipette sur deuxième chocolade et elle a écrit adresse.

— Pourquoi la technicienne les a-t-elle aidés? »

Kestenbaum regarda Michaël comme s'il ne comprenait pas sa question, puis il répondit comme si cela allait de soi :

« Pour argent bien sûr, pour argent. » Puis il reprit son récit comme s'il n'y avait pas eu d'interruption :

« Après quatre heures de interrogation, c'était clair, mort avec parathion et complices trois personnes. Le mari, il reçoit punition dix-neuf années, la femme dix-huit années et la technicienne, six années. »

Il y eut un silence, Michaël replia les jambes, dénoua les bras et dit ce qu'il fallait dire :

« Vraiment, bravo, mes félicitations ! Quelle histoire ! »

Kestenbaum se taisait. Michaël répéta en appuyant d'un mouvement de tête :

« Vraiment, bravo !

— Je vais vous dire, reprit Kestenbaum, qui affichait une expression de fausse indifférence aux compliments. Je suis venu ici avant huit années. Il n'y avait pas de poste. Maintenant aussi, on fait rien. Là-bas, nous faisons enquête. Quand je suis venu, j'ai rencontré personnes de l'Institut médico-légal. J'ai dit : médecin-légiste, il doit être dans le terrain. Ça, c'était petit petit histoire. J'ai encore beaucoup, oho, beaucoup de histoires ! Des jours et des jours, je peux raconter.

— J'en suis certain, dit Michaël en consultant sa montre. Moi aussi, j'ai très envie de vous écouter. Nous pourrions nous rencontrer de nouveau si vous le voulez bien.

— Pourquoi pas ? »

Le ton indifférent de Kestenbaum masquait mal sa passion d'orateur et Michaël se sentit quelque peu coupable de sa réussite professionnelle, de son jeune âge, de son appartenance inébranlable à ce pays et à sa culture. Il eut conscience que la vie lui avait souri et éprouva une envie de toucher le docteur Kestenbaum, auquel il avait pourtant prodigué juste ce qu'il fallait de compliments pour ne pas verser dans l'exagération ou l'ironie (le contraste entre l'hébreu défectueux de son interlocuteur et son air important pouvaient prêter à ironie). Pourquoi avait-il cette impression d'enfant gâté par la chance devant cet éminent médecin de l'Institut médico-légal ?

Pour dissiper cette sensation de culpabilité latente et en savoir plus, il demanda un complément d'information sur l'action du parathion.

« Je explique, je explique tout, dit Kestenbaum

comme s'il s'adressait à un enfant impatient. Je montre aussi tout, tout de suite. » Il leva les yeux au ciel et dit en vitesse : « Parathion, c'est poison cholinestérase, produit chimique dans armées. Cholinancétyl fait action sur muscles, respiration, cœur, affaiblit système nerveux central et après mort. Venez, je montre à vous. »

Il se leva. Michaël le suivit le long de larges couloirs jusqu'à une petite pièce où Kestenbaum prit une minuscule clé suspendue à un crochet en bois. Sans dire un mot, il se dirigea vers une autre pièce et Michaël le suivit comme un élève obéissant. Kestenbaum entra dans la deuxième pièce, se planta devant une armoire métallique grise fermée par un gros cadenas, l'ouvrit avec la petite clé et montra à Michaël une étagère :

« Voilà, ici il y a tout. »

Sur l'étagère, il y avait des flacons et des bocaux, et une odeur désagréable de souris et de produits chimiques régnait dans la pièce. Kestenbaum s'adossa au mur.

« Voilà, s'il vous plaît, vous pouvez voir tout, quoi c'est écrit, quoi il y a dans les bouteilles, tout. »

Dans la pièce à côté, quelqu'un dit :

« Qui a pris la clé ?

— Moi, ici, moi je prends, pas problème. C'est doctor Cassouto, notre toxicologue », chuchota-t-il à l'oreille de Michaël.

Quelques secondes plus tard, un homme en blouse blanche entra dans la pièce. Il était un peu plus jeune que Kestenbaum, avec les cheveux grisonnants. Le docteur Cassouto se souvenait du grade de Michaël et de la raison de sa visite, mais pas de son nom. Michaël se présenta et dit :

« Alors, montrez-moi le parathion parmi toutes les bonnes choses que vous avez ici. »

Le docteur Cassouto sortit un flacon en métal argenté.

« C'est dangereux même à tenir comme ça », dit-il.

Kestenbaum, qui se tenait à l'écart poussa un « Oho ! » en signe d'acquiescement.

Michaël lut attentivement ce qui était écrit dessus : FOLIDOL E605, 45,7 % et sentit le Dr Andreï Kestenbaum se recroqueviller comme s'il voulait passer inaperçu.

« Ça se vend comme ça sur le marché ? demanda-t-il. C'est sous cette forme et dans ce flacon qu'il est commercialisé ?

— Ce flacon est fabriqué en Allemagne. Le parathion qu'il contient n'est pas dilué. Pour l'usage agricole, on le dilue. Il faut aussi le faire fondre. A l'aide d'une substance spéciale... il ne fond pas dans l'eau. » Cassouto parlait avec une assurance détachée. « Ici, il est en principe interdit de le commercialiser sans autorisation particulière.

— Bobards ! protesta Kestenbaum dans son coin. Dans les territoires occupés, tu trouves partout.

— C'est vrai, confirma Cassouto. Il y en a dans les territoires occupés, où le parathion est utilisé à mauvais escient. Tous les meurtres familiaux pour venger l'honneur, tous les règlements de compte internes se font avec du parathion. Mais je parlais de l'interdiction de l'utiliser.

— Pas exact, protesta Kestenbaum. Pas exact du tout. Tu souviens jeune fille avec pétrole ? »

Il s'adressait sur un ton de reproche à Cassouto qui, un instant dérouté, répondit :

« Oui, il y a eu ce cas terrible d'une jeune fille qui s'est rincé les cheveux avec du pétrole pour se débarrasser de ses poux. Le pétrole était mélangé à du parathion et elle n'est tout simplement pas ressortie de la salle de bains. Elle est morte sur le coup.

— Et la grand-mère, tu oublies la grand-mère ! insista Kestenbaum.

— Oui, il y a aussi eu le cas de cette grand-mère qui soignait son petit-fils. Un traitement contre les poux. La même chose, du pétrole mélangé à du parathion, mort subite.

— Bon, histoires, histoires, il y a beaucoup histoires, autant que tu veux, dit Kestenbaum avec dédain. Hier encore, collègue raconte il veut mettre insecticide dans sa jardin. Sa femme, elle apporte spray de chez apothicaire, il regarde quoi est écrit sur la bouteille et quoi il voit? Quoi? » Il se tourna vers Cassouto sur un ton de reproche triomphant : « Il voit écrit parathion! Alors, défendu par la loi, mon œil!

— Pas la loi. Je n'ai pas dit qu'il n'y avait pas de parathion dans le pays. J'ai juste dit que le ministère de l'agriculture ne l'utilisait plus, répliqua Cassouto toujours sur un ton détaché.

— Ne pas tenez comme ça! » s'écria soudain Kestenbaum.

Il reprit prudemment le flacon des mains de Michaël, qui le retournait entre ses doigts.

« Mais quel mal y a-t-il? Il est hermétiquement fermé! »

Tous deux le regardèrent avec pitié. Kestenbaum reposa le flacon à sa place, sur l'étagère de l'armoire en métal, et dit :

« Vous savez comme c'est fort? Trois gouttes sur la peau et vous allez dans autre monde!

— Il n'est pas dilué, mais concentré presque à cinquante pour cent, expliqua Cassouto. Pour s'en servir, il faut le diluer.

— Tu souviens histoire avec couverture? demanda Kestenbaum au toxicologue. Dis à lui. »

Cassouto prit une expression ennuyée :

« Oui. Il peut vous raconter un cas de mort par contact d'une couverture en laine posée d'abord sur un cheval qui avait eu un traitement contre les puces. L'homme qui s'est ensuite servi de cette couverture est carrément mort.

— Et comment mort! s'exclama Kestenbaum, l'humeur joyeuse. Il était au milieu de faire amour et boum, mort! » Il sourit puis redevint sérieux : « Ça aussi, cas que j'ai fait enquête à l'étranger.

— Désolé, je ne le savais pas, s'excusa Michaël. Quel est le dosage du parathion ?

— Vingt milligrammes pour soixante kilogrammes, répondit Kestenbaum avec assurance.

— Je ne sais pas si c'est le dosage exact », dit Cassouto, dubitatif.

Kestenbaum rougit et haussa le ton :

« C'est exact, moi je sais.

— Quel besoin de le savoir quand on peut regarder dans les livres et calculer ? » fit remarquer Cassouto.

Il verrouilla l'armoire, vérifia le cadenas, revint dans la petite pièce pour remettre la clé à sa place, prit un gros livre rangé sur une étagère et le feuilleta en murmurant : « pa... para... parathion ». Puis il s'adressa à Michaël :

« Vous comprenez l'allemand ?

— Non, désolé.

— Dommage, sinon je vous aurais donné une quantité de documents à lire, dit-il en continuant à feuilleter l'épais volume.

— Perte de temps, marmonna Kestenbaum, je dis vingt pour soixante kilos. Pourquoi tu ne crois pas moi ?

— On va voir ça tout de suite. » Cassouto gardait un calme imperturbable. « Voilà, j'ai trouvé : parathion, dose mortelle, un tiers de milligramme au kilo.

— Vingt milligrammes pour soixante kilos, j'ai dit, non ?

— Une petite cuillerée à café égale cinq c.c., donc moins qu'un quart de cuillerée à café », dit Cassouto, ignorant la remarque triomphale de Kestenbaum. Ce dernier lui lança un regard franchement haineux et faillit prendre la main de Michaël.

« Bon, nous avons fini, oui ?

— Oui », répondit Michaël.

Il consulta sa montre, il était six heures du soir.

« Donc, dit-il, s'adressant à Kestenbaum, qui l'accompagnait jusqu'au parking, on utilise encore du parathion, dans les kibboutzim ?

— Pas officiellement, non. Mais vieux agriculteurs aiment cette poison pour insecticide. Peut-être il y a chez eux, pourquoi pas ? On peut trouver ça en Allemagne. »

Avant de démarrer, Michaël serra de nouveau la main tendue de Kestenbaum qui, les yeux baissés, lui dit d'une voix étouffée :

« Seulement si vous pouvez, disez que moi j'ai trouvé...

— Mais bien sûr, tout le mérite vous revient », répondit Michaël en faisant démarrer sa Ford Fiesta.

CHAPITRE 7

« Depuis combien de temps es-tu à l'UNEC ? » demanda Mahlouf Levi.

Ils quittèrent la route principale et s'engagèrent sur une route adjacente qui conduisait au kibboutz.

« Pas longtemps, deux mois, répondit Michaël, mal à l'aise.

— Tu as vite fait. En tout cas, c'est ce que j'ai entendu », dit Mahlouf Levi, posant son bras sur le bord de la fenêtre. Michaël ne répondit rien. « Ils auraient pu t'envoyer ici, te nommer commissaire en chef de la région de Lahish, ajouta-t-il, l'air pensif.

— Oui, mais ils ont opté pour l'UNEC. »

Michaël contempla les espaces vert et or qui s'étendaient de chaque côté de la route étroite. Il était tendu et pensait à son beau-frère Amy, le mari de sa sœur aînée Yvette. Pendant la guerre du Liban, il avait été enrôlé comme réserviste dans l'unité surnommée « les messagers de la mort », ces officiers chargés d'annoncer la mauvaise nouvelle aux familles des victimes. Durant toute cette période, il rentrait à la maison sans faire de bruit, sans dire un mot à personne, sans manger ni se laver, s'enfermait dans la chambre à coucher et restait longtemps étendu, à fixer le mur. Une fois libéré, il était devenu incapable d'agir. Il arrivait au garage où il était associé avec son jeune frère, s'asseyait à son bureau et restait immobile devant les comptes et les factures.

Un jour de grand désespoir, Yvette avait pris l'initiative ; elle avait confié les enfants à sa belle-mère et était allée déjeuner avec Michaël à Jérusalem. Ces rencontres étaient si rares que Michaël avait passé deux jours à chercher un endroit convenable pour fêter l'événement. Il avait fini par l'emmener au restaurant chinois de la rue de La-Reine-Hélène et tout en étouffant ses sanglots devant des travers de porc laqués, elle lui avait raconté le calvaire de sa vie conjugale : les cauchemars nocturnes, l'humour noir et les blagues macabres dans lesquels il se complaisait, son indifférence absolue, qu'il s'agît d'elle ou des enfants, l'absence de toute vie sexuelle entre eux. « Parle-lui, je t'en prie. Il faut que quelqu'un lui parle. » Puis, repoussant le plat de légumes sautés que pourtant elle adorait, elle avait ajouté : « Malgré les dix ans d'écart entre vous, il a de la considération pour toi. Il tient beaucoup à toi. Il faut que tu lui parles ! » Et elle s'était remise à pleurer.

Michaël en avait perdu l'appétit. Ils étaient allés faire un tour du côté de Mea Shéarim. Elle avait parlé sans arrêt, et il l'avait écoutée. De temps en temps, il lui prenait l'épaule pour la consoler, puis ils étaient entrés dans un petit café, où il lui avait dit : « Ne t'inquiète pas, je vais lui parler. Mais il a besoin d'être aidé par quelqu'un de compétent. Se confier à moi ne suffira pas. »

« Tu ne peux pas savoir ce que c'est, lui avait dit Amy le lendemain. Les pires sont ceux qui se retiennent, les Ashkénazes. Ils ne crient pas, ils ne disent rien. Une nuit, j'ai attendu dans la voiture avec le médecin qu'il fasse jour. Tu es assis dans la voiture, tu regardes les fenêtres et tu attends que le ciel s'éclaircisse, qu'il soit cinq heures du matin. Tu sais que là-haut des gens dorment tranquillement et que toi tu es comme l'ange de la mort, que d'un seul mot tu vas briser leur vie. » Amy s'était couvert le visage de ses grandes mains.

« Comment tu te débrouilles là-bas ? demanda Mahlouf Levi.

— Ça va, pas de problèmes. » Michaël braqua pour éviter une grosse pierre qui barrait le milieu de la route. « Qu'est-ce que c'est ? L'intifada est arrivée jusqu'ici ? plaisanta-t-il pour changer de sujet.

— Nous ne sommes pas loin de Gaza, et il y a forcément des problèmes. Et puis, cette histoire d'Ashdod et toutes les perquisitions pour retrouver le soldat disparu, ça ne facilite par les choses. Le travail ne manque pas.

— J'ai un fils à l'armée, dit Michaël, sans savoir pourquoi.

— Ah bon ? Où ?

— Au Nahal. En ce moment, ils sont dans les territoires, à Bethléem. Il n'a pas encore été libéré parce qu'il a commencé plus tard, crut bon d'expliquer Michaël.

— Pourquoi plus tard ? demanda Mahlouf Levi, méfiant.

— Parce qu'il a d'abord passé une année avec son groupe à Beit Shéan, répondit Michaël comme pour s'excuser. Après quoi, il a signé un engagement dans l'armée régulière, ce qui a allongé la durée de son service. En fait, il n'a que vingt ans.

— Moi aussi j'ai deux fils à l'armée, soupira Mahlouf Levi, l'un chez les fantassins, l'autre ici, à Djouliss, près de chez nous. Tu as d'autres enfants ?

— Non, un seul.

— Un seul, ce n'est pas bien. C'est difficile, un enfant unique. J'en ai cinq, moi. La maison est pleine.

— Tous des garçons ? » demanda Michaël.

Ils étaient arrivés devant le grand portail en fer du kibboutz.

« Quatre fils et une fille. » Mahlouf Levi se pencha

par la fenêtre et Michaël s'arrêta devant le gardien. « Nous allons chez le directeur du kibboutz. »

Il sortit des papiers de sa poche. Le gardien, un jeune homme en bleu de travail et brodequins militaires, regarda la voiture et hocha la tête sans dire un mot. Puis il appuya sur un bouton, et le portail s'ouvrit lentement.

« Il y a toujours un gardien ? demanda Michaël.

— Toujours, répondit distraitement Mahlouf Levi. Mais pendant la journée, le portail n'est généralement pas fermé, uniquement la nuit. Maintenant, à cause du... de la situation, ils font plus attention.

— L'intifada... »

Michaël sentit peser sur ses épaules la responsabilité de cette atmosphère élégiaque qu'il allait briser : le vert humide des gazons, les maisons, les toits de tuiles, un rideau qui bougeait, l'air pur, les gens qui marchaient sur les sentiers bien entretenus, deux vieilles en train de parler à voix haute. Dès qu'on toucherait à cette boîte de Pandore, tout s'effondrerait en un clin d'œil. Pour chasser cette idée, il se dit que c'était peut-être un suicide et qu'il y avait déjà eu des précédents dans l'histoire des kibboutzim.

« Bien sûr que c'est l'intifada. Voilà, tu tournes à droite et tu te gares là... » La voix tendue, Mahlouf Levi défroissa un pli invisible sur son pantalon. Il portait un uniforme.

Michaël regarda l'homme qui venait à leur rencontre, et dont l'expression de tristesse contrastait avec le visage bronzé.

« Vous voulez boire quelque chose ? Café, boisson fraîche ? » Il s'adressait à Mahlouf Levi, qu'il connaissait déjà.

« Quelque chose de frais », répondit ce dernier tout en interrogeant Michaël du regard.

Michaël acquiesça et observa les gestes précis de l'homme, qui alla prendre une carafe en plastique pleine de jus de fruits dans un petit réfrigérateur placé dans un coin de la pièce.

« Où sont les autres ? demanda Mahlouf. Nous souhaitions parler avec la famille aussi.

— Je le leur ai dit. Nous irons chez eux tout à l'heure », promit l'homme.

Alors Mahlouf Levi fit les présentations :

« Commissaire en chef Michaël Ohayon de l'UNEC, l'Unité nationale pour les enquêtes criminelles graves, dont il est détaché en tant que chef de l'ESI.

— L'ESI ? »

Mahlouf Levi expliqua :

« L'équipe spéciale d'investigation. Ils ont envoyé du renfort à cause du... enfin peu importe. Et voici... » — il se tourna vers Michaël — « Moshé Eyal, directeur du kibboutz. Mais tout le monde l'appelle Moysh. »

Michaël serra la main qui lui était tendue. Sur quoi Moysh alla s'installer derrière le bureau couvert de papiers, soupira et désigna des chaises en face de lui.

« Asseyez-vous, dit-il d'une voix éteinte. Quelle est donc cette unité spéciale d'enquêtes ? Elle n'est pas de chez vous ? »

Il s'adressait à Mahlouf Levi, qui lui répondit par la négative en faisant un bruit de succion et ajouta d'un air dédaigneux : « Non, de Petah Tikva.

— L'UNEC, c'est l'unité qui s'occupe des dossiers ayant des implications publiques, explique Michaël.

— Ah bon ? Qu'y a-t-il de public dans cette affaire, et pourquoi parler de dossier ? »

La deuxième partie de la question avait été posée sur un ton inquiet.

« L'implication publique est liée au député Aharon Meroz, répondit lentement Michaël. Quant au dossier, on en ouvre un chaque fois qu'il y a mort non naturelle, ce que semblent indiquer les examens pathologiques.

— Mais vous ne m'en avez rien dit ! explosa Moysh, s'adressant à Mahlouf Levi. De quoi voulez-vous parler ?

— Je n'en savais rien tant que je ne connaissais pas les résultats des examens. Nous ne les avons reçus que ce matin...

— Nous pensons, dit Michaël Ohayon, qu'il y a quelques explications possibles au... à la mort d'Osnat. L'hypothèse la plus simple est l'accident, mais vous allez tout à l'heure comprendre qu'elle est très peu probable. Le suicide en est une autre. Mais on ne peut pas écarter l'éventualité d'un meurtre.

— Un meurtre? Quel meurtre? s'exclama Moysh d'une voix sourde. Où? Un meurtre ici? Osnat? Dites donc... » — et il donna libre cours à une fureur prévisible. « Savez-vous seulement ce qu'est un kibboutz? Un meurtre, laissez tomber ça tout de suite! Chez nous, il n'y a jamais eu et il n'y aura jamais de meurtre! » D'une main tremblante de fureur, il balaya un bout de papier posé sur le bord de la table. « Ce n'est tout simplement pas possible. Je ne comprends pas... De quoi est-elle m... morte? Qu'avez-vous trouvé aux examens? »

Michaël adopta un ton apaisant et répondit doucement : « Un empoisonnement au parathion. » Mahlouf Levi regarda Michaël, bouche bée, comme pour lui dire : « C'est un secret professionnel. Comment peux-tu le lui dire comme ça? » mais ce dernier l'ignora.

Moysh se couvrit le visage des deux mains. Lorsqu'il les écarta, il était livide. Il posa une main sur son estomac. « Pardon, un instant », dit-il.

Il se leva en hâte, alla chercher une serviette en cuir marron posée dans un coin, entre la chaise et la fenêtre, et en sortit un grand flacon rempli d'un liquide blanc dont il but une gorgée. « Un instant, juste un instant », répéta-t-il, puis il quitta la pièce.

« Pourquoi lui as-tu parlé du parathion? Comment va-t-on le soumettre au détecteur de mensonges maintenant? protesta Mahlouf Levi.

— Je t'expliquerai plus tard. Mais pense que nous sommes dans un kibboutz et qu'il n'y a pas d'autre moyen de les ébranler », répondit Michaël.

On entendit des hoquets et un bruit de toux venant des toilettes attenantes.

« Il vomit », dit Mahlouf Levi à voix basse. Michaël se taisait. « Alors tu vas tout leur dire ? Et lui, il n'est pas suspect ? Tu te rends compte, qu'est-ce qu'ils vont nous passer ? Et Nahari, oh là là ! Qu'est-ce qui t'arrive ? Je ne comprends pas. »

Les yeux fixés sur le bureau, Michaël se taisait.

Quand Moysh revint dans la pièce, son visage était gris et ses mains tremblaient. Mais sa voix était ferme :

« Je ne comprends pas, dit-il. Expliquez-moi cette histoire.

— Tous les examens ont écarté la possibilité d'une allergie à la pénicilline et l'examen pathologique a décelé la présence d'une dose mortelle de parathion dans le sang et dans le contenu de l'estomac. Il a établi avec certitude qu'il s'agissait d'un empoisonnement au parathion. Comme cette femme n'avait rien à voir avec l'agriculture ou les pesticides et qu'une telle mort ne peut pas être accidentelle, il reste l'hypothèse d'une mort non naturelle, causée par un meurtre ou un suicide. C'est ce que nous sommes venus vérifier ici, expliqua Michaël.

— Vous êtes fous ! dit Moysh d'une voix étouffée. Osnat ne s'est pas suicidée. Pourquoi se serait-elle suicidée ? Vous êtes fous ! Comment aurait-elle pu se procurer du parathion ? Comment aurait-elle pu seulement savoir ce qu'est le parathion ? Excusez-moi, mais je crois que vous débloquez ! »

Il parlait comme s'il était persuadé de ne pas être compris. Mahlouf Levi baissa les yeux et tourna son anneau d'or, geste que Michaël savait interpréter désormais comme une expression d'embarras ou d'anxiété. Moysh se tourna vers Michaël. Ses yeux clairs et humides brillaient dans son visage blême, ses mains tremblaient et il fit craquer ses phalanges.

Michaël se taisait.

« L'Institut médico-légal n'a pas inventé le parathion, dit Mahlouf Levi. S'il n'y en avait pas eu, ils ne l'auraient pas trouvé. »

Moysh regarda Michaël d'un air suppliant.

« Comprenez-vous ce que vous êtes en train de me dire ? » demanda-t-il.

Michaël fit oui de la tête.

« Bien sûr que je comprends, finit-il par dire. Mais je ne peux pas changer les faits. Vous aussi, malgré tout le chagrin et la peur, il faut que vous ayez envie de savoir ce qui s'est passé.

— Je ne me fais pas encore à l'idée qu'elle ne soit plus là. Il y a un mois à peine, mon père aussi a disparu. Vous me prenez pour qui, vous croyez que je suis de marbre ? Vous balancez les choses comme ça ! »

Michaël se taisait. A quoi bon lui expliquer que la manière dont les choses étaient dites ne changeait rien aux événements ? que la panique de Moysh était provoquée par les faits eux-mêmes ?

« Essayons d'examiner l'hypothèse la moins effrayante, celle du suicide, dit Michaël.

— Qui a dit qu'elle était moins effrayante ? s'exclama Moysh avec amertume. Pour vous peut-être, mais pas pour moi. J'ai grandi avec elle. Elle est, elle était comme ma sœur...

— Si je comprends bien, elle a grandi avec vous, chez vous...

— Oui. Avec mes parents, nous étions sa famille adoptive. Elle est arrivée ici à l'âge de sept ans.

— Elle habitait alors chez vous ? demanda Mahlouf Levi.

— Que veut dire habiter ? Nous vivions dans la maison des enfants et tous les jours à quatre heures, nous allions chez mes parents. Aharon Meroz aussi. Nous avons grandi ensemble, ce sont mes frère et sœur.

— De quel milieu venait-elle ? » demanda Michaël.

Mahlouf Levi se mit aussitôt à prendre des notes sur un calepin orange qu'il avait rapidement sorti de la poche de sa chemise.

« Quel milieu ? » répéta Moysh en écho. Il se leva, alla vers le réfrigérateur, en sortit une carafe en plastique bleu et se servit de l'eau. « Un milieu dégueulasse », finit-il par dire avec colère.

Mahlouf Levi leva des yeux étonnés, et Michaël attendit patiemment.

« Elle est arrivée dans le pays à l'âge de trois ans, je crois, avec sa mère. De Hongrie. Apparemment, son père était mort. Elle s'appelait Anna, c'est nous qui lui avons donné le nom d'Osnat. En fait, elle n'avait pas de père. Si vous aviez vu sa mère, vous auriez compris ce que je veux dire.

— Je croyais, dit Michaël surpris, qu'elle n'avait pas de famille hors du kibboutz.

— Elle n'en avait pas. Aussi seule qu'un chien. Sa mère est morte quand elle avait quatorze ans, mais elle vivait déjà avec nous au kibboutz. Une mort accidentelle. Elle traversait sans regarder et une voiture l'a écrasée. Près de Natania. A l'époque, on l'avait caché à Osnat. Moi non plus je ne savais pas qu'elle avait été écrasée. Mon père me l'a dit il y a à peine quelques années.

— Des oncles, des tantes, des cousins ? demanda Michaël.

— Personne, répondit Moysh en reniflant. Tous ont disparu pendant la Shoah. Toute sa famille était ici. Ici, c'était chez elle. »

En disant ces mots, son visage retrouva quelques couleurs.

« Si je comprends bien, elle était aussi veuve de guerre, dit Michaël discrètement.

— Oui. Youvik a été tué il y a... c'était quand déjà le Liban ?

— Il y a trois ans.

— Alors ça faisait quatre ans et demi qu'elle était veuve, dit Moysh. Elle était mariée avec Youvik Harel. Vous avez entendu parler de lui ?

— Le lieutenant-colonel ?

— Oui.

— Celui qui était dans la Marine, expliqua Mahlouf Levi.

— Oui. Quatre enfants et Dvorka, la mère de Youvik, qui est veuve aussi. Et vous me dites qu'un suicide, c'est moins grave !

— A longue échéance et étant donné les circonstances. »

Moysh ne répondit rien.

« Dans un premier temps, dit doucement Michaël, nous voulons écarter l'hypothèse du suicide. Mais, de toute façon, il nous faut tout savoir sur elle et vous devez nous aider. »

Il regarda Moysh qui se taisait toujours, fixant le mur comme s'il n'avait pas bien compris.

« Vous comprenez, insista Michaël, il nous faudra parler avec sa famille, ses amis, et tous ceux qui étaient en contact avec elle. Tout le monde le saura, forcément. »

Moysh continua de se taire.

« Combien de membres avez-vous ici ?

— Trois cent vingt-sept, répondit machinalement Moysh d'une voix rauque.

— Des adultes ?

— Des membres. Trois cent vingt-sept membres, c'est ce que vous avez demandé. Sans compter les enfants, les salariés et les parents.

— Un grand kibboutz, s'étonna Mahlouf Levi, mais personne ne releva sa remarque.

— Bon, je crains que nous n'ayons pas le choix. On ne peut pas éviter un entretien avec la famille, finit par dire Michaël.

— Je ne veux pas y assister, dit Moysh, la voix brisée.

— Ce n'est pas la peine, mais avant d'aller les voir, je voudrais vous poser quelques questions. »

Moysh ne répondit rien et posa la main sur son diaphragme. Son visage se tordit de douleur.

« Vous ne vous sentez pas bien ?

— Ça va passer », marmonna Moysh.

Il se pencha vers sa serviette en cuir, sortit le flacon de liquide blanc et en reprit une gorgée.

« Qu'est-ce que c'était ? »

La question était posée par Mahlouf Levi, mais Moysh l'ignora et s'adressa à Michaël.

« Que vouliez-vous savoir ?

— Tout. Nous avons besoin de la connaître. Et d'abord, d'explorer avec vous l'éventualité d'un suicide.

— Pas de suicide. Je connais Osnat comme... comme si c'était moi. Le suicide est hors de question. Je sais tout sur elle. Elle ne se serait pas suicidée.

— Vous connaissiez aussi sa liaison avec Aharon Meroz ? »

Moysh se tut. Son regard parut hésitant, puis il répondit :

« Admettons que je ne savais pas, mais ça ne m'étonne pas. Je sais comment ça a commencé. Lui aussi, je le connais comme le fond de ma poche.

— Alors, qu'y avait-il entre eux ?

— Ils étaient comme frère et sœur, ils ne se quittaient jamais. Jusqu'à... jusqu'au jour où Youvik est revenu de l'armée. Osnat est allée vivre chez lui et Aharon a quitté le kibboutz. Je pense que c'est à cause de ça, mais il prétend que c'était pour poursuivre ses études.

— Ils sont restés en contact ?

— Je ne crois pas, répondit Moysh en hésitant. En fait, je suis sûr que non. Il ne savait même pas ce qu'elle faisait. Et il n'est pas venu la voir quand Youvik est mort.

— Alors comment ont-ils renoué ? »

Moysh haussa les épaules.

« Est-ce que je sais ! Comme ça. Il était ici à Shavouot, quand mon père est mort... d'une crise cardiaque.

— Pourquoi ne vous l'a-t-elle pas dit ? Vous étiez proches, non ? »

Moysh se tut et inspecta ses ongles. Il se balança sur sa chaise et finit par dire :

« Nous étions proches, mais que veut dire proches ? Nous ne parlions pas de ces choses-là.

— Quelles choses ?

— Ces choses, s'obstina Moysh. Nous ne parlions pas de choses privées.

— De quoi parliez-vous ?

— De tout, sauf de ces choses. Est-ce que je sais ? Nous parlions de projets, du travail, mais pas de...

— Donc vous ne savez pas grand-chose sur ce plan-là.

— Et alors, se fâcha Moysh, vous croyez que si on ne parle pas, on ne sait rien ? Il y a beaucoup de choses que je sais sans qu'on me les dise et je sais qu'elle... elle avait des projets. Elle s'est formée ici, progressivement, il n'y a aucune chance qu'elle se soit suicidée.

— Supposons un instant, dit Michaël en ignorant l'irritation de Moysh, qu'elle se soit suicidée. Aurait-elle laissé une lettre ?

— Oui, bien sûr. Osnat est quelqu'un de responsable. » En disant ce mot, il esquissa un sourire. « Mais elle ne se serait pas suicidée. Elle a quatre enfants déjà orphelins. Vous vous rendez compte ? Et puis, elle venait d'entamer un projet dont elle-même nous a dit qu'il était l'œuvre de sa vie.

— Quel projet ? demanda Michaël avec intérêt.

— Quelque chose de compliqué. C'est lié à la structure du kibboutz, au passage à la vie en famille et des choses de cet ordre, répondit Moysh à contrecœur.

— Ah bon ? Chez vous, les enfants ne dorment pas encore en famille ? s'étonna Mahlouf Levi.

— Non, pas encore.

— Pourtant, vous avez de l'argent, s'étonna Mahlouf et tous les kibboutz des environs ont déjà... »

Sa voix s'éteignit et il parut songeur.

« Oui, nous sommes le dernier kibboutz à ne pas le faire. Cette affaire, c'était son dada. Pas plus tard que la veille de... de sa mort, nous en avons parlé. De toutes façons, il a cherché » — il désigna Mahlouf —,

« il a fouillé dans toute la chambre. Qu'avez-vous trouvé ? Rien. De vieilles lettres, c'est tout.

— Quelle était sa fonction au kibboutz ? demanda Michaël.

— Je vous l'ai déjà dit, secrétaire. Une excellente situation. Tout le monde l'aimait.

— Tout le monde ?

— Tout le monde, trancha Moysh, bien sûr, tout le monde. Enfin, il y a toujours...

— Qu'y a-t-il toujours ? demanda Michaël.

— Des choses. Il y a toujours de la jalousie et des choses comme ça.

— De quoi était-on jaloux ?

— Oh, tout le monde savait qu'elle était belle, on la désirait, elle avait des principes, et puis ses enfants étaient réussis. Je me souviens, quand nous avons fait construire le quartier des villas, elle a été l'une des premières à y habiter, et il y a eu des commérages.

— Qui était particulièrement jaloux d'elle ? »

Moysh le regarda, épouvanté :

« Que croyez-vous ? Tout ça n'a rien d'anormal, ça arrive dans tous les kibboutzim. Que croyez-vous que...

— Quand l'avez-vous vue pour la dernière fois ?

— Lundi matin, avant qu'on la transporte à l'infirmerie. Je suis passé chez elle parce que je savais qu'elle était malade, elle avait un caractère à ignorer la maladie, à se négliger, à ne pas manger si elle était trop occupée. Alors je suis passé chez elle le matin. Elle était vraiment comme une loque, et je l'ai forcée à aller chez Elie Reimer, le médecin, puis il a fallu que je m'occupe de mes affaires et ensuite... il était trop tard.

— Et le matin, vous lui avez parlé ? Elle vous paraissait normale ?

— Comment, normale ? Elle était très mal, mais complètement lucide et consciente.

— Qui d'autre savait qu'elle était malade ?

— Tout le monde, bien sûr, parce que dès dimanche soir, Dvorka, sa belle-mère, m'a dit qu'elle n'était pas bien et qu'elle ne pourrait pas aller à Givat Haviva. Nous étions dans la salle à manger et nous avons cherché quelqu'un pour la remplacer. Ils le savaient au secrétariat aussi. Tout le monde le savait.

— Qui savait qu'elle était à l'infirmerie ? » demanda Michaël en articulant chaque mot.

Moysh se tut et réfléchit avant de répondre :

« Beaucoup de monde parce qu'on l'avait dit à midi. Elie Reimer, le médecin, est passé dans la salle à manger. Je le savais, Dvorka le savait, d'autres le savaient aussi. Mais pourquoi demandez-vous cela ? » Michaël ne répondit pas. « Ça me paraît complètement fou, cette conversation. » Il se couvrit le visage de ses mains.

« Quand est-elle tombée malade ?

— Je crois qu'elle a eu de la fièvre dès samedi soir. Pendant la réunion plénière, elle a dit qu'elle avait froid alors qu'il faisait chaud malgré l'air conditionné.

— Qui étaient les gens dont elle était proche ? Avec qui pouvons-nous parler ?

— Vous me parlez. Que veut dire "proche" ?

— Des amis, des copines, vous savez bien, comme les femmes en ont. Les femmes ont toujours une bonne amie à qui elles racontent des détails intimes de leur vie. »

Moysh retira ses mains de son visage et s'essuya les yeux.

« Je ne sais pas, dit-il, embarrassé.

— Une bonne amie ? insista Michaël.

— Ça n'existe pas chez nous, finit-il par dire, avec le même embarras.

— Qu'entendez-vous par "ça n'existe pas" ? Ça n'existe pas du tout ou c'est Osnat qui n'en avait pas ?

— Ça n'existe pas du tout. On travaille ensemble, on vit ensemble, on sait tout les uns sur les autres, mais on ne chuchote pas dans les coins. Il y a des gens avec qui l'on mange, ou l'on fait partie des mêmes commissions, mais il n'y a pas de... » Il se tut et réfléchit comme s'il reconsidérait certaines idées : « ... d'amis avec qui l'on parle.

— Alors, qui allait chez elle ? Pour prendre un café par exemple ? »

Moysh parut perplexe, comme s'il pensait pour la première fois à des choses auxquelles il n'avait jamais songé.

« Eh bien, comment dire, il y a des espèces de groupes, ceux avec qui l'on travaille plus souvent ou ceux avec qui l'on participe à des ateliers, mais on n'a pas le temps de se distraire ensemble. Osnat était très occupée. On allait souvent chez elle à cause de ses fonctions. Quand on est secrétaire du kibboutz... c'est comme ça ici. » Il poursuivit comme se parlant à lui-même : « Il y a de la solitude ici. On ne peut pas dire qu'il n'y en ait pas. Il y a des gens chez qui je ne suis jamais allé. Comme je vous l'ai dit, il y a des petits groupes, des gens qui passent vous voir dans l'après-midi. A part ça, on se marie, on fait des enfants, on leur consacre tous les après-midi, puis on va les coucher ; si l'on a trois enfants, ce qui est la moyenne ici, on finit vers huit heures, puis on dîne chez soi ou à la salle à manger. Ensuite il y a des commissions, des activités culturelles, est-ce que je sais, moi...

— Ça veut dire qu'il y a ici des gens qui ne vont jamais les uns chez les autres ? demanda Mahlouf Levi, stupéfait.

— Si, bien sûr, des fois, on va demander quelque chose, on s'assoit un instant, mais les anciens, les célibataires, non... ce n'est pas comme en ville.

— Mais si quelqu'un veut parler d'un problème intime, disons d'une crise conjugale... ça n'existe pas chez vous ? » demanda Michaël. Moysh fit oui de la tête. « Alors chez qui va-t-il ? Avec qui parle-t-il ?

— Maintenant que vous me le demandez, répondit Moysh avec une perplexité croissante, je ne sais que vous dire. On parle avec Dvorka, d'autres parlent avec moi ou quelqu'un d'autre. On va voir l'infirmière, est-ce que je sais ? Quand nous étions jeunes, nous allions toujours voir l'infirmière. Il y a aussi un psychologue qui n'habite pas ici, mais je ne sais vraiment pas... » La voix de Moysh s'éteignit. « En tout cas, tout le monde sait tout sur tout le monde.

— Comment ? demanda Michaël. Vous voulez dire qu'on s'espionne, ou quoi ?

— Je ne sais pas trop comment. Il y a des commérages. On habite tout près les uns des autres, on voit tout, on se connaît depuis la naissance, on sait tout.

— Alors vous ne savez pas de qui elle était proche ? Mis à part vous ? » insista Michaël.

Moysh hocha la tête, de plus en plus perplexe :

« Osnat était particulièrement secrète. Il était très difficile de la connaître. Elle ne parlait jamais d'elle-même.

— Incroyable ! s'exclama Michaël en aparté. Alors, mis à part la famille, avec qui puis-je parler ?

— Eh bien, il y a ceux qui, comme elle, s'occupaient d'éducation et travaillaient avec elle. Je peux vous donner des noms, si vous voulez. Demandez-moi tout ce que vous voudrez, je vous dirai ce que je sais, je n'ai rien à cacher.

— Avant d'aller voir la famille, dites-moi si elle avait des ennemis. Réfléchissez bien avant d'exploser. »

En effet, Moysh avait déjà ouvert la bouche pour protester.

« Écoutez, je crois qu'Osnat était la plus... était très belle. Ça irritait sûrement les gens. Elle a épousé Youvik. Dvorka, que tout le monde admire, était sa belle-mère. C'était sûrement une raison de l'envier... » Il posa de nouveau la main sur son diaphragme. « Il y a beaucoup de méchanceté dans les kibboutzim... chez nous aussi. De la médisance. » Il fit une grimace de douleur. « Oui, je dois le reconnaître.

— Pouvez-vous me donner des noms ?

— Pour quoi faire ? » Moysh était redevenu méfiant. « Pas question. Vous êtes fou, je vous le dis. Que je vous donne des noms de qui ? D'assassins présumés ? » Michaël resta silencieux. « Je vous dis que c'est impossible, ça n'est jamais arrivé et ça n'arrivera jamais ! Vous ne savez pas ce qu'est un kibboutz. C'est comme une grande famille. Comment pouvez-vous dire une pareille chose ?

— C'est vous qui avez dit qu'il y avait de la méchanceté, fit doucement remarquer Michaël.

— De la méchanceté, bien sûr qu'il y en a. Ce sont des êtres humains comme les autres. Mais pas de violence. Et sûrement pas comme ça.

— Bon, alors abordons les choses sous un autre angle. Parlons du parathion.

— Que voulez-vous savoir sur le parathion ? demanda Moysh d'une voix apaisée.

— Si j'ai bien compris, le ministère de l'Agriculture a interdit l'usage du parathion », affirma Michaël.

Moysh fit oui et esquissa son premier sourire depuis le début de l'entrevue. C'était un sourire ténu, mais qui découvrit deux rangées de dents blanches et éclaira soudain son visage affligé. Michaël s'étonna de cette merveilleuse capacité qu'a l'être humain de changer si rapidement d'humeur, d'avoir un sourire spontané et même malicieux.

« Oui, c'est vrai. Chez nous, c'était presque une catastrophe. Nous avons eu une histoire de parathion, en fait, avec Aharon Meroz, alors qu'il était responsable des récoltes. A l'époque, nous pulvérisions du parathion avec des masques — c'était il y a trente ans, enfin, plus de vingt ans — et il avait un trou dans le masque, ou bien la valve était tombée, je ne me souviens plus très bien, mais il a été sérieusement empoisonné. Il est resté étendu dans le champ et m'a raconté longtemps après qu'il avait frôlé la mort. Au bout de quelques heures, il s'est relevé. C'était passé, les vertiges, la nausée et tout le reste.

Alors il est allé voir Sroulké... » L'étincelle et le sourire s'éteignirent sur son visage. « ... Sroulké, c'était mon père. Il était responsable des plantes d'agrément. Aharon lui a tout expliqué, et Sroulké a paniqué. C'était d'ordinaire un homme calme, mais ce jour-là, quelle panique ! Il a couru avec Aharon chez Riva, l'infirmière... elle est morte depuis. Mon père aussi est mort. » Moysh soupira et se couvrit le visage des mains.

« On ne l'a pas soigné, parce que c'était passé tout seul, mais on a arrêté de traiter le coton au parathion. Sauf...

— Sauf quoi ?

— Sauf mon père, qui en a gardé quelques flacons pour les feuilles des rosiers, et cætera. Il disait qu'il n'existait pas de meilleur produit que celui-là.

— Où le gardait-il ? »

Michaël entendit le grincement du stylo de Mahlouf Levi, qui notait chaque mot et tournait les pages de son calepin en mouillant son index. Mahlouf ne savait pas que Michaël camouflait un petit magnétophone dans sa poche.

« En lieu sûr, dans le hangar. Bien verrouillé. A cause des enfants, et cætera.

— Où se trouve ce hangar ?

— Je peux vous le montrer. A l'autre bout du kibboutz, près du dépôt des graines de coton. C'est la raison pour laquelle il est si bien verrouillé : les enfants aiment se laisser glisser sur les tas. Il y a une rampe au-dessus et leur plaisir est de sauter de là-haut et de se laisser tomber dans le coton.

— Qui est-ce qui a accès à ce hangar ? Qui en est responsable ?

— Youpi. C'est lui qui a la clé, parce qu'il est responsable des P.C.

— Les P.C. ?

— Produits des champs. Orge, coton, tournesol et tout le reste. Mon père aussi avait la clé à cause du jardinage, et Jojo, parce qu'en attendant, il remplace mon père.

— Parmi tous ceux-là, avec qui Osnat avait-elle des rapports ?

— D'excellents rapports avec mon père, puis avec Jojo parce que, comme secrétaire, elle... enfin peu importe. Elle avait des rapports avec Youpi aussi, mais pas très personnels. Elle n'appréciait pas trop son humour. Il est un peu spécial.

— Elle n'avait pas de clés ?

— Sûrement pas, protesta Moysh. Avec tout le respect que je lui dois, elle ne connaissait rien aux plantes. Elle ne s'occupait que d'éducation, et mis à part la cueillette des abricots ou des pêches en période de pointe, elle n'avait aucun rapport avec les champs. Même son jardinet, c'était mon père qui s'en occupait.

— Et chez votre père, y avait-il du parathion ? demanda soudain Michaël.

— Je ne pense pas qu'il en gardait chez lui. C'était un homme très prudent et méticuleux. Je n'en ai jamais vu, mais on peut toujours vérifier. Je vous conduirai au hangar quand... » — son visage se rembrunit — « ... vous aurez parlé avec Dvorka, Shlomit et Yoav, qui sont chez elle en ce moment, en train de vous attendre. Je ne veux pas... venez, je vous accompagne. »

Moysh poussa un gros soupir.

Michaël sentait la tension monter à mesure qu'ils approchaient. La maison familiale était composée de deux pièces, dans un quartier relativement neuf. En chemin, ils passèrent devant des maisons plus récentes.

« Le quartier des anciens, expliqua Moysh. Nous l'avons construit pour eux, il y a dix ans. Ensuite, quand nous avons construit les habitations pour notre génération » — il montra du doigt un point sur la droite — « là-bas, près des ficus, ces maisons ont vieilli.

— Dans quel quartier habite Osnat ?

— Du côté des ficus.

— Les quartiers ont des noms ? »

Moysh répondit sans sourire :

« Oui, on commence par nommer le lieu pour le localiser et puis ça devient un nom. C'est un grand kibboutz. Il faudrait peut-être étudier ce phénomène, ajouta-t-il avec amertume, tout le reste a déjà été étudié. Voilà la chambre de Dvorka. »

Il les précéda en passant rapidement devant eux. La « chambre » de Dvorka était la dernière d'une rangée de cinq pavillons mitoyens. Le jardinet devant l'entrée était si coloré que même Michaël, pourtant crispé, s'arrêta émerveillé devant les parterres de fleurs. Moysh frappa à la porte et entra aussitôt. Une minute plus tard, il passa la tête par la porte et fit signe à Michaël. Mahlouf Levi suivit, tête inclinée.

La femme qui était assise, une personne âgée, fit sur Michaël une très forte impression. Elle lui rappelait quelqu'un, mais il ne savait pas vraiment qui. Son visage creusé de rides exprimait une force et une volonté qui inspiraient la crainte. Ses yeux bleu foncé le fixaient d'un regard perçant, et sa grande bouche aux lèvres fines et aux coins affaissés se crispa un instant. Ses cheveux blancs étaient ramassés en un chignon. Elle portait un pantalon gris, une chemise blanche de coupe masculine qui faisait une tache gris et blanc sur le fond clair du fauteuil. La jeune fille qui se présenta comme Shlomit, fille d'Osnat, avait elle aussi la même bouche large que sa grand-mère, mais des yeux verts et étroits. Yoav, son frère, qui semblait avoir le même âge que Youval, était en uniforme. Ses yeux verts et étroits comme ceux de sa sœur contrastaient avec sa peau brune. On regarda Michaël comme si on l'attendait sans bouger depuis des heures.

« Où sont les petits ? demanda Moysh.

— Hagit les a emmenés », répondit Shlomit.

Dvorka regarda Mahlouf Levi, hocha la tête et se tut.

« Ils sont de la police. Voici... rappelez-moi votre nom, dit Moysh, embarrassé.

— Michaël Ohayon.

— Il fait partie de l'Unité nationale d'enquêtes sur les crimes graves, l'UNEC. Quant à l'inspecteur Mahlouf Levi, vous le connaissez déjà. »

La famille regarda Moysh avec une expression tendue par l'attente. Michaël lut la peur sur le visage de Shlomit. Dvorka était aussi impassible qu'un masque de théâtre.

« Avez-vous les résultats des examens ? » demanda Shlomit.

Michaël fit oui de la tête.

« C'est du parathion, explosa Moysh, du parathion ! Y auriez-vous jamais pensé ? » Mahlouf Levi hocha la tête et le regarda d'un air désapprobateur.

« Comment, du parathion ? » demanda Shlomit, incrédule et hébétée.

Tous trois se tournèrent vers Michaël, qui leur répéta ce qu'il avait dit à Moysh au début de leur entretien. Le regard bleu et perçant de Dvorka le dérangeait. Il essaya de l'éviter et de s'adresser aux jeunes, mais il se sentait irrésistiblement attiré par ces yeux. Les lèvres pincées, Dvorka semblait ne pas écouter le moindre mot de ce qui se disait.

« Cette femme, dit Moysh lorsqu'ils sortirent, on dirait Job. Je me demande comment elle fait pour ne pas s'effondrer. Parfois, j'ai l'impression d'entendre son cœur se briser. »

En route vers le hangar, Michaël suivait Moysh, perdu dans ses pensées, indifférent aux espaces verts qui les entouraient, aux pancartes accrochées aux arbres, et dont il ne se souvint que plus tard. Il pensait à la phrase de Dvorka prononcée à la fin de leur entretien : « Ceux qui n'ont jamais vécu dans un kibboutz, avait-elle dit, les ignorant, Mahlouf Levi et lui, comme s'ils formaient un tout indéfinissable et indigne d'intérêt, ne peuvent pas savoir ce dont il est question. On ne peut pas le comprendre de l'extérieur. Toute votre enquête est inutile. Vouée d'avance à l'échec. »

CHAPITRE 8

Nahari n'éleva pas la voix. Il articula les mots clairement, en insistant sur la fin des phrases.

« Nous travaillons en équipe ici », répéta-t-il plusieurs fois assis à son bureau. Et il ajouta d'une voix aussi autoritaire mais plus sourde : « Tu ne donnes à personne la possibilité de discuter le bien-fondé de tes décisions. Tu agis seul comme, comme... un chat ou je ne sais quoi. Ce n'est pas Jérusalem ici, tu as affaire à des gens créatifs et intelligents, et la dynamique, comme on dit, est différente. »

Michaël le regarda sans dire un mot.

« Je ne comprends pas bien pourquoi tu as saboté le travail de l'Institut médico-légal. Nous aurions pu organiser tout ça... » Sa voix s'éteignit et soudain, après quelques secondes de silence, il explosa : « Tu n'as rien à dire ? Tu n'as vraiment rien à dire sur le fait que tu viens de saboter le cours de cette enquête ? Pourquoi avoir parlé du parathion ?

— Je t'ai déjà expliqué mes raisons pendant un quart d'heure, répondit Michaël. Je reconnais que c'est une démarche sans précédent. Mais il fallait ébranler la forteresse, administrer un traitement de choc.

— Que fera alors le détecteur de mensonges si tu as déjà vendu la peau de l'ours ? Ne sais-tu pas que ce qui est classé "confidentiel" doit le rester ? »

Michaël entendit lui aussi le grincement de la poignée. Il tourna la tête vers la porte.

« Ils sont arrivés, dit Nahari sans joie. On peut commencer. Le mal est fait mais c'est toi qui en subiras les conséquences. »

Dans la grande salle de réunion de l'immeuble de Petah Tikva, Mahlouf Levi était assis à la table rectangulaire, dans le coin opposé à celui de Nahari ; Sarit, coordinatrice de l'équipe spéciale d'investigation, l'ESI, était à la droite de Nahari, et Michaël à sa gauche. Avigaïl lui faisait face, de l'autre côté de la table. Malgré la chaleur tempérée par l'air conditionné, elle portait une chemise blanche de coupe masculine, aux manches longues boutonnées aux poignets. Ils regardaient les photos que leur passait Sarit et, de temps en temps, faisaient des commentaires.

« Alors, vous n'avez rien vu d'intéressant à l'enterrement ? » demanda Nahari.

Il regarda tour à tour Avigaïl et Michaël, qui fit une remarque sur des ombres encore trop vagues :

« Tu sais bien comment c'est : les choses se mettent en place progressivement et les photos de l'enterrement ne prennent tout leur sens que plus tard. En attendant, ce ne sont que des petits indices. »

Sans mot dire, Nahari feuilleta le dossier dont Sarit avait posé un exemplaire devant chacun.

« Mais on peut voir ceux qui sont le plus affectés », dit Sarit.

Michaël regarda Avigaïl. Elle avait écouté Sarit avec une moue dédaigneuse. Il pouvait lire dans ses pensées. Mais elle ne dit rien ni ne fit la moindre remarque sur les visages qui exprimaient le chagrin. Avigaïl parlait toujours très peu aux réunions.

« Il y a une femme qui a commencé à parler et on l'a fait taire, dit Mahlouf Levi.

— Oui, mais il paraît que c'est devenu une habitude ces derniers temps. Moysh m'a dit qu'elle l'avait fait aussi à l'enterrement de son père. Voilà, c'est elle. » Michaël montra une petite femme qui se tenait devant la fosse : « Elle s'appelle Fania, et elle est ou était responsable de l'atelier de couture. »

Nahari contempla la photo de Fania et la sortit du dossier :

« Bon, finit-il par dire, quoi de neuf ?

— La dernière nouvelle est qu'il y a une explication rationnelle à un certain nombre d'événements. Il vaut mieux que ce soit Avigaïl qui raconte ce qu'elle a découvert hier soir », répondit Michaël.

Tous les regards se tournèrent vers Avigaïl, qui s'épongea le front. Michaël regarda attentivement cette femme qu'il n'avait pas encore déchiffrée. Le jour où il était arrivé dans le service, Nahari avait convoqué l'équipe que Michaël allait diriger et présenté tout le monde, il avait servi du vin dans des petits verres en carton, puis trinqué avec Avigaïl en disant d'elle : « Méfie-toi de l'eau qui dort. » Elle avait plissé les yeux et esquissé un petit sourire critique.

« C'est au sujet de l'aide soignante », expliqua Michaël.

Avigaïl rejeta en arrière la frange qui couvrait son front, mordit sa lèvre supérieure et dit d'une voix sourde et hésitante, en pesant ses mots :

« Elle s'était bien absentée de l'infirmerie. Apparemment pendant une vingtaine de minutes.

— Quand ? demanda Nahari en se redressant.

— A l'heure du déjeuner. Avant une heure et demie. Pour le reste, tout ce qu'elle a dit est vrai.

— On peut en savoir plus ? » demanda Benny.

Il faisait partie de la section de Michaël et avait été détaché le jour même à l'ESI.

« C'est ce qu'il y a de plus important, répondit Avigaïl. Vous savez l'essentiel. »

Michaël posa sa cigarette dans le cendrier de verre devant lui et dit doucement qu'il ignorait la source de l'information.

« Ce n'est pas la peine d'écouter l'enregistrement, dit-il, la conversation a été transcrite, à la page quatre du dossier. L'entretien d'Avigaïl avec Simha Maloul et la déclaration signée. Tous les détails y figurent, mais tu pourrais peut-être nous raconter un peu ce qui n'est pas écrit. »

Les doigts fins et délicats d'Avigaïl se refermèrent autour du verre en Duralex. Elle paraissait réticente :

« Que dire de plus ? Tout est consigné. Elle habite à Kiriat Malahi et, depuis un certain temps, elle est aide soignante à l'infirmerie du kibboutz. On apprécie beaucoup son travail. Elle s'occupe surtout des vieux, et il y en a toujours un à l'infirmerie parce qu'ils ont un problème de garde avec les vieux. » Elle avala sa salive.

« Peu importe. Je lui ai parlé et le courant est passé entre nous. Après la piqûre d'Osnat, vers une heure et demie, elle est allée au secrétariat du kibboutz pour régler une affaire. Elle ne savait pas qu'Osnat était la secrétaire interne. »

Michaël sentit qu'Avigaïl tenait par-dessus tout à protéger Simha Maloul d'une menace indéterminée.

« Pour quelle raison est-elle allée au secrétariat? demanda-t-il. Pourquoi ne la précises-tu pas dans le compte rendu?

— Elle est allée régler une affaire, répéta Avigaïl d'un air distrait qu'il remarqua aussitôt.

— Quelle affaire? » insista-t-il.

Il était impatient et regretta de ne pas avoir parlé avec Avigaïl avant la réunion. Elle se taisait et bougeait sur sa chaise, mal à l'aise.

« Quelle affaire? demanda Nahari à son tour. Qu'avait-elle à voir avec le secrétariat? »

Avigaïl serra les lèvres, puis les mots s'échappèrent de sa bouche par paquets, comme des rafales de mitraillette :

« Elle a six enfants et le plus jeune a des problèmes. Elle voulait le faire accepter au kibboutz.

— Quels problèmes? demanda Michaël. Tu n'as pas le droit de sélectionner des détails. Nous avons besoin de tout savoir pour distinguer entre l'essentiel, le secondaire et l'inutile. »

Tout en parlant, il avait remarqué le regard méfiant de Nahari, qui, brusquement, mit Avigaïl au pied du mur :

« Allons, crache le morceau! Qu'y a-t-il? Qui essaies-tu de protéger? »

Avigaïl resta calme. Elle se croisa les bras et parla sur un ton détaché :

« Voici toute l'histoire, puisque vous la voulez. J'ai sué sang et eau pour la lui arracher et je lui ai promis de ne pas la répéter.

— D'accord, d'accord, ici tout le monde promet tout, à tout le monde », railla Nahari. Il sortit d'un tiroir un gros cigare dont il ôta la cellophane sans quitter Avigaïl des yeux.

« Son fils cadet a douze ans et, apparemment, il commence à toucher à la drogue. Elle voulait le mettre au kibboutz pour l'éloigner de leur quartier. » Elle fixa un point sur le mur et poursuivit : « Ce n'est pas étonnant. Quand on voit son logement, la promiscuité, le mari qui ne fait rien et cette maison qu'elle tient si propre et bien rangée. C'est une femme simple, mais très forte. Dans la vie, il ne lui reste que l'honneur. »

Nahari soupira.

« Ce que tu veux dire, reprit Michaël, c'est qu'elle a quitté l'infirmerie, pour aller au secrétariat, n'est-ce pas ? » Avigaïl acquiesça. « Combien de temps a-t-elle été absente, est-ce qu'elle le sait exactement ?

— D'après ce que j'ai compris, un quart d'heure vingt minutes. Elle a attendu quelque temps. Le secrétariat est à l'autre bout du kibboutz, mais tu le sais sans doute mieux que moi... je ne suis jamais allée là-bas. Elle dit qu'elle a couru, mais elle ne doit pas courir vite, ce n'est pas une gamine.

— Hum ! dit Benny en caressant sa calvitie. Une demi-heure, c'est largement suffisant.

— Alors elle a peut-être aussi trouvé le parathion ? demanda Nahari.

— Non, je lui ai posé la question plusieurs fois, répondit Avigaïl avec assurance. En revanche, elle dit avoir laissé une coupelle avec des pruneaux en compote et que, quand elle est revenue, la coupelle n'y était plus. J'ai pu lui arracher ça au bout de plusieurs entretiens.

— De la compote ? C'est ce qu'on leur avait servi à midi ? ou l'avait-on spécialement... »

C'était Nahari qui avait posé la question.

« Je le lui ai demandé, et elle n'a pas su me répondre. Mais elle a dit qu'en général, les malades et les vieux avaient un menu spécial qu'on servait aussi dans la salle à manger à ceux qui suivaient un régime particulier. » Et, soudain animée, elle ajouta : « Mais quelle importance ? A moins qu'il n'y ait eu d'autre cas d'empoisonnement au kibboutz ?

— Pas à notre connaissance, répondit Michaël. Mais il faut vérifier.

— Vous l'auriez su, lança Avigaïl. Cette hypothèse me paraît peu probable. Non, c'est quelque chose qui devait se trouver dans cette compote particulière.

— Quoi d'autre ? » demanda Michaël, et elle le regarda sans comprendre. « Qu'est-ce qui avait changé d'autre ? précisa Michaël.

— Ah ! Les portes étaient fermées. Mais c'est marqué dans le dossier.

— Quelles portes ? demanda Nahari.

— Les portes de communication entre les deux chambres. Je n'ai pas très bien compris parce que je ne connais pas les lieux. »

Michaël feuilleta le dossier et marmonna quelque chose sur les plans du kibboutz. Puis il prit la serviette en papier posée sous le sandwich auquel il n'avait pas encore touché et dessina un croquis de l'infirmerie avec le crayon jaune posé devant lui.

« Simha Maloul m'a juré sur la tête de ses enfants que ce n'était pas elle qui les avait fermées.

— Alors où a disparu le bol avec la compote ? demanda Benny.

— Elle ne l'a pas retrouvé, mais elle n'a pas cherché non plus parce qu'elle était occupée avec Osnat, qui avait commencé à vomir juste au moment où elle était revenue. Mais nous savons déjà tout ça. » Après un temps de silence, elle ajouta : « Ensuite elle a tout nettoyé.

— Elle n'a vu personne sortir de l'infirmerie ? demanda Nahari.

— Franchement ! Je vous l'aurais déjà dit, non ?

— Tu vois bien qu'il y a des choses que tu ne nous a pas dites. »

Nahari roula d'un air moqueur son cigare entre les doigts. Sarit poussa un long soupir.

« Donc, dit-elle, tout a été nettoyé. Plus de parathion, plus de compote, et elle n'a vu personne.

— Personne. Je l'ai longuement interrogée à ce sujet. Elle n'a vu personne d'autre que ceux qui se trouvaient là.

— Incroyable ! » s'exclama Nahari. Il regarda Michaël, qui se demanda si toute cette histoire n'était pas un piège. Il s'était posé la même question lors de la réunion des chefs de section de l'UNEC, au moment où Nahari lui avait confié le dossier en lui disant : « Comme Ouri est en voyage et que les autres chefs de section sont occupés, je propose que tu en prennes la responsabilité. »

« On t'attend au tournant », l'avait prévenu Shorer. L'UNEC était « le joyau de la couronne », avait ajouté le vieux loup en lui exposant ses diverses possibilités d'avancement. Mais Michaël essayait de cerner le sentiment d'étrangeté qui s'était emparé de lui dès le début de cette affaire. Lorsqu'il travaillait dans son fief, à Jérusalem, il n'éprouvait pas cette tension, ces sentiments contradictoires devant un nouveau dossier. Là-bas, chaque affaire avait quelque chose de menaçant, d'excitant. Ici, il se sentait en territoire étranger. Le comportement de Nahari était d'un autre style que les éclats d'Arieh Levi, le chef du district de Jérusalem.

Il en arrivait à regretter les disparitions de Danny Balitti, ses incartades, sa silhouette bedonnante et son allure négligée. Ici, une certaine efficacité, le central des renseignements et même la petite section chargée d'enquêter sur les crimes nazis le mettaient mal à l'aise comme si on l'avait soumis à divers examens. Il se sentait humilié d'avoir à faire ses preuves et cette humiliation le rendait prudent. Il n'avait avec ses subalternes — une douzaine de personnes — que des rapports professionnels. Le soir, les heures innombrables en compagnie de Shorer au comptoir du café de Méir lui manquaient, comme la fureur d'Arieh Levi, jaloux de ses rapports avec Shorer.

Ici, personne n'était en colère contre lui, mais personne non plus ne le respectait particulièrement. Il s'en était ouvert à Shorer, qui l'avait fourré dans ce pétrin.

« Tu vas t'habituer, lui avait répondu Shorer. Ne viens pas me raconter des histoires d'amour-propre. Je compte sur toi pour devenir un jour préfet de police, le premier à être diplomé de l'université. Heureusement que tu n'es pas ashkénaze, sinon on ne t'aurait jamais fait avancer ainsi, en tout cas pas aux enquêtes. Il est temps que tu sois conscient de tes avantages. Peut-être que Nahari est un petit prétentieux, mais tu as au moins quelqu'un à qui parler. Ce sont des professionnels, ils ont de la classe. »

Il avait ainsi exprimé avec sa brutalité habituelle ce que Michaël ressentait sans le dire : la crainte de ne pas être « dans son élément », la peur du dépaysement, la tension qu'il ressentait chaque matin au réveil, une anxiété profonde et indéfinissable, des insomnies comme lorsqu'il avait affaire à un dossier particulièrement délicat.

« Alors, qui est ta cinquième colonne là-bas ? Nahari n'a pas de secrétaire ? » avait demandé Shorer.

Michaël avait ri mais à mesure qu'il parlait, son rire faisait place à une véhémence dont il était le premier étonné.

« Ça pue Tel-Aviv là-bas ! Je ne les comprends pas, ils fonctionnent différemment. Sa secrétaire... on dirait toujours qu'elle vient de sortir de chez le coiffeur... ses cheveux sont dressés sur la tête. Youval m'a dit qu'il existait maintenant des gels qui collent comme ça les cheveux, que c'est le dernier cri. On ne l'imagine pas travaillant dans la police. On la voit bien dans un théâtre, un café, mais pas dans la police. Il y a une espèce d'excentricité qui me tape sur les nerfs. Ça n'a rien à voir avec la Ghila d'Arieh

Levi, qui grignote un croissant et se met du vernis à ongles. Là-bas, c'est autre chose.

— Arrête tes histoires ! Je ne me fais pas de soucis à ce sujet. Tu t'habitueras. Du moins, ce n'est pas ça qui m'inquiète vraiment. »

Michaël ne lui avait pas demandé ce qui l'inquiétait vraiment. Ils n'en parlaient jamais. Par exemple, le fait qu'à quarante-quatre ans Michaël vécût encore seul. Il était divorcé depuis quatorze ans et avait eu pendant sept ans une liaison secrète qui avait comblé ses aspirations les plus romantiques avec Maïa. Il n'en avait jamais parlé à Shorer, qui avait pressenti une histoire avec une femme mariée. Depuis sa rupture avec Maïa, il n'y avait pas eu d'autre femme. Un jour, Shorer lui avait lancé sur un ton critique :

« L'homme a besoin d'une femme. Tu veux jouer les Sherlock Holmes, mais tu n'as même pas de violon. Je sais que le règlement interdit à un détective de tomber amoureux, mais ne sois pas perfectionniste. Ça fait des mois que je ne t'ai pas vu avec une femme. » Michaël avait souri d'un air confus.

Pour la première fois de sa vie, ce dossier n'avait éveillé en lui qu'un instinct de limier. Il était le premier étonné par cette tension, après sa conversation avec Nahari sur la mort d'Osnat Harel. Il éprouvait le besoin de prouver quelque chose. Prouver quoi, à qui, il était incapable de le dire, mais il avait le sentiment confus de mettre à l'épreuve une autre forme d'amour-propre, comme au début de sa carrière, et cette tension n'était pas uniquement liée à un enjeu personnel ; il y avait aussi la peur de l'échec.

« Jouer sur le terrain du voisin, lui avait dit Shorer, ce n'est pas une sinécure, mais ça comporte aussi des avantages. Tu verras. »

Les symptômes familiers de fatigue, de désespoir et de peur qui le saisissaient chaque fois qu'on lui confiait un dossier difficile se traduisaient cette fois par la tension éprouvée avant un examen. Nahari, diplômé d'économie, directeur d'entreprise à Tel-

Aviv, ne lui avait pas dit comme Arieh Levi, son supérieur à Jérusalem : « Ce n'est pas l'Université ici », mais Michaël avait parfaitement senti que sa réputation, son ascension rapide, la rumeur sur ses rapports privilégiés avec Shorer impressionnaient Nahari, qui veillait par ailleurs à ne lui parler qu'en position assise. C'était un homme petit et trapu. Au fil des années, Michaël avait appris à lire le langage corporel de ces hommes qui se sentaient mal à l'aise en sa présence et l'invitaient toujours à s'asseoir dès qu'il entrait dans une pièce.

La carrure de Nahari trahissait l'amateur acharné de musculation. Son tricot de jersey vert vif, au col déboutonné, découvrait des bras musclés qui dénotaient un besoin désespéré de paraître jeune. Besoin d'autant plus pathétique que ses cinquante-trois ans bien sonnés marquaient son visage et les poils grisonnants de son torse. « Gymnastique et natation chaque matin, jogging sur la plage à six heures, tous les jours, shabbat, jours fériés et vacances compris, depuis vingt ans », lui avait dit Benny en décrivant sans la moindre ironie la discipline de Nahari.

Michaël observait ce crâne carré, le style viril, les cigares qu'il humectait avec la langue avant de les allumer, sa manière d'ignorer la toux allusive de Sarit, ses poses d'acteur américain, le cigare entre les dents, le regard glacé qui se posait maintenant sur lui. Il frissonna à l'idée que Nahari voulait purement et simplement le faire tomber dans un piège, mais se reprit en l'entendant dire : « Fort bien. » Son regard froid venait de se poser sur Mahlouf Levi, qui était assis à l'autre bout de la longue table.

« Alors, as-tu trouvé sur place un bol de compote ? lui demanda Nahari.

— Non, parce que je n'ai pas cherché ; personne ne savait encore qu'il devait y en avoir un, lui répondit Mahlouf Levi sans se démonter le moins du monde.

— Je croyais, dit Nahari en suçant tranquillement son cigare, que tu avais déjà parlé à cette... Simha Maloul. »

Mahlouf Levi lui lança un regard méfiant : « Mais ce n'est pas moi qui lui ai fait dire qu'elle était sortie. »

Il lança un regard anxieux et hostile à Avigaïl, qui inclina la tête et fixa le verre qui couvrait la table : « Parfois, dit-elle pour le défendre, il faut que ce soit une femme qui parle avec une femme pour lui sortir les vers du nez. »

Michaël, qui s'était déjà surpris en train de voler comme d'habitude au secours des opprimés, ne put s'empêcher une fois de plus de dissiper l'embarras de Mahlouf Levi : « En tout cas, dit-il, ça écarte l'hypothèse du suicide. Difficile, quand on a une pneumonie galopante, de se lever et de boire un peu de parathion, puis de cacher le flacon à l'extérieur de la chambre. Sans parler d'un bol de compote. »

Alors Nahari posa des questions sur les perquisitions. Michaël décrivit en quelques phrases brèves les heures passées au hangar et les renseignements qu'il avait pu obtenir. Il se souvint de Moysh, qui avait hoché la tête en disant : « Ce n'est pas ici. » Sur la porte de la baraque, il y avait une pancarte avec le dessin d'un crâne et une inscription : « Dépôt de pesticides. Entrée interdite. » Un cadenas pendait à la serrure et Jojo, le responsable, s'était présenté en disant :

« Je m'appelle Elhanan, mais tout le monde m'appelle Jojo. » Puis il avait confirmé les propos de Moysh : « Il n'y avait qu'un seul flacon ici, j'en suis sûr. Parce que Sroulké... » — embarrassé, il avait regardé Moysh — « ... l'avait emporté pour ses arbustes, contre les pucerons. Je me souviens qu'il avait dit qu'il fallait s'en procurer encore parce que c'était très efficace.

— C'était quand ? avait demandé Michaël.

— Je ne sais plus très bien, avait répondu Jojo en se grattant le crâne. Quelques jours avant sa mort. Un ou deux jours avant. Nous sommes passés ici déposer quelque chose, et il a pris le flacon.

— Il ne l'a pas remis à sa place ?

— Je ne pourrais vous dire. D'habitude il le remettait, mais avec toutes ces réjouissances du jubilé et la fête de Shavouot, il était débordé... »

Personne n'avait parlé pendant un moment. Michaël avait examiné le cadenas, qui ne semblait pas avoir été forcé, et l'avait fourré d'un air désabusé dans un petit sac en plastique. Puis il s'était fait répéter le nom de ceux qui avaient la clé et avait suivi Jojo et Moysh vers le dépôt de coton. Là, il avait tâté du pied les balles grises. Elles avaient l'air dures, mais, lorsqu'il s'était laissé tomber dessus — à côté de Moysh, qui se tenait le ventre à cause de son ulcère —, il s'y était enfoncé mollement.

« Tout le monde aime venir ici, lui dit Moysh. A la fête des enfants organisée à l'occasion du jubilé, la "chasse au trésor" s'est terminée ici... le trésor était enfoui dans le tas. »

Michaël avait plongé la main dans la matière moelleuse, essayant sans succès d'en atteindre le fond. Si quelqu'un avait eu l'idée d'y cacher le flacon, il faudrait vider le dépôt pour le découvrir.

« Il faut fouiller systématiquement, dit-il. Nous ne pouvions le faire tant que nous voulions garder le secret.

— Quel secret ? persifla Nahari. On ne peut pas garder de secret dans un kibboutz. »

Michaël fit une moue dubitative : « Je n'en suis pas sûr. J'ai parlé avec Aharon Meroz à l'enterrement. Il semble qu'il soit venu plusieurs fois au kibboutz sans que personne le sache. »

Nahari sourit : « C'est ce qu'il croit. Ceux qui connaissent la vie des kibboutzim te diraient... je t'assure qu'une de ces femmes... »

Sur un cliché agrandi de l'enterrement, il montra une femme qui se tenait devant la fosse.

« C'est Mathilda, l'économe, dit Michaël.

— Tu es de ceux qui ont la mémoire des détails, ou tu lui as parlé ? » demanda Nahari.

Il nota quelque chose sur une feuille posée devant lui.

« Non, je ne lui ai pas parlé. »

Michaël décrivit ensuite les recherches faites dans la maison de Sroulké. « La chambre de Sroulké », selon le vocabulaire du kibboutz, était composée de deux pièces comme celles de Dvorka, mais dans un autre bloc de maisons. Elle n'était pas fermée à clé et paraissait encore habitée. Moysh avait soupiré en disant : « Il faut que je vide ces chambres, mais je n'ai pas le cœur à le faire. »

« Bref, dit Michaël, nous avons cherché partout où nous pouvions le faire, mais nous n'avons rien trouvé.

— Dans le kibboutz, il y a trois fonctions principales, expliqua Nahari sans s'adresser à personne. Elle, c'était la secrétaire. Sais-tu en quoi consiste la fonction de secrétaire de kibboutz ? » Et sans attendre la réponse de Michaël, il poursuivit : « Il y a des kibboutzim où le secrétaire est le personnage numéro un et il y en a d'autres où la fonction de directeur est plus importante. Le secrétaire interne s'occupe de toutes les questions sociales et quotidiennes, et on le dérange sans arrêt. Il y a des commissions pour tout, mais quand les membres ne sont pas d'accord avec les décisions des commissions, qui vont-ils voir à ton avis ? Le secrétaire interne. Le directeur s'occupe de questions de politique générale, d'économie, etc. Mais en dernière analyse... » Nahari jeta un coup d'œil rusé à son dossier : « ... en dernière analyse, la dynamique est insufflée par la personnalité de celui qui incarne la fonction. » Il se tut un instant, puis se remit à parler avec des phrases brèves, sur un ton impatient : « L'autre là, comment il s'appelle déjà ? Moysh est le directeur, et le troisième personnage est le comptable. Qui est le comptable ? Tu le sais ? »

Michaël montra du doigt un homme qui se tenait à côté de Moysh et de sa femme.

« Lui ? s'étonna Nahari. Mais c'est le même, c'est ce Jojo, non ? » Et il se tourna avec une expression de reproche vers Sarit : « Tes photos sont floues, il faudrait que tu changes d'appareil.

— Je ne sais pas si c'est l'appareil, répondit Sarit en agitant ses boucles. Je crois que mes mains tremblaient un peu. Toute cette histoire de meurtre dans un kibboutz m'a ébranlée, j'étais stressée. Ce n'était pas n'importe quel enterrement. Et puis les gens te regardent en se demandant d'où tu débarques.

— Je t'en prie, trêve de sentimentalité inutile ! Et ne me chante pas le couplet sur ce qu'est devenu notre pays, j'ai assez de travail comme ça.

— Il est comptable depuis six ans, dit Michaël.

— Qu'est-ce que ça change ? demanda Mahlouf Levi.

— Je vais l'expliquer, dit Nahari. Qui est-ce qui est chargé de distribuer les travaux ?

— Une certaine Shoula, répondit Michaël.

— Bon, dit Nahari. Qu'ils nous transmettent dès aujourd'hui l'organigramme, et nous leur annoncerons la nouvelle. Ils n'ont qu'à organiser les recherches pour nous. »

Michaël toussota :

« Excuse-moi, mais je ne suis pas d'accord.

— Pourquoi ? »

Nahari se redressa sur sa chaise. Tout le monde avait parfaitement perçu le ton provocant de sa question.

« Parce que je pense que les recherches doivent être faites par ceux qui savent déjà de quoi il retourne. Je crois qu'il faut garder le secret. »

Nahari secoua son cigare, dont la cendre tomba sur le verre de la table, et dit :

« Mais tu l'as déjà éventé. Il y en a qui savent maintenant. » Il examina ses ongles et ajouta : « Et puis, quel secret ? Comment garder un secret au kibboutz ?

— La preuve, affirma Michaël.

— Quand vas-tu le rencontrer ? demanda Nahari.

— Qui va-t-il rencontrer ?

— Eh bien, Meroz, précisa Sarit.

— Cet après-midi, au *Hilton*.

— Quel *Hilton* ? demanda Nahari.

— Celui de Jérusalem. C'est là qu'il habite quand il est en ville.

— Quelle chance ! fit Sarit en s'étirant dans son T-shirt bien moulant.

— Tu aurais au moins pu lui demander de venir sur la côte, grommela Nahari. Que dit le médecin légiste du temps écoulé entre l'empoisonnement et la mort ?

— Tout au plus une demi-heure. »

Michaël feuilleta le dossier pour trouver le rapport du médecin légiste, mais Avigaïl, qui paraissait regarder des photos et ne rien écouter, leva la tête et déclara avec une asssurance qui ne lui était pas coutumière :

« Pas plus d'un quart d'heure.

— Comment le sais-tu ? demanda Nahari, méfiant.

— Je le sais.

— Mais encore ?

— Je croyais que vous lisiez les rapports des gens qui viennent travailler avec vous, dit-elle sèchement.

— Je les ai lus. Et alors ? » demanda Nahari, impatient.

Elle se remit à mordiller le crayon jaune et à regarder les photos posées devant elle.

« Avigaïl, cria Nahari, comment sais-tu que c'est un quart d'heure ?

— J'ai été infirmière pendant dix ans. Et j'ai travaillé comme infirmière dans un kibboutz pendant six mois. Je le sais, j'ai vu des cas après pulvérisation. Un quart d'heure suffit.

— Infirmière ? Tu es infirmière diplômée ? » s'exclama Michaël.

Avigaïl hocha la tête, puis retomba dans ses rêveries.

« Et les recherches ? demanda Nahari.

— Rien, zéro, répondit Mahlouf Levi. Hier, nous avons cherché jusqu'au soir avec une équipe. Au hangar, à l'infirmerie, dans la maison de ce type, le père de Moysh, et, bien sûr, chez elle, chez Osnat Harel. Rien, nulle part. Il faut chercher dans tout le kibboutz, chez tout le monde. Nous l'avons fait discrètement hier soir. Personne ne savait ce que nous cherchions. » Il regarda Michaël comme pour y trouver un assentiment : « Il faut retarder le plus possible l'information sur la cause de la mort. Je sais bien qu'on ne peut pas établir un dossier en gardant le secret, mais tant que nous n'aurons pas trouvé ce parathion... Pourtant, je ne suis pas sûr qu'on puisse s'en débarrasser aussi facilement. C'est un flacon en métal. » Il consulta sa montre. « Ils doivent arriver d'une minute à l'autre.

— Qui donc ? demanda Nahari.

— La famille, Moysh, Jojo, l'infirmière du kibboutz, le médecin, tous ceux qui sont impliqués dans l'affaire. Je me suis dit que nous pouvions leur demander de chercher. Je ne veux pas qu'au kibboutz, on sache qu'il s'agit de parathion.

— Si tu t'assurais d'abord de leur innocence ? » lui lança Nahari, le regard glacial.

Mahlouf Levi intervint :

« Nous leur avons déjà parlé. C'est à la deuxième page, avant les photos.

— Le fils était à l'armée, la fille étudie à Tel-Aviv. Dvorka, la belle-mère, était dans la salle à manger, lut Benny comme quelqu'un qui aurait appris sa leçon par cœur. Puis elle est allée se reposer chez elle. Cette vieille travaille encore, elle est enseignante, là-bas.

— Professeur d'études bibliques, précisa Mahlouf Levi avec vénération. Elle enseigne la Bible et organise des cours pour les amateurs.

— Ah, ces kibboutz et leurs groupes d'études ! marmonna Nahari. Alors, peut-on affirmer qu'elle n'est pas du tout allée à l'infirmerie ?

— Oui, dit Mahlouf Levi. Nous le lui avons demandé. Comme il fait chaud là-bas, elle avait l'intention d'y aller dans l'après-midi, “de passer la voir” comme il est écrit dans le dossier.

— Et ce Jojo, le comptable ? Un de ceux qui ont accès au hangar à pesticides.

— Il était au secrétariat, au coton, à l'usine, dans toutes sortes d'endroits et toujours avec des gens. Nous l'avons vérifié, dit Mahlouf Levi.

— Hum ! on peut organiser des choses, je ne suis pas sûr que ça exclut..., marmonna Nahari.

— Il faut bien commencer par quelqu'un, dit Benny en hésitant. Si c'est quelqu'un du groupe, il est cuit.

— Personne ne t'a vue au kibboutz ? » demanda Michaël à Avigaïl.

Elle réfléchit et fit non de la tête. « Je n'y suis jamais allée. J'ai interrogé Simha Maloul chez elle, et ici aussi, après sa convocation, à Ashkélon.

— Bien, très bien, dit Michaël. Je te prie de te tenir à l'écart.

— Pourquoi ? Que s'est-il passé ? Qu'est-ce qui ne va pas ? »

Avigaïl paraissait offensée. Tout le monde regarda Michaël, qui se taisait. Une étincelle anima un instant le regard glacé de Nahari, qui écrasa son cigare dans le cendrier et déclara :

« Pas question. Absolument pas question. »

Michaël ne réagit pas. Dans le silence de la pièce, les deux paires d'yeux se croisèrent dans un bref combat. Nahari répéta :

« Il n'en est pas question. Ce sera une telle bombe, tu n'imagines pas ce que tu dis. Et puis, ils ne te donneront pas l'autorisation. N'y pense pas.

— Mais de quoi parlez-vous ? » demanda Benny.

Avigaïl inclina la tête, se replia sur elle-même et croisa les bras en se tenant les coudes de la main opposée. Nahari expliqua :

« Il veut l'infiltrer là-bas. »

Au bout d'une longue minute, Avigaïl brisa le silence et dit d'une voix sourde :

« Il faudrait d'abord me demander si je suis d'accord, vous ne croyez pas ?

— Pourquoi ne serais-tu pas d'accord ? demanda Michaël.

— Parce que je ne suis pas venue ici pour être de nouveau infirmière. »

Elle fixa la plaque de verre et effaça de son doigt une tache invisible. Mais Nahari agita le bras :

« C'est peine perdue, il n'en est pas question. S'ils le découvraient, ce serait comme Watergate. La police qui s'infiltre dans un kibboutz ! Qui donc autoriserait une chose pareille ? » Et après un instant de réflexion : « Je ne prendrai sûrement pas cette responsabilité. Ne compte pas sur moi pour te couvrir. Pour t'autoriser. Et l'inspecter... »

Il n'acheva pas sa phrase, mais eut un sourire en coin qui découvrit des dents blanches et régulières.

« Oui, mais comment ? insista Mahlouf Levi.

— A la place de l'infirmière Riki. Elle souhaite partir, expliqua Benny.

— Alors tu veux la mettre dans le secret ? demanda Nahari.

— Je ne sais pas encore, répondit Michaël. Il faut voir comment l'affaire évolue. Mais il y a deux choses qui me paraissent claires : premièrement, nous ne pourrons rien découvrir sans quelqu'un de l'intérieur, et deuxièmement, il faut trouver le flacon et retarder le plus possible le moment du scandale dans le kibboutz.

— Et si tu les mettais sur écoute ? Y avez-vous pensé ? demanda Nahari.

— C'est impossible, répondit Michaël, parce qu'ils ont un central automatique. Il faudrait mettre tous les téléphones sur écoute et comme il y en a un par appartement, c'est impossible. On a vérifié, c'est vraiment impossible. »

Nahari s'étira et s'adossa au dossier en skaï de son fauteuil de bureau, puis il croisa les bras et dit :

« Je ne te donne pas l'autorisation. Tu peux évidemment t'adresser au chef, à condition qu'après il suive toute l'affaire. Mais sache que je lui dirai qu'à mon avis le scandale est inévitable. »

C'était comme un bras de fer en public.

Le téléphone sonna. Nahari se pencha, prit le combiné posé par terre, le posa sur la table, souleva le récepteur et, avant de parler, fit un signe d'avertissement à Michaël : « Par écrit, uniquement par écrit. Pour qu'on ne me fasse surtout pas d'histoires. » Puis il rugit dans l'appareil : « Qu'ils attendent ! Nous en avons pour un instant. » Et s'adressant à Michaël : « Comment veux-tu procéder ? Un par un ? Tous ensemble ? Ils sont là, tous ceux à qui tu as demandé de venir. Combien de temps te reste-t-il avant d'aller voir Meroz à Jérusalem ? »

Michaël consulta sa montre :

« Ils sont en avance. Tant mieux, ça nous laisse un peu plus de temps. » Après un instant de réflexion, il ajouta d'une voix autoritaire : « Je les veux tous ensemble dans mon bureau. Et je t'invite à leur parler, si tu le souhaites.

— Merci, mais j'ai d'autres chats à fouetter. Il y a d'autres choses qui comptent dans ma vie. Tu te débrouilleras très bien avec eux. »

La main sur la porte, Michaël dit :

« Avigaïl, tu restes ici jusqu'à ce qu'ils soient tous dans mon bureau. Sarit et Benny, venez avec moi. Ne t'inquiète pas, ajouta-t-il en s'adressant à Nahari, je ne le ferai pas sans autorisation.

— On verra ça, répondit Nahari, menaçant. » Et il bomba le torse.

« Et moi ? demanda Mahlouf Levi. Que faites-vous de moi ? »

Nahari ignora la question, Michaël regarda l'heure, embarrassé.

« Tu viens avec moi, mais tu peux aussi bien rentrer chez toi si tu veux.

— Je viens avec toi », trancha Mahlouf Levi. Et une fois qu'ils eurent quitté le bureau : « On ne sait jamais comment les choses peuvent évoluer. »

CHAPITRE 9

Tandis qu'il exposait les faits sur un ton mesuré, Michaël observait l'expression des visages, les changements imperceptibles du teint de chacun, les mouvements des corps; puis il leur dit que « pour des raisons techniques, le suicide n'entrait pas en ligne de compte » et parla de la nécessité de garder le secret. Quand il en arriva à la recherche du flacon de parathion pour laquelle il sollicitait leur aide, il poursuivit sur le même ton paisible, évitant de dramatiser, de provoquer des émotions. Mise à part l'infirmière Riki, qui laissa échapper un cri étouffé, personne ne dit mot. Moysh, tassé sur lui-même, était prostré sur sa chaise, Shlomit triturait ses boucles d'un geste nerveux et répétitif. Yoav, son frère, s'était figé, et Dvorka se tordait les doigts. Seul Jojo semblait avoir compris ce qui venait d'être dit, il s'agita sur sa chaise, croisa ses jambes longues et sèches, posa le bras sur le dossier de la chaise et dit :

« Malgré ce que vous venez de nous apprendre, je ne comprends pas pourquoi ce serait à nous de faire ça. Comment procédez-vous dans d'autres cas? Pourquoi garder le secret?

— Tu permets? » demanda soudain Mahlouf Levi, qui s'était tu jusqu'alors.

Il fit à Michaël un signe de la main et se tourna vers le groupe assis en demi-cercle de l'autre côté de la table.

« Je vais vous expliquer, dit-il d'une voix patiente. Que cela vous plaise ou non, il y a dans votre kibboutz un assassin en liberté. »

Dvorka frissonna, Moysh baissa les yeux et

Michaël comprit soudain que le ton réservé et retenu qu'il avait adopté était déplacé, qu'il fallait un traitement de choc. Tout en leur parlant, il s'était demandé pourquoi il n'avait pas été aussi brutal que Mahlouf Levi, dont la franchise avait enfin provoqué cette expression d'effroi qui n'attendait qu'à s'afficher sur les visages.

« Ce n'est pas, poursuivit Mahlouf, comme un vol, ou une de ces histoires de drogue et de volontaires dont je me suis occupé dans quelques kibboutzim. Il s'agit d'un assassinat et commis de sang-froid par quelqu'un qui se promène en liberté chez vous en ce moment même.

— C'est peut-être quelqu'un de l'extérieur, suggéra faiblement Jojo.

— Je l'espère comme vous, mais pour le moment, déclara Levi avec autorité, il est difficile de supposer que quelqu'un de l'extérieur savait où se trouvait le flacon de parathion du... du père de Moysh. A moins que ce quelqu'un l'ait apporté de l'extérieur. Mais enfin, c'est vraiment une hypothèse tirée par les cheveux. »

Il les dévisagea l'un après l'autre comme s'il plongeait dans l'âme de chacun. On lisait sur son visage une autorité nouvelle, la conscience de sa force.

« Il y a en ce moment chez vous un assassin qui a tué de sang-froid et nous ne connaissons pas ses mobiles. Nous ignorons même s'il a terminé sa sinistre besogne. Parce que nous n'en savons pas encore suffisamment sur la victime. Mais ce n'est pas la peine de faire l'autruche, comme on dit, il faut digérer tout ça et comprendre que si nous voulons trouver des pistes, c'est à vous de faire des recherches dans le kibboutz. Vous êtes dans votre milieu naturel. Vous pouvez entrer dans tous les appartements et renifler ce qui s'y passe *avant que* nous ne parlions aux autres du parathion. » Puis il éleva la voix : « Et qui sait ? Peut-être que vous, vous réussirez là où nous avons échoué. En fait, vous en savez plus que nous, mais vous ne savez pas ce que vous savez. Mis à part le fait de vous parler à chacun séparément, ce que nous ne tarderons pas à faire, et de vous poser les questions qui vous aideront à découvrir ce que vous ne savez pas que vous savez, il est important que vous compreniez... » — il baissa la voix et chuchota comme si quelqu'un risquait de l'écouter derrière la porte — « ... qu'il est essentiel de garder le secret et de retrouver ce produit. Débusquons ce type avant qu'il ne recommence. »

La pâleur grisâtre de Moysh devint terne et glauque et il pressa d'une main son estomac.

« Je ne reste pas au kibboutz, annonça l'infirmière Riki d'une voix tremblante mais ferme. Je n'en peux plus. C'est le bouquet ! »

Personne ne réagit.

« Vous ne trouvez pas qu'il est un peu exagéré de présenter ainsi les choses ? » demanda le docteur Reimer.

Deux yeux intelligents fixaient Mahlouf Levi derrière les verres de lunettes. Il passa les doigts dans sa barbe claire. Mahlouf fit non de la tête, mais Reimer continua de parler :

« Il y a toutes sortes de gens dans le kibboutz ; des volontaires de l'étranger, et d'autres possibilités encore...

— Nous n'écarterons aucune hypothèse, affirma Michaël, mais pensez au flacon de parathion qui a disparu du hangar à pesticides et demandez-vous qui pouvait bien y avoir accès. Qui d'autre que quelqu'un du kibboutz pouvait savoir qu'Osnat se trouvait à l'infirmerie ? Qui aurait pu, en l'espace de vingt minutes, prendre les risques qu'a connus l'assassin, s'il n'avait eu un accès officiel à ces lieux ? » Il fit une pause, le temps qu'ils assimilent ce qu'il venait de leur dire, puis reprit : « Il est évident que l'image est encore floue. Nous n'en savons pas encore assez sur la victime, et, bien sûr, nous ne connaissons pas encore le mobile, mais peut-être l'aurons-nous découvert quand nous nous reverrons. »

Mahlouf Levi se tourna vers le médecin :

« Je trouve que je vous ai ménagés. Il me semble que vous ne mesurez pas le danger.

— Alors qu'attendez-vous de nous ? explosa Moysh. Que nous allions fouiller dans les appartements des membres ? »

Mahlouf Levi ne fut pas choqué par la question, il ne joua même pas avec sa bague pendant tout l'entretien. Parfaitement à l'aise — contrairement à Michaël — il répondit :

« Exactement. C'est ce qu'il faut faire. Vous devez penser à chacun, à chaque chose, chaque endroit, vous méfier de chacun, mais les protéger en même temps. »

Un index menaçant accompagna ses dernières paroles. Les jeunes le regardaient bouche bée. Shlomit cessa de tirer d'un geste compulsif sur ses longues boucles et le jeune homme, le soldat, resta figé à sa place. L'infirmière Riki s'épongea le front, laissa tomber sa main sur son genou et dit :

« Je ne veux pas entrer là-dedans. Je pars demain matin. Dans la salle à manger, on me regarde comme si c'était moi la coupable. »

Elle lança un regard furtif aux jeunes, puis à Dvorka, qui posa sans rien dire une main osseuse sur son bras. Elle s'était tue tout le temps, mais ses yeux étaient de plus en plus rouges. Ses grandes lèvres étaient pincées, avec cette expression que Michaël avait appris à identifier au cours de leur première rencontre : les coins de sa bouche retombaient encore plus que d'habitude. Ses cheveux blancs ramassés en chignon, sa robe grise et simple, son immobilité exprimaient une retenue qui inspirait le respect. Michaël se demanda une fois de plus quel avantage il y avait à exprimer ses sentiments, si cette capacité était une valeur en soi, ou plutôt si une personnalité comme celle de Dvorka, pour qui la retenue était une valeur suprême, n'était pas le ciment d'une société fragile et menacée. Il admirait cette culture spartiate qui enseignait à ne pas baisser la tête devant les catastrophes. Dvorka était, peut-être à l'exception de Jojo, la seule à avoir gardé sa réserve, et Michaël savait d'expérience que la moindre faille dans cette retenue, le moindre coup et tout l'édifice s'écroulait.

— Et toi, qu'en penses-tu? Dis quelque chose », s'écria Moysh en lui jetant un regard désespéré. Dvorka ne répondit pas tout de suite.

« J'ai cru que nous avions tout vu, finit-elle par dire d'une voix caverneuse. Tu étais peut-être trop petit pour t'en souvenir, mais il y a eu le drame de la scission entre idéologie et politique, en 1951. Je croyais que nous avions déjà tout vu. Des familles détruites. La haine. Nous avons déjà vu la haine. Mais à l'époque, elle était sans fard. »

Elle parlait d'une voix monotone, comme une litanie, sans changer d'intonation.

« Que veux-tu dire? s'écria Moysh. Qu'il faut être prêt à tout? Est-ce que tu entends ce que tu dis? Dvorka! C'est un meurtre! Il est question de meurtre chez nous, dans notre maison!

— Il faudra surmonter cela », répondit Dvorka, et sa voix s'adoucit lorsque son regard s'arrêta sur les jeunes, puis elle se tourna de nouveau vers Moysh. « Que veux-tu que je dise? » Une nuance plus humaine s'était glissée dans sa voix. « Ma vie est finie, je n'ai plus beaucoup d'années à vivre. Il s'agit de ton avenir et de celui de tes enfants. Il faut réparer ce qui est tordu.

— Tordu? répéta Michaël comme s'il entendait ce mot pour la première fois.

— Tordu! Il y a ici un lent processus d'effritement! Il n'est pas d'aujourd'hui. Le travail salarié » — elle éleva la voix — « le travail salarié au kibboutz! Tous les kibboutzim se prostituent aujourd'hui! poursuivit-elle avec ardeur. On loue aux gens de la ville la pelouse devant la salle à manger pour des fêtes de famille. Où a-t-on vu chose pareille? »

Moysh soupira.

« Dvorka, dit-il, à bout, il n'est pas question de ça en ce moment. Ne vois-tu pas la différence ? On n'a jamais vu ça, même dans les pires de mes rêves...

— Quelle différence ? » Elle détachait chaque mot, les découpait au scalpel. « Il n'y a pas de différence, une chose découle de l'autre, c'est un processus. Ne vois-tu pas qu'il y a là un processus ? Ne vois-tu pas qu'il conduit à privilégier l'individu au détriment de la société, à ne pas savoir refréner l'appétit des biens matériels ? Ne vois-tu pas » — elle fit un ample geste — « que c'est un long processus ? On commence par spéculer à la bourse, puis à la banque, et on finit par distribuer des bonus aux membres qui cueillent les fruits de leurs propres arbres ! Ça fait longtemps que vous refusez de voir les choses en face. Ça fait longtemps que l'appartement privé compte plus que le kibboutz. Il y a ici un processus dont le comble aboutit à vos projets d'appartements familiaux et de... »

Elle se tut. Les coins de sa bouche retombèrent, ses mains tremblaient. Elle croisa les doigts et serra les phalanges.

« Je sors, je ne peux plus rester ici, déclara l'infirmière Riki.

— Oh, arrête un peu ! s'exclama Moysh d'une voix étouffée.

— Il vaut mieux que tu me prennes au sérieux, reprit Riki, au bord de l'hystérie.

— Bon, d'accord. Personne ne te retient, dit Jojo sur un ton impatient. Qu'y a-t-il ? C'est parce que tu n'es plus le centre d'intérêt ? »

Michaël remarqua cette fureur soudaine, les gouttes de sueur sur le front de quelqu'un qui jusqu'alors s'était retenu, et se dit qu'il faudrait en chercher la raison.

« Dès aujourd'hui ou demain. Je ne peux plus supporter ces regards. J'attendais que vous le disiez aux autres, mais maintenant qu'il faut garder le secret, on continuera à me considérer comme un éventuel assassin. »

Elle éclata en sanglots, Dvorka poussa un profond soupir.

« Je vous jure que ce n'est pas moi ! répéta Riki. Ce n'est pas moi qui ai causé la mort d'Osnat.

— Personne ne vous accuse, dit Mahlouf Levi. Au contraire, le fait d'être parmi nous devrait apaiser vos craintes. »

Riki continuait de sangloter.

« Il faut faire ce qu'il y a à faire, déclara Jojo. Nous chercherons et nous nous tairons. Jusqu'à ce que nous trouvions ou que vous nous le disiez.

— On ne peut pas garder longtemps ce genre de secret, décréta Moysh, déprimé. Pas chez nous, et pas un secret comme celui-ci.

— Je ne sais pas, dit Michaël d'une voix sourde. Essayez de voir si ce n'est pas un de vos mythes. »

Il savait que ses paroles ne s'adressaient pas uniquement à Moysh.

Elles s'adressaient surtout à Dvorka, assise en face de lui maintenant, tandis qu'il fouillait dans ses papiers tout en lui jetant des coups d'œil. C'était l'étape des « entretiens individuels », c'est-à-dire des interrogatoires en bonne et due forme qui se déroulaient aussi dans les autres pièces. Il avait confié Jojo à Mahlouf Levi et Benny s'était enfermé avec Moysh. Les jeunes étaient partis avec Sarit dans une pièce du fond.

Il avait demandé à Riki de sortir et était resté seul avec Dvorka. En posant un verre d'eau froide devant elle, il avait regardé ses yeux bleus et rougis. Elle lui avait renvoyé un regard pénétrant qui l'avait mis mal à l'aise. Il s'était donc mis à fouiller dans ses papiers tout en lui lançant ces regards furtifs.

« Il est difficile de faire une enquête sans connaître la personnalité de la victime », finit-il par déclarer. Il ne dit rien sur la difficulté de comprendre une atmosphère.

« On ne fait pas de poésie à l'UNEC, lui avait dit

Shorer. Garde pour toi la philosophie et tes idées sur la vie. »

Quand il commença à parler avec Dvorka il se souvint de sa conversation avec Nahari, le jour où on lui avait confié le dossier.

« A quel âge es-tu arrivé dans le pays ? lui avait demandé le chef de l'UNEC.

— Trois ans, avait répondu Michaël.

— Et depuis, tu n'as jamais eu l'occasion de connaître un kibboutz ? s'était étonné Nahari. Comment est-ce possible ? Pourtant, dans l'école où tu étais, il y avait bien des groupes du Nahal ? »

Michaël avait marmonné quelques phrases sur sa crainte des structures rigides, oppressantes, qui nient l'individu. Et Nahari avait eu un sourire venimeux :

« On ne peut pas dire qu'en venant ici, tu aies choisi un cadre de travail souple. Ici, la dynamique n'est pas tout à fait individualiste.

— Oui, avait reconnu Michaël, mais au moins l'aspect social n'est pas affecté. »

« Que savez-vous des kibboutzim ? Avez-vous l'expérience de la vie au kibboutz ? » lui demandait à présent Dvorka sur un ton hostile.

Michaël ignora sa question : « Parlez-moi d'Osnat. »

Il alluma une cigarette et attendit.

Dvorka baissa les yeux et fixa le verre d'eau. Il observa son visage, ses tics imperceptibles, ses lèvres minces et longues qui se relâchaient et se serraient, son regard, qui le fit se tasser sur lui-même. C'était comme s'il était transparent ou qu'il n'existait pas. Il ne s'était jamais senti ainsi annulé, dirait-il plus tard à Shorer, alors qu'elle n'avait pas prononcé un seul mot agressif ou méprisant qui aurait pu justifier ce sentiment de non-existence. Derrière le respect et la crainte qu'elle suscitait, il sentit pointer en lui une certaine résistance. Plus tard, il se justifierait devant Shorer : « C'est peut-être comme ça quand on est devant une mère en deuil. On se sent coupable de continuer à mener une vie normale et d'avoir été épargné. » Shorer ferait une moue dubitative : « Ils donnent souvent cette impression. Ces kibboutznikim qui ont fondé le pays et asséché les marécages sont très arrogants. Demande à Nahari ce qu'il en pense ! Il a dû t'en parler.

— Me parler de quoi ?

— Il ne t'a rien dit ? Il n'a pas mis en avant sa connaissance des kibboutzim ?

— Non... J'étais étonné... Il semblait en connaître un bout sur la question.

— Eh bien, sache qu'il les déteste. Il a vécu au kibboutz dans le cadre de l'immigration des jeunes[1]. Je croyais qu'il t'en avait parlé, s'étonnerait Shorer. Ne lui as-tu pas posé la question ?

— Je n'avais pas envie de fourrer le nez dans...

— Ouais, il n'y a pas que toi qu'il veut enfoncer, il a des comptes à régler avec eux aussi. Je ne sais pas très bien lesquels. »

Mais cette conversation eut lieu plus tard, la nuit, après que Michaël eut rencontré le député Meroz. En attendant, assis en face de Dvorka, il était fasciné par son regard pénétrant et vide. Puis elle ferma les yeux, et il attendit patiemment qu'elle les rouvre. Elle croisa les doigts.

« Je ne sais pas si c'est possible. »

C'est alors qu'il perçut le léger accent russe dans la manière de prononcer le « l » mouillé. Il se tut et écouta attentivement ce qu'elle disait :

« Je ne sais par où commencer. Elle était comme une fille pour moi, plus qu'une fille.

— Vous n'avez pas besoin de raconter dans l'ordre. Vous pouvez commencer par ce que vous voulez, son histoire, sa personnalité, les gens. Il nous faut un indice. »

1. En hébreu, l'*Aliyat HaNoar*, organisation sioniste chargée, avant et pendant la guerre, de recruter des jeunes prêts à tenter en Palestine, et plus tard en Israël, l'expérience sioniste. *(N.d.T.)*

Elle se tourna vers la fenêtre et plissa les yeux. Michaël se souvint de sa conversation avec elle au secrétariat, la nuit où, en compagnie de Moysh et de Mahlouf Levi, ils avaient cherché le flacon de parathion. Dvorka avait rendu compte de son emploi du temps le jour de la mort d'Osnat. Elle avait enseigné jusqu'à midi, puis était allée déjeuner dans la salle à manger. Il avait remarqué dès cette nuit-là sa tendance à insister tout de suite sur les principes. D'une voix contenue où pointait l'émoi, elle avait expliqué pourquoi elle mangeait rarement chez elle et évitait d'y faire la cuisine.

« Je ne peux pas m'y faire » — il se souvenait des mots exacts — « à cette coutume de s'enfermer chez soi pour manger. Manger ensemble est une des valeurs du kibboutz ! »

Dès cette nuit-là au secrétariat, il avait su que personne mieux que Dvorka ne pourrait le renseigner sur le climat ambiant, mais il avait éprouvé ce même malaise, ce besoin pressant de lui inspirer du respect. Lorsqu'il lui avait posé la question au sujet de la salle à manger, elle lui avait expliqué les choses comme si elle était d'avance convaincue de ne pas être comprise :

« Ça fait partie des transformations que subit le kibboutz. Surtout le soir, les membres renoncent à se rencontrer et privilégient le thé en famille. »

Et lorsqu'elle s'était mise à parler d'elle, des détails de sa vie quotidienne, il avait eu l'impression qu'elle le faisait participer à quelque chose de supérieur, quelque chose dont il était indigne.

« Moi aussi, il m'arrive de renoncer certains soirs. La fatigue l'emporte et un bol de fromage blanc me suffit. A mon âge... » elle se reprit aussitôt —, « mais je m'efforce tout de même de dîner dans la salle à manger parce qu'on se rencontre, on se met autour d'une table, on peut échanger les impressions de la journée, garder le contact quotidien. C'est bien là l'essentiel... » Elle s'était tue, soudain consciente de l'ignorance de son interlocuteur, puis avait ajouté d'un air dubitatif : « C'est une société qui n'est pas aliénée, le dernier bastion non aliéné de ce monde contemporain si plein d'horreurs. Vous avez déjà vu notre salle à manger...

— Oui, très belle, très moderne, avait répondu Michaël, surpris. Le marbre, la céramique et tous ces aménagements, rien n'y manque... »

Il croyait lui plaire et répondre à son attente, mais il se sentit une fois de plus pris en défaut quand elle lui lança un regard furieux et affirma :

« C'est justement parce que rien ne manque que cette abondance a quelque chose de corrompu. Maudite abondance ! »

Il l'avait regardée, gêné, puis avait repris ses questions sur son emploi du temps le jour du meurtre. Elle avait l'intention d'aller à l'infirmerie après le déjeuner, mais, en chemin, elle avait croisé Riki qui lui avait parlé de la piqûre et lui avait dit qu'Osnat se reposait. C'est pourquoi elle était retournée dans sa chambre.

« Votre appartement ? avait demandé Michaël, hésitant.

— Chez nous, on appelle ça une chambre », avait-elle répondu sur un ton supérieur.

Et voyant l'étendue de son ignorance, elle avait ajouté des détails. Michaël donnait toujours à ses interlocuteurs l'impression de ne pas savoir mais d'être capable de comprendre, et c'est ainsi qu'involontairement, ils lui transmettaient des informations et se laissaient prendre à son expression d'élève attentif.

Assis en face de Dvorka, dans son bureau de l'UNEC, qui aurait dû être sa forteresse, il se sentait maintenant terriblement ignorant. Lorsqu'elle avait parlé de cette maudite abondance, il avait eu l'impression d'être intégré à cette vision :

« Ma chambre se trouve entre la salle à manger et l'infirmerie, près du jardin d'enfants... de la maison des enfants, avait-elle dit ce soir-là au secrétariat. J'avais l'intention de passer par la maison des enfants. Le petit était enrhumé et à cause d'Osnat...

— Vous y êtes allée ?

— Non, parce que c'était déjà l'heure de la sieste. Il est important de respecter les horaires. Les visites des parents bousculent les règles éducatives. La puéricultrice venait de les coucher et ma présence les aurait sûrement perturbés. Alors j'ai décidé d'attendre. »

Cette nuit-là, au secrétariat, avec autorité et sans donner d'explications, il avait demandé au petit groupe de garder le secret, et elle avait réagi en serrant les lèvres. Il lui avait délicatement posé la question de ses rapports avec Osnat et la réponse de Dvorka résonnait encore dans ses oreilles : « Récemment, nous avons eu un désaccord, un grave désaccord idéologique. » Elle l'avait dit sur un ton humble et triste.

« Vous pourriez commencer par ce désaccord entre vous », lui suggéra-t-il.

Dvorka soupira.

« Ça commence par le fait qu'Osnat n'est pas née ici. Elle n'a pas profité des avantages de l'éducation collective, elle n'a pas dormi avec les bébés dans la maison des enfants. Et comme elle n'a pas eu de bases solides... » Elle s'interrompit soudain et dit : « Savez-vous qui était son père ? »

Son visage exprimait un regret profond comme si la question lui avait échappé. Elle voulut reprendre son récit, mais l'occasion était trop belle pour la laisser passer :

« Qui était-ce ? »

Michaël se souvenait parfaitement de la remarque de Moysh sur l'absence de famille d'Osnat.

« Mis à part moi et mon mari, personne ne le savait au kibboutz. Personne ne faisait le rapport. Nous avons gardé le secret, mais cela n'a plus de sens maintenant. » Et dans un souffle, comme si elle avait annoncé une catastrophe : « Un petit trafiquant au marché noir pendant la période d'austérité. »

Michaël réprima son étonnement, mais Dvorka comprit sa déception et lui dit sur un ton de reproche : « Pour vous, c'est négligeable. Vous étiez peut-être trop jeune encore. » Elle attendit une réaction sans oser lui demander ouvertement son âge. « C'étaient vraiment des ordures, ceux qui profitaient de la période d'austérité pour faire du marché noir. Et pourtant, il était très difficile de ne pas traiter avec eux, poursuivit-elle le regard voilé. Je suis désolée de dire que le kibboutz vendait des œufs, des poulets, et cætera. Il fallait qu'avec Yehouda, mon mari, qui à l'époque était secrétaire pour l'extérieur, je sois en contact avec ce type pitoyable, vil et méprisable, qui savait exploiter la situation. Un spéculateur. Après, quand Osnat est arrivée au kibboutz, l'assistante sociale qui nous l'a amenée m'a confié que le père avait abandonné et désavoué la famille. Elle m'a dit son nom et l'a décrit, et j'ai aussitôt compris de qui il s'agissait. Mais il n'est jamais venu chez nous. Il les avait quittés tout au début et ne s'est jamais plus intéressé à sa fille. Et la mère... ce n'était pas mieux.

— Où est-il maintenant ?

— Mort. C'est la mère qui me l'a dit au cours de sa dernière visite. » Dvorka ferma les yeux, puis les rouvrit. « Vous me rappelez des choses auxquelles je ne pensais plus. La dernière fois qu'elle est venue me voir, j'ai eu une conversation très difficile avec la mère. » Elle inspira et prit une gorgée d'eau. « Osnat refusait de la voir. Elle lui avait interdit de venir au kibboutz. Mais personne ne le savait. Un jour — elle avait à peine douze ans à l'époque, le début de l'adolescence —, sa mère est arrivée. Alors Osnat est venue me voir, comme chaque fois qu'elle était dans la détresse, et m'a dit : "Chasse-la d'ici." Moi qui la connaissais si bien, j'en étais effrayée. La cruauté avec laquelle cette enfant de douze ans a dit : "Pour moi, elle n'existe pas, elle est morte, morte pour de bon. Dis-le lui, chasse-la, ne la laisse pas revenir." » Dvorka reposa le verre. Ses mains tremblaient. « Comme enseignante et pédagogue, j'ai déjà fait face à des situations difficiles. Il y avait souvent des problèmes importants avec les enfants. Mais je n'avais jamais connu de crises comme celle-là. Cette force qu'il y avait en elle dès le début..., on pouvait être sûr qu'elle ne bougerait pas d'un pouce. Dieu sait où elle puisait cette énergie intérieure ! Si seulement... » Elle se tut et croisa les doigts.

« Si seulement quoi ? hasarda Michaël.

— Si seulement elle avait bien canalisé ces énergies ! chuchota Dvorka en relâchant ses doigts.

— Mais si j'ai bien compris, elle s'occupait comme vous d'éducation et était devenue secrétaire du kibboutz.

— En effet, répondit Dvorka sans enthousiasme. Je ne sais pas si je pourrai expliquer cela à quelqu'un de l'extérieur. » Michaël ne dit rien. « Il a fallu que j'explique à la mère que l'enfant refusait de la rencontrer et qu'il valait mieux la laisser tranquille. Et cette femme... » Dvorka poussa un soupir et ferma les yeux comme si elle ne supportait pas ce souvenir. « Et cette femme, si vous l'aviez vue... » Elle rouvrit les yeux et le regarda soudain comme si elle le voyait pour la première fois : « Dans votre milieu, vous devez souvent voir des gens comme ça, des femmes... »

Michaël fit un effort pour réprimer sa colère devant cette expression dédaigneuse : « votre milieu ».

« Elle ressemblait à une femme de petite vertu, avec des cheveux teints, une robe moulante à fleurs. Je me souviens de ses talons aiguille rouges, et n'imaginais pas qu'à la fin des années cinquante, il existait chez nous des gens de cet acabit. Cette vulgarité, ce maquillage en plein été ! Elle avait un visage de poupée, si jeune ! Et cette chaleur ! Chez nous, tout le monde était en short et en sandales. » Dans d'autres circonstances, Michaël aurait souri. « Mais tout de même, elle suscitait la pitié. Malheureuse, égarée, mais soucieuse de sa dignité. Je me souviens de la manière dont elle a répondu : “Si elle ne veut pas, ce n'est pas la peine.” La dureté de ceux qui connaissent les bas-fonds. Et cette ressemblance surprenante avec Osnat, cette énergie obstinée exercée manifestement dans une autre direction.

— Manifestement ? » s'étonna Michaël. Sa propre voix lui parut étrangère, artificielle. Dvorka ne répondit pas.

« Et pendant toutes ces années, elle vous a fait confiance ? Parliez-vous avec elle de ses histoires personnelles ?

— Personne ne parlait ouvertement avec Osnat de sujets personnels. On ne pouvait que faire des suppositions. Elle ne s'est jamais confiée à personne. On ne pouvait que déduire son monde intérieur à partir de faits ou d'actes, mais une conversation intime avec elle était impossible. Même pas quand... »

Elle se tut et lui lança un regard effrayé.

« Quand quoi ?

— Il y a des choses que personne ne sait. »

Michaël se tut. (« Sur le fil du rasoir, dit Nahari en écoutant l'enregistrement. Tes silences... Qui donc t'a appris à savoir quand parler et quand te taire ? On dit que c'est ton point fort. »)

« Quand Osnat avait quinze ans. Personne ne le sait, même pas Aharon Meroz. Je me demande comment elle a fait, mais elle a conçu.

— Pardon ? Elle a quoi ?

— Elle a conçu. Elle a été enceinte de quelqu'un.

— De qui ?

— Quelle importance ! De quelqu'un, quelqu'un dont on ne pouvait rien tirer.

— Qui ? s'obstina Michaël.

— Un garçon de chez nous, quelqu'un de problématique, d'une année plus jeune qu'elle. Imaginez ça, à quatorze ans !

— Il vit au kibboutz?

— Oui, heureusement pour lui, c'est une des choses que nous sommes arrivés à préserver, une chose merveilleuse, accorder l'asile à un marginal, à un anormal. Il est vraiment anormal et il a tout de même une place chez nous. Personne n'a jamais pensé à... le mettre dehors.

— Qui est-ce? demanda Michaël sur un ton qui, cette fois, exigeait une réponse.

— Le fils de Fania et de Zacharia, mais ce n'est pas...

— Elle a été enceinte et après? »

Michaël était conscient de l'avidité avec laquelle il s'était jeté sur ce qui semblait constituer une piste possible.

Dvorka parut peser ses mots.

« Pour vous donner un exemple de son caractère, elle a gardé le secret pendant six mois! Personne ne le savait, même pas les filles avec qui elle partageait sa chambre. Dans une situation d'intimité comme chez nous, avec les douches en commun, le fait de s'habiller et de se déshabiller ensemble, et un groupe très sensible aux changements des uns et des autres, personne ne s'en est aperçu.

— On ne savait pas qu'ils avaient des rapports? s'étonna Michaël.

— Ils n'ont pas eu de rapports, à peine quelques attouchements furtifs, peut-être même un seul. On n'a jamais pu avoir plus de détails, elle s'est fermée comme un coquillage.

— Et après?

— Notre infirmière s'appelait Riva. Elle n'est plus avec nous. C'est elle qui s'est aperçue qu'Osnat n'avait plus ses règles, qui m'en a fait part, disant qu'elle ne s'était pas servie de ses serviettes hygiéniques depuis des mois, que les dates étaient irrégulières, je ne me souviens plus très bien. En fait, elle aurait dû en parler avec la responsable, Lotté, mais lorsqu'il s'agissait d'Osnat, on s'adressait toujours à moi. »

Elle lissa les bords de sa robe grise et lui lança un regard qui le fit se sentir comme un fouineur éhonté.
« Et après ?
— Quand Riva m'en a parlé, je me suis rendu compte qu'Osnat avait grossi... J'ai fini par la convoquer chez moi, dans la chambre, en tête-à-tête. Je ne lui ai rien demandé, je lui ai dit qu'elle était enceinte.
— Et...
— Nous avons interrompu la grossesse, répondit sèchement Dvorka.
— Au sixième mois ?
— Tout est possible quand on sait ce qu'on veut. Je savais que je ne la laisserais pas répéter l'erreur de sa mère. C'est aussi ce qu'elle souhaitait, ne pas garder le bébé. Mais si je vous raconte tout ça, c'est uniquement pour vous montrer à quel point elle manquait de confiance en elle, à quel point elle était secrète, avec une tendance à l'autodestruction.
— Personne ne l'a su ? demanda Michaël, pensif.
— Personne. Mise à part Riva, qui n'est plus avec nous. Elle est morte il y a quelques années déjà. Ni le jeune homme, ni Fania, ni personne.
— Donc c'est possible ?
— Qu'est-ce qui est possible ?
— Que personne ne sache ce genre de choses au kibboutz ? »
Dvorka resta silencieuse, et pour la première fois Michaël sentit qu'il avait le dessus. Mais elle reprit sur un ton rusé qui l'étonna : « Moi, je le savais. On ne pouvait rien me cacher. »
Michaël alluma une cigarette et pensa à Nira, son ex-femme. « Elle a des yeux derrière la tête », disait-elle de Fella, sa mère.
« Osnat avait beaucoup d'énergie mais, à partir de ce jour-là, elle ne s'est plus laissé toucher par personne. Elle a adopté une attitude de chasteté, pourtant on ne peut pas parler de traumatisme puisqu'avec Youvik, mon fils, elle a eu quatre enfants. Mais c'était comme si elle avait décidé de

sublimer le sexe et de le canaliser dans d'autres directions. »

Pas étonnant qu'Osnat ait pris Dvorka pour modèle ! se dit Michaël.

« Au kibboutz, dans le mouvement national et chez nous en particulier, nous n'étions pas conservateurs. A l'époque, on parlait déjà ouvertement de sexe. On donnait des contraceptifs, on faisait de l'information sexuelle. Parmi les adultes, il y avait souvent des scandales amoureux. Mais tout se terminait au grand jour. Nous avons quelques mères célibataires, ce n'est pas d'aujourd'hui ni pour répondre à une mode, mais depuis longtemps et sans que personne ait exprimé le moindre blâme. Pourtant, elle... » Dvorka se tut et Michaël attendit, ému, comme chaque fois qu'elle le fixait de ses grands yeux pleins de chagrin. « Une énergie comme celle d'Osnat était d'une rare intensité. Je ne sais pas si vous pouvez comprendre ou imaginer ce genre d'énergie, si primaire dans son essence, mais dirigée vers le monde des idées. Elle avait décidé une fois pour toutes d'effacer en elle la trace de ses parents, de s'enraciner ici, de faire partie de l'ensemble, de participer à une construction. Telle est l'origine de son évolution idéologique de ces dernières années. Elle a mené un rude combat... rude mais dépourvu de vision positive. Sur des bases incertaines... »

Elle semblait s'adresser à quelqu'un qui ne se trouvait pas dans la pièce. Puis elle reparla de l'adolescence d'Osnat, du foyer chaleureux que Sroulké et Myriam avaient essayé de lui offrir, de ses sautes d'humeur, de ses éclats irrépressibles.

« Quand sa mère est morte, j'ai essayé de la conseiller, je lui ai proposé d'aller à l'enterrement, de déposer une gerbe sur sa tombe. Rien à faire. Elle ne l'a jamais plus évoquée, même pas devant les enfants. Et une fois... » Sa voix s'éteignit, elle le regarda presque gênée et perplexe : « Enfin, peu importe.

— Peu importe quoi ?

Il pensa à la photo d'Osnat et essaya d'imaginer sa vie sentimentale. Dvorka reprit :

« Je l'ai déjà dit, elle avait une forte tendance à l'ascétisme. Cette abstinence sexuelle avait quelque chose de malsain. » Elle s'exprimait sans l'ombre d'une gêne. « Sa retenue sentimentale aussi. Il m'est arrivé de lui en parler, mais elle me regardait et répondait : "Ce n'est pas une question de principe, mais ça ne vient tout simplement pas." Je me sentais impuissante devant cette ardeur entièrement tournée vers l'idéologie. Une force aux effets destructeurs non seulement pour elle mais aussi pour nous, pour tous ceux qui la côtoyaient, pour le kibboutz, quelque chose de malsain... »

« Tu avais raison, on ne peut jamais savoir comment vont évoluer les choses », dit Michaël à Mahlouf Levi. Il froissa son paquet de Noblesse vide et ramassa ses affaires en vitesse. « Rends-moi un service. Dis-lui que je suis en retard. »

Il évita le regard moqueur de Mahlouf Levi, qui semblait lui dire : ne te fais pas de souci, je connais mon métier, et descendit les marches quatre à quatre. Lorsqu'il entendit la grande porte de fer se refermer derrière lui, il pensa de nouveau à cette ressemblance avec l'oncle Jacques.

CHAPITRE 10

Michaël appela de nouveau l'hôtel Hilton depuis le bureau d'Elroï, psychologue de la section. Aharon Meroz attendait dans sa chambre. Quand Michaël lui annonça un retard supplémentaire, il ne protesta pas mais dit en soupirant :

« En tout cas, je suis ici et je vous attends. »

Elroï bourra lentement sa pipe, pesa soigneusement ses mots et évita de prononcer des jugements hâtifs. Il insista sur la nécessité de vérifier chaque hypothèse et de la « fonder sur des faits ». C'était un homme qui veillait à garder ses distances et se prenait très au sérieux, mais Michaël appréciait son jugement mesuré. Leurs rapports étaient strictement professionnels, il n'en attendait rien de plus. « La politesse est une valeur sûre, avait-il dit un jour à Balilti, qui imitait Elroï en train de curer sa pipe ou d'ouvrir la porte dans un geste d'invite. Sans parler de la compétence professionnelle. » « C'est vrai, avait reconnu Balilti, redevenant sérieux, personne ne peut le lui contester. »

Elroï marmonna quelque chose sur le psychologue qui travaillait pour l'UNEC et insinua à mots couverts qu'il était possible de le consulter aussi, puis, contrairement à son habitude, il demanda à Michaël s'il se plaisait dans ses nouvelles fonctions. Après avoir reçu une vague réponse, qui parut le satisfaire, il écouta attentivement ce que Michaël avait à lui dire.

« Qu'est-ce qu'on lui donne ? » finit-il par demander.

Michaël sortit un bout de papier de sa poche et lut d'une voix hésitante :

« Deux cents milligrammes par jour de Meleril et quinze milligrammes d'Halidol. Je n'ai pas la moindre idée de ce que ça représente, je ne connais pas ces médicaments. Mais elle m'a dit que c'était comme une hospitalisation à domicile. Ils essaient de prendre en charge ceux qui sont dans son état au kibboutz même. Ce que je voudrais savoir, c'est si quelqu'un comme lui peut être violent. »

Elroï posa sa pipe et répondit lentement en détachant chaque mot comme pour être sûr d'être compris :

« Oui. Du moins, on ne peut écarter cette éventualité. La plupart des malades mentaux ne sont pas violents. Si tu m'avais dit qu'il s'agissait d'une psychose maniaco-dépressive, je t'aurais répondu que c'était impossible. Ce sont des malades qui ne sont dangereux que pour eux-mêmes. Mais tu me dis que le diagnostic est la schizophrénie paranoïaque. Si on ne prend pas les médicaments...

— Il les a pris. Matin et soir, il s'est présenté chez elle pour prendre les médicaments.

— Qui est-ce qui a établi le diagnostic ? demanda Elroï, méfiant.

— L'hôpital. Il a été hospitalisé deux fois, pendant de brèves périodes. Elle me l'a répété, parce qu'on le lui a clairement dit.

— Suivait-il un autre traitement ?

— Il a vu pendant un certain temps un psychiatre du centre régional.

— Je connais. Et maintenant ?

— Ces dernières années, il ne voulait plus, m'a-t-elle dit. Il refusait de parler, alors on s'est contenté de le suivre au kibboutz. Pourquoi poses-tu la question ? tu n'es pas d'accord avec le diagnostic ?

— Si, il correspond bien aux médicaments, mais le tout est de savoir s'il les prend. Le fait qu'il vienne la voir ne signifie rien : il peut profiter de ce qu'elle ait le dos tourné pour mettre les comprimés sous sa langue sans les avaler. Ils ont toutes sortes de parades, j'ai travaillé à l'hôpital, je sais.

— Bon, admettons qu'il ne les ait pas pris ? dit Michaël, impatient.

— Eh bien, dans ce cas, il peut se trouver dans un état grave, faire un délire paranoïaque, se sentir poursuivi, etc. Les médicaments ne font de l'effet que pendant quarante-huit heures. S'il ne les prend pas, il peut finir par avoir une crise dangereuse.

— Alors il ne s'amuserait pas à préparer minutieusement un empoisonnement au parathion, mais se jetterait plutôt sur elle, non ? »

Elroï se concentra de nouveau sur sa pipe, articula chaque mot lentement, prudemment, comme pour ne pas s'engager :

« En principe, tu as raison, mais dans ce cas précis,

avec ce diagnostic, on peut émettre des doutes. Personnellement, j'émettrais des doutes. Un paranoïaque à qui l'on administre de telles quantités de médicaments peut potentiellement être dangereux. Parfois, je ne les comprends pas, ajouta-t-il après un instant sur un ton plus ému.

— Qui ?

— Ces kibboutznikim et leur entêtement à garder tout le monde à la maison. Ils jouent avec le feu. Avec de tels médicaments, il devrait être hospitalisé. Je suis très surpris par ce cas.

— Qu'est-ce qui te surprend ?

— J'ai fait des travaux de recherche sur la question, dit Elroï avec un air important dont il était parfaitement inconscient. En particulier sur l'agressivité. J'ai fait des recherches sur l'agressivité des gens des kibboutzim. C'était une vaste étude commandée par l'armée. Si ça t'intéresse, je peux te donner copie des conclusions.

— Ça m'intéresse beaucoup, mais dis-moi d'abord ce qui te surprend.

— Nous avions trois groupes d'étude et ce qui caractérisait les gens des kibboutzim, ceux qui y vivaient encore, était le fait qu'ils retournaient l'agressivité contre eux-mêmes. C'est sans doute la raison pour laquelle il n'y a jamais eu de meurtre au kibboutz. J'ai publié un article sur la question dans une revue spécialisée. Je dois en avoir une copie ici... »

Il parcourut, derrière lui, les étagères de la bibliothèque aux portes vitrées.

« Mais il y a déjà eu une tentative de meurtre, objecta Michaël.

— Oui, mais si transparente et maladroite qu'on peut encore parler d'autodestruction, d'agressivité dirigée contre soi. Tu penses au cas d'empoisonnement au Luminal ? C'était un cas très intéressant sur le plan psychologique. Un cas unique dans toute l'histoire des kibboutzim, c'est assez surprenant. Il y a eu aussi un autre cas de délire psychotique qui s'est achevé par un meurtre... mais rien à voir avec ce qui te préoccupe.

— Alors, que font-ils de leur agressivité ? Que signifie “agressivité dirigée contre soi” ? Comment cela se traduit-il dans la réalité ?

— Eh bien, prenons le suicide, qui est fréquent chez eux. C'est une solution en cas de conflit, de détresse, d'agressivité. Tu sais bien que le suicide est un acte agressif.

— Je l'ai entendu dire. »

Michaël pensa au vieux Hildesheimer et se demanda ce qu'il savait sur les kibboutzim et s'il pouvait de nouveau solliciter son aide.

« Où travaillait ton malade ? demanda Elroï.

— A l'usine. Ils ont une grande entreprise de cosmétiques, il travaillait sous les ordres de quelqu'un, un jeune Canadien qui vit en Israël depuis dix ans, apparemment un type bizarre, mais il s'entend avec lui. Je ne lui ai pas parlé encore.

— J'essaierais d'abord de savoir s'il a une idée de ce qu'est le parathion et quels rapports il entretenait avec la victime. »

Michaël raconta l'épisode de la grossesse. Elroï l'écouta avec intérêt, puis hocha la tête :

« Bon, je l'ai déjà dit, c'est à vérifier. Et puis, comment le kibboutz a-t-il pu produire cette espèce de schizophrène paranoïaque ? C'est aussi une question à se poser. » Il tapa avec sa pipe sur le bord du cendrier en métal. « Sais-tu qu'ils ont mené une vaste étude sur les maladies mentales dans les kibboutzim ? En termes de pourcentages, il n'y a qu'une différence surprenante entre le kibboutz et la ville.

— Laquelle ?

— Dans les kibboutzim, on trouve les mêmes maladies qu'en ville, mais il n'y a pas de schizophrénie. Étonnant, non ? »

Michaël déplia les jambes et dit d'un air songeur :

« En effet, c'est très intéressant. Et comment l'explique-t-on ?

— Ça, c'est une autre affaire. Peut-être parce que le kibboutz entier leur sert d'image familiale. Mais c'est une hypothèse hâtive et superficielle. L'étude n'a pas recherché les causes de ce phénomène, elle s'est contentée de constater. » Il joua de nouveau avec sa pipe. « La schizophrénie paranoïaque a obligatoirement des origines génétiques. Qui sont les parents de cet homme ?

— Je ne sais pas grand-chose, sinon que sa mère aussi est un cas grave. Elle et sa sœur sont arrivées au kibboutz après la guerre.

— Ah bon ! dit Elroï, tout s'explique : "syndrome de la deuxième génération".

— Ça explique quoi ?

— Eh bien, toutes sortes de traumatismes subis par les parents et transmis aux enfants. C'est un sujet qui a fait couler beaucoup d'encre. Il y a même eu récemment un colloque passionnant sur cette deuxième génération. La question suscite beaucoup d'intérêt depuis quelque temps. »

Michaël se retint pour ne pas ironiser sur cette médiatisation du problème des enfants des rescapés. Il eut envie de répéter ce qui se disait dans la rue, que tout le monde souffrait à sa manière, mais il ne le fit pas.

« Il y a un gros poids d'angoisse et de culpabilité qui a été transmis à la deuxième génération. C'est un véritable syndrome qui peut très bien être à l'origine de la paranoïa. Et le père ?

— Je ne l'ai pas encore rencontré, mais je sais que c'est un Yéménite qui a rejoint le kibboutz au cours des années difficiles, avant la guerre d'Indépendance. Je n'ai pas de détails.

— Intéressant. J'aimerais bien avoir plus de détails. Ce dossier m'intéresse. J'aimerais savoir comment ils font face à tous ces changements. C'est peut-être le moment de faire une autre étude. » Il se tourna vers Michaël : « Il faudrait que tu te documentes un peu sur le sujet. »

Michaël réprima un sourire devant l'expression docte d'Elroï.

« Que me conseilles-tu ?

— J'ai ici une ou deux choses. »

Il alla vers la bibliothèque vitrée, en ouvrit les portes grinçantes et revint avec une petite pile sous le bras.

« C'est un peu amateur et grand public, mais suffisant pour un début. » Et il tendit à Michaël le livre de Bruno Bettelheim, *Les Enfants du rêve*. « Tu peux lire aussi des articles de revues et des textes historiques puisque tu es toi-même historien.

— J'ai fait de l'histoire générale. Je ne connais rien à l'histoire des kibboutzim.

— Alors, commence par des documents sur Bittania, lui suggéra Elroï. Tu sais, cette communauté créée dans les années vingt sur une colline surplombant le lac de Tibériade. Lis leurs annales avec les comptes rendus des débats quotidiens, la fameuse *siha* [1], qui n'était autre qu'une séance d'autocritique et de flagellation collective. Tu sais lire des documents, c'est une lecture fascinante. » Puis tandis qu'il raccompagnait Michaël jusqu'à la porte selon un cérémonial habituel, il ajouta : « C'est un dossier des plus difficiles. Il y a trop de choses que tu ne sais pas. Il te faudrait un allié de l'intérieur. »

Il esquissa un sourire ambigu qui accompagna Michaël pendant tout le chemin vers le hall de l'hôtel Hilton, où l'attendait le député Aharon Meroz, patient et résigné, affichant une expression de tristesse surmontée. Il était plus impressionnant qu'à la télévision, avec des cheveux blonds grisonnants, les traits du visage nets et, dans les yeux, le reflet de son état d'âme : tension, anxiété et abattement.

Ils s'installèrent dans la chambre qui lui était réser-

1. En hébreu, entretien, conversation. Le mot désigne la réunion plénière où se votent toutes les décisions du kibboutz. *(N.d.T.)*

vée au septième étage de l'hôtel, les jours où il se trouvait à la Knesset. Il venait de participer à une session extraordinaire de la commission d'éducation. Michaël lui tendit une photocopie de la lettre et Aharon Meroz reconnut avec embarras :

« Oui, j'ai écrit cette lettre. » Il rougit et rendit sans la regarder la photocopie à Michaël. « Je ne pensais pas qu'elle tomberait dans d'autres mains que les siennes », finit-il par dire et, après avoir tourné autour du pot, il demanda nerveusement : « Que faites-vous dans cette affaire ? Vous m'avez dit que vous étiez de l'UNEC. Pourquoi vous a-t-on appelé ?

— Elle n'est pas morte de causes naturelles », répondit prudemment Michaël, adoptant le ton le plus neutre possible pour en révéler le moins possible. Le député le regarda, effaré :

« Que veut dire "pas naturelles" ? Ce n'est pas à cause de la piqûre ? Parce qu'on m'a dit, Moysh m'a dit, qu'on essayait de savoir si c'était à cause de la piqûre.

— Non, ce n'est ni la piqûre, ni une pneumonie, ni un virus, répondit Michaël sans quitter son interlocuteur des yeux.

— Alors quoi ? »

Toujours sans le quitter des yeux, Michaël pensa aux talents de simulation de l'être humain en général et des politiciens en particulier. Il se demanda quel crédit il pouvait accorder à l'effroi grandissant qui se lisait dans le regard du député.

« Empoisonnement au parathion. »

Meroz lui lança un regard incrédule.

« Comment, au parathion ? Quel rapport avait-elle avec le parathion ? Ça fait des années que, chez nous, on ne traite plus les fruits au parathion.

— Ce n'est pas à cause d'un fruit traité.

— Alors comment a-t-elle touché du parathion ?

— Je vais vous le dire. Mais je voudrais d'abord savoir quand vous l'avez vue pour la dernière fois. »

Aharon Meroz répondit aussitôt, sans un instant d'hésitation :

« Le samedi soir, il y a exactement une semaine et deux jours.

— Quand avez-vous envoyé la lettre ?

— La nuit même. Non, le dimanche matin, après l'avoir quittée. Je l'ai écrite au petit matin et expédiée dans la matinée. J'ignorais à quel point Osnat était malade.

— Vous n'avez pas eu d'autre contact avec elle, après cette nuit-là ?

— Aucun. Jusqu'au jour où Moysh m'a téléphoné. »

Sa voix tremblait.

« Que signifiait cette lettre ? Je vous prie de m'excuser, mais quels étaient vos rapports ? »

Meroz soupira.

« La lettre dit tout. Vous l'avez lue, sinon vous ne seriez pas ici. Des rapports très proches. Je n'ai rien à nier puisque vous l'avez lue. Qu'y a-t-il d'autre à savoir ? » Michaël se tut. « Que voulez-vous savoir d'autre ? insista Meroz avec amertume.

— Tout. Le maximum. Combien de temps ça a duré, qui le savait, pourquoi le secret. Tout. »

Michaël parlait d'une voix sourde mais catégorique. Meroz soupira.

« Je ne comprends pas, ça n'a rien à voir avec tout le reste, dit-il avec lassitude.

— Tout est lié », répondit Michaël, craignant d'être entraîné sur le terrain de l'immunité parlementaire. (« Essaie de ne pas le heurter, de gagner sa confiance, lui avait dit Nahari sur un ton faussement paternel, sinon nous aurons du grabuge. On dit que tu excelles à gagner la confiance des gens que tu interroges. Alors, vas-y. »)

« Pour commencer, je suis marié, dit Meroz sans le moindre embarras. Mais nous gardions le secret surtout à cause d'Osnat, qui n'avait pas envie que tout le kibboutz le sache. Avec tous ces commérages... » Il se tut un instant, puis explosa : « Mais je veux savoir de quoi elle est morte. Pourquoi est-elle morte ? Dites-moi toute l'histoire.

— Pourquoi ? C'est une question à laquelle vous pourrez peut-être m'aider à répondre. De quoi ? Je vous l'ai déjà dit.

— Oui, mais comment est-elle morte avec du parathion ? Il faut que vous me l'expliquiez.

— Telle que vous l'avez connue, peut-on supposer qu'elle se soit suicidée ? »

Meroz réfléchit longuement avant de répondre :

« Non, pas maintenant. Peut-être autrefois, mais pas maintenant. Elle avait une vie très remplie. » Il ajouta avec une certaine amertume : « Du moins c'est ainsi qu'elle concevait la vie.

— Quand, autrefois ? demanda Michaël.

— Peut-être quand nous étions petits. Mais en y réfléchissant, même pas en ce temps-là. Elle éprouvait de la colère, de la fureur, une terrible fureur qui était aussi un signe de vie, une vitalité d'une puissance exceptionnelle. Non, je ne crois pas qu'elle se soit suicidée, j'en suis certain. »

Michaël écouta de nouveau le récit de la vie d'Osnat. Aharon Meroz n'avait jamais vu la mère. Il s'attarda longuement sur la beauté d'Osnat et expliqua lentement ses peurs de femme, comme si lui-même y réfléchissait pour la première fois.

« Peur d'être la jolie fille du kibboutz, celle avec qui tout le monde veut coucher... Elle avait un tel potentiel de féminité, de sensualité, que sais-je encore... Enfin, vous avez lu la lettre », dit-il d'une voix étouffée. Michaël ne répondit rien. « Il y avait quelque chose de tragique dans cette “conception”, c'était son mot, qui la préoccupait. C'était comme si elle accomplissait une vengeance inconsciente. » Il s'épongea le front. « Il y avait quelque chose de tragique, peut-être que le mot est trop fort, disons quelque chose de triste, dans le fait que ni elle ni moi n'appartenions vraiment à cet endroit. Osnat moins que moi. Toujours ce personnage de Dvorka qui vous poursuit, qui aspire à la perfection. On se sent nu et transparent en sa présence, comme si l'on avait fait quelque chose de mal ou qu'on ne tarderait pas à le faire, comme si l'on commettait sans cesse la faute de penser à soi avant de penser aux autres. Mais si ce n'est pas un suicide, c'est quoi ? »

Il était impossible de pousser Meroz plus loin sans lui dire les choses clairement.

« Nous pensons que quelqu'un l'a empoisonnée. »

Michaël avait prononcé la phrase comme s'il dégoupillait une grenade.

Le visage d'Aharon exprima le doute, la peur, les mêmes sentiments que Moysh et les autres. Mais, très vite, il se ressaisit et devint songeur. Michaël vit dans ses yeux une lueur de compréhension. Comme s'il s'y était attendu.

« Ça ne vous surprend pas, finit par dire Michaël.

— Ça me paraît irréel, je n'éprouve rien, reconnut Meroz. Ni surprise, ni rien. Le fait qu'elle soit morte m'a achevé. Ils le savent tous ?

— Très peu le savent. Moysh et la famille, ceux qui devaient le savoir.

— Comment ont-ils réagi ? » Et sans attendre la réponse de Michaël, il ajouta avec un rire amer : « Les pauvres. Quelle naïveté ! C'est la fin de tout. » Et encore, persifleur : « J'aurais aimé voir Dvorka. Ce qu'elle a à dire là-dessus. Vous en êtes sûr ? »

Michaël hocha la tête.

« Je voulais aussi vous prier de vous soumettre au détecteur de mensonges, dit-il, sans détourner le regard du visage pâle, tendu et fatigué.

— Aucun problème », répondit Meroz. Il ne fut question ni de sa fonction ni de son immunité. « Aucun problème. Je peux vous dire aussi où je me trouvais, à quelle heure, et tout mon emploi du temps. Je n'ai pas beaucoup de secrets. Osnat était mon unique secret et elle n'est plus.

— J'ai besoin de votre aide. Quelque chose, n'importe quoi, qui pourrait nous mettre sur la piste ? »

C'était la formulation adéquate pour s'adresser à son interlocuteur.

« Comment ? Vous voulez dire sur le meurtrier ? » Meroz s'épongea de nouveau le front, l'air conditionné fonctionnait, il ne faisait pas chaud à Jérusalem, et pourtant il transpirait abondamment. « Je n'arrive pas à croire que c'est arrivé. Mais il y a une chose que je ne vous ai pas dite. » Il parla pour la première fois de cette silhouette juvénile, en shorts, qu'il avait aperçue dans la nuit.

« Avez-vous une idée de son identité ? lui demanda Michaël.

— Non, pas la moindre.

— Est-ce que ç'aurait pu être Yankélé ? » se lança Michaël.

Meroz se figea. Puis il réfléchit. « Quel Yankélé ? Le fils de Fania ? »

Michaël hocha la tête.

« Pourquoi Yankélé ? Comment le connaissez-vous ? demanda Meroz en se tenant le bras gauche.

— Pensez à l'allure du corps, à cette légèreté du pas que vous avez décrite », dit Michaël, ignorant ses questions.

Meroz inclina la tête et ferma les yeux. « L'avez-vous déjà vu ? » demanda-t-il en rouvrant les yeux. Michaël ne répondit pas. « Ç'aurait pu être lui, poursuivit Meroz, mais j'ai beaucoup de mal à penser à eux en tant que personnes en chair et en os. Malgré toutes les années passées, j'ai toujours l'impression de les avoir trahis. Je ne saurais dire en quoi, parce que j'ai vraiment travaillé en échange de ce qu'ils m'ont donné. J'ai souffert aussi. D'après moi, ç'aurait pu être n'importe qui, homme ou femme.

— Pourquoi précisez-vous "ou femme" ?

— Je ne sais pas pourquoi j'ai dit ça. » Meroz se leva et sortit. Il revint avec un verre d'eau, ouvrit la fenêtre, inspira profondément en se tenant le bras gauche de la main droite. Plus tard, Michaël se dit que tout son comportement pendant leur entretien menait inévitablement à ça, mais sur le moment, il l'attribua à l'anxiété, à l'interrogatoire, à la présence de l'UNEC, de la police.

« Quand j'y pense, dit soudain Meroz, le mal vient vraiment des femmes, là-bas. Les hommes se taisent plus ou moins, ils débattent de principes, comme Ze'ev HaCohen, ils vivent ailleurs leur vie intérieure comme Félix ou Alex, ou sont sous la coupe de leur femme comme Zacharia, ou bien font leur travail avec droiture et sans rien comprendre, comme Moysh. Mais quand on y pense, c'est une société matriarcale. Toute cette histoire du coucher collectif est née d'une préoccupation égalitaire, pour que les femmes puissent travailler, pour leur en donner la possibilité. Et dans ce kibboutz en particulier, dont Osnat était la secrétaire, ils ont eu pendant des années une femme comme présidente de la commission d'éducation... On se croirait presque dans une ruche... » Sa respiration était de plus en plus oppressée. « Si l'on pense à Fania, la mère de Yankélé, et à sa sœur Gouta...

— Eh bien ?

— Ce sont les personnages les plus effrayants que j'aie jamais rencontrés, répondit Meroz sans le moindre sourire. Savez-vous ce que c'était que de travailler avec elles ? Il y en a qui aujourd'hui encore sont incapables de revenir en visite au kibboutz. Rien qu'à cause d'elles.

— Qu'ont-elles donc de si effrayant ?

— Pour commencer, elles viennent de la Shoah. Je ne sais pas si vous comprenez vraiment. » Meroz hésita, puis il regarda Michaël, qui pensait à Youzek et Fella, les parents de Nira. « C'est déjà suffisant pour se sentir tout le temps coupable, tout le temps sous pression. Elles n'en parlaient pas mais ça se sentait autour d'elles. Et les normes de travail qu'elles imposaient, même Dvorka en pâlissait, même les gens de la troisième aliyah[1]. Eux, ils chantaient en

1. Le mot « aliyah » désigne la « montée » en Israël, la fondation du pays sur des vagues d'immigration successives de pionniers : première aliyah (1881-1903), deuxième aliyah (1904-1914), troisième aliyah (1919-1923). *(N.d.T.)*

travaillant, mais ici on ne chantait pas, on ne souriait pas, on ne faisait que travailler. Je me souviens... » Sa voix s'éteignit, son visage se crispa dans une grimace de douleur que Michaël attribua à l'effort de mémoire et au souvenir d'Osnat. « Je me souviens qu'une fois j'étais en retard — on ne m'avait pas réveillé. J'étais de service à l'étable, chez Gouta. C'est la reine de l'étable. J'étais donc en retard, de cinq minutes, pas plus, je vous l'assure. Je suis arrivé en courant, vraiment en courant, et je lui ai expliqué qu'ils avaient oublié de me réveiller parce que je n'avais pas dormi dans ma chambre. Elle m'a regardé et m'a juste dit : "Ah bon ?" Et c'est tout. Mais je savais que toute mon explication était inutile et qu'elle ne me croyait pas. Des deux, c'est elle la meilleure. »

De nouveau la grimace de douleur et cette expression intense d'anxiété. (Plus tard, lorsque Michaël lui demanda pourquoi il ne s'était pas plaint, Meroz lui répondit qu'il ne s'était pas rendu compte de ce qui lui arrivait, qu'il avait déjà eu de telles douleurs, qu'il était même allé une fois aux urgences mais qu'on n'avait rien trouvé.)

« Mais si vous n'avez jamais vécu au kibboutz » — Michaël savait qu'il entendrait souvent cette phrase — « vous ne pouvez rien comprendre. Vous ne pouvez pas comprendre la valeur sacrée du travail. C'est la valeur suprême. On peut être nul, mais si l'on travaille correctement, on vous pardonne tout.

— Mis à part Yankélé, qui d'autre ? demanda Michaël.

— Il y a Tova et l'histoire avec son mari, Boaz, qui était amoureux d'Osnat et qui l'attendait toujours chez elle, surtout quand elle est devenue veuve, pour la convaincre d'essayer avec lui. » Et Michaël écouta de nouveau l'histoire de la scène dans la salle à manger.

« Qui encore ? Avec qui d'autre pensez-vous que je devrais parler ?

— Avec Alex. Il était proche d'elle, même du vivant de Riva. Osnat n'aimait pas Riva. Avec Dvorka, bien sûr. Est-ce que je sais? Avec tout le monde. Avec Moysh. Inutile de perdre votre temps avec Havaleh, encore qu'elle soit une bonne source pour les commérages. Avec Jojo, avec Mathilda, si vous pouvez supporter la méchanceté. La méchanceté et l'esprit borné. Toutes ces balivernes sur une société juste, une société idéale. Qu'en est-il advenu! Toute cette idée d'un lieu ou d'un groupe humain fondé sur l'égalité, à chacun selon ses besoins et ses possibilités, quelle bêtise! » Il but une gorgée d'eau. « A chacun selon ses possibilités, selon la force de ses coudes et de ses cris, voilà ce qu'il en est advenu. Et le coucher collectif. Même à douze ans, les enfants n'aimaient pas ça. Il y en avait qui mouillaient encore leur lit, d'autres se réveillaient la nuit. Et toutes les interrogations sur la personne qui les garderait cette nuit... Et le statut des parents... Les parents, c'est une institution qui est niée là-bas. Personne ne leur a jamais demandé leur avis. Je me souviens qu'on avait construit la piscine, et la commission d'éducation avait décidé de l'âge où les enfants pourraient y aller sans être accompagnés. Je le sais, parce que j'ai été secouriste. »

Michaël lui lança un regard étonné.

« Eh oui, j'ai suivi un cours de secourisme. Je n'en ai pas l'air aujourd'hui, mais j'ai été secouriste. C'était en été, j'étais déjà étudiant, et je n'habitais donc plus au kibboutz. J'y retournais souvent au début, puis avec le temps, de plus en plus rarement. C'était un samedi et deux petites filles sont arrivées, seules. » Il sourit comme s'il regardait une image très lointaine. « J'étais près de l'entrée et j'ai regardé. Elka est arrivée — c'était la présidente de la commission éducative. Tout un discours sur la décision d'interdire aux enfants du cours moyen de venir seuls. On ne s'était même pas demandé ce qu'en pensaient les parents. Les parents n'existaient pas. Il n'y avait que Lotté et Dvorka qui existaient.

— Qui est cette Lotté ?

— Elle a été notre éducatrice pendant quelques années. Si elle avait travaillé seule, elle aurait été investie d'une autorité quasi divine. Mais comme il y avait Dvorka, nous avions deux déesses. Il n'était jamais question de consulter les parents au sujet d'un problème. Tout passait par Dvorka ou Lotté. Je crois que les mères apprenaient avec un an de retard que leur fille avait eu ses règles. » Meroz parlait sérieusement, sans sourire. « D'abord, c'étaient Lotté et Dvorka qui l'apprenaient. Et éventuellement Riva, l'infirmière. Cette idée d'une éducation unique, la même pour tous, la marque de fabrique, vous en voyez le résultat maintenant... il n'y a pas de quoi être fier. Une société médiocre et matérialiste. Une société sans autre défi que celui de ne pas perdre son individualité. En fin de compte, c'est l'idée du kibboutz que je n'aime pas du tout. » Il insista sur le mot « idée ». « Accorder tant de confiance au genre humain, croire qu'il peut vraiment être égalitaire... et des Juifs de surcroît. Rien d'étonnant à ce qu'Osnat se soit battue comme une lionne. Si elle avait été un peu plus forte, elle ne serait pas restée. » Il se cacha le visage dans les mains, comme Moysh.

« Toute l'histoire d'Osnat me brise le cœur. Quel ratage ! Sur tous les plans. Même les quatre enfants... Épouser ainsi Youvik, l'enfant prodige de Dvorka, un bulldozer sur le terrain mais une vraie bûche à la maison... Officier de marine et tout. Mais il ne s'est jamais posé de questions. Non pas que je m'en sois posé jusqu'à ce jour, mais la mort de Sroulké et d'Osnat, ça m'a fait quelque chose. Je ne sais pas exactement quoi. Peut-être sentir que le temps passe vite. »

C'est à ce moment-là, alors que Michaël s'apprêtait à lui poser des questions sur d'autres suspects, sur Moysh et Dvorka, que le député Meroz, président de la commission d'éducation, poussa un gémissement et dit : « Je ne me sens pas très bien. » Puis il rejeta la tête en arrière et perdit connaissance. Michaël se précipita au téléphone, demanda un médecin et commença à faire du bouche-à-bouche. Le médecin, à peine arrivé, diagnostiqua une crise cardiaque. Ranimé, le député reprit des couleurs et revint à lui. Après avoir décliné son identité, Michaël fut autorisé à l'accompagner dans l'ambulance, mais il ne lui posa plus aucune question.

« Te rends-tu compte de ce que tu demandes ? dit Shorer. S'il n'était pas une heure du matin et si je ne savais pas que tu as une rude journée derrière toi, je t'aurais passé un savon. Tu es fou ou quoi ? Complètement fou. Je ne peux pas autoriser une telle chose, surtout en ce moment, avec tous les problèmes des kibboutzim. C'est une vraie bombe ! Imagine les titres dans les journaux. Si on le découvre, je suis cuit. » Michaël but une gorgée de café et fit une grimace. « Tu ne vas pas me regarder comme ça, muet comme une carpe. Tu exploites la situation. Et la fille ? Tu rigoles ou quoi ? Avec un psychopathe en liberté ? Si on le découvre... De toutes façons, la décision n'est même pas de mon ressort » — il finit sa bière et s'essuya la lèvre, là où poussait autrefois une superbe moustache —, « mais du ressort du ministre. » Michaël ne dit rien. « Attends un peu au moins ! » le supplia Shorer.

Michaël le regarda dans les yeux : « Ça ne sert à rien d'attendre. On ne le découvrira pas, c'est moi qui te le dis. »

Shorer émit un petit gloussement moqueur :

« Ah bon, tu prophétises maintenant ! Tu sais bien qu'on ne peut pas prévoir ces choses-là. Il faut envisager la possibilité d'un scandale. Ce n'est pas un risque théorique.

— Mets-le-moi par écrit et j'en prends la responsabilité. Si on le découvre, je dirai que...

— Arrête de dire des bêtises, soit je m'en occupe, soit je ne m'en occupe pas, mais il faut être fou pour faire ça. Sais-tu ce que ça veut dire, d'être infirmière dans un kibboutz ? Le Mur des lamentations n'est rien à côté. Elle sait tout, absolument tout !

— C'est bien ce que j'ai compris aujourd'hui. L'infirmière m'a raconté une ou deux choses.

— Des choses intéressantes ?

— Va savoir. Peut-être bien. Il y a quelqu'un... mais je ne sais pas si ça t'intéresse.

— Vas-y pendant que nous y sommes. »

Michaël regarda autour de lui. Ils étaient assis à une luxueuse table basse, dans le hall du Hilton où Michaël avait donné rendez-vous à Shorer après avoir accompagné Meroz à l'hôpital. Derrière un comptoir, un employé de la réception additionnait des chiffres. On entendait le bruit monotone du tiroir-caisse et une sonnerie de téléphone. On sentait que l'hôtel bruissait de vie alors qu'il paraissait désert. Aux étages supérieurs, se dit Michaël, il y avait des centaines de gens, des couples, des amants, heureux ou malheureux, en train de faire l'amour, des cuisiniers et des pâtissiers, des dizaines de travailleurs, le silence et le fourmillement d'une vie secrète. Non loin, presque à quelques pas, des bombes incendiaires, l'intifada, Youval dans les dédales de Bethléem et le tout sur le point d'exploser.

Comme s'il avait lu dans ses pensées, Shorer dit :

« Ne t'inquiète pas pour le petit, il va bien, tout va bien. Il te faut juste une femme, un foyer et tout ira pour le mieux, dans le meilleur des mondes. Ne prends pas ces airs malheureux !

— L'infirmière m'a raconté des histoires du passé. Jalousies, infidélités. C'est un petit monde en soi, tout y arrive. Elle veut partir tout de suite. Je lui ai dit que ça ne me posait pas de problème, mais tu comprends bien que je ne peux pas suivre ce qui se passe là-bas si je n'ai pas d'aide de l'intérieur. Tu le comprends, non ? »

Shorer le regarda d'un air malheureux.

« Combien de fois t'ai-je donc demandé une faveur ? supplia Michaël.

— C'est du chantage ! s'exclama Shorer.
— Je t'en supplie, insista Michaël.
— On en reparlera. Que t'a-t-elle appris d'autre ?
— Après toutes les petites histoires, les divorces, les adultères, j'ai su qu'il y avait là-bas un homme... »
Michaël raconta l'histoire de la grossesse d'Osnat quand elle était adolescente :
« Ce type, Yankélé, est un malade mental. Il y en a quelques autres dans le kibboutz, mais il est le seul qui puisse nous intéresser. Riki ne connaît pas ses rapports avec Osnat. Elle n'est là que depuis trois ans et cette histoire est ancienne. Quand je la lui ai racontée, Meroz a été épouvanté. C'était à une époque où il était si proche d'elle. Ce Yankélé a une mère qui, elle aussi, est passablement folle. » Michaël décrivit le comportement de Fania à l'enterrement de Sroulké.
« Selon la rumeur, c'est une femme épouvantable.
— Mais il n'y a rien de nouveau sur les mobiles ? » demanda Shorer. Michaël hocha la tête tout en pensant à autre chose. « Tu meurs d'envie d'en faire le meurtre d'un détraqué, n'est-ce pas ? »
Michaël sourit.
« Tu me donnes l'autorisation ou non ? Je voudrais qu'elle y soit dès demain, s'il te plaît, donne-moi l'autorisation.
— Laisse-moi dormir, la nuit porte conseil. »
Le visage de Michaël exprimait la déception.
« Mais tu sais déjà tout, dit-il pour le convaincre. Tu n'as pas besoin de réfléchir. Si tu ne me l'accordes pas, ce dossier va traîner longtemps. Même ainsi...
— La nuit porte conseil », répéta Shorer avec obstination. Michaël le regarda sans rien dire. Shorer soupira. « Viens demain matin, passe-moi un coup de fil avant de venir. Le jour, tout paraît différent. » Michaël se taisait. « Et gare à toi si tu l'envoies sans autorisation et qu'après tu me demandes de te tirer d'affaire ! Gare à toi ! Je te préviens. Il y a des limites.
— Souviens-toi que je te l'ai personnellement demandé », répondit Michaël avec assurance.

Ils étaient arrivés devant la voiture de Shorer.

« Tu as vraiment du culot ! » dit Shorer en démarrant.

CHAPITRE 11

Pendant deux jours, Moysh et Jojo visitèrent les appartements, la maison des enfants, la lingerie, l'atelier de couture et même l'usine. Ils ne réussissaient pas toujours à y aller à des moments où personne ne s'y trouvait. Alors les prétextes invoqués étaient divers et variés. Personne ne leur demanda pourquoi ils vérifiaient l'installation électrique et la remise de la maison des enfants ; on accueillit avec joie l'inspection des machines de l'atelier de couture juste avant le passage semestriel du technicien. Au bout de quelques heures, ils avaient acquis un savoir-faire qui finit par convaincre même Fania. Quant à Mathilda, elle ne s'étonna pas du tout de la panne de la génératrice principale. Il fut tacitement admis que Dvorka et les enfants d'Osnat ne participeraient pas aux recherches. Moysh comprit le besoin de Dvorka de s'enfermer chez elle, de se consacrer aux enfants et d'éviter des rencontres douloureuses avec les membres du kibboutz. Il avait l'impression qu'elle avait perdu tout sens de solidarité. Son deuil était plus profond que celui des autres et elle savait quelque chose qu'ils ignoraient. Comme lui aussi savait quelque chose que les autres ne savaient pas, Moysh se sentit plus isolé et angoissé. Ce qu'il savait rendait dérisoires les propos qui circulaient dans le kibboutz sur la manière dont Osnat avait négligé sa santé.

« Elle en a trop pris sur les épaules », dit Mathilda.

Ils étaient au dépôt de provisions, et Moysh faisait semblant d'inspecter le câble de l'air conditionné. Il voulait qu'elle s'en aille pour qu'il puisse faire ses recherches, mais comme elle continuait de jacasser, il se mit à regarder ouvertement autour de lui.

« Voilà ce que je dis, qu'il y a des parasites ici, des gens qui ne font rien et d'autres qui font tout pour ces parasites. Tu crois que pour moi c'est simple, l'intendance et l'économat et le dépôt et tout ce qu'on m'a mis sur le dos et que j'ai pris sur moi ! Je ne dis pas que je le fais à contrecœur ; je n'ai pas besoin de me reposer, je me reposerai dans la tombe, mais c'est comme ça qu'on s'use. Avec rien. On ne meurt plus de pneumonie aujourd'hui, il y a des médicaments. Mais quand les gens se négligent parce qu'ils n'ont même pas le temps de se gratter, qu'ils sont et secrétaire et commission d'éducation et qu'ils ont toutes sortes de nouvelles idées, alors ce n'est pas étonnant. Que cherches-tu ? »

Mathilda se mit à piailler en voyant la main de Moysh tâtonner sur une des étagères. Il prit une bouteille et regarda l'étiquette.

« Que cherches-tu ? Tu as besoin de quelque chose ? demanda-t-elle avec méfiance.

— Non, je regardais comme ça. Qu'est-ce que c'est tout ça ? Des produits d'entretien ? » Il reposa la bouteille à sa place et consulta sa montre : « Je ne savais pas qu'il était si tard. »

Il sortit en courant pour ne pas entendre les jacassements de Mathilda, qui avaient des effets irritants sur les nerfs de tout le monde. Son nez bulbeux, ses petits yeux enfoncés l'accompagnèrent même après qu'il l'eut quittée. Elle portait son large pantalon de travail bleu et un grand tablier en caoutchouc. Elle lavait le sol du dépôt, qui était fermé au public jusqu'à l'heure de midi. Mathilda portait toujours le même pantalon de travail et ne se changeait que le soir, où elle mettait une robe à fleurs pour le dîner. Dans la salle à manger, elle avançait le cou à droite et à gauche comme une poule curieuse pour voir qui était assis avec qui et quels étaient les nouveaux visages. Rien ne semblait lui échapper, mais, à force d'être à l'affût de détails, elle laissait échapper l'essentiel et répandait la médisance autour d'elle.

Tandis qu'il enfourchait sa bicyclette, une image ancienne remonta à sa mémoire. C'était un jour de cueillette des pêches, il se souvenait même du bourdonnement des taons. La tête couverte d'un fichu blanc, petite et trapue dans son pantalon large, le visage cramoisi, ses gros bras nus tendus vers une branche, Mathilda disait :

« Pourquoi les tuyaux d'irrigation sont-ils empilés dans un coin ? J'ai aperçu hier Youvik dans la Jeep avec cette volontaire suédoise, celle qui se promène *mit di tsitskès aroïss*[1]. J'étais sûre qu'il partait les poser. » Elle s'était tue brusquement, avec des airs d'innocence, comme si elle venait seulement d'apercevoir Osnat, qui surgit de derrière un arbre. « On ne peut pas éviter les Mathilda. Il y a toujours, partout, une Mathilda, et il ne faut pas faire attention », avait dit un jour Myriam, sa mère. Ils étaient petits alors et s'étaient plaints de Mathilda qui avait fait toutes sortes d'histoires avant de leur donner les ingrédients pour faire un gâteau d'anniversaire. « Laissez tomber, avait dit Myriam, c'est une brave femme. Elle n'est pas avare mais elle tient le compte de tout parce que c'est sa maison. Elle a eu la vie si dure, seule pendant tant d'années. »

Moysh sourit sur son vélo en se souvenant de la réponse d'Osnat : « Si elle n'était pas comme ça, elle ne resterait pas seule. Personne n'ose l'approcher. Je ne comprends même pas comment quelqu'un a pu lui faire un enfant. »

Ils étaient sur la pelouse, devant leur maison. Osnat avait élevé la voix et Myriam avait regardé autour d'elle de crainte qu'on ne l'entende : « Ce n'est pas gentil ! Elle n'a pas toujours été comme ça. Quand elle est arrivée ici, elle n'était pas comme ça. Ce n'est pas une mauvaise femme. »

Moysh se souvenait encore du regard d'Osnat, songeur et plein de mépris devant l'inépuisable tolérance de Myriam.

1. En yiddish, « avec les seins à l'air ». *(N.d.T.)*

Il roulait lentement du dépôt vers l'atelier de couture, la main sur le frein du vieux vélo, l'esprit de plus en plus distrait et chagrin, regardant autour de lui sans vraiment chercher. Ce deuil qui venait d'affecter le kibboutz avait quelque chose de menaçant. La mort de Sroulké et celle d'Osnat s'étaient fondues pour tout le monde en un chagrin unique, un deuil permanent. Et ce sentiment, à la fois si familial et si anonyme, lui sembla soudain inauthentique. La tournure solennelle des événements projetait une lumière crue sur leur intimité. Il avait des frissons à l'idée de la cérémonie des trente jours[1] dont on commençait à parler. Le chagrin et la douleur exprimés au cours des diverses commémorations lui paraissaient artificiels. Le dévouement et l'application de chacun à manifester son deuil l'étouffaient.

En fait, personne ne connaissait vraiment Osnat, personne ne la comprenait et surtout personne ne savait la vérité. Le kibboutz était plongé dans une affliction silencieuse et solennelle. On avait repoussé d'un mois une fête de bar-mitzvah qui devait avoir lieu à la fin de la semaine. Dvorka avait trouvé une échappatoire dans la compagnie des petits et c'est pour eux qu'elle desserrait les lèvres en un sourire forcé qui ne se reflétait pas dans ses yeux. De temps en temps, on allait lui rendre visite « pour ne pas la laisser seule », selon la tradition, mais on la trouvait en compagnie des enfants et l'on n'osait pas évoquer le deuil.

Tout le kibboutz appliquait le mot d'ordre habituel, qui consistait à vivre normalement pour ne pas perturber les enfants. Un car climatisé avait emmené les petits de la maternelle, « les écureuils », à un pique-nique nocturne autour d'un feu de camp. Moysh

1. Dans la religion juive, une série de prières à la mémoire du mort ponctue le deuil : la première, sept jours après la mort, la deuxième, le trentième jour et la troisième à l'issue de l'année du décès, qui clôt religieusement le deuil des proches. *(N.d.T.)*

avait regardé les parents s'affairer près du car, compter les paniers-repas, les thermos et les boîtes isothermes. Toute cette agitation pour quatorze enfants paraissait démesurée. Les petits ne chercheraient même pas des brindilles pour faire le feu : on leur avait préparé des fagots déposés dans l'estafette qui emportait les provisions. Moysh remarqua aussi les pommes de terre enveloppées dans du papier d'argent, les pots colorés de yaourts et de crèmes dessert, les berlingots de chocolat froid rangés dans les boîtes isothermes et les bâtonnets de glace prévus pour la fin. Ils reviendraient au kibboutz les mains et la bouche collantes, mais les vêtements propres, sans la moindre trace de cendre ni de pomme de terre carbonisée.

Moysh se souvint de la remarque d'Aharon sur les enfants du kibboutz, qu'il trouvait trop gâtés et protégés. C'était dans un café, lors d'un de ses voyages à Tel-Aviv où il ne manquait jamais de rencontrer Aharon, comme pour se convaincre que les liens d'amitié et d'intimité qui les unissaient ne faibliraient jamais.

« Ils abordent la vie comme si tout leur était dû, avait-il dit. Vous ne leur donnez pas l'occasion de faire face aux difficultés de la vie, vous faites d'eux des êtres limités, sans défense, crédules et matérialistes. Cette soif de posséder n'est que l'expression de l'angoisse à l'idée d'une vie autonome et le souvenir déformé d'un manque. »

Offensé par la remarque, Moysh avait manifesté sa colère. Mais il pensa à la convoitise de Havaleh pour les vêtements, à sa boulimie d'achats, à son regard concupiscent devant les vitrines, à cette insatiable accumulation d'objets.

Les jeunes n'étaient pas en reste. A la recherche d'eux-mêmes, assoiffés d'aventures, d'exotisme, d'une réalité autre et menaçante qui les arrache à ce cercle, ils partaient à l'étranger, en Extrême-Orient, en Amérique du Sud. Certains revenaient au kibboutz, vaincus, encore plus perdus qu'avant, fermés sur eux-mêmes ; d'autres, plutôt rares, parvenaient à se réinsérer dans la vie collective en ayant compris que leur vie au kibboutz n'était qu'une forme de compromis.

Dvorka avait organisé un débat sur ce qu'elle appelait : « Les difficultés de la génération de la relève. » Elle avait insisté sur la quête que représentaient ces voyages, sur le besoin de donner un sens à sa vie. Elle ne les avait pas critiqués et Moysh était, comme d'habitude, impressionné par sa capacité de voir les choses sous un autre éclairage, avec une ouverture surprenante.

« Ces voyages, avait dit Dvorka, sont une étape naturelle et positive dans la recherche d'une voie. Nous devons encourager les jeunes à voyager, comme une partie de l'apprentissage au cours duquel l'homme découvre que le sens des choses est en lui. Pensez un instant à la difficulté qui est la leur : ils n'ont même pas de marécages à assécher. Il n'y a rien qui les protège du vide. Il est difficile de vivre sans un défi à relever. Il faut les aider à en trouver un. »

Il croisa en chemin la jeune Rachela, qui le salua d'un geste fatigué, et se souvint des paroles d'Aharon à qui les événements semblaient donner raison. La peur de la solitude et la quête d'un sens s'abattaient brusquement sur ces jeunes qui, pressés de quitter leur cocon protecteur et étouffant, s'enfuyaient au loin et revenaient désorientés, incapables d'élever leurs enfants dans cette serre qu'ils avaient quittée. En proie à un flux incessant de pensées auxquelles il donnait enfin libre cours, Moysh descendit de son vélo. La mort d'Osnat, celle plus paisible de son père, avaient creusé une brèche dans la muraille qui le protégeait.

Le soir, en passant devant la maison de Dvorka pour voir si tout allait bien, il l'aperçut sur la pelouse. Étendue dans une chaise-longue, elle contemplait distraitement le sentier. Le parfum des fleurs emplissait l'air et Moysh, qui avait passé sa soirée à visiter les appartements sous des prétextes techniques divers comme la pression de l'eau dans les tuyaux, crut voir une statue. Il s'arrêta, s'agenouilla auprès d'elle, et elle posa sur son épaule une main dont les taches brunes étaient visibles à la lueur du réverbère. Il se demanda comment elle parvenait à résister à ce soudain déferlement de violence et de destruction.

A midi, il avait parlé avec Simha Maloul, dans la fraîcheur et la pénombre de l'infirmerie où il était arrivé en sueur. C'était lui qui avait rapporté de la Vieille Ville les rideaux rayés de bleu et de mauve que Fania avait appréciés d'une phrase laconique : « Je crois que ça fera l'affaire. » Elle-même refusait tout voyage, toute sortie hors du kibboutz, mais elle les avait cousus pendant la nuit et Yedidya les avait accrochés le lendemain matin dans l'infirmerie toute neuve.

Tout en faisant la vaisselle dans la cuisine de l'infirmerie, Simha avait parlé à Moysh de son fils.

« Amène-le ici, on verra ce qu'on peut faire. Peut-être que nous pourrons contourner les formalités », lui avait dit Moysh en se grattant le front.

Il s'était détourné, gêné par les larmes de reconnaissance de Simha, qui s'était remis à frotter énergiquement une assiette. Il avait ouvert les portes du placard de l'entrée, était entré dans la chambre des vieux, avait regardé sous les lits.

« Que cherches-tu ? Tu as perdu quelque chose ? Je peux t'aider ? avait demandé Simha.

— Je crois que j'ai laissé ici un flacon argenté le jour où Osnat... » Moysh avait parlé d'un air distrait mais sans aucune hésitation. « Tu ne l'as pas vu par hasard ? »

Non, elle n'avait rien vu. Si elle l'avait trouvé, elle l'aurait posé à sa place, sous l'évier, puisqu'elle ne savait pas ce que c'était. Mais elle n'avait rien vu de pareil, nulle part, et elle connaissait le moindre recoin de l'infirmerie. Moysh s'était senti embarrassé par son anxiété, qui dénotait la crainte d'être accusée de négligence. Bien qu'il n'ait pas du tout fait allusion au laps de temps pendant lequel elle s'était absentée pour aller au secrétariat — c'était au moment où Moysh et Jojo étaient allés déjeuner —, Simha avait tout le temps peur. Il avait eu un instant envie de lui demander si, en revenant du secrétariat, elle n'avait vu personne sortir de l'infirmerie, mais son regard effrayé l'avait arrêté. Après tout, c'était le travail de la police.

Avant de repartir, il jeta un coup d'œil à Félix, recroquevillé et tourné vers le mur, et eut un pincement de cœur. Il se souvint du jour lointain où il avait dessiné des personnages de contes sur les murs de la maison des enfants. A l'époque, il était grand et fort et tout le monde était réuni autour de lui. C'était il y a une trentaine d'années. Félix avait un sourire chaleureux qui éclairait son regard pendant qu'il écoutait les souhaits des enfants et dessinait les personnages au fusain, Blanche-Neige et les sept nains, Jacques et le haricot géant. Le dessin existait encore, les fresques de Félix décoraient les murs de toutes les maisons d'enfants du kibboutz. Il y avait même toutes les quelques années une « journée Félix » au cours de laquelle le peintre ravivait les couleurs passées, prenait sur ses genoux les petits enfants et leur racontait de vieilles histoires remises au goût du jour, pleines de détails effrayants, que les enfants adoraient.

Il y avait aussi ses sculptures exposées dans le kibboutz et que les visiteurs venaient voir. Sculptures exposées dans le monde entier et en Israël, formes taillées dans la pierre dont la puissance expressive attirait aussitôt les regards. Le kibboutz lui avait fait construire, non loin de l'étable, un vaste atelier où il pouvait travailler à sa guise, mais il veillait toujours à accomplir ce qu'il estimait être sa part de travail quotidien. Tantôt il travaillait des journées entières, tantôt des demi-journées, mais il était de toutes les cueillettes et l'on pouvait toujours compter sur lui. Il ne demandait jamais rien pour lui ni pour sa femme,

Nora, morte maintenant depuis quelques années. Ils se contentaient de peu et ne s'étaient jamais plaints de n'avoir pas obtenu de nouvel appartement. Ils avaient eu quatre enfants, qui venaient maintenant, à tour de rôle, rendre visite à Félix. Trois d'entre eux étaient restés au kibboutz. Ils avaient hérité du sens du travail des parents, de leur absence de convoitise, et leurs yeux reflétaient ce paisible contentement. Gadi, leur deuxième fils, savait siffler à merveille comme son père et on l'entendait moduler dans les sentiers du kibboutz les mêmes mélodies que Félix — des mélodies que Moysh ne connaissait pas, des airs d'opéra que Félix chantait à l'époque où il dessinait dans la maison des enfants. « Connaissez-vous cette mélodie ? » leur demandait-il, puis il leur racontait le sujet de l'opéra qu'il sifflait.

La mère de Moysh lui avait raconté que pendant ses premières années au kibboutz, Félix avait été « un autre homme », un fou. Comme Zéev HaCohen, il courait derrière le moindre jupon, faisait de sa chambre « un lieu satanique » où vierges et épouses défilaient chaque nuit. Cela avait duré jusqu'au jour où Nora était arrivée au kibboutz : elle était laide, avait quelques années de plus que lui, mais « elle l'avait assagi », avait dit Myriam, étonnée et satisfaite. Félix n'avait plus regardé les femmes. On parlait encore de l'enfant qu'il avait eu avec « une femme qui avait quitté le kibboutz » et de Yaëla, dont on ne savait pas si elle était la fille de Yedidya ou de Félix. Mais ces rumeurs n'alimentaient plus que la génération des fondateurs, qui en parlaient encore avec un sourire aux lèvres.

Et maintenant, couché dans l'infirmerie, Félix attendait la mort.

Moysh jeta aussi un coup d'œil à Braha, dont les yeux exprimaient encore cette même ruse intrigante. Elle avait toujours été intrigante. Moysh remarqua qu'elle était parfaitement consciente de ce qui l'entourait. Il pensa à l'infirmière Riki, dont les affaires étaient posées dans un coin du bureau et qui lui avait dit : « J'ai fouillé l'infirmerie, je n'ai rien trouvé. A mon avis, vous ne trouverez rien, ils ont dû le jeter quelque part. »

Jojo faisait des recherches autour de la salle à manger. Le matin même, il avait regardé dans les poubelles. On les avait vidées sur le grand tas qui s'amassait dans un fossé, à l'extérieur du kibboutz, et qu'on brûlait une fois par semaine.

« On n'y arrivera pas comme ça, chuchota Jojo à Moysh, il faut que tout le monde s'y mette. Invente une histoire pour que tout le kibboutz se mette à chercher, sinon nous ne trouverons pas.

— Ce n'est pas possible, il l'a bien dit, tu l'as entendu, répondit Moysh, découragé. Dès que tout le kibboutz le saura, la personne en question aussi saura que nous savons et cachera le flacon... ou recommencera.

— Avons-nous le choix ? dit Jojo. Que pouvons-nous faire d'autre ? »

Au même instant, ils virent arriver Shoula, la responsable des travaux, qui était encore pâle après une grippe intestinale.

« J'ai des problèmes pour mobiliser les gens pour la cueillette, dit-elle à Moysh.

— Quels problèmes ? » demanda Jojo.

Moysh, qui tremblait à l'idée qu'elle puisse avoir entendu leur conversation, afficha une expression des plus attentives.

« Éloignons-nous de ces poubelles, ça pue. Que faites-vous ici ? » dit Shoula.

On lui avait confié cette fonction à cause de son tempérament calme, de ses capacités d'organisation et de son sens infatigable des responsabilités. Tout le monde savait qu'on pouvait compter sur elle.

« Pour six mois seulement, avait-elle prévenu le jour de son élection, après quoi je veux retourner à la maison des enfants. »

De toutes façons, il était implicitement admis que

la fonction ingrate consistant à distribuer des travaux ne pouvait pas être exercée pendant plus d'une année. C'était une obligation dont il fallait s'acquitter, une fonction complexe et délicate dont on ne pouvait pas se passer. Il fallait bien que quelqu'un s'en charge.

Depuis qu'elle avait pris ses fonctions, Shoula se démenait comme un beau diable, et l'expression paisible qui la caractérisait avait fait place à une tension permanente. Moysh se souvint de l'époque où il avait occupé les mêmes fonctions et de la réaction des membres quand il les réunissait dans la salle à manger pour leur distribuer les tâches. Certains tenaient tête ou lui lançaient des piques : « Ne m'en parle même pas, ça fait trois samedis que je travaille. » D'autres se détournaient, faisaient semblant de ne pas l'avoir vu. Parfois, dès qu'il entrait dans la salle à manger, il sentait des courants hostiles converger vers lui ; on évitait son regard, on tournait la tête de crainte d'être remarqué. Les plaintes incessantes finissaient par l'excéder. Tard le soir, il y avait toujours quelqu'un qui venait chez lui se plaindre du travail qui lui était attribué pour le lendemain ou la semaine.

« Quels sont les problèmes ? demanda de nouveau Jojo à Shoula.

— Shmil vient de me dire qu'il a besoin de monde pour les prunes, samedi dans trois semaines. Ce même samedi, j'ai besoin de gens à l'usine parce qu'ils ont une grande commande pour l'Allemagne et qu'il y a des problèmes d'emballage. Mais... tu te sens bien ? »

La question s'adressait à Moysh qui répondit :

« Oui, très bien. Pourquoi ?

— Parce que tu es affreusement pâle. Si Osnat était là, j'irais la voir et elle réglerait tout de suite la question. Elle savait y faire. Elle savait comment placer les gens à tel endroit pour en appâter d'autres. Il suffisait de mettre deux jolies filles aux abricots pour qu'aussitôt les jeunes du Nahal demandent à y aller. Ou bien de mettre Dana à l'emballage pour qu'Ahinoam la suive. Bon, à quoi sert d'en parler ! soupira Shoula. Quel coup nous tombe dessus avec la mort d'Osnat, hein, Moysh ? Quelle catastrophe ! »

Moysh regarda de côté. Shoula n'avait jamais été proche d'Osnat. Elle était de deux ou trois ans plus jeune qu'eux et avait toujours manifesté à Osnat un respect admiratif. En la regardant, Moysh se souvint d'un soir de shabbat où Shoula avait aperçu Osnat devant la salle à manger. Vêtue de blanc, Osnat était très belle et Shoula s'était exclamée :

« Comme tu es belle, et comme le blanc te va bien ! Comment fais-tu pour t'habiller ainsi avec tout le travail que tu as et le peu d'argent dont nous disposons ? »

Osnat l'avait regardée avec colère et méfiance, et Moysh comprenait maintenant l'agressivité que cachait cette exclamation enfantine. Aharon avait dit un jour qu'il fallait se blinder, se boucher les oreilles, pour pouvoir supporter ces gens pendant toute une vie.

La mort d'Osnat, se dit Moysh qui n'écoutait plus ce que Shoula disait, avait fait sauter le bouchon qu'il avait dans les oreilles. Tout ce qu'il entendait lui paraissait différent, les mots avaient un autre poids, ils fourmillaient de sens cachés.

Moysh regarda de nouveau Shoula dont le visage reflétait la concentration, le souci, la responsabilité devant un problème. Ses yeux proéminents et les deux rides qui barraient son front exprimaient une certaine méchanceté. Gouta surgit au bout du chemin, les lèvres pincées, les contours de la bouche ridés. Elle entra dans la salle à manger et Moysh se dit qu'il était deux heures passées parce que Gouta mangeait toujours tard à cause de son travail, alors qu'on avait déjà posé les chaises sur les tables et lavé le carrelage. Debout près du vélo, Shoula jouait avec le frein à main :

« Ça veut dire que j'ai besoin de deux groupes pour dans trois semaines. Je ne sais pas comment les organiser parce qu'à cause des pêches et des prunes, je n'ai plus personne sous la main. Il faut que je pense à d'autres *bonus*. Je me suis dit que je pourrais organiser un camp de travail pour les prunes. Mais ça ne résout pas le problème de l'emballage à l'usine et, comme nous avons décidé de ne pas avoir recours au travail salarié, je ne sais plus...

— Bon, on y pensera ce soir, l'interrompit Moysh, dissimulant son impatience. Je passerai chez toi après le coucher des enfants.

— Vers quelle heure ?

— Je t'ai dit, après le coucher, vers dix heures. »

Vers quatre heures de l'après-midi, alors que Jojo s'apprêtait à rentrer pour aller accueillir ses enfants, Moysh lui dit :

« Allons fouiller dans le grand tas avant qu'ils ne le brûlent demain.

— Nous ne trouverons rien. Comment trouver quelque chose là-dedans ?

— Je sais bien, soupira Moysh, mais qu'avons-nous à perdre ? Un flacon de métal ne brûle pas si facilement.

— Tu veux y aller à vélo, avec l'estafette ou à pied ? hésita Jojo.

— Ne perdons pas de temps, allons-y avec l'estafette. »

Ils arrivèrent sur le grand terrain vide d'où s'élevait déjà de la fumée.

« Mais pourquoi est-ce qu'ils le brûlent aujourd'hui ? s'écria Moysh, alarmé.

— Je ne sais pas. C'est lundi. Peut-être qu'ils ont changé de date à cause de la journée de l'enfant. Pourquoi veux-tu y aller ? Qu'espères-tu trouver là-bas ?

— Vois-tu, répondit Moysh, songeur, si tu pars de l'idée que celui ou celle qui a fait ça ne se doutait pas une seconde que ça se saurait, parce que tout le monde croirait qu'elle était morte d'une pneumonie, alors le moyen le plus simple de se défaire du flacon serait de le jeter bêtement dans la poubelle. Et si on l'a jeté dans une poubelle près de la salle à manger ou ailleurs, il aura forcément atterri sur ce tas.

— Par cette chaleur, fouiller dans la fumée... » grommela Jojo.

Il transpirait abondamment. Une odeur de caoutchouc brûlé et de déchets les entourait. Ils piquaient à l'aide d'une fourche des objets qu'ils relançaient ensuite sur le tas.

« Si on nous voyait, que dirions-nous ?

— Que nous cherchons une pièce appartenant à une machine en panne. Une pièce qu'on a jetée parce qu'elle était cassée et dont nous avons besoin maintenant. Il n'y a rien à craindre, puisque personne n'est au courant.

— A part celui qui *sait*, soupira Jojo.

— A part celui qui sait, reconnut Moysh.

— Je dis bien *celui* qui sait.

— J'avais compris », répliqua Moysh, furieux.

Ils étaient seuls. Quelqu'un avait mis le feu au tas et était reparti. Il reviendrait quand tout serait consumé. L'incinération des déchets était la tâche des jeunes du Nahal et, malgré les nombreuses mises en garde contre le danger de laisser un feu sans surveillance, personne ne restait sur place.

« Il est quatre heures passées, dit Jojo. Ça fait deux jours que je n'ai pas vu les enfants. Quant aux jumeaux, je ne les ai pas vus depuis trois jours. »

Au même instant, Moysh dit d'une voix sourde, incrédule, comme quelqu'un qui n'en croit pas ses yeux devant la vérité de son intuition :

« Le voilà. »

A l'aide de la fourche, il sortit de l'extrémité du tas, qui soudain paraissait petit et perdu sur le vaste terrain, un flacon argenté, même pas noirci par la fumée. Jojo ne pipa mot.

« C'est vraiment comme je le pensais, dit Moysh,

ébranlé. Voilà ce qui me tue ! Le flacon est exactement là où je pensais qu'il serait. Comment est-ce que je l'ai su, comment ai-je pu entrer dans la tête de celui qui l'a fait ? »

Il s'assit sur la terre brune et craquelée, non loin du tas, le flacon argenté posé près de son pied tremblant. Debout à côté de lui, Jojo se taisait. Son souffle oppressé et rapide parvenait à Moysh comme un roulement de tonnerre. Moysh leva les yeux vers Jojo, qui ne transpirait plus mais se tordait les mains, de plus en plus essoufflé, et qui finit par s'asseoir par terre, à côté de lui. « Que faire ? » chuchota-t-il.

Moysh ne répondit pas. Il luttait contre l'angoisse, l'étouffement. Tout se brouillait, s'obscurcissait. La voix étouffée de Jojo, qui répétait sans cesse « que faire ? », lui parvenait de très loin. Ses oreilles bourdonnaient, il entendait comme un bruit de cymbales, comme lorsqu'on tombe de haut. Jojo ôta ses lunettes et les posa par terre, à côté de lui. Finalement, il poussa un profond soupir.

« C'est vraiment quelqu'un de chez nous, Moysh, quelqu'un qui connaît les poubelles et tout le reste. Il n'y a rien à faire. »

Incapable de prononcer le moindre mot, Moysh sentait la sueur dans son dos, la moiteur de ses mains. Il avait de la peine à respirer.

« J'ai tout le temps espéré, dit Jojo... espéré que peut-être... » Il se tut. « Que faire maintenant ? » répéta-t-il après un long silence.

Moysh regarda ses mains posées sur le sol, à côté d'un nid de fourmis qui s'activaient sous sa cuisse. Les yeux fixés sur la longue file d'insectes, il répondit d'une voix rauque : « Je ne sais pas. Si seulement.... » Il laissa sa phrase inachevée. « Si seulement j'avais pu ne pas être, m'effacer, entrer dans ce nid et ne plus en sortir », pensa-t-il, mais il ne le dit pas.

Il eut enfin la force de se lever, ramassa le flacon et l'examina. Il était ouvert.

« Combien restait-il de produit dedans ? demanda Jojo.

— Je n'en ai aucune idée, c'était le seul flacon qui restait. Je le sais parce que Sroulké m'avait dit qu'il n'en avait presque plus, qu'il fallait que je lui en rapporte de Tel-Aviv. Il y a du parathion dans les territoires, mais on ne peut pas y aller. Il en avait besoin pour les pucerons. Tel que je le connais, il a dû m'en parler le jour où il a entamé le flacon. Il n'aimait pas en manquer.

— Alors, disons qu'il était plein. Mais qu'ont-ils fait du reste ? »

Il se redressa, soudain inquiet.

« Il y a deux possibilités, répondit Moysh. Soit on l'a jeté à moitié plein, soit on a transvasé le restant dans un autre flacon. Mais il nous a demandé de trouver le flacon, non des hypothèses.

— Moysh, insista Jojo, s'il en reste encore, on peut s'en resservir. Tu comprends ?

— Je n'y peux rien ! explosa Moysh. Que faire ? Arrêter tout le kibboutz, organiser une réunion plénière ? Que veux-tu que nous fassions ?

— Élie Reimer est parti en service de réserve, nous n'avons pas de médecin ni même d'infirmière, dit Jojo, dont la peur croissait de minute en minute.

— Il y en a une qui arrive demain, une qui a des références exceptionnelles.

— Alors il faudra lui parler, dit Jojo. Il faut être prêt.

— Je ne peux pas vivre comme ça, avec l'idée de ne faire confiance à personne ! Je te dis que je ne peux pas ! Quand je pense à Osnat, j'ai envie de mourir. J'ai l'impression d'être dans le noir, dans une espèce d'enfer où rien n'est plus pareil. Je ne peux pas ! » Moysh se couvrit le visage des mains et essuya ses yeux que la fumée faisait larmoyer. « Crois-moi, je ne sais plus rien, plus rien de rien. Je ne comprends plus rien. Rien. » Et il respira profondément dans la puanteur du tas qui se consumait.

Jojo, fine silhouette d'épouvantail en short, se baissa et enveloppa le flacon dans un journal jauni qu'il rapporta de l'estafette.

« Bon, on ne peut partager ça avec personne. Il faut penser aux intérêts du kibboutz », déclara-t-il sur un ton grave. Il essuya de nouveau son front en sueur et ajouta : « Nous sommes les seuls à le savoir. » Il parlait avec un certain émoi, et Moysh décerna dans sa voix une intonation nouvelle. « C'est nous qui avons trouvé le flacon. Nous sommes les seuls à le savoir », répéta Jojo. Moysh le regarda, étonné. Il attendit la suite, et lorsque Jojo dit enfin : « Ça n'est jamais arrivé, une chose pareille n'est jamais arrivée », il sut à qui son intonation lui faisait penser — à Mathilda, quand elle colportait ses calomnies. Mais il balaya aussitôt cette comparaison de son esprit et dit :

« Viens, il faut rentrer et les appeler. Leur dire au moins que nous l'avons trouvé. C'est déjà quelque chose. »

CHAPITRE 12

Ils s'enfermèrent dans le secrétariat et Michaël regarda le technicien du laboratoire de criminologie de la région d'Ashkélon dépêché en urgence sur les lieux. Penché par-dessus son épaule, Mahlouf Levi l'entendit dire : « Il n'y a rien, que du sable, de la suie et ses empreintes digitales. » Et il désigna Moysh, qui ne pouvait s'empêcher d'essuyer ses mains sur son pantalon.

« Je veux savoir ce qui va se passer, ce que nous allons faire maintenant », dit Jojo.

Michaël alluma sa cigarette, aspira la fumée et répondit sur le ton de l'évidence :

« Nous continuerons à chercher.

— Combien de temps passerons-nous encore à dissimuler, à ne rien dire à personne, pas même à nos femmes. Ce n'est pas possible de continuer comme ça !

— Je sais, c'est difficile, répondit Michaël d'une voix glaciale, mais pour le moment, nous n'avons pas le choix. C'est essentiel pour l'enquête.

— Vous ne me dites même pas combien de temps il faudra...

— Je ne peux pas dire ce que je ne sais pas. Vous n'êtes pas des enfants. Il est évident que ce qui est arrivé est terrible, mais vous pouvez tout de même y faire face, après tout vous êtes tous les deux des personnages importants du kibboutz. » Michaël ne comprenait pas lui-même la raison de son hostilité. Il aurait aimé manifester un peu de sympathie, mais quelque chose dans le ton agité et revendicatif de Jojo, une dramatisation qui cadrait mal avec cet homme si mesuré et paisible, l'irritait. Il pensa soudain aux voitures qui s'arrêtaient devant le précipice où avait roulé l'autobus 405 entre Jérusalem et Tel-Aviv. Jour après jour, les voitures se rangeaient au bord de la route, du côté du précipice, les gens sortaient pour regarder et revivre la catastrophe. Tous les curieux n'appartenaient pas aux familles des victimes. Il y avait aussi parmi eux des gens qui voulaient savoir comment les choses s'étaient passées, non seulement pour donner un contenu à des peurs abstraites mais aussi pour des raisons auxquelles Michaël refusait de penser. Quelque chose qui suscitait chez lui la même rage et le même dégoût que l'intonation de Jojo.

« Il n'y a rien à faire. Vous devrez vous en accommoder pour le moment », dit-il avec un peu plus de sympathie en voyant le visage de Moysh, qui exprimait l'angoisse et la souffrance.

« Mais comment allez-vous le trouver ? Et le danger ? explosa Jojo. Et puis, pourquoi avez-vous emmené Yankélé ? Où l'avez-vous emmené ?

— Nous ne l'avons emmené nulle part, répondit patiemment Michaël. Nous avons découvert qu'il n'avait pas pris ses médicaments pendant quelques jours et avec ce qui se passe ici, c'est dangereux.

— Alors que cherchez-vous chez lui ? demanda Jojo. Vous avez de la chance que Fania ne sache rien encore, mais elle le saura bientôt parce que Fania finit toujours par tout savoir, et ces choses-là, surtout quand elles sont liées à Yankélé... »

Mahlouf Levi s'agita, mal à l'aise.

« Nous avons fini de chercher dans sa chambre, dit-il à Jojo. Il n'y a pas de parathion. Le technicien a reniflé tous les flacons, il n'y a rien. Mais Yankélé a pu jeter ce qui restait dans le flacon ou le cacher ailleurs que dans sa chambre.

— Vous êtes fous ! s'écria Jojo, horrifié. Vous êtes complètement fous ! Yankélé n'a rien à voir avec tout ça. Pourquoi ferait-il une chose pareille ? Vous ne le connaissez pas. Il ne faut pas lui faire ça. C'est un garçon à problèmes, mais pas un assassin.

— Alors qui ? attaqua soudain Michaël.

— Alors qui quoi ? bredouilla Jojo, effrayé.

— Alors qui est l'assassin ? »

Mahlouf Levi s'assit et se mit à jouer avec son gros anneau autour du doigt :

« Si vous ne nous aidez pas, ce ne sera ni facile, ni rapide à résoudre. Nous n'avons aucune autre piste que Yankélé pour le moment.

— Que voulez-vous dire ? demanda Moysh d'une voix cassée.

— Je veux dire que nous n'avons aucune autre piste, pas le moindre indice, aucune direction de recherche et pas d'autre suspect, répondit Mahlouf Levi. Nous n'avons même pas un mobile qui tienne debout. »

Michaël pensa à la réunion de l'ESI, qu'il avait présidée le matin même, et aux paroles de Nahari, assis à ses côtés, qui, après avoir écouté son exposé, s'était exclamé : « Tu veux dire que non seulement il n'y a pas de mobile sérieux, mis à part cette Tova et l'histoire de son mari et ce Yankélé avec son idée fixe d'Osnat, mais qu'en plus tout le monde a de solides alibis ? Va savoir les occupations de chacun au même instant : qui travaillait, qui était à l'extérieur du kibboutz, qui se reposait. Et tu ne veux même pas faire usage du détecteur de mensonges !

— Ce n'est pas que je ne veux pas, avait protesté Michaël. Mais tu comprends la nécessité de garder le secret. On ne peut pas faire appel au détecteur sans en donner la raison. Je te dis que nous aurons plus de pistes avec Avigaïl sur place. Avec le détecteur, je n'ai même pas de questions à poser aux gens. Que veux-tu que je leur demande ? »

Sarit, qui se limait les ongles et commençait à ronger la peau tout autour, avait, elle aussi, ajouté son grain de sel :

« Mais si. Il y a des questions à poser. On peut interroger ceux qui sont dans le secret.

— Oui, bien sûr, répondit Michaël, énervé. D'ailleurs, nous les avons déjà interrogés. Ce qui me gêne, c'est que je n'ai pas une image très nette de ce monde-là. Quelque chose d'essentiel m'échappe, que vous ignorez. Il y a des histoires d'amour dans tous les kibboutz, mais ça n'a jamais été une raison suffisante pour tuer. Qu'y a-t-il de nouveau ici ? Qu'est-ce qui est différent ?

— Depuis quand es-tu devenu spécialiste des kibboutzim ? intervint Nahari avec ironie. Tu n'as aucune expérience dans ce domaine, à ce qu'il me semble.

— Il y a un certain nombre de choses que j'ai apprises, et il y a des livres.

— Des livres. Oui, c'est très important, les livres, mais ce n'est pas la vie. Les livres ne sont que des livres.

— Je ne suis pas d'accord. Alors quoi ? Je peux tout apprendre dans les livres sur tel ou tel village d'Amérique du Sud, ou sur la mentalité russe à Leningrad, et pas les particularités du kibboutz ? As-tu lu *Kehilatenou* ? » Nahari reconnut que non. « Alors lis-le ! Je voudrais te rappeler... » — il entendit sa propre voix s'enfler en un cri — « qu'il m'est tout de même arrivé d'entrer dans un kibboutz et que je ne vis pas en Laponie, mais ici. Il y a des limites, non ? »

Et, dans un même élan, il alluma une cigarette en abritant l'allumette entre ses mains. Cette supériorité ostentatoire de ceux qui avaient l'expérience des kibboutzim l'avait mis hors de lui.

Il en avait assez des réticences de Nahari, du fait qu'il ne consentait à fournir aide et directives que lorsque Michaël avouait pratiquement que s'ils piétinaient, c'était à cause de leur ignorance du milieu. Nahari se lançait alors dans des discours sur le kibboutz et ses valeurs. Une fois, quand Michaël lui avait fait remarquer que les choses avaient peut-être changé, Nahari lui avait lancé avec dédain :

« Tu parles ! Rien n'a vraiment changé, tout est pareil. Il n'y avait pas d'usines, il y en a maintenant, mais ça ne change rien.

— Il y a des gens qui pensent que c'est essentiel, comme d'autres trouvent essentiel de réfléchir à une maison de retraite communautaire où viendraient même des gens de la ville en échange d'une somme coquette. Résoudre le problème de la solitude, redonner une famille aux personnes âgées, leur donner des choix, tu ne crois pas que c'est essentiel ? » Michaël mordillait le bout d'allumette. Ce qu'il venait de dire lui paraissait chargé de sens cachés que lui même ignorait. « Je crois connaître les principes du mouvement kibboutzique, ajouta-t-il sans fausse modestie. Là n'est pas la question. La question est de savoir ce qui s'est passé dans ce kibboutz à cause de certains principes. Et ça, je ne le sais pas. Pas parce qu'on ne me l'a pas dit, mais parce qu'eux-mêmes ne le savent pas.

— Je ne te suis pas, dit Nahari. Là, je ne te suis pas.

— Il y a des choses qu'eux-mêmes ne peuvent pas voir parce qu'ils sont à l'intérieur.

— Qui c'est "eux", pour être plus clair ?

— Eh bien, ceux qui savent : Dvorka et les enfants

de la victime, Moysh et Jojo, cette infirmière, tous ceux-là. Ils savent quelque chose mais ne savent pas qu'ils savent. C'est toujours comme ça, mais dans ce cas c'est encore plus flagrant.

— Excuse-moi, dit Nahari d'une voix glaciale, mais tu ne serais pas, comment dire, un peu énigmatique ? De quoi parles-tu ?

— C'est comme enquêter dans une famille, tu ne comprends pas ? »

Sarit reposa le verre de Coca qu'elle s'était servi.

« Tu te souviens du cas de cet enfant ? dit-elle, songeuse. Les parents n'arrêtaient pas de dire combien il était génial, et à la fin nous avons tout découvert. Ce n'est pas qu'ils ont menti, mais ils n'ont pas su lire les signes. C'est ça que tu veux dire ?

— Je pense, dit Michaël, que les gens sont prisonniers de schémas et de comportements dans leurs rapports familiaux. Ils ne sont plus capables de distinguer entre leur moi individuel et le moi familial, et toute nouvelle approche leur paraît impossible. Au kibboutz, c'est la même chose, avec cette différence qu'il s'agit d'une famille de trois cents personnes. Ce que je dis en ce moment, ajouta-t-il, je l'ai compris par mes lectures et pas en parlant avec ceux qui sont familiers du kibboutz. »

Nahari resta un long moment silencieux, puis il dit d'une voix posée, dénuée de toute ironie :

« A t'en croire, il faudrait aborder l'affaire comme s'il s'agissait d'un meurtre au sein d'une famille.

— Oui, c'est à peu près ça, marmonna Michaël, gêné de s'être emporté. Mais le hic, c'est que je n'ai pas le moindre suspect. Je ne vois pas du tout.

— Et ce fou, alors ? demanda Sarit en regardant le bout de son crayon jaune.

— Qui ça, Yankélé ? Ce n'est pas sérieux. C'est bien lui qui rôdait la nuit autour de sa maison, mais il ne l'a pas tuée pour autant. Même si on peut dire qu'il la haïssait ou était ensorcelé par elle.

— Pourquoi ?

— Pour des raisons compliquées, liées à sa maladie. Il avait une idée fixe, qui était de veiller sur la virginité d'Osnat, de l'empêcher d'être souillée par le sexe. Mais il n'a pas la moindre idée de ce qu'est le parathion, il n'avait aucun rapport avec Sroulké et n'était pas libre d'agir, parce qu'il était à l'usine avec Dave, ce Canadien que je dois encore interroger.

— Mais sa mère..., dit Avigaïl.

— Oui, sa mère, apparemment c'est une autre paire de manches. »

Puis il y eut des questions précises concernant Avigaïl, qui revenait d'une rencontre avec le chef de l'unité d'enquêtes, l'inspecteur de la région de Lahish, le ministre de la police et « tous les gradés », dit Sarit avec une pointe d'envie. Il y eut des propositions d'examens complémentaires, puis la réunion se mit à stagner comme chaque fois que l'enquête piétinait et qu'on ne savait pas trop quelle direction prendre ni comment lever la séance :

« Il n'y a rien à faire, c'est un cas comme un autre. Il faut chercher un mobile. Parle aussi avec Meroz. Que dit le détecteur à son sujet ?

— Nous ne l'avons pas utilisé encore, à cause de son attaque. Il a eu une crise grave, il faut attendre deux semaines et ne pas lui causer d'émotions », précisa Michaël. Ce n'est qu'une fois arrivé devant la porte, alors que Sarit ramassait les documents et que Nahari allumait cérémonieusement un cigare, qu'il ajouta soudain : « Ou alors, il faut les secouer un peu, parce que nous sommes vraiment dans l'impasse. »

Nahari le regarda par-dessus son cigare et lui demanda d'une voix suave :

« Et comment as-tu l'intention de t'y prendre ? »

Michaël referma la porte sans lui répondre.

Des bruits devant la porte du secrétariat couvrirent les voix de l'équipe spéciale d'enquête. Quelqu'un secouait de toutes ses forces la poignée de la porte :

« Ouvrez, ouvrez, criait une voix.

— Je te l'avais bien dit, chuchota Jojo, victorieux. C'est Fania. »

Michaël hocha la tête et le technicien dissimula le flacon de métal dans une sacoche en plastique. « Nous partons », dit Mahlouf Levi, et Michaël s'effaça pour les laisser passer. Dans la pièce attenante, qui était la comptabilité, le téléphone se mit à sonner. Mais les cris de Fania, qui fit irruption dans la pièce, couvrirent tout. Ignorant Michaël et les autres, elle se fraya un chemin vers Moysh et se mit à vociférer :

« Qu'est-ce que tu as fait, salaud ? Qu'est-ce que tu lui as fait ?

— Fania, du calme, dit Moysh en se levant. Du calme !

— Tu as dit des choses à quelqu'un et on l'a emporté dans une ambulance, cria Fania. Et moi, sa mère, on ne me dit rien.

— On lui fait des examens, ce n'est rien, dit Jojo.

— Et l'infirmière, où elle est ? Nulle part.

— Elle est partie. Nous avons une nouvelle infirmière, dit Moysh.

— Vous allez m'emmener maintenant voir mon enfant. Tout de suite ! » gronda Fania. Elle s'approcha de Moysh, lui prit le bras et le tira : « Maintenant, tu viens avec moi dans l'estafette et tu m'emmènes. Où il est ? »

Moysh lança un appel silencieux à Michaël.

« Il est à l'hôpital d'Ashkélon, dit Michaël d'une voix apaisante. On le ramène dès demain. On lui fait juste des examens.

— C'est qui, ça ? dit Fania, sans attendre de réponse. C'est toi qui l'as emmené ? » Elle lâcha le bras de Moysh et se tourna vers Michaël d'un air menaçant :

« Alors tu m'emmènes tout de suite là-bas. A Ashkélon. Là où vous l'avez conduit.

— Ça n'a pas de sens. Il revient demain, suggéra timidement Moysh.

— Pour moi, siffla Fania, il n'y a pas de demain. Peut-être que vous êtes si intelligents que vous savez ce qui va se passer demain. Pour moi, il n'y a pas de demain. Si tu ne m'emmènes pas tout de suite, je pars à pied. A pied ! »

Elle prononça ces deux mots en criant, s'approcha de Michaël et se dressa sur la pointe des pieds pour le saisir au collet de ses mains enflées et tordues par des années de labeur. Elle se mit à le secouer de toutes ses forces tout en articulant des syllabes incompréhensibles. Impossible de s'en défaire, impossible de la faire taire. Michaël dut exercer sa force pour l'écarter de son col, qui commençait à émettre un bruit de déchirure. Il aperçut les chiffres bleus gravés sur son avant-bras et dit, s'adressant à Moysh, d'une voix étouffée par l'angoisse, mais qu'il voulait rassurante :

« Emmène-la au service de psychiatrie, à l'hôpital d'Ashkélon. Accompagne-la, puis revenez ici ensemble. J'aurai besoin de lui poser quelques questions. »

Fania se calma sur-le-champ. Son corps se relâcha, elle se laissa tomber sur une chaise et serra les lèvres.

« Viens, dit Moysh d'une voix tremblante, je t'emmène. Veux-tu que Gouta aussi vienne avec nous ? »

Fania ne répondit pas. Elle se leva et se dirigea vers la porte, et Moysh lui emboîta le pas.

« Qui est cette Gouta ? demanda Michaël.

— Sa sœur, dit Jojo.

— Elles sont très proches ?

— Après la guerre, elles sont arrivées ici ensemble. Gouta est la sœur aînée de Fania.

— Elle est comme sa sœur ?

— Non. Elle est plus normale. C'est elle qui est responsable de l'étable. Notre étable est unique dans la région, nous avons reçu plusieurs prix. On raconte des histoires sur elle, que lorsque sa fille était petite, elle marchait à quatre pattes et faisait "Meuh" pour attirer l'attention de sa mère et se faire traiter aussi bien que les vaches. C'est un bourreau de travail. »

Michaël se souvint des histoires d'Aharon Meroz.

« Est-ce qu'elle parle avec les autres ?

— Elle s'exprime correctement. Un bel hébreu sans accent. Elle l'avait déjà appris à l'étranger.

— L'étable et l'atelier de couture... Des hauts lieux. Les commérages émanent de l'atelier de couture, n'est-ce pas ? »

Jojo tressaillit.

« Pas de cet atelier. Toutes les deux sont muettes comme des tombes. Elles ne racontent rien à personne. Fania ne parle jamais. Quant à Gouta, elle parle parfois aux réunions du kibboutz. Mais pas toujours. Et quand elle dit quelque chose, alors...

— Vous voulez dire, intervint lentement Michaël, qu'alors ses paroles ont vraiment du poids ?

— Oh oui, et quel poids !

— Alors je veux lui parler.

— Maintenant ? Pour quoi faire ? »

Jojo paraissait anxieux. Michaël ne lui répondit pas.

« Vous voulez que je vous conduise chez elle ? »

Michaël acquiesça. Jojo consulta sa montre et soupira : « Bon, d'accord. »

Ils traversèrent en silence les sentiers du kibboutz. Michaël sentit de nouveau le contraste entre la tension de ses mouvements et la tranquillité ambiante. Ils croisèrent des enfants sur leur vélo, trois bébés d'un an poussés dans le landau de la crèche dont les roues grinçaient. Comme le landau était plus large que le sentier, les roues écrasaient l'herbe. Le jeune garçon qui les poussait et les bébés étaient bronzés, leurs visages paisibles. L'un des bébés, une fillette aux boucles blondes, regarda Michaël et Jojo de ses grands yeux. Devant la porte ouverte de leurs pavillons, parents et enfants étaient assis sur l'herbe. A l'intérieur, on entendait des bruits de vaisselle, de tasses et de soucoupes. Michaël remarqua de nouveau les espaces bien aménagés, les vieux arbres, le panneau du « sycomore de six cents ans » accroché sur un tronc impressionnant, le vert du gazon, les becs d'arrosage qui tournaient allégrement. Ils dépassèrent ainsi la maison de la culture, la salle de sport et le vaste terrain attenant d'où s'échappaient des bruits de ballons et des cris de joie, l'aire de jeux avec les échelles et les toboggans. Ils croisèrent des adultes en maillot de bain qui revenaient de la piscine sur leurs vélos.

« C'est loin ? demanda Michaël.

— Non, nous arrivons. Elle habite dans le quartier des anciens. »

Malgré l'air qui fraîchissait, Jojo transpirait sans cesse. Son pas était pesant, et il s'arrêta pour resserrer la boucle de ses sandales à grosses lanières, couvertes de poussière et de boue. Lorsqu'il se releva, son regard était tendu. Il tâta le bouton de sa chemise, dont le col était ouvert, montra du doigt une rangée de pavillons et dit :

« La deuxième maison est celle de Gouta et de Shimek.

— Vous m'accompagnez », dit Michaël avec autorité.

Saisi d'une vraie panique, Jojo fit non de la tête.

« Que dirais-je ? Que vous êtes de la police ?

— Non, vous direz que je fais partie du service psychiatrique d'Ashkélon, que je viens au sujet de Yankélé. »

Jojo céda à contrecœur.

« Elle finira par savoir la vérité, elles savent toujours tout », ajouta-t-il, découragé. « Et elle ne me le pardonnera jamais ! »

Michaël pensa à sa première impression de Jojo, lorsqu'il l'avait rencontré dans le bureau de Petah Tikva — un homme calme, mesuré, si raisonnable — et se demanda ce qui pouvait bien le mettre dans cet état d'anxiété. Peut-être la découverte du flacon qui avait matérialisé ce qu'ils refusaient de croire. Garder le secret n'était sans doute pas facile non plus. Jojo frappa discrètement à la porte, qui s'ouvrit aussitôt comme si quelqu'un avait attendu derrière. Michaël vit Gouta sur le seuil et Shimek en train de lire son journal. Il avait les pieds posés sur un petit tabouret, car le carrelage était mouillé. La serpillière à la main, Gouta leur lança un regard des moins accueillants.

« Attendez un moment, dit-elle à Jojo. Ce sera sec dans deux minutes. »

Ils restèrent debout devant la porte et Michaël aperçut près des marches, au pied d'un grand laurier-rose, une paire de bottes de caoutchouc noir comme celles que portaient autrefois les enfants des écoles.

« Quand on a le plaisir d'avoir des petits-enfants, c'est comme ça », dit-elle.

Tout en essuyant énergiquement le carrelage gris avec un chiffon sec, elle demanda des nouvelles des enfants de Jojo. Michaël savait bien qu'elle l'avait remarqué, mais qu'elle veillait à n'en rien laisser paraître.

« Ça y est, vous pouvez entrer, dit-elle enfin. Que désirez-vous boire ? Du café ? »

Elle s'adressait de nouveau uniquement à Jojo. Michaël se demanda comment elle aurait réagi s'il était venu seul, sans être accompagné du comptable.

« Gouta, je suis très pressé, dit Jojo. Je ne suis pas passé à la maison de la journée. »

Gouta le regarda, étonnée.

« Je croyais que c'était le représentant de la marque d'ordinateurs pour l'étable, dit-elle, et que tu voulais en discuter. »

Pendant tout ce temps, son mari était resté coi. Il avait posé son journal et ôté ses jambes de dessus le tabouret. Son sourire, plutôt désagréable, se voulait plaisant.

« Non, répondit Jojo, ce n'est pas le spécialiste des ordinateurs. C'est... »

Il regarda Michaël, qui dit :

« Je m'appelle Michaël Ohayon et je suis ici au sujet de l'état de Yankélé. »

L'expression de Gouta changea aussitôt. Ses yeux

exprimèrent de l'effroi et une méfiance profonde. Elle était debout devant l'évier et avait commencé à remplir la bouilloire électrique. Son corps se raidit.

« Il appartient aux services de santé, bredouilla Jojo en s'approchant de la porte. Nous avons eu un problème avec Fania. » Gouta posa la bouilloire à côté de l'évier. Ses mains tremblaient, mais elle se contint. « Il ne lui est rien arrivé, s'empressa d'ajouter Jojo. Elle va bien. Mais elle voulait voir Yankélé, parce qu'on l'a emmené à Ashkélon. Il n'avait pas pris ses médicaments. »

Gouta enleva le tablier qu'elle portait par-dessus sa robe imprimée.

« Où sont-ils ? »

Elle parlait d'une voix tremblante, en regardant la porte, prête à aller rejoindre Fania.

« Ils sont à Ashkélon, répondit Michaël d'une voix apaisante. Ils rentreront ce soir ou demain. Il faut surveiller Yankélé. Nous voulions juste observer son comportement. Et celui de Fania. Je souhaitais simplement vous parler, vous consulter, solliciter votre aide. »

Le visage de Gouta s'adoucit. Son anxiété s'était estompée, mais la méfiance demeurait.

« Il faut que j'y aille, dit Jojo. On m'attend depuis longtemps, il est presque sept heures. Quand irez-vous dîner ? »

Il s'adressait à Shimek, toujours assis dans son coin, en silence, le journal sur les genoux.

« Plus tard, répondit Shimek en souriant. Les petits viennent à peine de nous quitter. »

Jojo partit et Michaël inspecta la pièce où il se trouvait et la kitchenette attenante : le minuscule réfrigérateur, le four et le grand moule à tartes posé dessus, avec deux gâteaux aux pavots qui dégageaient une merveilleuse odeur de pâtisserie mêlée à celle des produits d'entretien. La pièce principale donnait sur un petit couloir où l'on apercevait deux portes : une chambre à coucher et des toilettes, se dit

Michaël. Il était assis dans un fauteuil au tissu de laine rugueux. En face, le canapé de même tissu était recouvert d'un drap blanc amidonné qui lui rappelait celui du salon des parents de Nira, son ex-femme, dont la mère, Fella, recouvrait tous les meubles et qu'elle ôtait à contrecœur dans les grandes occasions. Gouta retira le drap d'un geste nerveux et le replia. Entre le fauteuil et le canapé, il y avait une petite table basse, carrée, avec une coupe de fruits posée dessus et un bol plein de bonbons dont la vue seule faisait venir un goût acide à la bouche. Le tout était posé sur un napperon au crochet, dont on avait glissé des exemplaires identiques sous chaque objet de la pièce — la grande télévision qui reluisait sur une étagère, le poisson en verre soufflé de Venise et le vase à fleurs vide. Dans l'autre fauteuil, Shimek lui souriait, la tête appuyée contre un autre petit napperon posé sur le dossier. Une petite bibliothèque en bois montée sur des tiges de métal contenait quelques livres dont *Les Rouleaux de feu*, répertoire des morts de la guerre d'Indépendance. Près du coin cuisine se trouvait une table en formica jaune, avec six chaises aux pieds de métal et aux sièges recouverts de plastique vert. Le tout reluisait de propreté.

Ce fut Shimek qui finit par briser le silence.

« Je vais aller tailler un peu les plantes », annonça-t-il en se levant lourdement.

Son visage lisse et son regard quelque peu craintif lui donnaient un air enfantin. Gouta ne prit pas la peine de lui répondre. Assise sur le tabouret en osier, le regard fixé sur Michaël, elle semblait attendre un verdict. Quand ils furent seuls, elle dit d'une voix retenue :

« Et maintenant... » — elle inspira profondément, et Michaël eut un frisson —, « ... dites-moi ce qui s'est vraiment passé. »

Il remarqua aussitôt ses capacités rhétoriques nettement supérieures à celles de sa sœur, avec laquelle elle avait bien peu de ressemblances, mis à part les chiffres bleus gravés sur son avant-bras que Michaël ne pouvait s'empêcher de regarder comme un enfant attiré par une chose interdite.

« Il ne s'est rien passé. Il n'a pas pris ses médicaments, le docteur Reimer était inquiet, il s'est adressé à nous et nous avons décidé de mettre Yankélé en observation. C'est pour son bien. Mais Fania, votre sœur, l'a vraiment très mal pris. Je voulais vous demander votre avis, comment elle réagirait si on l'hospitalisait, et cætera.

— Pas question, répondit Gouta en pinçant les lèvres. C'est un fils du kibboutz, il en est membre à part entière, et personne, sauf ses parents, ne peut prendre une telle décision.

— Ce n'est plus un enfant, protesta Michaël. Il peut représenter un danger pour lui-même ou pour les autres.

— Yankélé est un garçon en or, déclara Gouta. Problématique, mais en or. Il ne ferait pas de mal à une mouche. Et personne, ajouta-t-elle d'une voix catégorique, ne le fera partir d'ici. Nous nous occupons de lui avec l'aide du médecin et de l'infirmière. » Elle prit un paquet de cigarettes aplaties dans la poche de sa robe, en alluma une et tira une longue bouffée. « Attendez un instant. » Elle sortit et appela Shimek. A travers la porte grillagée, Michaël le vit surgir de derrière un buisson.

Gouta lui dit quelque chose et Shimek répéta : « Trois yaourts et six œufs ? » Gouta hocha la tête et revint à l'intérieur.

« L'emmener ainsi sans nous consulter, c'est vraiment un manque de tact et de l'irresponsabilité ! Qu'y a-t-il de si difficile à dire ? Parfois je ne comprends vraiment pas. Il faut aussi épargner Fania et ne pas l'inquiéter. Sa santé... »

Elle se tut et son visage prit une expression de détresse.

« Depuis combien d'années êtes-vous dans ce kibboutz ?

— Quarante-six ans. » Elle se leva et remit de l'eau dans la bouilloire électrique. « Vous prendrez bien un café ? »

Michaël acquiesça poliment.

« Vous êtes donc arrivée juste après la guerre ? » Gouta poussa un soupir affirmatif. « Pourquoi ici ? »

Elle versa l'eau bouillante dans les verres, qu'elle posa sur les petits napperons, apporta le lait et le sucre et s'assit. Puis elle ôta le mégot coincé entre ses lèvres et répondit :

« Quelle question ! Nous ne savions pas où aller. Nous sommes venues ici à cause de Sroulké. Sroulké était un membre du kibboutz qui est mort il y a juste un mois.

— Quel rapport avait-il avec tout cela ?

— Quel âge avez-vous ? demanda Gouta sur un ton inquisiteur.

— Quarante-quatre ans », répondit Michaël.

Il savait parfaitement qu'il ne devait pas ruser.

« Alors vous ne pouvez vraiment pas savoir. On n'enseigne pas ces choses-là en ville, ni dans les écoles. Il y a le jour de la Shoah, et c'est tout. Ici, nous veillons à ce que les enfants sachent tout, le rôle du kibboutz pendant la guerre d'Indépendance, dans les Brigades juives et l'organisation d'évasion et de sauvetage, la Briha.

— La Briha ? »

Gouta le regarda d'un air moqueur et passa ses gros doigts dans ses cheveux gris coupés courts.

« Ça vous paraît comme une histoire tirée d'un livre d'aventures, hein ? Vous n'en avez jamais entendu parler ? » Elle alluma une autre cigarette et le regarda : « Vous êtes quoi ? Travailleur social ? » Michaël acquiesça avec un vague mouvement de tête. « Bon, alors vous avez besoin de savoir ces choses-là. » Michaël se sentit comme un enfant réprimandé. « Si ça vous intéresse, il y a une littérature abondante sur le sujet. J'ai ici un livre d'Avidov, l'un des principaux organisateurs de la Briha. » Elle alla à grands pas vers la bibliothèque et en rapporta un gros livre. « C'était une organisation dirigée à la fois par l'Agence juive et le Joint Distribution Committee. Tout le foyer national y participait. Nous avons appris plus tard qu'il y avait eu des querelles entre les divers organismes.

— A quel sujet ?

— C'était un organisme qui faisait venir les réfugiés en Israël, répondit Gouta sur un ton impatient. Comme d'habitude, ils ne s'occupaient pas seulement des réfugiés mais aussi d'eux-mêmes. Les gens, ajouta-t-elle en soufflant avec mépris la fumée de sa cigarette, font des histoires au lieu de travailler. Si chacun accomplissait correctement son travail, les choses seraient différentes.

— Si je comprends bien, la Briha est l'association de plusieurs organismes, résuma Michaël pour lui-même. Et c'est ainsi que vous êtes arrivés ici ?

— Il y avait un partage des pouvoirs et des factions rivales. Eytan Avidov, le fils d'Avidov, est mort dans un affrontement entre l'Etsel[1] et la Haganah au sujet de la fuite par l'Italie.

— Mort à cause de ça ? » s'écria Michaël.

L'image fugitive de Youval en train de courir dans les ruelles de Bethléem lui traversa l'esprit.

« Nous étions en Italie, dit-elle soudain d'une voix différente, plongeant dans un monde auquel il était étranger. A Milan, dans un camp de réfugiés. Là aussi, nous nous sommes retrouvées entre deux chaises. Le Joint américain était financièrement responsable, il fournissait le transport et la nourriture. De tels centres existaient un peu partout, en Autriche, en Italie, en Tchécoslovaquie. Le centre le plus organisé se trouvait apparemment en Autriche. A Milan, c'était affreux, personne ne le savait... sur-

1. Initiales de Irgoun Tsvaï Leumi, l'organisation armée nationaliste de Begin, opposée à la Haganah de Ben Gourion qui finira par avoir le dessus et fonder l'État d'Israël. *(N.d.T.)*

tout à Castel Gandolfo. S'il n'y avait pas eu Sroulké qui était resté en Italie après avoir servi dans la Brigade juive, Dieu seul sait ce qui nous serait arrivé. Fania était si malade... »

Soudain Michaël se demanda ce qu'il faisait là, pourquoi il écoutait toutes ces histoires qui ne menaient à rien, pourquoi il n'allait pas droit au but. Mais à la place, il demanda :

« Et comment avez-vous atterri ici ?

— Vous voulez l'histoire ? Ce sera long. »

Il commençait à faire sombre, et Gouta se leva pour aller allumer la lumière. Michaël sentit qu'elle avait envie de parler. Il la regarda, l'air concentré et intéressé. Quelque chose lui disait de suivre son intuition avant que ne disparaisse cet instant de confiance précaire.

« Ce sera long », répéta Gouta sur un ton hésitant, puis, soudain, elle sourit, d'un sourire qui plissa sa peau sèche. Elle devint rêveuse, ses traits se détendirent, son nez aquilin et ses rides s'estompèrent légèrement. « Si j'étais douée, je l'écrirais, il faut que quelqu'un l'écrive. » Et brusquement, sans autre préambule ni hésitation, elle se mit à raconter : « Nous sommes arrivées à pied par les Alpes. Après avoir traversé la frontière, on nous a mis dans des camions fermés, comme du bétail. C'était en quarante-six, tout était corrompu, on soudoyait tout le monde, la police italienne elle-même était corrompue. Là-bas, à la frontière, ils n'ont même pas soulevé les bâches et nous sommes ainsi arrivés à la gare de Vérone, puis on nous a transférés à Milan, où l'on nourrissait les réfugiés. Mais c'était une étape transitoire et nous sommes bientôt repartis pour Castel Gandolfo, où nous avons attendu pendant six mois l'arrivée d'un bateau. C'est là que nous avons rencontré Sroulké. Peu après, on nous a conduits à Metaponto, où se trouvait un camp pour les fous.

— Les fous ? »

Elle regarda Michaël comme si elle avait oublié sa présence.

« C'est ainsi que les autorités le désignaient. » Elle le dit sur un ton impatient comme si la chose allait de soi et qu'il pouvait bien le comprendre. « Il n'y avait ni à boire ni à manger et c'était l'hiver. Le bateau se trouvait à cinq kilomètres du rivage et nous avons attendu pendant trois jours parce que la milice rôdait autour de nous. Nous faisions semblant d'être fous. Je me souviens qu'on nous disait : "Criez, sautez, ils viennent en inspection." Au bout de trois jours, nous avons embarqué sur le bateau, un vieux rafiot qui ne pouvait servir qu'au transport de réfugiés. Nous avons fait le voyage dans des conditions identiques à celles des camps de concentration. On ne pouvait pas s'allonger complètement. Il y avait des espèces de cages en métal, les gens vomissaient les uns sur les autres, puis il y a eu un trou dans la coque et le bateau s'est mis à couler. Alors, trois croiseurs britanniques sont arrivés, quelques zouaves de chez nous leur ont lancé des boîtes de conserve. Les Anglais nous ont encerclés, ils ont attrapé les gens et les ont vraiment jetés dans les bateaux de guerre, et voilà comment nous sommes arrivés à Haïfa, la nuit même de l'explosion des raffineries. On nous a fait débarquer des croiseurs cette nuit-là. »

Elle reprit son souffle comme si elle revoyait toute la scène puis poursuivit son récit.

« Il y avait là-bas une de ces sentinelles au béret rouge. On nous a fait descendre un par un. C'est alors que j'ai aperçu un officier anglais et que je l'ai prié d'expédier une lettre. Il m'a dit : "Écrivez-la et je l'enverrai." J'ai écrit à Sroulké, qui était l'unique personne que j'avais connue en Italie, je lui ai dit que nous étions à Haïfa et que j'ignorais ce qu'il adviendrait de nous. On nous a pris le peu qui nous restait, puis on nous a conduits dans un grand bâtiment et dit d'aller nous coucher. Ce soi-disant bâtiment, c'étaient les bateaux *Ocher* et *Yagour* ! dit-elle sur un ton dramatique. Et cet officier a vraiment expédié la lettre, Sroulké me l'a montrée.

— Comment ? demanda Michaël, fasciné par son histoire. Quels bateaux ?

— Les bateaux qui servaient à transférer les prisonniers. Il y en avait deux. Quand nous nous sommes réveillés, nous étions en pleine mer. Et après, nous avons passé un an et demi à Chypre, dans un camp de détention.

— Mais c'est terrible ! hasarda Michaël.

— C'était en effet très dur, répondit Gouta, sans pour autant évoquer la guerre qui avait précédé tout cela. Il y a des gens qui sont devenus fous. On pouvait voir de quel métal les gens étaient faits à leur comportement en mer. On peut toujours juger les gens sur de toutes petites choses. Ils sont capables de tout, de tout, mais en pleine mer, en route vers Chypre, quand ils se sont réveillés et ont découvert ce qui les attendait, qu'après toute cette route, ils n'étaient plus en Israël, ils ont tombé le masque. Rien ne leur importait plus. »

Dans le silence de la pièce, on entendait les stridulations des criquets et des coassements lointains. Ce fut Gouta qui brisa le silence :

« Pendant toutes ces années, je ne l'ai jamais raconté. Je me suis toujours dit que c'était une trop longue histoire. Ici, ils ne nous ont rien demandé au début, ils ne voulaient pas que nous y pensions, mais Sroulké savait. Il est venu nous chercher à notre retour de Chypre, et il connaissait toute l'histoire. C'est peut-être sa mort qui m'a fait parler. »

Elle lança à Michaël un regard gêné, empreint de sympathie, un regard fragile et nu.

« Ça a dû être épouvantable, dans ces bateaux qui vous emmenaient à Chypre ? Je veux dire, avec le comportement des gens et tout le reste », dit Michaël, essayant de retarder le moment où il déclencherait la catastrophe et effacerait en un clin d'œil la confiance et la sympathie qu'il avait si aisément suscitées. Il la regarda et se dit qu'une telle femme serait incapable de garder un secret, que les prétextes de l'intérêt collectif ne lui feraient aucun effet. A mesure que la décision mûrissait en lui, il se disait que c'était le genre de personne à crever l'abcès sans craindre le pus.

« Je voudrais vous dire quelque chose. Je ne suis pas travailleur social, je suis de la police. Commissaire principal de l'Unité nationale d'enquêtes sur les crimes graves. »

Gouta suffoqua, son visage se figea en une expression de stupeur. Avant qu'elle se ressaisisse et exprime son dépit, Michaël s'empressa de dire :

« Je ne suis pas ici à cause de Yankélé, mais à cause de la mort d'Osnat. »

Gouta était pétrifiée. Elle ne parvenait pas à réprimer le tremblement de ses mains.

« Osnat n'est pas morte d'une pneumonie mais d'un empoisonnement au parathion. Il semble que ce ne soit pas un accident mais un acte délibéré. Bref, un meurtre a été commis dans votre kibboutz. »

Il aurait préféré qu'elle se mette à crier. Ses mains tremblaient si fort qu'il était difficile d'en supporter la vue.

« Nous avons gardé le secret jusqu'à présent. Mis à part quelques personnes, tout le monde l'ignore. Je vous le raconte parce que j'ai maintenant besoin de votre aide, de vos conseils. Vous êtes forte et vous m'avez donné une idée. »

La voix de Gouta lui parvint, lointaine et enrouée. Elle croisa les bras et les serra de ses gros doigts aux ongles larges :

« Dvorka le sait ? » demanda-t-elle. Michaël hocha la tête. « Elle s'est tue ? Elle n'a rien dit ? » Michaël ne réagit pas. « Qui d'autre le sait ? »

Sa voix était devenue plus claire et catégorique.

« Ça ne vous surprend pas, dit Michaël. Ce que je vous ai raconté ne vous surprend pas.

— Il est très difficile de me surprendre. »

Mais en allumant une nouvelle cigarette, ses mains continuaient de trembler.

« Yankélé rôdait la nuit autour de chez elle.

— Vous dites des bêtises, s'écria Gouta ! Il n'avait rien à y faire.

— Vous ne savez rien sur ses rapports avec Osnat ?

— Rien. Il n'avait pas de rapports avec les filles. Fania en souffrait beaucoup.

— Rien ? Vous ne savez vraiment rien à ce sujet ?

— Quoi ? Qu'il avait un faible pour Osnat ? répliqua Gouta d'un air dédaigneux. C'est l'impression que j'avais quand il était enfant, mais c'est fini depuis longtemps. Il ne lui a rien fait. Je suis prête à mettre ma main au feu.

— Mais il est possible qu'il sache quelque chose que nous ne savons pas.

— J'ai du mal à le croire. Yankélé est un bon travailleur, mais il n'a pas vraiment le sens de la réalité. Il ne voit rien.

— Et Fania ?

— Quoi, Fania ? »

Gouta, dont le tremblement des mains s'était apaisé, se remit à trembler.

« Est-ce que Fania savait qu'il... qu'il avait un faible pour Osnat ?

— Nous n'en avons pas parlé. Mais en admettant qu'elle l'ait su, quelle importance ? rétorqua Gouta d'un air provocant.

— C'est votre sœur cadette ? Vous vous sentez responsable d'elle ? demanda brusquement Michaël.

— C'est ma jeune sœur, oui. » Ses mains continuaient de trembler.

« Je me demande comment elle aurait réagi si elle avait été au courant de ce faible de son fils pour Osnat.

— Comment voulez-vous qu'elle réagisse ? répliqua Gouta, furieuse. Vous dites des bêtises. Elle ne lui aurait pas fait le moindre mal.

— Mais elle n'aimait pas Osnat.

— Laissez Fania tranquille ! Ne vous approchez pas d'elle ! Venez me voir à sa place. Je vous dis que

Fania n'a jamais rien fait à personne et je ne sais même pas si elle sait ce qu'est le parathion. Il n'y a vraiment rien à en dire. »

Ces paroles furent prononcées sur un ton menaçant et furieux, mais ses mains ne tremblaient pas.

« Il faudra que je parle avec Fania. Il y a eu un meurtre ici, et je dois mener une enquête. Mais je veillerai à la discrétion. C'est pour son bien...

— Vous ne parlerez pas avec Fania ! siffla Gouta. Ne me racontez pas d'histoires sur ce qui est pour son bien. Elle n'a jamais fait de mal à personne et je ne crains pas vos enquêtes. » Elle respirait vite, ses joues étaient enflammées par la colère. « Je vais en parler avec les membres, ça ne se passera pas comme ça. Je vais aller tout de suite parler avec Dvorka, avec Moysh, avec tous les êtres sensés de ce kibboutz. Pour qui vous prenez-vous ? Qui êtes-vous pour vouloir entrer comme ça et parler avec Fania ? La police ? Où vous croyez-vous, dans un moulin ? »

Elle respira profondément et s'approcha de lui. Elle ne le toucha pas, mais sa voix et le geste qu'elle fit comme pour le gifler étaient menaçants :

« Ce ne sera plus un secret ! »

Elle se leva et Michaël eut l'impression de voir un automate se mettre en branle. Il fut lui-même effrayé par les forces qu'il venait de déchaîner, par la crainte de semer la panique dans le kibboutz avec cet événement sans précédent. Il essaya d'apaiser ses craintes, de les mettre en sourdine en se disant que les gens étaient tout de même prévisibles, mais pendant tout le chemin qui le menait à Dave, il ne put dissiper son appréhension devant la manière dont la grande famille réagirait en apprenant la vérité.

CHAPITRE 13

Assis en compagnie de Shorer et d'Avigaïl, il entendait encore le grand rire de Dave. Ils étaient dans le petit café de la rue du Marché, où tout le monde savait qui ils étaient malgré leur absence d'uniforme et leurs airs faussement dégagés. Shorer était assis sur un tabouret en bois et Avigaïl sur une chaise en plastique orange. Malgré la chaleur, elle portait une chemise blanche à manches longues et un jean, sa frange lui donnait des airs de lycéenne et elle lançait autour d'elle un regard vif et concentré qui enregistrait tout.

Il était une heure du matin et la rue était plongée dans l'obscurité, à l'exception de la tache de lumière jaune projetée par le café où s'attardaient jusqu'au petit matin joueurs de cartes et de loto, qui se consultaient à voix haute avant de remplir leurs grilles. Il y avait aussi quelques buveurs venus vider des verres en compagnie. Dès l'entrée, Michaël remarqua l'homme à la barbe grise et fournie, aux yeux rougis, dont les vêtements râpés étaient trop chauds pour cette nuit sèche et brûlante de Jérusalem. Il se dégageait de sa personne une puanteur de clochard qui dormait avec ses vêtements et ne se lavait pas depuis des jours. Michaël lui tourna le dos, mais il ne put effacer l'image de cette barbe grise, sale et touffue, de ces yeux rouges qui se mêlaient au rire chaleureux de Dave, dont l'écho résonnait encore dans ses oreilles.

Sur la petite table en formica, un grand verre de bière était posé devant Shorer. Avigaïl s'était fait servir du thé à la menthe et des *borekas* chaudes et croustillantes, et Michaël avait commandé un café turc et un verre d'eau fraîche malgré les soupirs et la réprobation de Shorer. Il secoua la tête comme pour effacer de sa mémoire les images et les voix, le dernier chuchotement de Gouta, le soupir de Fania et le rire de Dave, qui n'était pas du tout satanique, mais un rire franc et chaleureux, sans retenue, le rire de quelqu'un qui s'autorise à voir les choses, à les entendre et à laisser sa voix s'échapper de sa gorge.

« Elle va y aller demain matin et ce sera le massacre », dit Shorer d'une voix songeuse. Il se redressa sur son petit tabouret et demanda, effrayé : « As-tu parlé avec Nahari ? Est-il au courant que tu as sabordé l'histoire ?

— Oui, je lui ai parlé, répondit Michaël sur un ton apaisant.

— Qu'a-t-il dit ? »

Le ton de Shorer était maintenant plus curieux qu'effrayé.

« Il a dit que j'aurais pu le consulter d'abord. Encore que, ajouta-t-il en souriant, il se doutait que je ne tarderais pas à le faire. Mais ma fonction, a-t-il ajouté, impliquait que je ne travaille pas seul, et j'aurais au moins pu consulter un psychologue, ce qui est sans doute juste. Je pense que je voulais que la chose soit spontanée. Ou peut-être que je n'ai tout simplement pas pensé à le faire... je veux dire, consulter le psychologue.

— Tu t'en es tiré à bon compte », dit Shorer.

Il regarda Avigaïl retirer soigneusement les feuilles de menthe de son thé et les déposer dans la petite assiette où il ne restait plus de bourekas.

« C'est-à-dire ?

— C'est-à-dire qu'il n'a pas crié, qu'il ne t'est pas tombé dessus.

— Qu'en sais-tu ? dit Michaël avec un petit sourire. Tu ne m'as pas demandé ce qui s'est vraiment passé. Il m'a fait un petit discours sur le fait que je travaillais seul, que je n'étais pas à Jérusalem, que les autres étaient au moins aussi intelligents que moi, qu'il fallait que je travaille avec mon équipe, que je ne savais pas utiliser les gens, "exploiter les ressources" à ma disposition.

— Ce qui est vrai, dit Shorer. A ta place, je ne serais pas fier.

— Est-ce que j'ai l'air d'être fier ?

— Tu te conduis, martela Shorer sans pitié, comme si tu portais tout le kibboutz sur tes épaules, que tu étais venu les sauver, leur révéler la vérité sur eux-mêmes ! Avec ta tête et ton sourire, on dirait que tu tiens entre les mains le destin de tout le mouvement national et que tu prends en charge l'éclatement de ce kibboutz. Comme si tu étais le seul au monde à comprendre quelque chose.

— Pourquoi es-tu en colère contre moi ? » s'étonna Michaël. Il réfléchit un instant, regarda Avigaïl et dit : « C'est à cause d'elle. Parce que je t'ai piégé avec elle.

— N'interprète pas sans me poser des questions, fulmina Shorer. Ne cherche pas à deviner ce qui se passe dans ma tête. »

Il regarda autour de lui. Les buveurs les regardèrent à leur tour et les joueurs de loto se turent. Seuls les joueurs de cartes continuèrent à jouer comme si de rien n'était. Il baissa la voix.

« Non, ce n'est pas à cause d'elle. C'est parce que tu n'en fais qu'à ta tête sans mesurer les risques que tu prends. Il y a en ce moment un empoisonneur qui sait que tout le monde sait et qui peut être encore plus dangereux. Et ne me dis pas que... » Il tendit la main pour arrêter Michaël qui faisait mine de l'interrompre. « Et ne me dis pas que tu as laissé sur place Mahlouf Levi et Benny de ton équipe, parce que tu sais très bien qu'il n'est pas question de dangers physiques pour le moment. Je parle des dangers psychologiques, de l'impact d'une grenade dégoupillée. Je n'ai pas besoin de te répéter que c'est un événement sans précédent. Tu n'as décidé avec personne que tu ferais tout exploser. Les gens n'y sont pas préparés, nous n'avons pas envisagé ce scénario. Et toi, tu arrives et tu parles avec cet astronaute d'Américain, là-bas.

— Canadien, corrigea Michaël.

— Bon, Canadien. Ensuite, tu viens me voir avec tes idées. Mais tu les as laissés avec le sentiment qu'il y a un assassin parmi eux. Trois cents membres.

— Trois cent vingt-quatre », corrigea Michaël, fatigué.

Il ignora le regard que lui lança Shorer en lui disant :

« Mais pour qui me prends-tu pour commencer à me parler comme ça? Pour Arieh Levi? Le succès t'est monté à la tête ou quoi? » Avigaïl effleura le bord de son verre vide et toussota. « C'est à dessein que je ne te dis pas les choses entre quatre yeux, poursuivit Shorer, furibond. Comme un imbécile, je t'ai autorisé à laisser Avigaïl sur place. Tu m'as dit que quatre personnes uniquement étaient dans le secret. Mais tu ne m'as pas dit que tu le rendrais public. Sache aussi » — il se tourna vers Avigaïl — « que tu vas dans un endroit où les gens ont subi un choc et que tu auras beaucoup de travail. Ceux qui n'allaient pas très bien seront vraiment malades, ceux qui étaient tranquilles deviendront brusquement hystériques. On ne peut pas prédire leurs réactions, il faudra faire appel à un psychologue.

— Il y en aura un, dit Michaël. J'ai demandé qu'on en envoie un.

— Ma foi, je ne sais que dire, répondit Shorer dans un soupir. Il faut que tu arrêtes de travailler seul. Peut-être que maintenant, avec Avigaïl, tu n'auras plus le choix.

— Écoute, dit Michaël après un moment de silence, il y a du vrai dans ce que tu dis, mais nous étions complètement coincés. Ce n'est pas une chose que j'ai décidée en réunion d'équipe et que j'ai gardée secrète. C'est une idée qui a mûri quand j'ai vu Fania et que j'ai entendu parler de Gouta. Je savais que j'avais besoin de secouer les esprits.

— Bon, laisse tomber, n'en parlons plus! Mais ne te prends pas pour le bon Dieu! Quand les gens commencent à se prendre pour le bon Dieu, ça devient très dangereux. Raconte plutôt ton histoire.

— Tu veux toute l'histoire ou le fin mot?

— Les deux. D'abord le fin mot et après, si c'est nécessaire, toute l'histoire. »

Michaël réfléchit un long moment.

« Comme de toute façon ça te paraîtra complètement fou, je vais aller au plus simple. En une phrase :

Sroulké n'est pas mort d'une crise cardiaque, mais d'un empoisonnement au parathion.

— Sroulké ? articula lentement Shorer. Qui était-ce ?

— Le père de Moysh, qui est le directeur du kibboutz. Il faisait partie des fondateurs, soixante-quinze ans, paysagiste. Il est mort, il y a cinq semaines, d'une crise cardiaque. Du moins c'est ce qu'on pensait, mais on a lancé l'idée qu'il s'agissait peut-être de parathion, parce que Sroulké était le seul à s'en servir. Dave m'a dit que le jour où on l'a trouvé mort, il avait traité ses rosiers au parathion. Après l'histoire avec Gouta, j'ai eu un long entretien avec ce Canadien, et c'est lui qui en a eu l'idée.

— Est-ce que Nahari est au courant ? demanda Shorer, méfiant.

— Pourquoi toujours Nahari ? Pourquoi te fais-tu du souci pour lui ?

— Je ne me fais pas de souci pour lui mais pour toi. Il faut que tu travailles dans les règles, que tu cesses de faire cavalier seul. Nahari est ton supérieur, tu ne peux pas venir me raconter des choses que tu ne lui as pas dites. Je me soucie aussi de mon sort, je ne veux pas d'histoires avec lui. Tu ne peux pas te permettre de contourner les autorités, puis de venir me voir pour que j'arrange tes affaires comme un papa... »

Soudain gêné, il s'interrompit et regarda Michaël, qui baissa les yeux sur le verre d'eau à moitié plein et en but une gorgée. Shorer inspira profondément et essaya d'ignorer la tension qu'il venait de créer.

« Je te l'ai déjà dit, Nahari n'est pas Arieh Levi, et il n'est pas né de la dernière pluie. Alors, le sait-il ou non ?

— Il le sait », répondit Michaël à contrecœur.

Avigaïl appuya le menton sur la main. Elle était tellement silencieuse qu'on finissait par en oublier sa présence. Mais Michaël avait remarqué la finesse des poignets qui dépassaient de sa chemise blanche et se demandait pourquoi elle portait des manches longues par cette chaleur. Voulait-elle se construire une image ou bien cachait-elle quelque chose ? Qu'y avait-il sous ces manches ? Quand il commanda à son tour un thé à la menthe, il remarqua les joueurs de cartes, qui riaient et parlaient fort. Puis il regarda la rue, où de temps en temps une voiture passait avec un crissement de pneus. La chaussée était sale. Des fruits pourris, des cageots écrasés, des sacs en plastique, des paquets de cigarettes vides traînaient par terre. Une odeur de poussière et de détritus emplissait l'air et Michaël se sentait lui-même poisseux et fatigué par le trajet entre Jérusalem, Petah Tikva, le kibboutz, et à nouveau Jérusalem, par la confrontation permanente avec les gens et les conversations téléphoniques avec Nahari.

Il regrettait de ne pas être rentré chez lui et de s'être contenté de téléphoner pour savoir si Youval était arrivé. Oui, il était arrivé, il avait même fait tourner une machine de linge sale et repassé son uniforme. Il était en « perm » jusqu'au lendemain matin et en profitait pour dormir. Michaël l'avait appelé du kibboutz et son fils lui avait dit sans la moindre ironie : « Papa, essaie de venir si tu peux. Pour que nous puissions nous voir de temps en temps. »

Cette voix douce et mûre, dénuée de toute amertume et de toute colère, exprimait paradoxalement une certaine souffrance. Michaël y entendait la solitude. Son service à Bethléem, dans les territoires, lui avait volé sa jeunesse et avait fait de lui un homme. Heureusement qu'il a une petite amie ! se dit Michaël. Pourtant les choses n'étaient pas si faciles, elle travaillait au tribunal militaire de Gaza et ne voyait pas Youval très souvent. Ils étaient jeunes et puérils, leur amour avait quelque chose de timide et d'innocent. Michaël gardait le souvenir des premiers week-ends qu'elle avait passés chez eux, de son embarras du début, qui avait progressivement disparu.

« Avec toutes tes relations, tu aurais pu arranger

quelque chose, lui avait dit Nira. C'est ton unique fils, à ta place, j'aurais remué ciel et terre pour qu'il ne soit pas chez les paras.

— J'ai remué, s'était défendu Michaël. J'ai remué, on m'a même fait des promesses, mais il n'a pas voulu. On m'a promis de le transférer de force. Je ne comprends pas ce qui se passe.

— Tu n'as qu'à recommencer, avait insisté Nira, impitoyable. De nos jours, on envoie les paras dans les territoires. Je ne veux pas que mon fils aille dans les territoires, c'est dangereux, on y meurt. »

Michaël n'avait pas répondu. Il s'était contenté de regarder avec un pincement de cœur ses cheveux clairs qui commençaient à grisonner et les petites rides qui entouraient sa bouche.

« Comment Nahari a-t-il réagi ? demanda Shorer.

— A quoi ?

— A cette idée au sujet de Sroulké. A l'éventualité d'un autre meurtre.

— Il n'y a rien à en dire », répondit Michaël distraitement.

Fatigué et déprimé, il distingua tout de même les doigts délicats d'Avigaïl, qui mâchonnait une mèche de ses cheveux.

« Il a appelé Kestenbaum pour savoir si l'on pouvait détecter le poison au bout de cinq semaines, parce qu'il n'y a pas de précédent. Je veux dire, d'exhumer un cadavre au bout de cinq semaines pour y chercher des traces de parathion.

— Et ?

— Kestenbaum a vérifié et a dit qu'il était possible de le savoir. » Il fit une grimace. « Il paraît qu'au bout d'un mois, on ne peut plus établir la proportion de cholinestérase dans le sang, mais on peut encore détecter des traces de parathion dans le liquide de décomposition, excusez les détails.

— Alors, il faut l'exhumer et vérifier, déclara Shorer. Si, bien sûr, il y a des présomptions suffisantes.

— Ça dépend des points de vue. Je n'ai pas dit à Nahari comment il en était arrivé à cette conclusion.

— Qui ?

— Dave. Comment Dave en était arrivé à cette conclusion. »

Michaël revit la grande silhouette et le crâne chauve de cet homme dans son appartement du quartier des célibataires, non loin de Yankélé pour lequel il éprouvait, dit-il, une affection particulière.

« Peux-tu m'en dire un peu plus sur lui ? » lui demanda Avigaïl. Sa voix claire fit sursauter Michaël et Shorer. « Je suis assez inquiète à l'idée d'avoir à débarquer là-bas demain, après ce qui s'est passé aujourd'hui. Et, de toute façon, l'idée d'occuper ce poste ne m'enchante guère. Alors j'aimerais bien en savoir un peu plus.

— Ce n'est pas la peine d'être aussi tendue, lui dit Shorer sur un ton paternel. Tu ne seras pas seule. Michaël restera en contact permanent avec toi.

— Ce ne sera pas si simple, dit Michaël. Tout le monde me connaît maintenant. Et comme il y a un central téléphonique ultra-moderne, toutes les communications sont enregistrées. Or nous ne voulons pas que les appels de l'UNEC figurent sur le téléphone d'Avigaïl.

— Alors tu n'as qu'à aller la voir de nuit ! » dit Shorer en riant. Il s'arrêta net, regarda tour à tour Michaël et Avigaïl, et un éclair malicieux s'alluma dans son regard pour s'éteindre aussitôt :

« C'est à vous de régler cette question. Je vous fais confiance, dit-il.

— Je connais les histoires sur les proches, la famille, Moysh, Yankélé. J'ai compris les rapports entre Gouta et Fania et tout le reste. Mais qu'en est-il de ce Dave ? Si tu peux m'épargner du travail, fais-le, s'il te plaît. »

Elle avait des yeux gris, un regard intelligent et scrutateur qui le fixait avec un certain espoir. Assis à côté d'elle, il voyait ses longs sourcils clairs, un soupçon de ride entre les yeux, même quand elle ne plissait pas le front.

En quelques phrases, Michaël décrivit la chambre, les cactus bizarres plantés devant l'entrée, les rapports de Dave avec Yankélé.

« Ça fait dix ans qu'il est au kibboutz. On l'a admis comme membre deux ans après qu'il a posé sa candidature. »

Dave avait raconté en riant de son rire chaleureux comment on avait fini par l'admettre comme membre malgré le fait qu'il était étranger. Il le devait aux améliorations qu'il avait apportées à la machine à emballage et surtout « à ça », avait-il ajouté en montrant un cactus posé sur le rebord de la fenêtre. « Voilà notre grande fierté. C'est avec ça que nous fabriquons notre pommade la plus chère. » Et devant le regard stupéfait de Michaël, il avait dit : « C'est moi qui l'ai trouvé. »

Dave, qui était ingénieur de formation et inventeur de brevets, aimait à ses heures perdues créer par hybridation de nouvelles variétés de cactus. Il avait accompagné Michaël dans la serre, où fleurissaient toutes sortes de variétés. Il se disait aussi « touche-à-tout » et savait tout réparer. Moysh avait dit de lui que c'était un travailleur exemplaire. Il ne refusait jamais la moindre tâche et faisait toujours ce qu'on lui disait de faire. Pendant sa période de candidature, il avait travaillé six mois dans la salle à manger, travail des plus ingrats qui consistait à mettre les tables et les débarrasser trois fois par jour, puis à laver le carrelage, et il s'en était acquitté avec un sourire heureux, sans la moindre plainte, comme s'il réalisait là le rêve de sa vie. Il avait travaillé à l'étable avec Gouta et était le seul à avoir trouvé grâce à ses yeux. Elle avait dit qu'il savait comment s'y prendre avec les vaches — qui le lui rendaient bien.

Shorer gloussa, et Michaël sourit malgré lui.

« C'est ce qu'elle a dit, je n'y peux rien ! »

Avigaïl rejeta ses cheveux en arrière :

« Il faut savoir s'y prendre avec les animaux, et les vaches sont des animaux, n'est-ce pas ? Si j'ai bien compris, il vit seul là-bas ? »

Les deux hommes la regardèrent.

« Il a quarante-cinq ans, il est végétarien, canadien et célibataire et malgré toutes les rumeurs qui circulent sur son compte à cause de ses excentricités, ils l'ont admis comme membre du kibboutz », dit Michaël.

Il leur répéta les paroles de Dave prononcées avec un fort accent canadien, mais dans un hébreu parfait.

« Au début, ils ont essayé de me marier à des célibataires du kibboutz, puis quand ils ont vu que ça ne marchait pas, ils ont essayé de m'envoyer à des séminaires et des week-ends de réflexion. »

Dave avait ri de son rire chaleureux et profond, puis était redevenu sérieux et même songeur. Cette société qui était censée être une grande famille, qui dénonçait la cellule bourgeoise familiale, manifestait tous les jours un conservatisme surprenant, avait-il affirmé. En fait, c'était une société très bourgeoise, qui n'avait pas réussi à dépasser la cellule familiale. Et, à l'image du reste du pays, le kibboutz était une grande famille, capable de s'unir dans la tragédie, comme en ce moment-là avec la mort d'Osnat, mais moins enthousiaste lorsqu'il s'agissait de célébrations.

Contrairement aux autres, Dave n'avait pas posé de questions à Michaël sur son expérience personnelle du kibboutz. Il lui avait servi dans sa chambre un dîner composé d'une tisane aux plantes, de pain complet fabriqué par lui-même et de fruits secs. Yankélé était pour lui un personnage marginal, différent des autres. Tout en écoutant Michaël, Shorer gribouillait sur la boîte d'allumettes avec le bout noirci d'une allumette.

« Il a dit que tous ces médicaments faisaient du mal à Yankélé et qu'il était victime de cette société conservatrice qui refusait par principe d'intégrer des individus déviants.

— Quel principe ? demanda Avigaïl. En quoi est-ce que cela relève du principe ?

— Il dit que Yankélé est un solitaire. On se soucie de lui et de son bien-être dans un esprit d'égalité absolue, mais on n'admet pas au kibboutz des êtres marginaux comme Dave ou Yankélé. Il y a bien une lesbienne qui vit avec une femme dans le kibboutz, alors que l'homosexualité n'est pas admise. Mais si l'individu travaille bien, s'il contribue au bien collectif, on l'accepte, on se soucie de son bien-être tout en le laissant seul. »

Michaël se tut et repensa à la conclusion douce amère de Dave :

« On peut condamner cette attitude comme on peut y voir un aspect positif, celui où finalement l'individu est plus fort que le principe. Par-delà la sacro-sainte égalité et le conservatisme bourgeois, il faut reconnaître que dans les faits, c'est l'individu qui prime. Ils le placent inconsciemment au-dessus de l'idéologie. Pourtant, un être comme Yankélé vit dans une solitude affective absolue alors qu'on s'occupe de lui sur le plan matériel. C'est cette contradiction qui est des plus difficiles. » Dave avait remis de l'eau dans la théière chinoise et poussé un soupir. « Une société aussi conservatrice a quelque chose de primitif, comme si elle était menacée. Ils font une confusion entre la maladie de Yankélé et son intelligence. Or c'est quelqu'un de très fin, qui lit beaucoup, qui a une vaste culture et des choses à dire quand il est calme, quand il n'a pas ses crises. Il est ouvert à beaucoup de domaines et s'intéresse à la mystique. Un des avantages de la vie au kibboutz est cette liberté par rapport aux contraintes de la vie urbaine. On peut être aliéné par des besoins matériels, mais on a la possibilité de s'en libérer. Le minimum fourni par la collectivité est largement suffisant. »

Dave avait versé le thé dans les coupelles en porcelaine et dit qu'il souhaitait avoir une vie simple, que c'était possible au kibboutz et qu'il pouvait non seulement y travailler mais aussi créer. On y trouvait des gens bien, tout le monde n'était pas borné. S'il s'intéressait aux marginaux, c'était sans doute à cause de sa propre marginalité, qu'il assumait sans la moindre amertume. Mais s'il avait eu une famille, ç'aurait probablement été différent. Selon la coutume du kibboutz, il avait une famille adoptive — c'était Dvorka ; et il participait aux réunions plénières. Il accomplissait son devoir, se portait souvent volontaire, en échange de quoi on le laissait participer à ses séminaires de mystique et on lui faisait à tel point confiance qu'on l'avait chargé de l'accueil des groupes de volontaires de l'étranger, ce qui lui paraissait tout à fait exceptionnel. Se savoir ainsi protégé, se sentir comme un rouage d'une machine bien huilée avait quelque chose de rassurant. Mais il ne se faisait pas d'illusions. Le kibboutz était une société encore bien loin des idéaux de justice.

Michaël lui avait demandé comment il avait atterri dans un kibboutz et Dave lui avait expliqué sans la moindre ironie qu'il y était venu comme volontaire après avoir parcouru la moitié de la planète à la recherche d'un sens à donner à sa vie. Après l'Afrique et l'Inde et bien d'autres contrées lointaines, cette espèce de vie monacale l'avait séduit. On avait manifesté de l'intérêt pour ses inventions, surtout Sroulké, qui l'avait encouragé à poursuivre ses expériences avec les cactus. Mais Sroulké était un homme particulier qui valait la peine d'être connu. C'est lui qui, à la force de ses poignets, avait fait fleurir cette terre aride qu'on apercevait encore à l'extérieur du kibboutz.

« C'était un homme qui parlait peu, qui ne se faisait pas de compliments, qui savait exactement ce qu'il valait, avait dit Dave. Nous avions de l'estime l'un pour l'autre. D'ailleurs, je ne pense pas du tout qu'il soit mort d'une crise cardiaque. »

Dave avait parlé avec une tranquille assurance, comme s'il s'agissait d'un fait établi.

« Mais de quoi serait-il mort ? s'était étonné Michaël.

— Son anima n'était pas compatible avec une crise cardiaque, avait répondu Dave sur un ton pragmatique.

— Pardon ?

— Je crois que lui aussi est mort d'un empoisonnement au parathion », avait alors déclaré Dave de sa voix calme et profonde.

Et Michaël exposa alors à Shorer et Avigaïl la thèse de Dave. Ce dernier savait que Sroulké se servait du parathion pour traiter ses roses contre les pucerons. Il avait des espèces de roses très rares, et c'est lui-même qui diluait le parathion avec la plus grande prudence. Moysh lui avait raconté que les mains de Sroulké étaient mouillées et que la mort l'avait surpris en plein travail. Quant à Dave, qui se trouvait au même moment à la fête, il avait éprouvé une sensation mystique d'étouffement à l'instant même où Sroulké mourait probablement d'un accident de travail. Shorer commanda une autre bière. Il lança un regard oblique à Michaël et décréta :

« Tout ce que je pourrais dire serait au-dessous de ce que je pense.

— Je t'avais prévenu, répondit Michaël. Je sais que ce n'est pas logique. Mais pour le moment, la logique ne m'a mené nulle part.

— Tu l'expliqueras au procureur quand tu lui demanderas une autorisation d'exhumer, dit Shorer sans sourire.

— Excuse-moi, intervint Avigaïl. Je ne veux pas discuter de ce genre de sujet ni affirmer que la télépathie n'existe pas. Mais si Sroulké est mort d'un accident de travail, où est le flacon ? Pourquoi l'a-t-on trouvé dans la poubelle, ou plus exactement dans le tas de déchets ? Si l'on meurt vite de cette chose, alors ce n'est sûrement pas lui qui est allé mettre le flacon à la décharge. Tu vois ce que je veux dire ?

— Oui, mais je n'aurai pas de réponse tant que je ne saurai pas l'essentiel, répondit Michaël. Il faut que j'aie l'accord de la famille, c'est-à-dire de Moysh, et je ne sais pas trop comment lui annoncer la chose, parce qu'il est dans un piteux état.

— Tu veux dire qu'à cause des divagations d'un fou, tu veux exhumer un cadavre ? s'exclama Shorer, stupéfait.

— Qu'avons-nous à y perdre ? De toutes façons, je suis complètement bloqué, je n'ai pas la moindre piste, pas de mobile. Le fait que Dave m'ait dit qu'Osnat et lui étaient proches ne m'a rien appris de nouveau sur elle. Pas de mobile, rien du tout. Ça ne me dérange pas d'exhumer. Les morts ne souffrent plus, il ne le sentira pas. Qui est-ce que ça dérange ? Au pire, que peut-il arriver ? Qu'on ne trouve rien ? Et alors ?

— Mais quelles raisons vas-tu donner ? lui demanda Shorer, effaré. Tu vas dire que tu as été inspiré par un Américain illuminé ?

— Trouver une raison est un problème technique. Ils me donneront l'autorisation à cause d'Osnat et du lien avec le parathion. Le problème est que c'est peut-être vraiment un accident », déclara Michaël en s'essuyant le front avec la main. Il sentit sur lui le regard que lui lança Avigaïl.

« Oui, mais où est le flacon ? demanda Shorer. Pourquoi n'était-il pas là ? Qu'as-tu à dire à ce sujet ?

— Que quelqu'un est passé par là, qu'il a vu Sroulké mort et qu'il a pris le flacon pour s'en servir. C'est aussi une éventualité, non ? »

Shorer ne répondit pas.

« Que dit Nahari de la possibilité de l'exhumer ? demanda-t-il enfin en terminant sa bière.

— Ce qu'il aime dire quand il se sent menacé.

— C'est-à-dire ?

— Dans ces cas-là, sa phrase préférée est “il faut y réfléchir”, répondit Michaël avec amertume.

— Jusqu'à quand doit-il réfléchir ?

— Je voudrais avoir sa réponse d'ici demain.

— Pour tout faire sauter une fois de plus dans le kibboutz ? »

Michaël resta silencieux.

« Tu ne sais pas encore ce que tu ferais vraiment d'une telle information », dit Shorer, et il lança à Michaël un regard à la fois impatient et affectueux.

« Non, pas vraiment », reconnut Michaël. Puis il se redressa, haussa les épaules et fixa d'un air distrait le petit tabouret de bois : « J'ai appris un truc que tu sais aussi : que parfois les choses les plus folles sont porteuses de salut. On va bien finir par connaître la vérité, non ? » Il réfléchit un instant, puis ajouta : « Même si le prix à payer est le chagrin de ces gens. »

Shorer régla l'addition et, une fois dans la voiture, dit :

« Veux-tu me déposer en premier, s'il te plaît ? A mon âge, je devrais être au lit depuis longtemps. »

CHAPITRE 14

Avigaïl se regarda dans la glace, lissa du plat de la main sa blouse blanche et poussa un soupir. Le jour où elle avait commencé à travailler dans la police, elle n'aurait jamais imaginé qu'elle remettrait sa blouse d'infirmière. Elle se retrouvait entre des murs blancs, dans un petit bâtiment à un étage entouré d'eucalyptus et de peupliers, avec une pelouse et un petit chemin de ciment qui serpentait vers la porte.

Les deux pièces et la cuisine reluisaient de propreté. Elle ne savait pas quand l'infirmerie avait été nettoyée ; de son temps, c'étaient les jeunes du Nahal qui étaient responsables de la propreté des locaux communs du kibboutz.

Avigaïl ouvrit l'armoire à pharmacie. Elle savait qu'on y avait fouillé par trois fois sans laisser la moindre trace. Elle prit dans la cachette indiquée par Jojo la clé de l'armoire où étaient rangés les médicaments toxiques et palpa les petits sachets. Les cachets destinés à Yankélé étaient rangés à part, avec les calmants, les somnifères et toutes sortes de drogues qu'elle n'avait pas le droit d'administrer de son propre chef.

« Vu les circonstances et si c'est vraiment nécessaire, vous pouvez leur donner un somnifère ou un Valium, avait dit le psychiatre qui dirigeait le centre de soins de Sha'ar HaNeguev, un homme barbu à lunettes et au visage grave. Mais s'ils viennent vous voir après notre départ, ne leur donnez rien de fort. Un médecin de chez nous sera là dans les jours qui viennent. S'il y a une urgence, expédiez le malade en ambulance à l'hôpital d'Ashkélon. Pour le reste, attendez l'arrivée du médecin remplaçant. »

Le médecin habituel, le docteur Reimer, était parti en service de réserve à la prison de Naplouse, pour une période de trente-cinq jours.

« C'est comme ça avec les médecins, lui avait expliqué Yoské, qui l'avait conduite au kibboutz. On dit qu'ils sont les seuls à faire toute leur période de réservistes. On ne leur fait aucun cadeau. D'ailleurs, la seule chose qui nous dispenserait du service... »

Il freina et se tut. Ils étaient au dernier feu rouge avant la route d'Ayalon, entre Tel-Aviv et Ashkélon. Il faisait semblant d'être attentif au bouchon qui s'était formé. Le système de climatisation de l'estafette était en panne, et Avigaïl se sentait collante et en sueur. La voix du speaker à la radio annonça le degré d'hygrométrie sur la bande côtière et, pour dissimuler son embarras, Yoské s'assura à nouveau que les fenêtres étaient bien ouvertes. Tout en l'observant du coin de l'œil, Avigaïl se dit que des mots prononcés à la légère quelques jours auparavant prenaient maintenant une coloration inattendue et un pouvoir qu'il était impossible d'ignorer.

Elle referma la porte de l'armoire à pharmacie. Dehors, on apercevait un peu partout, au secrétariat, à la comptabilité, au club, les gens de Sha'ar HaNeguev : les travailleurs sociaux, le psychiatre, les psychologues et le psychologue de la police. Elle les avait rencontrés pendant le déjeuner, après leur activité de groupe autour du thème « Intervention en temps de crise ».

Ze'ev HaCohen avait déclaré haut et fort que c'était le moment ou jamais de faire appel à leurs services, les avait convoqués et accueillis au kibboutz et avait affronté les hauts cris de Gouta, qu'on entendait jusqu'à Ashkélon :

« Crise ! Quelle crise ? C'est quelqu'un de l'extérieur, peut-être un salarié, ou alors un de ceux qui creusent la route, ou encore un volontaire. »

Yoheved la soutenait :

« Qui a besoin de psychologue ? On voit bien où ça nous mène, tous ces bavardages !

— On parle trop ! » avait renchéri Mathilda.

Avigaïl frissonna au souvenir de ces trois harpies qui s'étaient jetées sur Ze'ev HaCohen. La scène avait eu lieu dans le hall, devant la salle à manger, et Avigaïl, qui faisait semblant de lire les petites annonces affichées sur le tableau, n'avait pas raté le moindre mot ni le ton sur lequel ils étaient dits : la rage fielleuse de Mathilda, la fureur enflammée de Gouta, l'assurance suffisante de Yoheved. Au moment même où elle se demandait en frémissant comment elle pourrait vivre tous les jours en leur présence et risquer d'être démasquée par leurs regards, elle avait entendu un long « Chut » et s'était retournée. Elle avait aperçu Dvorka et remarqué qu'elle avait fait taire les trois femmes par sa seule autorité silencieuse.

« Pourquoi tout ce bruit ? Nous ne savons rien, et les psychologues peuvent nous aider. Si Ze'ev l'a décidé, c'est qu'il a ses raisons. La commission éducative en a débattu toute la nuit et son rôle est aussi d'intervenir en temps de crise. »

Avigaïl avait vu du coin de l'œil le regard courroucé de Dvorka se poser sur les trois femmes et les confondre comme des élèves prises en faute.

« Notre rôle, avait-elle expliqué avec une tranquille

autorité, est de soutenir tout le monde, de montrer que nous ne sommes pas effondrés et que la vie continue comme d'habitude. Chacun doit faire ce qu'il a à faire et nous surmonterons ensemble cette épreuve. »

Debout près des boîtes aux lettres, Avigaïl avait senti l'atmosphère se détendre et se vider de la tension dirigée contre Ze'ev HaCohen, dont le visage exprimait l'horreur et le dégoût.

« Commençons par les enfants, avait-il dit, et voyons ce qu'ils racontent dans les groupes, ce qu'ils savent, ce qu'ils ont entendu et la manière dont ils vivent cet événement. »

Après le déjeuner, en passant devant le jardin d'enfants, Avigaïl avait regardé par la fenêtre de la salle d'activités. Cinq femmes, dont deux travailleuses sociales et une psychologue, étaient penchées sur un groupe d'enfants étendus à plat ventre, en train de dessiner. Elles échangeaient entre elles des regards entendus devant ce que les enfants savent si bien raconter en images : des maisons, des tracteurs, des fleurs et le ciel.

Elle n'était là que depuis deux jours. Le kibboutz était envahi par la police, qui menait son enquête, à la recherche de la moindre trace de parathion. Des policiers en uniforme entraient dès le matin dans les maisons des membres, personne n'utilisait le terme officiel « ordre de perquisition », tout le monde ouvrait sa porte de bonne grâce. Avigaïl était convaincue que toutes ces recherches ne mèneraient à rien et qu'on ne trouverait pas la moindre goutte de poison. Elle évita Mahlouf Levi, qui expliquait quelque chose à deux policiers, et se dit qu'après avoir empoisonné Osnat, le meurtrier avait pu répandre le liquide près du tas de détritus, dans les cabinets ou n'importe où ailleurs.

Dans l'après-midi, tandis qu'elle ouvrait les portes de l'infirmerie à quelques personnes en train de l'attendre — et auxquelles elle adressa un de ses sourires agréables qu'elle réservait pour ce genre de situation —, elle imagina soudain le parathion dissimulé dans un flacon de parfum dont une jolie main de femme aspergeait un corps nu étendu dans un lit, et elle frissonna.

Elle était contaminée par la terreur qu'elle lisait sur le visage des gens, dans la salle à manger, dans la salle d'attente de l'infirmerie, au secrétariat, sur les sentiers déserts qui, d'habitude, résonnaient de cris d'enfants.

Pendant les deux nuits passées dans son lit à se retourner d'un côté et de l'autre, elle avait senti monter en elle la peur de l'assassin. Chaque personne croisée sur un sentier, dans la salle à manger, au jardin d'enfants — où elle avait participé, en tant qu'infirmière, à une séance de traitement contre les poux —, chaque situation où elle repérait une anomalie chez des gens qu'elle connaissait à peine, risquait de lui faire rencontrer le meurtrier potentiel.

Comment se rendrait-elle utile ? avait demandé Shorer. Qu'avait-elle l'intention de faire pour maîtriser ce groupe de gens qu'elle ne connaissait pas ? « Il faudrait un an pour connaître tous les personnages qui composent ce dossier », avait-il dit. Ohayon avait fait remarquer qu'elle serait là en tant qu'infirmière du kibboutz et que l'information viendrait à elle. Mais les malades n'avaient pas afflué à l'infirmerie. Leurs prévisions avaient été inexactes, se dit Avigaïl tout en couvrant de notes de minuscules papiers sur lesquels, de crainte d'oublier, elle marquait tout ce qu'elle voyait et entendait. Michaël Ohayon était censé la contacter pour qu'elle lui transmette ces informations patiemment accumulées.

Elle avait quitté son groupe du Nahal depuis des années. A l'époque, jeune soldate, elle n'avait pas remarqué ce qui se passait autour d'elle, sa pensée était ailleurs. Mais elle ne l'avait pas raconté à Shorer, à Nahari, ou à Ohayon, qui l'avaient mise en garde en lui disant : « Méfie-toi. Celui qui a fait ça une fois peut très bien recommencer. » Avigaïl leur avait rappelé qu'elle avait été infirmière pendant longtemps, qu'elle ne se livrait pas facilement et qu'elle ne se laisserait pas intimider.

« Appelez dès que vous aurez remarqué quelque chose de suspect », lui avait-on dit au cours de la dernière conversation téléphonique dans son appartement de Tel-Aviv, avant qu'elle ne parte avec ses deux valises dans l'estafette qui était venue la chercher pour l'emmener au kibboutz.

Pendant tout le trajet, elle avait répondu de bonne grâce aux questions indiscrètes de Yoské, qui, sans qu'elle le lui demande, lui avait raconté sa propre vie.

Il lui avait demandé depuis quand elle était infirmière, où elle avait travaillé auparavant et pourquoi elle avait choisi le kibboutz. Était-elle mariée ? L'avait-elle été dans le passé ? Devant ses réponses négatives, il avait soupiré d'aise. Yoské revenait au kibboutz après avoir décroché « une grosse commande ». Il était responsable de la comptabilité de l'usine qui était assez importante pour nécessiter une comptabilité séparée (« Nous travaillons avec trente et un pays ! » lui annonça-t-il fièrement) et il lui raconta aussi ses autres activités. Il avait un large sourire qui étalait sa grosse moustache et découvrait des dents blanches. Tout en parlant, il passait sa grande main sur sa bedaine et Avigaïl, qui regardait son short, ses sandales et son large pied posé sur l'accélérateur, songea au tragique vieillissement de la génération du Palmah, qui refusait de déposer les armes.

Les doigts sur le caoutchouc humide qui retenait la vitre, elle se dit que Yoské n'avait pas vraiment l'âge des gens du Palmah. Il appartenait à cette génération qui ne s'était pas battue en 1948 mais admirait ses aînés et voulait s'identifier à eux. Avigaïl savait d'avance qu'en hiver, il portait un short, des brodequins militaires et des chaussettes roulées, qu'il paraissait ainsi pathétique et pitoyable.

« Comment se fait-il qu'une jolie fille comme toi ne se soit jamais mariée ? » lui demanda-t-il à la manière des vieilles commères.

Pour ne pas exploser et lui répondre : mêle-toi de ce qui te regarde, elle se répéta qu'il était animé de bonnes intentions et qu'il bavardait ainsi pour combler un silence pesant. Mais chaque nouvelle question, chaque blague dont elle savait qu'il la racontait pour la centième fois ne faisaient qu'attiser la colère qui montait en elle.

Un jour où elle se trouvait devant la porte de la salle de garde de l'hôpital où elle travaillait, Avigaïl avait entendu l'infirmière en chef dire :

« Elle est peut-être snob et elle se tient à l'écart de l'équipe, mais une chose est sûre : elle a des oreilles et les gens le sentent. Ils veulent lui parler parce qu'ils savent qu'elle écoutera, et c'est là une grande qualité pour une infirmière. »

Avigaïl se souvenait nettement des visages confus lorsqu'elle avait brusquement ouvert la porte et mis fin à cette remarque, qui n'était sûrement pas la première devant sa solitude et sa réserve.

Yoské n'avait pas arrêté de jacasser et, arrivé devant Yavné, il avait parlé de son mariage en louchant dans la direction d'Avigaïl et fait une remarque sur l'infirmière Riki, qui les avait laissés tomber en pleine crise. Et il lui avait raconté l'histoire de la mort d'Osnat. Avigaïl s'était attendu à ce qu'il lui parle d'empoisonnement prémédité, nouvelle qui avait fait en un clin d'œil le tour du kibboutz, mais il n'en avait rien dit. Il s'était servi du mot « tragédie » et elle avait noté mentalement que ce brave bavard, avec sa moustache et son gros ventre, ses gouttes de sueur, son accent chantant et ses commérages, savait très bien se taire. Ce jour-là, en route vers le kibboutz, elle avait deviné qu'il serait difficile de briser tous ces tabous.

Yoské parlait sans cesse, de sa femme qui avait eu du mal à être enceinte, des maladies interminables de leur plus jeune fils, du traitement de la stérilité (ils avaient eu des triplés, puis deux autres enfants), des effets secondaires du Pergonal, des problèmes psychologiques de sa belle-mère qui était venue vivre au kibboutz avec son mari atteint de la maladie d'Alzheimer, de la difficulté à s'occuper d'eux, du bégaiement d'un des trois triplés. Avigaïl écoutait, se contentant de prononcer ici et là quelques mots de sympathie en attendant qu'il parle d'Osnat. Mais il ne dit que ces mots : « Il nous est arrivé une tragédie. »

Dès son premier jour à l'infirmerie du kibboutz, tout en écoutant le gazouillis des oiseaux et en regardant autour d'elle, elle comprit que ses craintes à l'idée de revêtir la tenue d'infirmière avaient été sans fondement. Tout était différent ici et il n'y avait aucun rapport entre cette infirmerie et ses souvenirs cauchemardesques du service de l'hôpital Yihilov de Tel-Aviv, où elle avait travaillé pendant neuf ans. Un de ces huit services délabrés dont l'odeur, comme celle d'une bouche de vieillard le matin, collait aux murs. Malgré la différence, elle sentit de nouveau cette même fatigue, ce même découragement qui s'était abattu sur elle avant de quitter l'hôpital. C'était sûrement un réflexe, se dit Avigaïl, parce qu'elle n'avait plus aucune raison d'être fatiguée et que tout était différent. Le travail était facile, trois heures par jour, plus facile qu'une nuit d'interrogatoires avec son équipe. Il fallait être présente, s'occuper des problèmes, distribuer des médicaments et tout enregistrer sans que personne ne s'en doute. Pourtant, la fatigue la saisit de nouveau au moment où elle boutonnait sa blouse.

Quand elle avait décidé d'étudier à l'école d'infirmières, elle s'était imaginée — malgré sa lucidité et ce qu'elle avait entendu — sous les traits d'un ange gardien vêtu de blanc.

Elle ne devinait pas encore la fatigue qui viendrait

à bout de ses sentiments pendant ces longues nuits passées — seule ou en compagnie d'une autre infirmière — à surveiller un service, quarante-deux malades, parfois plus, couchés jusque dans les couloirs, humiliés, ayant perdu toute apparence humaine. Elle ignorait que les images de femmes enveloppées dans des draps la poursuivraient, des femmes qui essayaient de couvrir leur nudité ou qui rôdaient à la recherche d'un oreiller ou d'un drap. Ce que les médias appelaient « crise du système de santé » ou « dénuement des hôpitaux » était le pain quotidien d'Avigaïl. Elle était de jour en jour plus déprimée, incapable de volonté, d'initiative et même de compassion.

« Pourquoi l'école d'infirmières ? s'était fâchée sa mère. Avec tes résultats, tu aurais pu faire mieux, t'inscrire en médecine. Nous avons toujours pensé que tu ferais une carrière sérieuse. »

Mais Avigaïl voulait être infirmière comme sa tante Esther, la sœur cadette de son père, qui était morte seule dans son petit appartement de Ben Yehouda, à Tel-Aviv, au milieu des souvenirs et des photos de ses malades reconnaissants. Elle passait des nuits entières près des mourants, leur tenait la main, les apaisait, attendait avec eux que le jour se lève et chasse la peur de la solitude et de la mort.

Esther lui avait souvent répété qu'il n'y avait rien de plus noble, de plus généreux que d'accompagner un mourant et d'atténuer sa solitude. Les malades l'avaient surnommée « l'ange » et, quand Avigaïl lui rendait visite à l'hôpital, ils lui disaient : « C'est ta maman ? Tu es sa fille ? C'est un ange. » Le modèle d'Esther était Florence Nightingale, un personnage de son enfance. Après sa mort, Avigaïl s'était demandé pourquoi sa tante avait choisi de vivre seule, dans une solitude sans amertume.

Esther était la plus jeune de six enfants ; elle s'était réfugiée en Russie avec le père d'Avigaïl et c'est ainsi qu'ils avaient échappé à la Shoah. De cette période de sa vie, Esther ne disait qu'une phrase : qu'elle était partie accompagner un ami — « un goy », disait-elle — et qu'à son retour, « ils étaient tous morts ». Elle l'avait raconté à contrecœur, un soir d'hiver où Avigaïl avait insisté. Elle ne parlait jamais de ses parents ni de ses frères morts. Il lui arrivait seulement d'évoquer le jour où la guerre avait éclaté et de dire : « On n'aime qu'une fois dans la vie, c'est quand on a seize ans. »

Quand Esther mourut, Avigaïl avait dix-sept ans. Ce fut une mort brutale. On ne découvrit son corps que deux jours plus tard dans son appartement. Alerté par l'hôpital, le père d'Avigaïl prit la clé accrochée à un clou rouillé derrière le réfrigérateur et partit seul, sans partager son angoisse avec quiconque. Puis on enterra Esther et Avigaïl ne se pardonna jamais de n'avoir pas pressenti cette mort solitaire. A l'heure où sa tante mourait, elle était au cinéma avec Ilan, en train de se demander s'il finirait par lui prendre la main. C'était son premier, mais aussi — ce qu'elle ne savait pas encore — son dernier petit copain.

C'est ainsi qu'elle avait travaillé comme infirmière pendant neuf ans. A l'âge de trente-trois ans, elle n'en pouvait plus. L'image d'Esther, qui l'avait accompagnée pendant ses moments difficiles, commençait à pâlir. En fait, il y avait des jours où elle avait du mal à se souvenir de ses traits. Elle ne la voyait plus en train d'essuyer la sueur nocturne d'un malade, ou de sourire avec compassion tout en recouvrant un corps d'un drap. Quand le charme se rompit, le monde aussi changea. Les gens lui parurent plus cruels, plus distants, plus calculateurs. Un monde où le romantisme d'Esther n'avait plus sa raison d'être.

D'abord, il y avait eu les maux de dos. Des douleurs qui avaient commencé pendant sa quatrième année de travail. Elle avait alors quitté le service où elle travaillait à Bellinson et était allée à Yihilov, d'abord dans le service de pédiatrie, puis dans celui des maladies internes. Elle avait refusé d'être infirmière au bloc opératoire, infirmière en chef ou sage-femme. Ce qu'elle cherchait inconsciemment, c'était le contact direct avec la douleur désespérée. Celle après laquelle il n'y avait rien. Le jour où elle découvrit sur son corps le psoriasis, elle sut qu'il était temps de partir.

Il apparut brusquement. Un jour, elle découvrit une tache rouge sur son coude droit, puis une autre sur le coude gauche. Les picotements et les démangeaisons commencèrent quand les taches devinrent plus épaisses et profondes et qu'elles se couvrirent d'une pellicule d'un bleu argenté. Puis vinrent les douleurs. Elle reconnut immédiatement les taches, mais se dit que c'était peut-être une allergie, et prit tout de même la précaution de travailler avec une blouse à manches longues. Elle n'alla consulter un dermatologue qu'après l'apparition de la première tache derrière le genou. Quand il lui annonça le diagnostic, qu'elle connaissait d'avance, elle éclata en sanglots.

C'était un médecin de l'ancienne génération, qui s'apprêtait à partir à la retraite. Elle sentit ses mains tremblantes l'ausculter et se dit qu'il n'avait pas la cruelle efficacité des jeunes médecins, ni leur obstination à faire subir aux patients des examens fatigants et compliqués pour prouver ce qu'ils savaient déjà et le publier dans des revues professionnelles. Par acquit de conscience, il lui fit faire quelques examens dont tous deux savaient l'inutilité et, en l'accompagnant à la porte, il lui dit :

« Jeune dame, vous savez bien que c'est une maladie dont les causes sont d'ordre psychologique. Si vous avez des raisons d'être tendue, essayez d'éliminer les tensions. A votre place, je n'exclurais pas une visite chez un psychologue. »

Avigaïl n'alla pas consulter un psychologue. Elle prit une année de congé et se demanda comment elle pourrait gagner sa vie tout en étudiant la criminologie. Une amie lui parla des conditions de travail avantageuses dans la police et de l'intérêt qu'elle y trouverait et c'est ainsi qu'un jour, ignorant la grimace que faisait sa mère, elle lui annonça son engagement dans la police.

A la fin de sa première année, on la convoqua pour lui parler d'« aptitudes particulières », d'« excellent travail », et elle rejoignit l'UNEC, où elle se trouva être la seule femme (Sarit devait arriver plus tard) parmi onze hommes. Le travail dans la police estompa son malaise chronique mais ne la guérit pas du psoriasis. Et un été, au moment où elle commençait à aller mieux, elle découvrit une tache sur sa poitrine.

Depuis sa longue aventure avec Ilan, qui avait duré pendant tout le service militaire, puis au kibboutz, elle n'avait pas eu d'autre amoureux. La blessure qu'il lui avait infligée en la quittant était si profonde qu'elle se tenait prudemment à l'écart des hommes.

Un jour, son professeur de littérature cita Freud qui, comparant le moi à un tissu rapiécé, disait que les séparations renforçaient la personnalité. Mais chez Avigaïl, elles ne faisaient que relâcher un tissu affectif déjà fragile. Il suffisait que quelqu'un s'approche un peu trop d'elle pour qu'aussitôt elle se sente démunie et sans défense. Elle ne parlait de son psoriasis à personne, ne se baignait jamais dans les eaux bienfaisantes de la mer Morte ni n'exposait sa peau au soleil. Elle était consciente de l'autodestruction qu'elle exerçait sur sa personne. Sa tante Esther était morte à l'âge de quarante-six ans et elle se demandait parfois si ce n'était pas ce qu'elle souhaitait pour elle-même.

Il lui arrivait de se sentir seule, d'avoir envie qu'un homme la prenne dans ses bras, qu'il occupe son espace, ou de souhaiter la proximité et la sympathie d'une femme. Mais Avigaïl chassait vite ces idées, s'accrochait à son vœu implicite de chasteté et ne laissait personne faire intrusion dans son intimité.

Elle lisait beaucoup, s'immergeait dans le travail qui l'intéressait et dans les études qu'elle considérait avec un mélange de sérieux et d'ironie. Et le soir, elle rentrait chez elle, à bout de forces.

Parfois, elle se réveillait en pleine nuit, brûlant de désir pour Ilan qu'elle n'avait pas revu depuis treize ans. Un jour, sous des prétextes oiseux de liberté, de crainte de s'engager, il l'avait quittée pour toujours. Elle savait parfaitement qu'Ilan n'était pas responsable de sa solitude actuelle et que la vraie raison était cachée, plus profonde. Mais il lui arrivait encore, dans une bouffée de colère, de l'en tenir responsable. Pendant ces nuits où elle se réveillait, le corps enflammé de désir et sa silhouette devant les yeux, elle sortait dans la nuit, errait dans les rues de Tel-Aviv et contemplait lucidement le vide d'une vie qu'elle n'arrivait pas à changer en profondeur.

Les nuits d'été étaient les plus difficiles; les rires faisaient intrusion dans sa solitude par les fenêtres ouvertes, les voix spontanées qui montaient de la rue rendaient ses vœux de chasteté presque ridicules.

Au mois d'avril, les routes de Petah Tikva embaumaient l'oranger et l'acacia. Leurs parfums nocturnes la mettaient au supplice, et elle faisait des rêves qui menaçaient le précaire équilibre de sa solitude. L'homme qui hantait ces rêves était maintenant Michaël Ohayon, avec lequel elle n'avait jamais eu de conversation intime et dont elle ignorait tout.

Les choses en étaient là quand Avigaïl arriva au kibboutz, un jour après qu'Ohayon eut « lancé la bombe ». C'était l'expression de Jojo, qui le lui dit d'une voix tremblante en l'accompagnant du secrétariat à l'infirmerie, après que Yoské l'eut maladroitement aidée à porter ses valises dans son appartement. Jojo ne dit pas comment Osnat était morte, mais il marmonna de vagues mots sur une crise au kibboutz, sur l'aide et l'intervention d'éléments appropriés en temps de crise et sur la police qui était encore sur place et « énervait tout le monde ».

En arrivant ce matin-là au kibboutz, avec ses valises pleines de livres, six jeans et dix chemises blanches et amples, de coupe masculine, Avigaïl sentit ses coudes brûler. Avant de retrousser ses manches, qui l'irritaient, elle sut que son état s'était aggravé. Les taches derrière ses genoux aussi lui paraissaient plus irritées, là où sa mère lui disait dans son enfance que des pommes de terre y pousseraient si elle ne se lavait pas. Elle ne savait pas si cette aggravation était due à l'appréhension de remettre une blouse blanche ou à la peur de faire face à un kibboutz traumatisé, comme l'avait dit Shorer la veille au soir.

Tout en inspectant l'armoire à pharmacie, elle sentit la démangeaison sur sa peau. Elle enleva sa blouse et retroussa ses manches. Les taches étaient violacées et sa peau squameuse était d'une laideur effrayante. Elle sortit de son sac le tube bleu de pommade à la cortisone.

Gouta fit irruption dans la salle de bains à l'instant où Avigaïl, devant la glace, se savonnait les mains avec le savon désinfectant pour enlever le reste de pommade. Aussitôt, elle s'empressa de baisser les manches et de resserrer sa blouse. Elle remarqua les taches de boue que faisaient les bottes de caoutchouc noir sur le carrelage étincelant et entendit des voix étouffées devant la porte de l'infirmerie. Elle regarda par-dessus l'épaule de Gouta, qui criait presque :

« Il faut lui donner quelque chose, mais elle ne veut rien.

— Que se passe-t-il ? »

Le ton professionnel d'Avigaïl apaisa la panique de la femme. Si elle était arrivée une seconde plus tôt, elle aurait remarqué les taches sur les coudes de l'infirmière.

« Ma sœur ne va pas bien, dit Gouta, en prenant Avigaïl par la main. Viens, viens ! »

Avigaïl sortit et vit Fania debout, la main crispée sur le cœur. Elle gémissait et respirait avec peine.

« Il faut une ambulance, cria Gouta. Elle n'arrive pas à respirer. »

Avigaïl se demanda plus tard comment elle avait trouvé le ton autoritaire qu'il fallait pour faire entrer Fania à l'infirmerie, l'étendre sur le lit étroit, lui enlever ses brodequins et ses chaussettes de laine. Gouta leur emboîta le pas. Son nez aquilin et rouge détonait sur son visage pâle. Ses cheveux gris, coupés court, se hérissaient dans tous les sens et elle y plongeait ses gros doigts d'un geste machinal. Avigaïl raconta ensuite à Michaël que les deux sœurs ressemblaient aux sorcières d'un de ses livres d'enfants. Elle souleva les jambes de Fania et les posa sur un grand oreiller. Fania ne se plaignait ni de douleurs ni de nausée, sa tension était normale, son pouls rapide mais régulier. Elle avait juste du mal à respirer.

« C'est le cœur ? demanda Gouta pendant qu'Avigaïl prenait la tension de Fania.

— Je ne crois pas, mais il serait bon que vous buviez un peu, il y a de l'eau fraîche dans le réfrigérateur, et que vous m'expliquiez ce qui s'est passé. »

Fania ferma les yeux, son visage se crispa.

« Vous avez mal quelque part ? demanda doucement Avigaïl.

— Où as-tu mal ? cria Gouta. Fania, dis-nous où tu as mal ! » Puis soufflant le feu par les naseaux : « Tout est à cause de ces vandales. »

Avigaïl resta silencieuse.

« A cause de la police ! cria Gouta. Ils commencent par emmener Yankélé, puis ils déterrent le cadavre de Sroulké !

— Doucement, une chose à la fois, expliquez-moi ce qui s'est passé », dit Avigaïl.

Gouta palpa la poche de sa blouse bleue et en sortit un paquet de cigarettes écrasées.

« On m'a appelée alors que j'étais en plein travail à l'étable. Ça m'est peut-être arrivé deux fois dans ma vie d'être ainsi appelée en plein travail. Fania était à l'atelier de couture. Quand on lui a parlé de Sroulké, elle a failli s'évanouir.

— Qu'est-il arrivé à Sroulké? demanda Avigaïl tout en prenant le pouls de Fania, qui se ralentissait.

— Sroulké est... » Gouta regarda Avigaïl comme si elle venait de la remarquer. « Sroulké est mort il y a un mois et demi. Il est mort brusquement pendant la fête de Shavouot. D'une crise cardiaque. Sroulké... »

Elle s'étrangla et étouffa un gémissement en avalant la fumée de sa cigarette. Fania ouvrit les yeux et regarda sa sœur, effarée. Sa respiration devint moins bruyante et l'expression de douleur de son visage céda la place à l'effroi. Avigaïl sentit de nouveau la peur l'envahir.

« Vous savez bien que quelqu'un est mort ici. Un meurtre, dit Gouta. Vous savez bien que quelqu'un a empoisonné Osnat. » Avigaïl ne dit rien. « Quelqu'un lui a mis du parathion et elle est morte. »

Gouta fixa le mur blanc au-dessus du lit étroit et regarda un dessin d'Anna Ticho représentant les collines de Jérusalem. Fania suffoquait. Avigaïl resserra son étreinte sur le poignet et sentit le pouls s'accélérer.

« Hier, dans la nuit, ils ont déterré le cadavre de Sroulké et ont vu que lui aussi. Le matin, ils sont allés le lui raconter à l'atelier, dit Gouta en regardant sa sœur.

— Que s'est-il passé? Que lui ont-ils raconté?

— Que lui aussi, répondit Gouta en avalant la fumée.

— Lui aussi a quoi?

— Qu'on a trouvé du parathion dans son corps aussi. Alors on interroge de nouveau Yankélé. »

Fania referma les yeux, sa bouche se crispa dans un mouvement de douleur et on l'entendit de nouveau respirer par saccades.

« On le garde comme suspect alors qu'il ne ferait pas de mal à une mouche. Excusez-moi. » Fania tira de sa poche un bout de papier hygiénique, et se moucha. Ses yeux étaient secs. « C'est trop pour nous. Ça et Sroulké... »

Elle se mit à gémir en tirant des soupirs terrifiants des profondeurs de sa gorge.

« Hystérie, dit plus tard Avigaïl à Michaël, hystérie pure et simple. Je le savais depuis le début. »

Gouta regarda sa sœur et dit :

« Sroulké était pour nous comme... » — elle avala la fumée et s'étouffa, puis toussa — « ... comme la famille. C'est lui qui nous a amenées ici, lui qui nous a sauvées. Il s'est toujours soucié de Fania. Et de Yankélé. Et on dit maintenant à Fania que Yankélé traînait là-bas la nuit... alors on l'emmène pour l'interroger. Il n'y a personne avec qui parler, même pas Moysh... Je voudrais... »

Gouta regarda en direction du lit étroit.

« Tu vas mieux ? »

Mais Fania ne réagit pas. Ses pieds nus, enflés, formaient deux masses rouges sur la surface blanche du drap. Ses bras minces et ridés dépassaient des manches larges de sa robe déteinte. Elle avait les cheveux comme ceux de sa sœur, avec des fils blancs dans ses boucles châtain. Les traits de son visage étaient doux. Elle ne ressemblait pas à Gouta.

« Ils ont sorti Sroulké, ils l'ont sorti de la terre, chuchota Gouta. C'est comme ça qu'ils l'ont rendue malade. » Ses mains tremblaient. « Ils disent que lui aussi est mort à cause du parathion. Et maintenant ils prétendent que Yankélé a pris le parathion chez Sroulké et qu'il... et qu'il... » Fania se remit à gémir, à marmonner en yiddish. « Il faut que nous soyons forts », dit Gouta. Elle se pencha et écrasa sa cigarette sur le bord de la corbeille blanche.

« Nous avons cru... Que demander de plus de la vie... Nous voulions un peu de calme... C'est tout... Et nous ne l'avons pas, c'est tout ce que nous voulions. »

Avigaïl aligna ses questions. Non, répondit Gouta, pas de crises cardiaques, pas de maladies. Elles n'avaient jamais été malades, sauf en arrivant en Israël. Fania avait eu la tuberculose, mais c'était passé, les radios des poumons étaient bonnes, c'était à cause de la guerre et de la faim, de tout ce qu'elles avaient traversé. Aucune autre maladie. Avigaïl déposa un petit cachet jaune dans la paume de Gouta : « Prenez-en un tout de suite, vous aussi. Puis elle soutint la tête de Fania qui avala l'eau docilement. « Vous traversez des moments difficiles. Tout le monde réagit mal à ces événements », dit-elle à Gouta, qui posa le cachet sur sa langue.

« Qu'est-ce que c'est ? demanda-t-elle après l'avoir avalé.

— Juste un calmant.

— Elle avait de l'écume sur les lèvres, dit Gouta. J'ai vu de l'écume sur ses lèvres. C'est à cause des filles de l'atelier, qui ont parlé de Sroulké et de ce grand policier qui a emmené Yankélé pour l'interroger. Comme il traînait par là la nuit, il croit qu'il a pu tuer Osnat. Mais il n'y était pas, ajouta soudain Gouta comme si elle venait de se rappeler. Il était tout le temps avec Dave. Comment aurait-il pu le faire ?

— Peut-être qu'ils ont juste besoin de son aide. Peut-être a-t-il vu quelque chose, dit Avigaïl.

— Pendant la fête, quand Sroulké est mort, Yankélé était tout le temps avec nous. Et après, il était de service aux cuisines.

— Tout va s'arranger, la consola Avigaïl.

— Et maintenant, ce policier moustachu veut interroger Fania. Mais je ne la laisserai pas partir. Elle ne peut aller nulle part.

— Quand le médecin viendra, je lui demanderai de l'examiner », dit Avigaïl.

Fania se redressa sur le lit étroit.

« Ce n'est pas la peine, dit-elle d'une voix sourde. Je n'ai pas besoin de médecin.

— Tu comprends, dit Gouta en s'adressant au dessin d'Anna Ticho, le plus simple est de commencer par nous. Ils ne parlent pas avec Jojo. Même s'il s'y connaît en parathion. Mais avec Yankélé, qui n'y a jamais touché, oui.

— Jojo s'y connaît en parathion ?

— Il a même un diplôme, je le sais, répondit Gouta, s'adressant à la pièce. Il était encore en culotte courte qu'il s'occupait déjà d'insecticides. Mais on ne lui demande rien. On ne lui pose pas de questions. Mais à Yankélé, oui.

— Ils posent juste des questions, ça ne veut rien dire, la rassura Avigaïl.

— On travaille ici toute une vie avec nos dix doigts et on finit par nous conduire à la police ! » grommela Fania en remettant lentement ses chaussettes de laine.

CHAPITRE 15

Il était tard dans la nuit quand Michaël Ohayon se glissa dans la chambre qu'on avait attribuée à Avigaïl à l'extrémité du kibboutz, près des maisons habitées par les jeunes du Nahal. Une lueur jaune filtrait à travers les rideaux fermés, et la pleine lune projetait sur le sentier un éclat métallique. Lorsque, le cœur battant et ému, il frappa à la porte et regarda de part et d'autre les vastes espaces déserts, il se sentit ridicule et embarrassé comme un adolescent.

« Personne ne m'a vu », dit-il à Avigaïl, une fois dans la chambre.

Il avait d'emblée écarté la possibilité d'une rencontre hors du kibboutz. « Intifada », avait-il déclaré sur un ton catégorique en énumérant les dangers nocturnes dans les champs, loin du kibboutz, sur les terres non cultivées.

« C'est trop dangereux maintenant. Ce n'est plus comme autrefois, quand garçons et filles se promenaient dans les champs. » Avigaïl avait rougi. « Il faudrait étudier l'influence de l'Intifada sur la vie sentimentale des gens sans toit », avait-il ajouté comme pour briser la glace entre eux.

Il avait passé sa journée à interroger longuement les membres du kibboutz. L'UNEC avait décidé que ce n'était pas la peine de déplacer tout le kibboutz pour interrogatoire. « Trois cents personnes, c'est trop », avait admis Nahari. Mais l'équipe d'enquête spéciale avait refusé de transporter au kibboutz le détecteur de mensonges, et quelques membres avaient été priés de se déplacer à Petah Tikva.

« Tu as pris des risques en parlant avec Benny devant la salle à manger », dit Michaël.

Avigaïl examinait le petit document gris qu'il tenait à la main. Michaël lui raconta comment il avait essayé de coincer Jojo, mais sans résultat. C'était l'autorisation d'utiliser du parathion.

« J'ai oublié, ça fait trente ans, avait dit Jojo.

— Non, vingt-quatre, avait corrigé Michaël. Mais vous n'en avez jamais rien dit. Dans ces circonstances, votre oubli paraît pour le moins étrange.

— Je vous jure que je l'avais oublié. C'était à l'époque où je le pulvérisais sur les champs de coton. Pourquoi voulez-vous que je le cache ? »

Le détecteur de mensonges avait confirmé qu'il n'avait pas menti. L'autorisation de pulvériser du parathion ne les avait conduits nulle part. Quant à Fania et Gouta, elles avaient refusé d'être examinées par le détecteur de mensonges.

« Vous devez prouver que vous avez une raison de nous le demander », avait dit Gouta.

Elle avait agité un bras menaçant dans sa direction et Fania avait émis un gémissement d'assentiment.

« Elles ne veulent pas ? avait dit Nahari. Qu'est-ce que ça veut dire, elles ne veulent pas ? Arrête-les et tu verras bien qu'elles le voudront. Je te le promets.

— Attendons. De toute façon, il n'y a pas grand-chose à en tirer.

— Tu te prends encore pour un prophète ! »

Nahari s'était replongé dans les papiers étalés devant lui. La Tova de Boaz non plus n'avait pas menti en affirmant qu'il ne lui serait jamais venu à l'idée d'empoisonner Osnat, la honte qu'elle lui avait infligée dans la salle à manger étant suffisante.

« S'il avait fallu que je tue ou empoisonne toutes les femmes après lesquelles Boaz court, il n'en resterait pas beaucoup de vivantes », avait-elle dit à Mahlouf Levi.

Il avait répété ses paroles à Michaël avec un plaisir non dissimulé. Entre deux interrogatoires ou en écoutant l'intonation de centaines de phrases pendant ces trois jours, Michaël avait eu le temps de percevoir la surprenante tranquillité qui émanait du kibboutz. Cette atmosphère paisible qui flottait dans l'air, sur les sentiers fleuris, les pelouses, les aires de jeux, la place devant la salle à manger, le cimetière avec la partie militaire, tout cela lui paraissait absurde et presque irréel. Parfois, la nuit ou à l'heure de midi, en pleine chaleur, quand tout était désert et qu'il regardait autour de lui, il se demandait si le meurtre d'Osnat n'était qu'un mauvais rêve.

Il ne vint chez Avigaïl que le troisième jour. Elle lui ouvrit la porte en silence et la verrouilla aussitôt. Il la regarda mélanger cérémonieusement le café turc dans le petit récipient à bec, comme le faisaient les gens du kibboutz, remarqua la minceur de sa silhouette, ses cheveux qui accompagnaient les mouvements de son corps et ses mains délicates. Elle portait un kimono japonais boutonné jusqu'au cou et dont les manches larges étaient serrées aux poignets. La climatisation ronronnait paisiblement et les stridulations des criquets ne pénétraient pas dans la pièce.

Il s'assit en poussant un long soupir.

« C'est la première fois que j'entrevois quelque chose », dit-il soudain.

Elle le regarda d'un air concentré et interrogatif. Il se sentait à l'aise en sa présence et avait envie de la faire rire, de lui faire plaisir. Tu veux l'impressionner, la séduire, se dit-il sans complaisance. Il était intrigué par la manière dont elle veillait à préserver sa vie privée. Il la sentait sensible et vulnérable, et avait envie de la protéger. Pourtant, paradoxalement, elle lui donnait une impression de liberté, de ne rien attendre de lui. Il eut envie de toucher ses joues à la peau blanche et fine et de voir ses bras cachés par les longues manches. Mais il étendit les jambes, prit sa tasse de café, la regarda se servir du thé et attendit. Elle aussi attendait.

« As-tu quelque chose pour moi ? finit-il par lui demander.

— Oui et non. Je peux te dire ce que tu as dû constater par toi-même pendant la journée. Que les gens ont l'air sérieusement ébranlés. A part ça, je n'ai rien de concret, sauf ce que je t'ai déjà raconté sur Gouta et Fania.

— Dis-moi tout de même ce que tu as vu, donne-moi des détails. »

Elle prit dans le tiroir deux minuscules bouts de papier couverts d'une écriture très serrée. Il tendit la main pour les prendre.

« Tu n'y comprendras pas grand-chose, c'est juste pour moi, dit-elle en se penchant sur les papiers. D'une manière générale, aucun de ceux qui sont venus à l'infirmerie n'a parlé du meurtre. Même dans la salle à manger, pendant la visite guidée du kibboutz, quand j'ai fait une inspection de poux au jardin d'enfants, et partout ailleurs, dès que je m'approchais, les gens se taisaient.

— Allons, personne n'a parlé ?

— Personne n'a parlé de manière explicite. Il n'y a eu que de vagues allusions. Comme cette femme qui a dit : "Vu la situation..." Elle s'appelle Shoula, elle m'a demandé des calmants pour pouvoir dormir la nuit, "vu la situation". Je lui ai donné du valium. C'était cet après-midi, elle était pâle, avait les yeux cernés et paraissait vraiment manquer de sommeil. Ensuite il y a eu Tsvika, qui est déjà venu me voir, et qui m'a proposé de participer à un projet qu'il prépare pour les enfants. Ça m'a paru un peu bizarre.

— En quoi ?

— Il était essoufflé, plein d'énergie, et ce qu'il disait sonnait faux. Lui aussi a dit, "vu la situation", j'ai répété ces mots sur un ton interrogateur. Mais il n'a rien ajouté. J'ai remarqué qu'il était très intéressé par ce projet pour les enfants, "la chasse au trésor", et qu'il voulait se servir aussi de l'infirmerie. A propos, nous avons eu hier soir la visite de ce type d'Ashkélon avec ses chiens, il a cherché partout, mais pas la moindre trace de parathion.

— Sur ce chapitre, je n'ai plus aucun espoir, dit Michaël, fixant sa tasse de café.

— A part ça, il règne ici une sorte de calme, dit Avigaïl en mélangeant son thé. Je peux te dire aussi que leur télévision par câble a marché jusque très tard dans la nuit. Enfin, il y a une certaine Mathilda qui parle à tort et à travers, je l'ai entendue pendant qu'elle attendait devant l'infirmerie pour avoir un médicament qu'elle prend régulièrement. C'est un vrai personnage.

— Oui, je la connais. Elle travaille au petit marché.

— Elle a parlé d'une femme qui regarde tout le temps la télévision. Quant à Moysh, je pense qu'il a un sérieux ulcère à l'estomac, que son état va empirer et qu'il faudra le transporter à l'hôpital. Il va encore plus mal depuis qu'on a exhumé le cadavre de son père. Tous ces phénomènes sont liés et ça n'arrange rien que la presse s'en soit mêlée aujourd'hui. Il paraît qu'ils ont refoulé un journaliste aujourd'hui. Heureusement que je suis arrivée avant tous ces événements.

— Nous lui avons parlé de son père en effet, et il a très mal réagi. Nous lui avons dit que contrairement à la mort d'Osnat, nous ne savions pas s'il s'agissait d'un accident ou d'un meurtre, mais ça n'a pas servi à grand-chose.

— Il y en a qui sont dans un état comateux, ils ne parlent à personne. Mais d'autres, la femme du comptable...

— De Jojo, précisa Michaël.

— Elle arbore une expression de triomphe, va chez les uns et les autres et parle sans cesse. Je l'ai aperçue dans la salle à manger et j'ai entendu des gens parler à la table derrière moi, et l'une des femmes a crié : "Ce n'est pas quelqu'un de chez nous." Une autre s'est jointe à elle, je ne sais pas qui c'est, mais je peux te la montrer. Ils parlaient aussi de Yankélé dont la mère, Gouta, erre comme une bête sauvage et ne quitte pas son étable.

— Avigaïl, dit Michaël, Gouta n'est pas la mère de Yankélé, c'est Fania, la couturière, je t'en ai déjà parlé.

— Elle est malade. Je voulais dire, la tante. Toutes les deux sont effrayantes et elles souffrent. Bref, je n'ai pas le moindre indice, mais je peux faire une dissertation de lycéenne sur le kibboutz en état de choc et je peux te dire aussi que c'est assez contagieux et effrayant. Pas seulement ça... »

Elle se tut et tous deux se redressèrent en entendant un bruit de pas, le froissement de feuilles sèches, puis un doigt hésitant qui heurtait la porte.

Avigaïl retint son souffle, regardant la serrure. Michaël se leva doucement et alla s'enfermer dans l'autre pièce, tandis qu'Avigaïl disait d'une voix tremblante :

« Une minute. »

Elle ouvrit aussitôt sans demander l'identité du visiteur nocturne.

Assis sur le double lit, Michaël contempla l'armoire ouverte. Des chemises blanches à manches longues, des jeans pliés, deux blouses blanches, un peu de maquillage, quelques livres sur une étagère. Il essaya d'identifier le visiteur mais n'entendit rien d'autre qu'une voix sourde, celle d'un homme, et celle, claire, d'Avigaïl. Il se leva et alla coller son oreille contre la porte. C'était un homme qu'il ne connaissait pas. Il entendit les mots : « peur d'être seule », et la voix d'Avigaïl, en train de dire sans cacher sa colère :

« Non, je n'ai pas de tels problèmes et à cette heure-ci, vous devriez être avec votre femme. Il me semble que vous êtes marié. Et votre prétexte est cousu de fil blanc ; venir me demander de l'aspirine en pleine nuit ! Vous auriez pu attendre le matin ou déranger un voisin plus proche de chez vous. »

Puis il y eut de nouveau le murmure de l'homme et la voix d'Avigaïl :

« Non, je n'en parlerai à personne, ou plutôt si, mais c'est à moi de le décider. Ne revenez plus ici même si vous voyez de la lumière. »

Il entendit la porte extérieure se refermer en claquant, un double tour de clé, puis Avigaïl ouvrit la porte de la chambre à coucher et lui dit :

« Il est parti.

— Qui était-ce ?

— Un type. Ça aussi, c'est une réaction au choc. Il s'appelle... j'ai oublié son nom, il m'a parlé aujourd'hui dans la salle à manger. Je crois qu'il s'appelle Boaz et qu'il est le fils de Mathilda ou plutôt de Yoheved. Il se prend pour don Juan, et je crois que c'est lui qui a courtisé Osnat. Sa femme a fait un scandale dans la salle à manger, je ne sais plus trop, un type mince.

— Le genre tombeur ?

— Oui, répondit Avigaïl, soudain souriante, le genre tombeur. Depuis mon arrivée, il travaille dans la salle à manger.

— Il est entre deux fonctions, expliqua Michaël. Il était responsable des plantations. Son comportement est aberrant, exagéré. Tu n'es là que depuis trois jours et déjà...

— Il m'a demandé si j'étais seule dans la vie. Je lui ai dit que non, mais que j'habitais seule ici. Apparemment, ça lui a suffi. Le moins qu'on puisse dire est qu'ils sont préoccupés. Le soir, au club, des gens se sont endormis devant la télévision à circuit fermé. J'ai entendu Yoheved raconter qu'une telle n'était pas allée travailler, qu'elle était restée toute la journée devant la télévision, et j'ai vu de mes propres yeux deux hommes partir travailler dans les champs avec des petits enfants. Pourtant, rien ne transparaît à l'extérieur. La salle à manger est à moitié vide. Les gens restent chez eux. Ah, j'ai oublié, une femme a exigé une réunion urgente du kibboutz. Elle a dit à Dvorka : “Je veux un débat sur ce sujet.” Dvorka ne lui a pas répondu, mais Moysh, qui était à côté d'elle, a dit que ce n'était pas le moment : “Que veux-tu, Hila ? Que les gens demandent en plein débat qui est le meurtrier ? La police a pris les affaires en main.” Alors elle a crié : “Non, ce n'est pas quelqu'un de chez nous. D'après moi c'est quelqu'un d'autre, quelqu'un qui est parti et qui est revenu pour détruire, et il faut le dire à tout le monde.” Moysh lui a répondu qu'on ne pourrait organiser un débat que lorsque tout serait fini et qu'on aurait trouvé le meurtrier. En attendant, elle n'avait qu'à participer aux dynamiques de groupe organisées par les psychologues.

— Et Dvorka ? Comment réagit Dvorka ?

— Je ne sais pas, je ne l'ai presque pas vue. Mais au cours de cette même conversation avec Hila, elle a dit : “Pourquoi un débat ? La vie continue, il faut continuer à vivre avec ça comme avec toute tragédie.”

— C'est ce qu'elle a dit ? s'étonna Michaël. “Comme avec toute tragédie” ? C'est intéressant.

— Elle se comporte, dit Avigaïl, songeuse, comme s'il ne s'était rien passé. C'est du moins l'impression qu'elle me donne. Ce genre de personne qui, lorsqu'arrive une catastrophe, garde la tête froide. Je l'ai remarqué à l'hôpital, dans les familles. Il y a toujours quelqu'un qui dit que la vie continue et qui maintient les autres. Des gens qui ont une espèce de retenue non pas exagérée, mais peut-être pathologique.

— Non, pas pathologique, dit Michaël, mais surprenante. Je croyais, j'étais sûr... » Sa voix s'éteignit, puis il expliqua : « Je croyais qu'elle tiendrait le coup pendant tout le temps où il fallait garder le secret. Je ne voyais pas trop comment elle réagirait après. Je croyais qu'elle s'effondrerait. Mais elle est faite d'un autre bois. Et Ze'ev HaCohen ?

— Il est impressionnant, mais trop infatué. Il se prend au sérieux, comme tous ceux de la génération des fondateurs. Et il en rajoute. Je n'ai rien trouvé d'anormal chez lui.

— Et Dave ?

— Dave, sourit Avigaïl, a proposé de multiplier les ateliers de mystique et les rencontres. Mais tu savais qu'il avait de la mescaline ?

— Qu'est-ce que c'est ?

— Une espèce de cactus qui provoque des hallucinations, une drogue.

— Comment le sais-tu ?

— Je le sais parce que j'ai lu un livre sur les drogues d'Amérique du Sud et que quelqu'un m'en a montré. Il ne s'en cache pas. Je lui ai demandé comment s'appelait le cactus rond, devant sa maison, et il m'a répondu sans vergogne : “peyotl”.

— Que faisais-tu devant sa maison ? »

Michaël fut surpris par l'agressivité de sa voix et le petit pincement de jalousie qui le traversa.

« J'ai participé à leur atelier. Hier, j'étais à l'atelier de littérature, et l'autre jour à celui de musique. En trois jours, j'ai déjà participé à trois ateliers et j'ai pu jeter un coup d'œil à l'atelier de céramique pour adultes. C'est un phénomène important, tout le monde participe à un atelier. Celui de Dave a lieu dans son appartement : mystique et histoire du mysticisme autour d'une tasse d'infusion. D'après ce que j'ai compris, il y avait plus de monde que d'habitude, sans doute à cause de ce qui s'est passé. » Puis elle changea soudain de sujet : « J'ai pensé à Fania. Je me suis dit qu'elle pourrait avoir tué Osnat pour défendre Yankélé. Ou Gouta, pour défendre Fania, qui risquait de s'effondrer à cause de Yankélé. Ou encore Aharon Meroz, qu'on interroge de nouveau, à ce qu'on m'a dit.

— Mais il était à Jérusalem! Il est difficile d'empoisonner quelqu'un à distance. Quant à Fania, elle se trouvait dans l'atelier de couture avec dix autres personnes. Yankélé était à l'usine avec Dave, et Gouta dans la salle à manger. On l'a vue. Quelqu'un a dû disparaître pendant une demi-heure ou trois quarts d'heure sans que personne s'en aperçoive. Et la topographie du kibboutz n'arrange rien. Les gens me disent : "J'étais à tel endroit" ou "en route vers". Et puis, j'ai besoin d'un mobile.

— Il n'y a pas de mobile, déclara Avigaïl.

— C'est bien ce qui est désolant, reconnut Michaël. J'ai fouillé dans toute sa vie. J'ai lu toutes ses lettres, tous ses papiers, j'ai cherché aussi chez Aharon Meroz, avec son accord. Rien. La chose la plus surprenante que j'aie trouvée chez elle est le bulletin du kibboutz. J'ai pris tous les bulletins de l'année en cours dans l'espoir d'y découvrir quelque chose. C'est un bulletin hebdomadaire. » Il écarta les mains en un geste d'impuissance, puis les reposa sur ses genoux. « Dès que j'avais cinq minutes, je les feuilletais. Sarit les lit méthodiquement. Je me suis dit que j'y trouverais peut-être quelque chose que personne ne songe à cacher, une chose qui paraît anodine. Les recherches dans sa chambre ont mis en évidence ce que prétend aussi Aharon Meroz : elle était passionnée par le débat idéologique.

— Idéologique? répéta Avigaïl, dubitative.

— Oui. Qu'en penses-tu?

— Parler d'idéologie quand on a affaire à un meurtre me paraît un peu romantique. Nous savons bien pourquoi les gens tuent.

— Ah bon? Et pourquoi tuent-ils? »

Avigaïl resta silencieuse.

« Nous ne devrions donc pas rechercher quelque chose que nous ignorons? » Il la regarda. « Crois-tu que nous devrions cesser nos recherches? As-tu d'autres propositions? Des idées plus pratiques sur des mobiles non romantiques? Qu'en penses-tu?

— Je ne sais pas. Je ne sais vraiment pas. »

CHAPITRE 16

Sur le mince tapis de l'ancien secrétariat, Michaël avait disposé les copies stencils du bulletin hebdomadaire du kibboutz. Il était assis dans un vieux fauteuil auquel il manquait un pied, qu'on avait remplacé par une brique rouge. Il s'adossa, reposa la tasse de café qui avait refroidi et regarda les feuillets qu'il tenait à la main.

Ses yeux parcoururent les lignes imprimées. Parmi les propositions visant à changer le système du volontariat et le compte rendu des programmes vidéo, il trouva l'article qui l'intéressait. Mais, d'abord, il lut le récit de la cueillette de coton du samedi précédent : l'image idyllique des jeunes vêtus du bleu et blanc national, les drapeaux rouges, symbole des travailleurs, l'humour forcé du rédacteur de l'article irritèrent Michaël, qui écrasa sa cigarette dans le débris de pot de fleurs qui lui servait de cendrier.

Après avoir quitté Avigaïl, il avait passé sa nuit à lire les bulletins, à éplucher la moindre information, y compris les vœux, remerciements et annonces diverses. Quand le jour se leva derrière les fentes du store cassé, ses tempes se mirent à battre au même rythme que les phrases de Nahari qui lui revinrent en mémoire. Vers cinq heures du matin, sa gorge était sèche et il avait les mâchoires crispées à force de serrer les dents. Il entendit dans sa tête la voix de Youval lui faire des reproches sur un ton déçu : « Comment as-tu pu, papa... comment ? » Il vit le regard triste de son fils et se demanda ce qu'il ferait si l'un d'entre eux se suicidait. Il pensa à l'expression persécutée de Yankélé, aux sanglots de Fania en revenant de l'hôpital après avoir attendu devant la porte de la pièce où l'on interrogeait son fils, aux silences de Yankélé. Et la fureur de Gouta, le teint cireux d'Aharon Meroz, les cernes sous les yeux de Jojo. Sans parler du regard de Dvorka, méfiant et accusateur, qui le poursuivait partout.

Il ouvrit la porte pour respirer un peu l'air frais du matin et chasser ses idées sombres, mais en vain.

« Pourquoi les as-tu secoués comme un prunier? » l'avait réprimandé Nahari.

La question le travaillait tandis qu'il parcourait les feuillets du bulletin de février.

« Pour faire sortir le lapin, avait-il répondu machinalement, sans penser à la signification des mots.

— Et pourquoi crois-tu qu'il va sortir? Parce que ça te convient? »

Ignorant le ton sarcastique de la question, Michaël lui avait répondu :

« Il sortira peut-être pour se protéger. Ou par crainte que quelqu'un soit au courant.

— Si c'est ainsi, avait dit Nahari, il faudrait que tu réfléchisses aussi aux conséquences d'une telle situation. As-tu jamais pensé à protéger les gens qui étaient proches d'Osnat? Parce que ton lapin, quand il sortira — et ce n'est pas un lapin, mais un tigre —, il risque d'être dangereux pour son entourage. » Michaël se taisait. « Je veux dire que tu dois surveiller de près Dvorka et Moysh, et tous ceux-là. »

Cet échange avait eu lieu au cours de la réunion où il avait été question de la durée de l'enquête.

« Je m'en fous de ce qu'on peut dire. En principe, peu m'importe que ça dure quelques jours de plus si l'on finit par avoir un dossier documenté, sérieux. Mais dans ce cas précis, le temps m'importe parce que nous prenons plus de risques que d'habitude. On ne peut pas laisser longtemps la police dans le kibboutz sans avoir sur le dos le mouvement national des kibboutzim et des questions à la Knesseth. Et il n'y a pas que ça. Ce qui me préoccupe encore plus, c'est ton lapin-tigre : s'il ne se manifeste pas d'ici une semaine ou deux, tu auras tout le kibboutz sur les bras. Et si tu ne te dépêches pas, ce ne sera pas seulement le mouvement national, la Knesseth, Meroz et tout le reste, mais les gens eux-mêmes qui vont se mettre à craquer. C'est exactement comme si quelqu'un de ta famille était un assassin. Nous ne pouvons pas savoir ce qui peut se passer. Que ferais-tu si demain quelqu'un se suicidait ? C'est déjà arrivé. » Michaël ouvrit la bouche, mais Nahari leva la main pour le faire taire : « Je sais, je sais bien que tu as fait venir là-bas tous les psychologues et les huiles du médico-social. Mais il y a des choses que nous ne pouvons pas contrôler. Quand on fait subir une trop grande pression aux lapins, ils deviennent dangereux. Il faut absolument que tu trouves quelque chose. C'est urgent. Au moins un mobile. On raconte que tu es doué, que tu fais des miracles. »

Nahari interrompit son discours pour humecter puis allumer en grande pompe son cigare. Ils étaient assis dans la salle de réunions de la section dirigée par Michaël.

« Et je ne parle pas de ta décision d'expédier Avigaïl là-bas. Un de ces jours, quelqu'un finira par la reconnaître. Dans ce pays, on ne peut pas cacher les choses pendant longtemps. Quelqu'un a sûrement été à la même école que sa mère, ou l'a croisée dans la rue ou à l'université. Et quelqu'un te verra aller chez elle et lui parler. »

Michaël posa le bulletin qu'il tenait à la main et se dirigea lourdement vers les toilettes situées à l'extérieur du secrétariat. Il se mit la tête sous l'eau, puis sécha ses cheveux avec la serviette de l'armée que Moysh lui avait apportée et pensa à Avigaïl, à la vulnérabilité qui se cachait sous la chevelure soyeuse. Aussitôt une douleur aiguë le traversa, toujours aussi vive mais presque abstraite, celle qu'il éprouvait au souvenir de Maïa. Les paroles de Nahari lui martelèrent les tempes et l'angoisse le saisit de nouveau à la gorge. Il vit le visage tendu et pâle de Moysh, les taches de rousseur de Jojo et ses yeux baissés chaque fois qu'il lui parlait, les ongles rongés du fils d'Osnat.

Il reprit le bulletin daté de la fin février et relut la rubrique « Nouvelles du secrétariat » tenue par Osnat. C'était le compte rendu d'une journée à laquelle avaient participé des dizaines de secrétaires de kibboutz et dont le sujet était « Confiance mutuelle au kibboutz ». Il relut l'avant-dernier paragraphe comme pour l'apprendre par cœur :

> Parmi les nombreuses autres questions discutées (dont celle de la responsabilité collective lorsqu'il y a par exemple détournement de fonds publics ou vente de biens appartenant au kibboutz soi-disant dans l'intérêt du kibboutz, ce qui est arrivé avec certains responsables qui se sont conduits comme s'ils étaient eux-mêmes la loi), l'impression qui se dégage de cette journée est celle d'une crise grave et profonde qui ne peut être résolue par tel ou tel amendement, mais uniquement en ayant l'audace et le courage de tout réexaminer de fond en comble.

Puis il reprit le rapport du secrétariat sur « les prêts octroyés aux jeunes du kibboutz pour une année passée à l'extérieur » et lut machinalement : « somme destinée à une première installation et qui doit être remboursée au cours des quatre premiers mois ». Ensuite il relut le dernier paragraphe de la rubrique « Nouvelles du secrétariat » :

> Le kibboutz doit se restructurer comme une société où l'individu est le but et la première des priorités, où la communauté collectiviste et égalitaire n'est qu'un moyen, meilleur que les autres, pour l'épanouissement de l'individu et la réalisation de ses aspirations. Seul un kibboutz qui adopte ces principes pourra rivaliser avec l'attraction de la « belle vie », d'autant plus ten-

tante que l'idéologie socialiste-sioniste est en crise. Loin d'être sombre ou désespérée, l'atmosphère qui régnait était celle d'une grande volonté potentielle à l'orée d'un tournant historique. Une fois ce tournant pris, nul doute que nous aurons la force d'aller de l'avant.

Michaël fut intrigué par le ton inégal du compte rendu. Il était rédigé avec les clichés habituels et reflétait sans doute fidèlement l'atmosphère ambiante. La seule phrase qui l'intéressait était celle qui se trouvait entre parenthèses.

Soudain, son angoisse céda le pas à l'effroi et il éprouva un besoin urgent d'agir rapidement. Il replia soigneusement le bulletin et se dirigea vers la salle à manger du kibboutz. Moysh ne s'y trouvait pas. Il se servit du café dans le grand réservoir à robinet, ajouta du lait chaud, se tartina un petit pain avec du fromage aux olives et s'assit à une table inoccupée, dans un coin de la grande salle. Il était sept heures et quart et il y avait encore peu de monde. Quelqu'un le salua sans sourire. Les quatre hommes assis à la table derrière lui, en bleus de travail, n'étaient pas loquaces. A l'autre bout de la salle, il distingua les bottes noires de Gouta occupée à découper minutieusement ses légumes en petits cubes. Perplexe, il regarda sa tasse de café vide, posa son petit pain dans une assiette et, sans prendre le temps de le jeter dans la poubelle de table, se dirigea vers le bâtiment qui abritait le nouveau secrétariat. Il pensait distraitement à la double signification du terme « touche-à-tout ». C'est ainsi qu'on surnommait la poubelle de table, mais aussi ceux qui avaient des mains en or et savaient tout réparer. Comme Dave, se dit Michaël. Comment étaient-ils arrivés à désigner par le même terme un collecteur de détritus et l'ingéniosité, le savoir-faire humains ? Mais surtout, qu'est-ce que cela voulait bien dire ?

Moysh était déjà au travail dans son bureau de directeur de kibboutz. Par la porte ouverte, Michaël entendit sa voix et entrevit son dos. Son fauteuil de bureau était tourné de côté ; il regardait dans la direction de la baie vitrée et parlait au téléphone. Une pelouse bien verte et de grands cyprès entouraient le nouveau bâtiment blanc du secrétariat du kibboutz. Michaël frappa à la porte et s'excusa de déranger Moysh qui fit pivoter son fauteuil dans sa direction et d'un geste hâtif et nerveux lui indiqua la chaise vide en face de lui. Il était pâle, tendu et il abrégea sa conversation téléphonique : « Appelle-moi quand vous aurez une estimation des dégâts. »

« Rien de nouveau, soupira-t-il, s'adressant à Michaël. Encore un chacal ou une mangouste qui ont fait une brèche dans le poulailler. »

Michaël sortit le bulletin plié dans une enveloppe brune et l'étala devant Moysh, au sommet d'une pile de papiers soigneusement rangés au centre de la table.

Moysh feuilleta les photocopies et lança à Michaël un regard interrogateur :

« De quoi s'agit-il ? finit-il par dire.

— N'y a-t-il rien qui vous dérange dans ce numéro ? »

Et il se mit à jouer avec un feutre noir posé dans un porte-plumes fabriqué avec des cylindres de papier hygiénique peints en bleu et collés ensemble sur un rectangle en carton épais, avec une dédicace écrite aux crayons de couleur : « Pour papa, dans son nouveau travail. »

« Non, dit Moysh sur un ton las, perplexe. Dites-moi de quoi il s'agit et ce sera plus rapide. Ça date de quand ? »

Il feuilleta le bulletin et regarda la photo de la cueillette du coton. Ses yeux s'embrumèrent à la vue d'un jeune garçon qui se trouvait dans un coin de la photo :

« Mon fils aîné. A côté de lui, c'est le fils d'Osnat », dit-il en soupirant. L'expression douloureuse de son regard exprimait de nouveau l'incompréhension. « Qu'avez-vous trouvé ?

— Lisez ceci », répondit Michaël d'un air détaché. Il lui indiqua avec le feutre la rubrique « Nouvelles du secrétariat ».

Moysh leva le feuillet, l'éloigna de ses yeux et se mit à le lire. Michaël remarqua qu'il remuait les lèvres. Puis il posa le bulletin et passa la main sur ses yeux.

« J'ai tout lu. Je n'y vois rien de particulier, rien d'exceptionnel, d'anormal, dit-il avec impatience. Quelle est votre hypothèse ? »

Il paraissait nerveux. Michaël posa tranquillement la main sur le feuillet et dit : « Il y a quelque chose d'anormal entre parenthèses. »

Moysh relut le texte en silence, puis il articula les mots à voix haute, l'un après l'autre, comme s'ils n'étaient pas liés et qu'il s'agissait d'une liste de commissions. Il ferma les yeux et secoua la tête.

« Je ne vois pas du tout.

— Comment comprenez-vous cette phrase ? demanda Michaël.

— Est-ce que je sais ? Je n'en ai pas la moindre idée, je n'étais pas à cette journée de réflexion.

— Y avait-il quelqu'un d'autre qu'Osnat, de votre kibboutz ?

— Je n'en sais rien, répondit Moysh, la voix enrouée. C'était il y a longtemps, à la fin de février, il y a presque six mois. Comment voulez-vous que je m'en souvienne ?

— Personne ne l'a remarqué ?

— Franchement, déclara Moysh en repoussant de la main quelques papiers, des bulletins comme celui-ci, il y en a toutes les semaines. Personne ne les lit aussi attentivement. Je ne me souviens pas, je n'ai rien entendu. Si vous me disiez à quoi vous pensez, j'aurais peut-être une indication », ajouta-t-il, de plus en plus nerveux. Et soudain il explosa : « Tout le temps ces questions, il y a de quoi devenir fou ! Vous n'aurez pas bientôt fini, non ? » Puis, sur un autre ton : « Excusez-moi, je suis un peu tendu. Je dors mal la nuit, ce qui se passe ici n'est pas très facile. Et cette histoire avec mon père n'a pas arrangé les choses.

— Dans son cas, il s'agit peut-être d'un accident.

— Bon, d'accord, mais où est le reste du parathion ? Chez qui ? Que va-t-il arriver ? »

Michaël resta silencieux.

« Quand aurez-vous une réponse à toutes ces questions ? » demanda Moysh en insistant sur le dernier mot.

La question était posée sur un ton à la fois furieux et désespéré.

« Ce que je veux savoir, dit très lentement Michaël, c'est si Osnat a écrit cette phrase elle-même ou si c'est quelqu'un qui l'a prononcée ce jour-là. Comment a-t-il été question de ce sujet ? »

Moysh fit une moue comme pour dire : je n'en sais rien, et Michaël sentit de nouveau l'urgence d'agir rapidement :

« Où peut-on se procurer le protocole de cette journée ?

— Je ne sais pas s'il en existe un, je ne crois pas. C'est une journée de réflexion annuelle à laquelle participent des dizaines de personnes, des secrétaires de tous les kibboutzim.

— Alors qui d'autre se trouvait là-bas ?

— Sûrement des gens de la région, du nord, des kibboutzim voisins, je ne sais vraiment pas.

— Elle ne vous en a pas du tout parlé ?

— Pas à moi, mais peut-être à quelqu'un d'autre, peut-être à Dvorka ou bien à... je ne sais pas.

— Ou bien à qui ?

— Je ne sais vraiment pas, essayez de voir avec Dvorka.

— J'essaierai, mais vous pourriez peut-être me mettre en contact avec le secrétaire du kibboutz voisin ? » insista Michaël.

Moysh poussa un soupir de découragement, puis il prit le combiné, appuya sur une des touches du téléphone perfectionné et dit :

« Qui est-ce ? Misha ? Ici Moysh Eyal. » Et après un bref silence : « Oui, ce n'est pas facile avec tous ces gens qui nous tournent autour. » Il regarda Michaël et baissa la voix : « Dis-moi, Misha, tu te souviens de la journée de réflexion que vous avez eue cette année ?... Peu importe, il me faut quelqu'un qui y participait... Tu te souviens ? Tu y étais ?... Et de chez nous, il n'y avait qu'Osnat, ou quelqu'un d'autre ? Uniquement Osnat. »

Moysh répéta la phrase à l'intention de Michaël, qui alluma une cigarette, allongea les jambes et lui lança un regard obstiné.

« Il y a ici quelqu'un qui veut te poser quelques questions, poursuivit Moysh d'une voix hésitante. Peu importe, pas par téléphone. Tu veux bien passer chez nous un instant ? Oui, je sais bien, mais c'est lié... C'est urgent, il vaut mieux que ce soit toi qui viennes que le contraire. Je ne veux pas en dire plus par téléphone. Tu seras là dans combien de temps ? » Il raccrocha et se tourna vers Michaël : « Dans vingt minutes. Je pense qu'il sait que c'est au sujet de... que c'est en rapport avec... »

Sa voix s'éteignit, il se mit à fouiller dans les tiroirs, finit par trouver un rouleau de papier hygiénique, en arracha un morceau et se moucha bruyamment.

« Une allergie, expliqua-t-il à Michaël. Tous les ans, en juin, je fais une allergie. » Il roula le papier en boule et le lança dans la corbeille. « Dave m'a donné une espèce de cactus qui est censé me faire du bien, mais je ne crois pas à ces bêtises.

— Comment ce secrétaire de kibboutz le savait-il ? » demanda Michaël.

Moysh émit un bruit qui ressemblait à un ricanement ou à un ronflement :

« A partir du moment où ça se sait chez nous, on ne peut plus le cacher. Nos enfants vont dans la même école régionale, nous avons aussi des projets communs, des activités culturelles, des liens très étroits, vous savez comment c'est. Et puis, il y a le téléphone. Je suis sûr que l'histoire a déjà fait le tour de tous les kibboutzim et je suis même étonné que les journalistes n'aient pas encore débarqué ici. »

« Combien de temps crois-tu pouvoir garder le secret ? lui avait demandé Shorer avec un sourire moqueur. Ne te prends pas pour le bon Dieu. Combien de temps vas-tu tenir avec ce bluff ? Même si tu parviens à neutraliser tous les appareils d'interception, un journal à la noix finira par découvrir l'affaire. Il y a sûrement quelque part un correspondant local qui a une tante dans un kibboutz. »

La voix de Moysh parvint à ses oreilles à travers les paroles de Shorer :

« Il faut être naïf pour croire que nous pourrons garder le secret. Chaque instant passé sans un coup de téléphone d'un journal me paraît miraculeux.

— Y a-t-il eu ce genre d'histoire chez vous ? attaqua soudain Michaël, brisant le silence.

— Quel genre ?

— Vol, abus de confiance ou vente de biens appartenant au kibboutz, une de ces choses dont parle Osnat ? »

Moysh réfléchit longuement, puis répondit :

« Pas vraiment. Il y a eu une vague de cambriolage dans les chambres, mais nous n'avons pas eu recours à la police, nous nous en sommes occupés tout seuls. Osnat n'y était pas du tout mêlée. C'était un volontaire toxicomane... peu importent les détails. Et il y a eu cette désagréable histoire de vols découverts par notre responsable de la sécurité. » Michaël haussa un sourcil curieux et Moysh le regarda, l'air embarrassé. « C'était il y a quelques années, alors qu'Alex était responsable de la sécurité. Ça arrive dans tous les kibboutz. Un beau jour, quelqu'un perd la tête... » Il fixait ses mains. « C'est comme voler ses parents. On a le droit de prendre ce qu'on veut, alors pourquoi voler ? Enfin, ça a fait toute une histoire. La police des frontières a prêté ses chiens à Alex et ils l'ont conduit tout droit jusqu'à la porte d'un des membres.

Un ancien. Que pouvait faire Alex ? Il les a remerciés et est allé se coucher. Je le sais non pas par Alex mais par un des gars de la police des frontières. J'ignore toujours le nom du membre du kibboutz.

— Les gens de la police des frontières ont gardé le secret ?

— Oui, nous avons une espèce d'entente tacite avec eux... ils nous laissent résoudre nos problèmes entre nous. C'est de la confiance mutuelle comme on dit chez nous. » Moysh déchira une longue bande de papier hygiénique et ajouta sur un ton plus agressif : « Ici, nous n'avons pas eu d'abus de confiance mais je sais que dans un kibboutz voisin, un membre qui travaillait à l'atelier de couture a envoyé des vêtements gratuits à sa famille en ville. Et je connais un cas grave de malversation dans le nord, quelqu'un qui versait de l'argent détourné sur un compte en ville, mais ils n'ont pas fait intervenir la police. C'est le kibboutz qui s'en est occupé.

— Comment ? demanda Michaël.

— Eh bien, il y a toutes sortes de moyens, répondit Moysh en s'agitant sur sa chaise. Je sais que, dans le cas que je viens de citer, ils ont fait rembourser le coupable jusqu'au dernier centime et lui ont demandé de quitter le kibboutz, ça a été un drame parce que sa femme et ses enfants sont restés et qu'ils ont été frappés d'ostracisme. Tout le monde leur a tourné le dos, mais ils ont refusé de partir.

— Et chez vous ?

— Je vous l'ai déjà dit. Chez nous, il y a eu de petites choses, et nous nous en sommes occupés tout seuls. "Occupés" est d'ailleurs un bien grand mot, ajouta-t-il soudain amèrement. Il n'y avait rien de tel chez nous et je ne comprends pas ce qu'Osnat a voulu dire par "vendre". Je ne crois pas qu'il s'agisse de faits concrets, mais d'une espèce... d'emportement. Il lui arrivait de se laisser emporter ainsi.

— "Ainsi" ? Comment "ainsi" ? Y a-t-il eu d'autres fois ?

— Pas tout à fait, mais vous voyez bien comme elle prenait les choses sérieusement. Vous n'avez qu'à lire ses autres articles.

— Je les ai lus, mais nulle part ailleurs elle ne se laisse "emporter ainsi". Qu'est-ce qui a bien pu lui inspirer ces mots ?

— Je n'en sais rien, répondit Moysh après mûre réflexion. Je ne comprends pas du tout cette histoire de "vente de biens du kibboutz". »

On frappa à la porte. Un homme entra, passa la main sur son crâne en sueur et dit :

« Me voici, que se passe-t-il ?

— Café ? » demanda Moysh.

L'homme s'assit pesamment sur une chaise, qu'il alla chercher dans un coin de la pièce.

« Avec plaisir, répondit Misha. Noir, sans sucre. »

Il arbora un sourire auquel il manquait une dent. Moysh se leva et alla brancher la vieille bouilloire électrique, dont le fil était entouré de bande isolante elle-même usée.

« Tu aurais besoin d'une nouvelle bande isolante », dit Misha. Il s'approcha, s'essuya les mains sur son bleu de travail et toucha le fil électrique.

« Tu vas recevoir une décharge un de ces jours, il faut réparer ça. Je ne comprends vraiment pas. Avec votre central automatique et ton téléphone sans fil, tu ne pouvais pas te payer une machine à café ?

— J'en avais une. Elle est tombée en panne, je l'ai donnée à réparer, mais j'ai oublié d'aller la rechercher. »

Moysh présenta d'un air hésitant Michaël Ohayon à Misha, qui ne put réprimer une étincelle de curiosité malsaine en total contraste avec l'expression sérieuse de son visage. Après avoir marmonné quelques mots sur la tragédie qui frappait le kibboutz (« C'est une catastrophe pour nous tous, pour tout le mouvement kibboutzique »), Misha s'adressa à Michaël : « Alors, que vouliez-vous savoir sur cette journée de réflexion ? »

Oui, Osnat était la seule de son kibboutz à avoir participé à cette journée de réflexion. Après avoir posé plusieurs questions sur le déroulement habituel de telles journées, Michaël insista encore :

« Si je comprends bien, vous discutez de question de principe en vous référant à des exemples concrets dans chaque kibboutz ?

— Oui. Nous avons besoin d'échanger des idées sur nos méthodes. C'est ainsi que nous nous sentons appartenir à un même mouvement. Par-delà nos désaccords, ces rencontres sont sympathiques. On déjeune ensemble, on parle à tout le monde, ça fait du bien...

— Vous ne vous souvenez vraiment pas de quelqu'un avec qui vous auriez parlé plus particulièrement ? insista encore Michaël.

— Ce n'est pas le genre de réunion dont on se souvient avec précision. J'ai même écrit là-dessus dans notre bulletin. Je me souviens qu'il a été question de confiance mutuelle, mais je ne suis pas aussi jeune qu'Osnat, ni aussi sérieux qu'elle. J'ai assisté à tellement de journées comme celles-ci ! » Il eut un sourire embarrassé et reprit : « J'aime bien que le travail avance, ce n'est pas si facile. Ce jour-là, j'ai rencontré de vieux amis du Nord. Je n'ai presque pas eu l'occasion de parler avec Osnat et nous ne sommes pas rentrés ensemble. Mais si elle avait dit... quelque chose d'exceptionnel... de dramatique, je m'en serais souvenu. » Il soupira, puis ajouta brusquement : « Elle était si belle !

— Ce qui me tracasse, dit Michaël, c'est cette rubrique. »

Il lui tendit les photocopies. Misha chaussa cérémonieusement de minuscules lunettes pendues à son cou par un cordon noir et cachées dans les plis de sa chemise bleue aux manches retroussées. Quand il eut fini de lire, il posa prudemment le bulletin sur la table, plus près de Moysh que de Michaël, et enleva ses lunettes sans rien dire.

« Qu'en penses-tu ? lui demanda Moysh.

— Je ne sais pas, j'essaie de me rappeler, on a tellement parlé ce jour-là.

— Vous ne vous souvenez pas de ce point particulier ? s'étonna Michaël.

— Je me rappelle qu'il a été question d'actes criminels et du fait que nous couvrions trop nos propres membres. Osnat s'est soudain énervée à propos de quelque chose, mais les détails... » Il prononça une longue phrase en yiddish que Michaël ne comprit pas, à part les mots *alte kopf*[1] qui revinrent deux fois, puis hocha longuement la tête d'un air grave et désolé et déclara : « Je ne peux rien pour vous », et sur le ton d'une brave grand-mère qui se soucie des siens, il s'adressa à Moysh : « Comment ça va chez vous ? Comment vous débrouillez-vous avec tout ça ? » Et, après avoir maladroitement balbutié quelques autres formules de politesse, il se leva en souriant : « Bon, je crois que le café n'est pas pour aujourd'hui. Il faut que je parte. Yoyo attend l'estafette que j'ai prise pour venir. »

La bouilloire se mit alors à ronronner, mais Shoura refusa de rester plus longtemps. Moysh se leva pour l'accompagner. Les deux hommes refermèrent doucement la porte derrière eux et Michaël les entendit chuchoter en s'éloignant. Quelques minutes plus tard, Moysh revint : « Voilà. Je n'en sais pas plus. Allez voir Dvorka. »

L'entretien avec Dvorka, dans la salle de lecture attenante à la bibliothèque, ne donna rien non plus. Elle aussi examina longuement l'article. Elle regarda Michaël par-dessus la table et la pile de livres, un éclair traversa ses yeux bleus et perçants et, bien qu'ils fussent seuls dans la pièce, elle chuchota :

« Je n'en ai pas la moindre idée. Je me souviens vaguement qu'elle est revenue préoccupée et a dit que la journée avait été passionnante. A l'époque, en

1. Vieille tête. *(N.d.T.)*

lisant le bulletin, je n'y ai rien trouvé de particulier. Maintenant que vous attirez mon attention, il est vrai que ça me paraît étrange, mais je ne crois pas qu'elle ait fait référence à quelque chose de précis. »

Quand Michaël lui demanda avec qui Osnat échangeait des idées, elle répondit d'un air offensé qu'elle n'en savait rien. Il sentit aussitôt la tension qu'il éprouvait en sa présence, regarda ses mains couvertes de taches brunes, sans bague, presque masculines et revint à ses yeux, qui avaient un éclat et une force irrésistibles. Elle avait sans doute été belle dans sa jeunesse. Comment vivait-elle les désillusions, la solitude ? Que lui cachait-elle ? Car il était évident qu'elle était sur ses gardes.

Mais il n'y pensa qu'en arrivant au parking. C'était l'heure du déjeuner, et dans la salle à manger, tout le monde le fuyait comme la peste. Alors il préféra le casse-croûte préparé par la femme de Mahlouf Levi, une *pita* avec de la salade et de la viande dont le goût lui rappelait les casse-croûte que Balilty lui rapportait parfois du kiosque proche du quartier russe à Jérusalem.

Aharon Meroz avait été transféré du service de réanimation à celui des lésions internes. On l'avait mis dans une chambre à deux lits. Il adressa un faible sourire à Michaël et repoussa le plateau avec les restes de purée de pommes de terre dont les relents flottaient dans la chambre. Il prit la pile de journaux étalés sur son lit, la posa sur le fauteuil et dit à Michaël : « Attendez-moi un instant dehors, je vous rejoins. »

Tout en faisant les cent pas dans le couloir, Michaël repensa aux liens particuliers qui s'étaient tissés entre Aharon Meroz et lui. Meroz avait surmonté sa crise cardiaque, mais n'avait pas retrouvé sa forme et, tout en ayant des raisons valables de s'esquiver, il s'était mis à la disposition de Michaël. Peut-être trop, se dit Michaël, tandis qu'il attendait avec impatience à côté du cendrier fixé au mur de marbre de la salle d'attente. Il contempla par la grande fenêtre la cour de l'hôpital — l'hôpital Hadassa à Ein Karem. Meroz vint vers lui à pas lents, vêtu d'une robe de chambre usée par-dessus un pyjama bleu, et lui désigna deux chaises libres dans un coin.

« Un membre de la Knesseth n'a pas de chambre individuelle ? s'étonna Michaël.

— Si, mais comme ils n'avaient plus de place hier, ils m'ont mis dans cette chambre. Je n'allais tout de même pas en faire une histoire. » Il ajouta, avec le sourire forcé qui le caractérisait : « Noblesse oblige, vous comprenez, sauf que c'est en sens inverse... » A la vue du bulletin, Meroz eut le même sourire et déclara d'un air rêveur : « A l'époque, c'était moi qui en étais responsable. Rien n'a vraiment changé. Les mêmes sujets... Regardez le résumé de la réunion du kibboutz : un tel sera admis comme membre, tel autre a obtenu une année de congé, machin aura le logement qu'il souhaite. Les changements ne sont qu'apparents... en réalité, tout est pareil.

— Pas tout à fait, remarqua Michaël.

— Non, en effet, si on pense à cette histoire. Bientôt, vous pourrez me soumettre au détecteur de mensonges. Je l'ai déjà dit au policier qui était ici aujourd'hui, Levi, celui qui a la bague. Je lui ai dit que je quittais l'hôpital dans une semaine et que je n'avais pas d'objection contre le détecteur. »

Michaël hocha la tête et se souvint de l'avertissement de Nahari : « Qu'il ait accepté aussi facilement me paraît louche. Pourquoi ne se sert-il pas de l'immunité parlementaire ? » « Mais le mobile... » avait demandé Michaël. « Écoute, lui avait répondu Nahari sur un ton didactique et philosophe. Dans les histoires de liaison, seuls les intéressés savent vraiment ce qui se passe entre eux. Même s'ils parlent de leur liaison avec d'autres, et surtout si c'est une affaire secrète. Que savons-nous donc de lui ? »

« Ici, déclara Meroz, j'ai le temps de penser, à la

vie, à Osnat, à toute cette histoire. Mais plus je réfléchis, plus les choses me paraissent incompréhensibles. Démentes. Je n'arrive même pas à imaginer comment ils réagissent au kibboutz. Au meurtre, à votre présence là-bas. Comment est-ce qu'ils s'en sortent ? »

Michaël décela dans sa voix le même ton satisfait qu'avait adopté Nahari lorsqu'il avait dit : « Eh bien, ils ne sont pas vaccinés contre tout ! »

« Mais revenons à ce bulletin. Qu'a-t-il de particulier? demanda Meroz en le feuilletant. Oh ! la fin de la cueillette de coton. Ça se fait encore ? » Sa voix était empreinte de tristesse et de nostalgie, comme lorsqu'il avait parlé d'Osnat. Il tourna les pages, arriva à l'endroit marqué au feutre noir, il lut le passage et poussa un soupir. « Je vois que vous l'avez marqué. Que voyez-vous de spécial ? »

La lumière douce d'un après-midi hiérosolymite entrait par la grande baie vitrée, éclairait les coins poussiéreux, accrochait des points lumineux aux rebords métalliques des grandes tables en plastique. Une jeune femme vêtue d'un beau tailleur rose donna un coup de poing manucuré au téléphone public dans l'espoir de récupérer son jeton. On entendait au loin le son d'une télévision.

« Est-ce pour ça que vous êtes venu ? Vous trouvez que c'est important ? »

Aharon resserra les pans de sa robe de chambre dont la ceinture était trop courte pour le tour de taille.

« Je ne sais pas si c'est important, mais c'est inhabituel. La phrase entre parenthèses. »

Meroz reprit le bulletin et relut la phrase.

« Je pensais qu'elle vous en avait peut-être parlé. Vous étiez proches ces derniers temps. Peut-être que quelque chose la tracassait.

— Elle avait ses idées fixes, des principes. Je suis sûr que vous trouveriez des remarques similaires dans d'autres bulletins.

— C'est vrai, j'en ai trouvé, mais pas exactement comme celle-ci. Ici, il y a autre chose, trop de sous-entendus. A quels biens du kibboutz fait-elle allusion à votre avis ?

— Je n'en sais rien, mais que peut-on bien vendre là-bas sans que les autres le sachent ?

— Du vent, répondit Michaël réfléchissant à haute voix. Rien de matériel, mais des idées, une information. Vous a-t-elle jamais parlé de l'usine ?

— Non, presque jamais. Il en a été indirectement question quand elle parlait de travail salarié et des équipes tournantes. Mais quel rapport avec l'usine ?

— Réfléchissez un peu, dit Michaël en se levant pour atteindre son paquet de cigarettes dans sa poche. Que peut-on bien vendre dans un kibboutz, dans votre kibboutz, sans que personne le sache ? »

Aharon gratta les poils gris qui poussaient sur son menton. Un crépuscule doré illuminait la baie vitrée.

« Il y a longtemps, dit-il d'un air songeur, il y avait eu une histoire de bec d'arrosage que Félix avait inventé et dont on lui avait volé l'idée à l'usine où on les fabriquait. Mais c'était il y a très longtemps. On ne pouvait pas prouver qu'il en était l'inventeur et il ne l'avait montré à personne d'autre hors du kibboutz. Il avait conçu un modèle d'arrosoir spécial qui marchait très bien. Mais à l'époque, le kibboutz ne s'intéressait pas à l'industrie, ajouta-t-il d'un air songeur. Il l'avait fait pour résoudre un problème concret d'irrigation... » Sa voix s'éteignit et il lança soudain un regard méfiant à Michaël. « A quoi pensez-vous ? dit-il, la voix tendue.

— A l'usine, dit Michaël. A votre usine.

— Ne dites pas, votre usine. De mon temps, il n'y avait pas d'usine de produits cosmétiques. C'est bien de celle-là que vous parlez ?

— Savez-vous combien peut coûter la formule d'un produit exclusif ?

— Non, reconnut Meroz. Mais ça me paraît un scénario trop américain pour être vrai. S'il s'agit d'espionnage industriel, ce n'est pas quelqu'un du kibboutz... Enfin, au point où l'on en est, on ne peut plus rien savoir, mais ça me paraît artificiel.

— Avez-vous vu le tableau des bénéfices de l'usine ?

— Non, ça ne m'intéressait pas.

— Moi, je l'ai vu. Je n'aurais jamais imaginé de telles sommes. C'est de l'ordre d'un groupe industriel. L'an dernier, alors que toutes les entreprises battaient de l'aile, la vôtre a continué à prospérer grâce à toutes sortes d'inventions. Les machines d'emballage... et cette crème inventée par Dave.

— L'usine se porte bien, dit Meroz, et une expression de souffrance se peignit sur son visage.

— Ça ne va pas ? demanda Michaël, inquiet.

— Si, mais quand je suis assis trop longtemps, j'ai des accès de faiblesse.

— Elle ne vous a pas parlé de l'usine ? D'espionnage industriel ?

— Absolument pas.

— Alors qui pouvait-elle désigner par le terme de "responsable" ?

— Il ne faut pas être un génie pour le deviner, répondit Meroz. Quels sont les postes importants d'un kibboutz ? Le comptable, le secrétaire, le directeur et quelques commissions. Si vous persistez dans cette direction, il faudrait voir du côté de la comptabilité. »

Le soir même, après une longue conversation avec Dave, Michaël frappa à la porte de Jojo et lui demanda de le rejoindre dehors. Jojo se retourna d'un air hésitant vers la pièce éclairée par la lueur bleue de la télévision et dit : « Je reviens tout de suite. » Puis s'adressant à Michaël sur un ton plus méfiant :

« Êtes-vous sûr de ne pas vouloir entrer ?

— Non, je préfère que nous allions chez moi, là-bas. »

A la faible lueur du réverbère qui éclairait le sentier, Michaël aperçut les jambes grêles, le short trop large et les gouttes de sueur sur le front de Jojo.

« Je viens de rentrer d'une réunion, je suis assez fatigué », protesta Jojo, mais Michaël ignora la remarque et se dirigea à pas rapides vers l'ancien secrétariat.

Jojo posa la main sur son genou, mais il était incapable de maîtriser le tremblement de sa main. Il lut le feuillet que Michaël lui tendait et le posa soigneusement sur le lit, à côté de lui. Michaël s'assit dans le fauteuil après avoir pris la précaution de redresser la brique rouge qui maintenait le siège en équilibre.

Jojo se taisait.

« Alors, qu'en pensez-vous ? » demanda Michaël d'un air détaché qui lui demanda un sérieux effort.

Jojo haussa les épaules. Quand il voulut parler, une espèce de grognement s'échappa de sa gorge. Il fixa le carrelage et Michaël réprima l'envie de le titiller. Ce n'est peut-être pas le moment de mener un interrogatoire, se dit-il, mais le martèlement de ses tempes lui rappela que l'heure n'était ni au repos ni à l'hésitation. Avant de quitter l'hôpital, il avait téléphoné à Sarit, qui lui avait proposé l'aide de Mahlouf Levi, mais Michaël avait refusé. Il réfléchissait maintenant à cette habitude de faire cavalier seul contre laquelle Nahari l'avait mis en garde : « Si tu veux éviter une autre catastrophe, tu dois changer de méthode et ne pas en faire à ta tête », lui avait-il dit sur un ton menaçant.

Michaël se pencha vers Jojo, qui fixait ses doigts, dont il n'arrivait pas à cacher le tremblement.

« Écoutez, ce n'est pas la peine de tourner autour du pot. Mieux vaut dire les choses sans détour. Croyez-moi, ça vaudra mieux.

— Dire quoi ? demanda Jojo dont les taches de rousseur étaient de plus en plus pâles à la lumière crue de l'ampoule du plafond.

— Vous savez très bien. Ce n'est pas la peine de

faire semblant. Et je le sais aussi depuis le long entretien que j'ai eu avec Ronny, votre directeur d'usine.

— De quoi voulez-vous donc parler? » s'entêta Jojo.

Michaël, à qui la fatigue ne permettait plus de dominer ses cordes vocales, s'entendit crier :

« Je ne vous demande pas de parler de la pluie et du beau temps, mais de votre confrontation avec Osnat au sujet de l'usine! »

Jojo resta muet. Michaël alluma une cigarette et consulta sa montre.

« Nous resterons ici jusqu'à ce que vous parliez, dit-il avec fureur. Nous aurions dû parler il y a trois jours déjà. » Jojo se taisait toujours. « Écoutez, dit Michaël dans ce qui paraissait être un ultime sursaut de patience, je sais même le nom de la crème que vous avez vendue à une firme suisse et je sais aussi qu'après cette affaire, les placements du kibboutz se sont mieux portés. Je commence à bien connaître les détails de l'affaire, alors dites-moi comment Osnat l'a su.

— Tout à fait par hasard, comme vous, finit par répondre Jojo. Elle ne m'a pas donné de détails et je l'ai convaincue de la justesse de ma démarche. Elle s'est juste fâchée sur une question de principe.

— Quand en avez-vous parlé? demanda Michaël sur un ton administratif, comme s'il remplissait un formulaire.

— Après qu'elle avait écrit ce compte rendu. Ce n'est pas moi qui ai eu l'initiative de l'entretien et d'ailleurs, je n'avais pas lu ce qu'elle avait écrit. Il était prévu que je l'accompagnerais à cette journée de réflexion, mais finalement je n'y suis pas allé à cause... » Jojo essayait désespérément de réprimer le tremblement qui secouait tout son corps.

« A cause de quoi?

— A cause d'un rendez-vous pour des examens que je ne pouvais pas repousser », dit-il à contrecœur. Et, comme Michaël gardait un silence prudent,

Jojo lui expliqua : « Un problème d'yeux... On craignait une tumeur derrière l'œil, si vous voulez tout savoir... En fin de compte, il n'y avait pas de problème. »

Exaspéré, Jojo avait crié. Michaël se taisait toujours. Après avoir hésité comme s'il cherchait les mots justes, Jojo se lança dans une explication hésitante : « Je ne sais pas ce que Ronny vous a dit, mais ce n'est pas ce que vous croyez. »

Michaël gardait le silence. « Il faut savoir aussi quand et comment se taire, lui avait dit un jour Shorer. Il y a toutes sortes de silences. Mais tu l'apprendras par toi-même. »

Jojo en était arrivé au point où il avait besoin de parler, il ne pouvait plus se taire.

« C'était après la sortie de son article. Nous étions chez elle et elle examinait les comptes. J'avais déjà lu ce qu'elle avait écrit mais je ne voulais pas lui poser la question directement. Je lui ai juste parlé de la journée de réflexion et elle m'a dit : "J'attendais que tu demandes à me parler parce que, dans l'article du bulletin, je m'adressais à toi..." Est-ce que je peux avoir un peu d'eau ? »

Michaël hésita. Il ne voulait pas briser le rythme de l'interrogatoire. L'eau se trouvait à l'extérieur et il craignait que Jojo ne continue pas sur sa lancée. Mais il s'identifiait au comptable qui, la bouche sèche, passait sans cesse la langue sur ses lèvres gercées.

« Tout à l'heure, finit-il par dire, je vais aller vous en chercher.

— Les détails ne sont pas importants, dit Jojo, lançant à Michaël un regard interrogateur.

— Ça, c'est à voir.

— J'ai fini par comprendre qu'elle avait parlé avec Ronny et qu'il lui avait raconté la concurrence avec la Suisse. Nous le savions déjà depuis un an et demi, il en avait été question en réunion plénière sur la situation de l'usine et le problème du travail salarié soulevé par Ronny. Enfin, peu importe... » De nouveau, le regard interrogateur et la langue passée sur les lèvres. « Bref, elle a relié une affaire à l'autre et est arrivée à la conclusion que j'avais eu accès à la formule et que je l'avais vendue aux Suisses pour nous tirer d'affaire dans l'histoire des valeurs boursières.

— Elle n'a pas pensé que vous aviez pu le faire par intérêt personnel ? s'étonna Michaël.

— Quel intérêt personnel ? répliqua Jojo, confus et en colère. De quoi parlez-vous ? Où serait donc l'argent ?

— Je n'en sais rien. J'ai entendu dire que certains membres du kibboutz avaient des comptes en banque personnels.

— Pas moi ! s'écria Jojo, furieux. Pas d'héritage, ni de cadeaux, ni d'indemnités de guerre des Allemands ! Osnat le savait très bien.

— De quelle somme s'agit-il ?

— Près d'un million et demi de dollars, chuchota Jojo. Mais je n'avais pas le choix. Si je ne l'avais pas fait, nous aurions tout perdu, alors qu'au contraire, nous avons eu des plus-values quand tous les autres kibboutzim perdaient à la Bourse.

— Était-elle certaine que ce n'était pas par profit personnel ?

— Oui, je vous l'ai déjà dit. Elle me connaissait bien.

— On croit souvent connaître les gens et l'on se trompe. Alors ?

— Alors quoi ?

— Après avoir compris qu'elle savait, que s'est-il passé ?

— Eh bien, nous avons parlé longuement, répondit Jojo avec effort. Je ne peux pas dire que c'était une conversation des plus agréables.

— Quand cela s'est-il passé ?

— Il y a quelques mois, trois ou quatre, je ne sais plus trop.

— Comment s'est terminée cette conversation ? Dans quel esprit ? »

Jojo ne répondit pas.

« Vous vous taisez.

— Puis-je avoir un peu d'eau ? »

Michaël alla chercher de l'eau au lavabo des toilettes et revint. C'était le moment de faire une pause. Puis, quand Jojo eut reposé le verre au pied du lit :

« Comment s'est terminée cette conversation ?

— Nous n'étions pas d'accord.

— C'est-à-dire ?

— Elle pensait qu'agir de la sorte sans le dire à personne était criminel.

— Qu'avait-elle l'intention de faire ? »

Jojo resta silencieux.

« Écoutez, mon vieux, lui lança Michaël, impatient, nous finirons bien par tout savoir. Il est déjà minuit, vous avez une autorisation pour vous servir du parathion, alors ne tournons pas autour du pot.

— Elle voulait porter l'affaire en réunion plénière », dit Jojo, passant une main tremblante sur son front en sueur.

On entendait dans le silence le croassement des grenouilles et le cri monotone des criquets. Michaël remarqua pour la première fois la toile d'araignée au-dessus du lit où il dormait d'un sommeil agité depuis deux nuits.

« C'était donc ça, finit par dire Michaël en allumant encore une cigarette.

— Mais ce n'est pas moi qui l'ai tuée ! Et d'abord, pourquoi l'aurais-je fait ? Dites-moi un peu ! » Silence. « De toute façon, en admettant qu'elle ait voulu porter l'affaire en réunion plénière, qu'est-ce qui aurait pu se passer ?

— Je ne sais pas, répondit Michaël. A vous de me le dire.

— Qu'est-ce qui aurait pu se passer ? Des cris, un scandale. Mais il ne me serait rien arrivé. Le kibboutz, c'est comme une grande famille. On ne m'aurait pas chassé d'ici pour autant.

— Mais ? » Jojo resta silencieux. « Mais que vous

aurait-on fait ? insista Michaël. On aurait mis un autre comptable à votre place ?

— Si seulement ! Ne croyez pas qu'être comptable ici soit une partie de plaisir !

— Je ne sais pas.

— Alors je vous le dis. Ce n'est pas une partie de plaisir. Je serais retourné travailler dans le coton et je me serais senti mieux, dit Jojo d'une voix étouffée.

— C'est tout ce qui vous serait arrivé ?

— Je pense que oui, murmura Jojo dans un état d'anxiété croissante.

— Alors, pourquoi n'en avez-vous pas parlé plus tôt ? » Jojo ne répondit pas. « Et la honte ? Je pense qu'ici c'est un facteur important, non ?

— Oui.

— Pourquoi a-t-elle renoncé à en parler en réunion plénière ?

— Elle attendait mon accord.

— Comment ? Elle a attendu votre accord pendant trois ou quatre mois ?

— Oui. » C'était la première fois que Jojo levait les yeux et regardait le policier en face, le regard douloureux et furieux. « Je l'ai suppliée, et elle m'a répondu qu'elle ne le ferait pas tant que je n'aurais pas compris à quel point c'était vital.

— C'était difficile pour vous. »

Jojo éclata en sanglots étouffés et se cacha le visage dans les mains. Elles étaient couvertes de taches de rousseur. Michaël les remarqua, le cœur froid comme la pierre, les tempes prises dans un étau.

« Qui d'autre était au courant au kibboutz ?

— Personne, répondit Jojo en s'essuyant le nez du dos de la main comme un enfant.

— Même pas Ronny ?

— Non, Ronny soupçonnait Dave. Il me l'avait dit et je l'avais détrompé parce que je ne voulais pas... »

Vers trois heures du matin, après avoir laissé un vague petit mot à sa femme, Jojo prit place dans la Ford Fiesta aux côtés de Michaël.

Ils ne prononcèrent pas un mot jusqu'à leur arrivée à Petah Tikva. Alors Jojo dit :

« Vous conduisez comme un fou. J'aurais aimé que vous ayez un accident. »

CHAPITRE 17

A midi, ils l'attendaient dans la salle de réunions.

« Tout le kibboutz téléphone et il y a des gens dehors. Les journalistes vont arriver et je ne sais pas ce que je dois leur raconter », dit Sarit. Elle l'avait croisé devant la grande porte en fer qui se referma en claquant. « Qu'as-tu découvert entre-temps ? Notre piste était bonne ? »

Mais sans lui répondre, Michaël monta les marches quatre à quatre jusqu'à la salle de réunions, où Nahari trônait au bout de la longue table, un gros cigare en train de se consumer dans le cendrier à côté de lui. Benny était près de la fenêtre.

« Voilà qui me rassure, dit Nahari une fois que tout le monde fut assis : je n'avais pas à accepter qu'il n'ait rien empoché. Je me disais : est-il possible d'être à ce point intègre ? Il aurait fait tout ça uniquement pour sauver le kibboutz ? Une telle honnêteté, je n'y croyais pas trop. Les justes me font peur. Les choses me paraissent plus sensées maintenant.

— Je crois que ce serait une erreur de penser que c'est uniquement pour des raisons personnelles », répondit prudemment Michaël.

Nahari fit une grimace :

« Les détournements de fonds, ce n'est pas nouveau dans les kibboutzim. Nous avons déjà clos trois dossiers comme celui-ci parce qu'ils ont préféré étouffer l'affaire. C'est toujours la même histoire, sauf que les gens ouvrent un compte en ville et mettent l'argent à leur nom. C'est ça que je voulais trouver. Et c'est bien ce que nous avons trouvé.

— Oui, mais le compte n'est pas à son nom, il est à celui d'Osnat, répliqua Sarit.

— Il faut relier les faits entre eux, dit Nahari. Commençons par la fin. L'as-tu vue ? Est-ce que cette histoire sur sa sœur est vraie ? »

Michaël acquiesça. Malgré le café qu'il venait de boire et les visages qui le regardaient dans la salle, il ne parvenait pas à se défaire de ces images et de la voix : « Le beau garçon, oh le beau garçon ! T'as pas une cigarette ? » lui avait demandé la grosse femme en le touchant dans l'ascenseur. Elle triturait les boutons d'une vieille robe de chambre et riait de sa bouche édentée en lui adressant un sourire grotesque qu'elle croyait tendre et séduisant. Lorsqu'il était sorti de l'ascenseur au troisième étage pour voir le médecin en chef, elle l'avait suivi : « Regardez le beau garçon, j'en veux un comme ça, grand, avec des yeux bruns et doux. J'en veux un. Pourquoi tu t'enfuis comme ça ? » Et encore : « Tu veux baiser ? T'as une cigarette ? »

Michaël regarda le visage très bronzé de Nahari, ses yeux de félin, ses cheveux grisonnants coupés à la romaine. Sa visite à l'hôpital psychiatrique lui paraissait lointaine et irréelle. Il ne leur dit rien de ce qu'il avait vu et se contenta de transmettre l'information : « C'est vrai, tout est vrai. C'est sa sœur jumelle. Il avait demandé à être séparé d'elle avant même d'arriver en Israël. Elle était déjà malade. Mis à part Sroulké, personne ne le savait.

— Comment Sroulké l'a-t-il su ? » demanda Sarit.

Nahari regardait par la baie vitrée.

« C'est Sroulké qui l'a fait venir au kibboutz, répondit Michaël.

— A chacun sa fonction, déclara Benny sans sourire. Ça se passait quand ?

— En quarante-six. A l'époque, il avait six ans et nous ne saurons jamais comment ils ont pu séparer des jumeaux, et si c'est vraiment lui qui l'a demandé.

— On ne sait pas trop non plus comment ils ont survécu à la guerre, fit remarquer Sarit.

— Beaucoup de choses ne sont pas claires, dit Nahari. Mais ce qui est sûr, c'est qu'il y a un an, il l'a cherchée et retrouvée, puis placée dans cette institution à dix mille shekels par mois.

— Sans que personne le sache au kibboutz! s'étonna Sarit.

— Pendant tant d'années personne n'a su qu'il avait une sœur? renchérit Benny.

— Apparemment, ils croyaient que sa sœur était morte en même temps que le reste de la famille et qu'il était orphelin.

— Dix mille shekels par mois! Il aurait aussi bien fait de l'emmener au kibboutz, on s'en serait occupé, dit Sarit. Je ne comprends pas très bien cette histoire. »

Michaël inspira profondément.

« Écoutez, ce que j'ai à dire est peut-être personnel, mais ça peut nous aider à comprendre. » Le silence se fit dans la pièce. Tous les regards se tournèrent vers Michaël. « Quel âge avais-je quand je suis arrivé en Israël? Trois ans à peine. Que peut-on se rappeler à cet âge? Que peut-on comprendre? Allez savoir! Pourtant il y a une chose dont je me souviens depuis le début. » Il se tourna vers Nahari qui le regardait, sérieux et concentré, sans la moindre trace d'ironie. « Je me souviens que, pendant des années, j'ai voulu être comme tout le monde, un vrai Israélien, un sabra. J'étais prêt à tout faire pour qu'on ne sache pas que j'étais né ailleurs. On croit toujours que c'est le problème des communautés orientales, des Marocains. Mais nous savons très bien que ceux qui sont arrivés de Pologne ou d'ailleurs avaient le même désir, le même problème. » Il alluma une cigarette d'une main assurée, exhala la fumée et, avant de poursuivre, regarda Sarit, qui baissa les yeux. « Le désir de brouiller le passé, d'entrer dans ce qu'on appelait ici le creuset. Quand on y pense, si on plonge un homme dans un creuset, il brûle. »

Nahari soupira, mais resta aussi attentif et concentré.

« Il faut que je vous explique longuement ce qui arrive à un garçon de six ou sept ans qu'on emmène dans un kibboutz et qui a une sœur jumelle folle, une sœur de là-bas, de la diaspora, de la Shoah. Plus personne au monde. Que faire pour survivre ? Jojo ! Quel nom ! Depuis quand un petit garçon polonais de six ans s'appelle comme ça ? Jojo, c'est un nom marocain dont même les Marocains ne sont pas fiers. Comment a-t-il accepté de s'appeler ainsi ?

— Les surnoms au kibboutz sont une histoire. C'est un sujet que je connais, il y aurait long à en dire, mais continue, continue, dit Nahari, le menton appuyé sur la main.

— Je pense à lui, un enfant seul dans le kibboutz et qui veut se former. Il a été élevé là-bas, il est combattant dans l'armée, officier, il s'habille en shorts et sandales, il est responsable du coton, il fait absolument tout ce qu'il faut et se marie même au kibboutz...

— Sa femme attend dehors, dit Sarit. Je l'ai aperçue, une kibboutznik de souche.

— Eh oui, vous voyez bien. De souche, avec des ascendants. Et vous vous attendiez à ce qu'il parle d'une sœur folle ? Je l'ai vue. Un légume. Elle ne parle même pas. Elle a besoin de soins élémentaires, d'être lavée et tout le reste. Il y a même des périodes où il faut l'alimenter artificiellement.

— Alors que s'est-il passé ? demanda Benny. Pourquoi ce sursaut de conscience après tant d'années et pourquoi l'a-t-il placée dans une institution privée ?

— Il n'arrive pas à l'expliquer. Je pense que c'est une question d'âge. Il dit que, sans elle, il n'avait pas de passé.

— Alors pourquoi ne pas tout raconter au kibboutz et demander de l'aide ? On la lui aurait accordée, non ? dit Sarit.

— Comment leur expliquer tant d'années de négligence ? Sroulké était le seul à le savoir, Jojo me l'a dit. Et comme c'était apparemment un homme sérieux, il s'occupait d'elle. Il n'en parlait à personne et ne donnait jamais de nouvelles à Jojo. Et Jojo ne pouvait même pas en parler à sa femme.

— Mais à quoi pensait-il? s'exclama Sarit. Il croyait pouvoir payer des dizaines de milliers de shekels par mois sans que personne le sache?

— Il comptait, répondit Nahari, glacial, prélever une toute petite part... » — et il montra avec son ongle une petite partie de son cigare — « ... une toute petite part du million et demi de dollars qu'il avait reçu des Suisses. Et qu'il placerait ainsi sa sœur dans un bon endroit. Voilà ce qu'il croyait.

— Et le seul problème, c'est qu'Osnat a découvert le pot aux roses, dit Benny.

— Reprenons depuis le début, dit Nahari, étalant devant lui un paquet de feuillets.

— J'ai transcrit tous les entretiens enregistrés, déclara Sarit. Je ne sais pas comment j'y suis arrivée, mais j'ai travaillé comme une forcenée. »

Michaël la regarda et sourit. Elle rougit.

« Bravo, dit Nahari. Pour commencer, il s'appelle Elhanan, Elhanan Birnbaum. Comment ont-ils inventé Jojo, allez savoir! Quant à son nom de famille, il l'a changé en Eshel. Ta théorie tient apparemment debout », dit-il, s'adressant à Michaël.

Ce dernier éprouvait une certaine honte à s'être mis à nu devant les autres. « Des poules aux pourceaux », disait son ex-belle-mère Fella tandis qu'elle préparait minutieusement la carpe farcie que son gendre n'était pas censé apprécier à sa juste valeur.

« D'après ce qui est consigné ici, tout est arrivé par hasard, dit Nahari. Il a avoué avoir reçu plus d'un million et demi de dollars des Suisses. Cet argent était destiné à sortir le kibboutz des effets désastreux de mauvais placements boursiers. A l'exception d'une part infime que nous avons découverte, il a acheté des bons du trésor, des valeurs sûres et des plus lucratives.

— Comment a-t-il eu accès à la formule? demanda Benny.

— Tout est consigné ici. Nous avons fait venir le chimiste de l'Institut médico-légal. Jojo a étudié la biologie, il a une licence de chimie et a étudié aussi l'agriculture à Rehovot. C'est Dave qui lui a transmis la formule. Comme il n'avait aucune raison de se méfier, il lui a tout expliqué. Et puis, il avait les clés du coffre. N'oublions pas qu'il avait accès à tout et savait lire des formules. Au début, quand ils ont créé l'entreprise, ils avaient un conseiller suisse qui leur faisait sans cesse des propositions. Mais nous n'allons pas entrer dans les détails de l'espionnage industriel.

— Comment as-tu pu découvrir tout ça en si peu de temps ! » s'exclama Sarit, admirative.

Il y eut un silence tendu dans la pièce, puis Nahari déclara sur un ton réservé :

« C'est en effet impressionnant. Mais c'est ton boulot, ici on ne garde pas les gens pour se tourner les pouces. »

Michaël se racla la gorge.

« C'est aussi une question de chance. Je ne le dis pas par modestie, mais il y a une part de chance. Surtout la partie boursière. Nous avons d'abord fait des recherches dans les banques et n'avons rien trouvé d'anormal. En fait, c'est grâce à cet agent de change que j'ai arrêté il y a deux mois que j'ai découvert le pot aux roses. Il m'a renseigné sur toute la procédure de vente de titres boursiers.

— Tu vas finir par devenir un spécialiste de la question ! » dit ironiquement Nahari.

Michaël s'étira, et le bois de la chaise craqua. Il allongea les jambes sous la table, rencontra celles de Sarit et rougit : « Pardon, je croyais que c'était le pied de la table. »

Nahari fit une vague plaisanterie sur son succès auprès des femmes. Michaël reprit ses explications :

« Il ne faut pas perdre de vue que son but principal était de sortir le kibboutz d'une mauvaise passe financière. Comme la plupart des autres kibboutzim, il avait joué et perdu à la bourse et il lui fallait un million et demi de dollars. Il les a obtenus auprès des Suisses. Et sans rien dire à personne, il a acheté des valeurs sûres. Mais au kibboutz, il a raconté qu'il avait su tirer son épingle du jeu avant la catastrophe. L'autre version, celle qu'il m'a racontée, est qu'il ne voulait pas qu'on découvre ses magouilles, qu'il n'avait pas le temps d'attendre leur accord et que de toute manière personne n'aurait accepté de vendre la formule.

— Ça, nous l'avions compris, dit Nahari. Mais tu ne nous as pas expliqué en quoi tu as eu de la chance.

— Il y a deux mois, j'ai parlé avec un agent de change que l'on avait arrêté pour une autre affaire. Je suis retourné le voir et il m'a aidé à clarifier les choses. Il m'a fait rencontrer un autre agent qui, par hasard, avait connu Osnat et l'avait courtisée. Comme vous l'avez lu, Osnat a découvert toute l'affaire elle aussi par hasard. Elle a reçu un coup de téléphone de cet agent, qui lui a demandé un rendez-vous. Quand ils se sont rencontrés, il lui a dit une phrase comme : “Je ne savais pas que tu étais devenue riche.”

— Et c'est alors qu'elle est allée voir Jojo, dit Nahari.

— Oui, elle est allée le voir quand elle a su le montant exact du compte. Mais elle ignorait toutes ses combines. Osnat et lui étaient les fondés de pouvoir du kibboutz. Il a acheté les actions sans consulter personne et a contrefait sa signature. Puis il a ouvert un compte au nom d'Osnat et c'est ainsi qu'elle s'est trouvée impliquée dans l'affaire. Ensuite, elle a voulu que ce soit lui qui aille tout expliquer à Moysh et aux autres, mais elle ignorait qu'il s'était servi au passage.

— Quelle naïveté !

— Ce n'est pas tant de la naïveté que de l'ignorance. Elle ne connaissait pas son histoire. Je ne suis même pas sûr qu'elle savait que Jojo était un orphelin de guerre, placé dans le kibboutz par un mouvement de jeunesse, l'Aliyat HaNoar. Il était plus âgé qu'elle et, s'il n'y avait pas eu cette histoire avec sa sœur, Osnat n'aurait sans doute jamais rien su. Il lui a dit qu'il avait fait cet investissement pour le kibboutz. Ce qui l'a mis hors d'elle, c'est qu'il ait agi seul sans consulter le kibboutz, la comptabilité, la commission financière. Il avait réussi à garder le secret pendant toute une année. Même le comptable du kibboutz n'avait rien vu. Tout le monde a cru qu'il s'était retiré à temps de la spéculation boursière, qu'il avait su faire de bons placements et sauvé ainsi le kibboutz de la faillite.

— On publie une fois par an les comptes du kibboutz et chaque membre en reçoit une copie. Ensuite, il y a une réunion spéciale où le comptable expose le bilan, les crédits et le budget du kibboutz, dit Benny.

— Oui, et c'est à mourir d'ennui, répondit Nahari en plantant son cigare entre ses lèvres. La réunion la plus assommante du kibboutz, personne n'y va sauf quelque fous.

— Oui, et rares sont ceux qui lisent le rapport. Ils y jettent un coup d'œil et c'est tout, dit Michaël.

— Mais tout de même, comment se fait-il que personne n'ait eu la puce à l'oreille à l'occasion du rapport annuel ? demanda Sarit. Il y en a tout de même quelques-uns qui le lisent et viennent à la réunion.

— Si le comptable du kibboutz dit à l'expert comptable : "Laisse-moi les actions, je vais m'en occuper", alors on le laisse s'en occuper. C'est ce qui s'est passé, répondit Benny.

— Ce qui a vraiment compliqué les choses, déclara Nahari, c'est qu'Osnat lui a fait signer un engagement où il promettait d'en parler en réunion plénière avant la fin de l'année.

— Oui, répondit Michaël. Elle a bien reçu cette lettre de lui. Mais elle ne voulait pas le dénoncer. Il a dit qu'elle avait décidé que cette histoire devait servir d'exemple.

— Tu me fais rire. Tu es parfois... Ce qu'elle voulait, c'était surtout se mettre à l'abri de tout soupçon. Elle a vu cette histoire comme un événement qui montrerait à quel point elle était parfaite. Avec ce compte à son nom, il aurait parfaitement pu la faire chanter. »

Michaël inspira profondément.

« Il faut imaginer le personnage. Pense à Osnat. Ce n'est pas si simple. C'est vrai qu'il l'a entraînée à sa suite et s'est ainsi protégé, mais elle était justement le genre de personne à ne pas céder au chantage. Donc elle a décidé d'en parler en public.

— Ne te laisse pas entraîner! dit Nahari, les yeux mi-clos. Ne t'envoie pas de fleurs, comme si tu étais le seul à avoir tout compris! Où est la lettre?

— J'ai fouillé dans ses papiers, mais je n'ai rien trouvé. Peut-être qu'elle la gardait ailleurs.

— Nous allons finir par découvrir qu'elle avait un coffre à la banque! » ironisa Nahari.

Il sortit une boîte en carton d'un tiroir et l'ouvrit. Elle était pleine de cigarillos minces, différents de ceux qu'il fumait. Michaël suivait ses gestes.

« Quelqu'un en veut? » proposa Nahari, montrant la boîte. Michaël tira une cigarette de son paquet de Noblesse. « Il est temps de reprendre du café », ajouta Nahari en regardant le téléphone.

Sarit composa un numéro et chuchota quelque chose dans le combiné gris.

« Alors à quoi correspondait cette publication dans le bulletin? reprit Nahari.

— Je n'en sais rien, peut-être était-ce un moyen de pression, répondit Benny en reniflant.

— Est-ce que la climatisation marche? demanda Sarit, nerveuse. Il fait une de ces chaleurs!

— Deux choses n'ont cessé de me tracasser, depuis que j'ai découvert cette piste, dit Michaël. La première est l'attitude réservée d'Osnat, qui ne cadre pas avec son personnage... le fait qu'elle n'en ait parlé à personne et qu'elle ait cédé au chantage. La deuxième est le problème de la lettre. Il y était écrit que si Jojo ne portait pas l'affaire en réunion plénière avant telle date, Osnat montrerait la lettre.

— Quelle date ? demanda Nahari.

— Dans deux semaines, dit aussitôt Michaël. La réunion qui aura lieu dans deux semaines était la date limite.

— Un coffre-fort, lança Nahari sur un ton catégorique.

— Elle n'en avait dans aucune banque, du moins pas à son nom. A mon avis, il y a deux possibilités : soit elle a confié la lettre à quelqu'un, soit Jojo l'a supprimée. Nous n'avons pas vérifié ce point au détecteur de mensonges, mais il prétend n'avoir jamais revu cette lettre après l'avoir signée et la lui avoir remise. »

Benny soupira. Il caressa des deux mains sa calvitie luisante et dit :

« Mais l'essentiel n'est pas là.

— Alors où est-il ? A force d'avoir transcrit des détails, je ne me souviens plus de ce qui est important, répliqua Sarit.

— L'essentiel est qu'il a beau avoir un mobile, il est parfaitement couvert, expliqua Michaël.

— Il était tout le temps en compagnie de Moysh, précisa Benny.

— Et si Moysh était mêlé à cette affaire ? dit Sarit d'un air soupçonneux.

— Nous avons vérifié. Il y a des témoins.

— Nous sommes donc en présence d'un individu qui a un mobile, les clés du hangar aux pesticides et l'autorisation d'utiliser le parathion, mais nous ne savons pas comment il a pu le faire, conclut Nahari. Alors que dit Sa Majesté à ce sujet ?

— Que je cherche en ce moment tous ceux qui étaient susceptibles de passer chez Sroulké et de prendre le flacon. J'ai déjà interrogé beaucoup de monde, mais je n'ai encore rien trouvé.

— Ce qui veut dire, martela Nahari, que tu ne te limites pas à Jojo ?

— Ce qui veut dire qu'à mon avis, il faut continuer à le garder ici et à travailler sur deux fronts : chercher qui aurait pu se trouver là, chercher la lettre, retourner au kibboutz et ne pas en bouger.

— Qui as-tu interrogé sur son emploi du temps ? demanda Nahari sur un ton impatient.

— Depuis l'autopsie et la découverte du parathion, je n'ai pas cessé de chercher, dit Michaël.

— Oui, je sais, mais je veux des faits, pas des histoires, rétorqua Nahari en soufflant une fumée bleue. »

Michaël lui répondit sans colère :

« Tu sais bien que ce n'est pas si simple. »

Il se pencha et vit son reflet sur la plaque de verre qui couvrait la longue table. Ses sourcils lui parurent sombres et en broussaille, ses yeux trop enfoncés et les manches retroussées de sa chemise blanche trop serrées. Les regards que lui lançait Sarit ne dissipèrent pas sa sensation de malaise. Sa grande taille et sa minceur lui semblèrent soudain ridicules, et il se sentit affreusement gauche.

« Nous avons trouvé neuf personnes qui sont vraiment parties avant la représentation, chacune avait ses raisons. Leurs déclarations signées sont dans le dossier, tu les as vues. Mais il y a aussi des parents qui sont restés chez eux, une puéricultrice qui a gardé deux enfants malades et Simha Maloul, expliqua-t-il avec effort.

— Que devient-elle ? demanda Nahari en se redressant.

— Ils l'ont invitée à la fête et elle s'y trouvait. Au milieu du spectacle, elle est sortie pour aller voir Félix. Elle a dit... Comment l'a-t-elle dit déjà... » Michaël feuilleta rapidement le dossier cartonné et le passa à Nahari. « Tiens, regarde. Elle regrettait que Félix ne puisse pas être présent et quand la fête à l'extérieur a été finie, elle est allée le voir.

— Qu'as-tu à dire à ce sujet ? Peut-être que tu ressens le besoin de protéger une humble travailleuse, comme notre Florence Nightingale...

— Je n'ai rien à en dire. Je la crois, et le détecteur aussi.

— Ah, bon! Ma foi, tu as réponse à tout. Tu n'as rien négligé. »

Quelqu'un entra portant un plateau avec du café, des jus de fruits et des sandwichs qui sentaient l'œuf dur. Michaël s'efforça de ne pas réagir, se disant que Nahari souffrait manifestement d'un complexe d'infériorité.

« Tous ceux que nous avons interrogés avaient des motifs valables pour s'absenter, et les autres n'avaient aucun mobile.

— Avez-vous perquisitionné chez ceux qui n'étaient pas là?

— Bien sûr, mais ça n'a rien donné, répondit amèrement Michaël.

— Il n'y a qu'une seule porte de sortie là-bas?

— Pas du tout, répondit Sarit en avalant une bouchée de sandwich, il y a aussi une sortie par la cuisine, avec des marches.

— Oui, mais il y a toujours des gens de service qui servent le repas. A la fin du spectacle, ils s'y trouvaient déjà et on n'a vu sortir personne, précisa Benny.

— Qui était de garde aux cuisines ce soir-là? demanda Nahari. »

Michaël fixa la fumée qui montait de sa cigarette et donna quatre noms.

« Yankélé? Ce n'est pas ce fou? Le fils de cette femme? Il est mêlé à trop de situations à mon goût, déclara Nahari.

— Oui, j'ai la même impression bizarre, mais il ne parle pas, dit Michaël. Ni avec moi ni avec personne. Ni même avec les professionnels, le psychiatre et la psychologue.

— Et le parathion qu'on a trouvé dans le corps du vieux, demanda Nahari avec une expression de dégoût. Qu'avez-vous fait de cette information? Ça n'a rien donné?

— Le parathion trouvé dans le corps de Sroulké n'est pas une preuve d'assassinat, répondit Michaël. Dans son cas, il n'y a aucun mobile, rien. Vu les circonstances, nous avons supposé qu'il ne s'agissait pas d'un meurtre, mais d'un accident. Tous les indices montrent qu'il a pulvérisé du parathion sans prendre de précautions. Puis quelqu'un est venu dérober le flacon. » Il se tut un instant, réfléchit et ajouta : « Ce qui est intéressant, c'est que les questions les plus élémentaires n'ont pas de réponse. Mais tu as raison, il ne faut rien négliger.

— Tu n'as plus beaucoup de temps. C'est seulement au cinéma que les problèmes sont résolus en vingt-quatre heures. Votre rapport sur ce qui s'est passé la nuit dernière est très intéressant, mais il ne nous conduit nulle part.

— Puisque tu le constates toi-même, dit Michaël en jetant un coup d'œil à sa montre, pourquoi ne pas laisser tomber les délais ? C'est une contrainte et nous n'obtiendrons rien par la force. » Nahari resta silencieux. « Nous n'avons pas suffisamment de gens sous la main. Il est évident que quelque chose se passera, et j'ai l'impression que lorsque je ne suis pas sur place, il y a un danger de mort. » Michaël consulta de nouveau sa montre. Nahari fit une grimace et tira sur son cigare. « Au risque de paraître dramatique, j'avoue que chaque instant passé ici me paraît dangereux. Vraiment chaque instant. Il faut que je sois là-bas, tu le sais. Il va se passer quelque chose de terrible. L'atmosphère est à couper au couteau. Je ne peux pas rester ici et me contenter de chercher le mobile de Jojo.

— C'est d'ailleurs inutile, dit Nahari refermant le tiroir dans lequel il avait lancé la boîte de cigares avec un claquement. Je voudrais te rappeler que douze personnes travaillent dans cette unité. Par conséquent, je ne comprends pas pourquoi tu agis seul. Sarit peut très bien s'occuper de Jojo et tu peux distribuer le travail à ta guise.

— J'y vais », dit Michaël.

Il ramassa les papiers épars et en fit un tas. Arrivé devant la porte, il remarqua que Nahari ne s'était pas levé et que personne ne bougeait.

CHAPITRE 18

Avigaïl regarda autour d'elle et couvrit de la main le récepteur du téléphone public. La place était vide et un pilier de béton la dissimulait, mais elle sentait la peur lui picoter le dos, et la sueur couler entre ses omoplates. Puis elle se remit à parler et remarqua alors une tache jaune sur sa blouse d'infirmière.

Le hall qui conduisait à la salle à manger était encore frais. Il venait d'être lavé par une jeune fille dont le short moulant et très court, grossièrement raccourci avec des ciseaux, découvrait les cuisses bronzées. Les parties du carrelage que le soleil du shabbat n'avait pas séché gardaient encore les traces du racloir en caoutchouc. Avigaïl consulta sa montre et dit en chuchotant que c'était l'heure creuse avant midi, que bientôt les gens afflueraient vers la salle à manger et qu'elle ne pourrait plus parler.

« Je croyais qu'il ne bougerait pas d'ici, qu'il n'y avait pas de temps à perdre et que nous étions pressés. » Elle essaya de réprimer le reproche qui perçait dans sa voix. « Vous me laissez ici complètement seule et avec toute cette hystérie autour de Jojo...

— ...

— Pas question, répondit-elle avec colère aux paroles sans doute apaisantes de son interlocuteur. Vous avez perdu la tête ou quoi? Il y aura des rumeurs. » Puis, incapable de réprimer une voix plaintive qu'elle détestait, elle s'excusa : « Ça fait deux jours que je n'ai parlé à personne et l'atmosphère est très lourde. Les gens viennent me voir avec des maux de tête et de ventre, les enfants font toutes sortes de bêtises et le fait que Jojo soit depuis deux jours chez vous, je veux dire chez nous, ne facilite pas les choses. Et c'est le moment qu'il choisit pour disparaître.

— ...

— Il n'est pas le seul à pouvoir mener les interrogatoires, d'autres sont capables de le faire à sa place. Je ne peux pas sans cesse mettre de nouvelles personnes au courant. Lui connaît déjà les gens d'ici et tout le reste. Nahari ou quelqu'un d'autre peuvent parfaitement mener cet interrogatoire.

— ...

— Comment, Mahlouf Levi ? Il y a des limites ! »

De sa main libre, elle s'épongea le front. Ses coudes lui faisaient très mal, et elle ressentait un picotement insupportable. A travers la grande vitre qui la séparait de la place, elle vit arriver les premières familles, qui revenaient de la piscine, affamées, et accrochaient au vestiaire leurs serviettes, chapeaux et sacs. Elle aperçut un groupe conduit par Shoula et, d'après la démarche de la femme juchée sur des talons aiguille, de l'homme qui marchait d'un air suffisant aux côtés d'Arik et de deux jeunes adolescents qui riaient trop fort, elle devina qu'il s'agissait de visiteurs de la ville. Le petit garçon de Shoula, le pouce dans la bouche, le regard rêveur, marchait paisiblement à côté de sa mère. Des odeurs de nourriture s'échappaient de la salle à manger. Avigaïl les reconnut une par une : les restes du poulet de la veille, des saucisses en croûte, des boulettes et du chou cuit. Elle sourit à l'idée de deviner ainsi le menu sans le voir, mais la moiteur de la main qui tenait le récepteur trahissait son inquiétude.

Un homme rangea son vélo à l'emplacement prévu pour cela et se mit à attendre deux petits enfants qui pédalaient laborieusement sur leurs tricycles. Vue depuis la cabine de verre, la scène était d'une lenteur presque grotesque. Il regarda les enfants ranger soigneusement leur vélo à côté du sien, et ne se précipita pas quand l'un d'eux se prit les pieds dans les pédales et tomba. Il attendit que le bambin de trois ans pousse des sanglots de détresse pour lui dire d'un ton calme : « Viens me voir, Avish. Voyons ce qui t'arrive. »

Vêtu d'une petite culotte, le visage bronzé et grimaçant sous ses boucles blondes, Avish tapota son petit genou potelé, mais resta à sa place. Le père avança vers la porte de la salle à manger, où il s'immobilisa pour l'attendre. Avigaïl enregistrait toute la scène avec une attention qui la surprenait. La petite fille tout aussi blonde, dorée et potelée, s'approchait maintenant du père, puis le petit Avish la suivit et quand ils passèrent devant elle, elle entendit le petit garçon dire : « J'y arrive toujours, sauf aujourd'hui. »

Et le père lui répondit avec cette même placidité didactique : « Je suis sûr que tu y arrives toujours, mais il faut accepter que parfois tu n'y arrives pas. »

Les trois volontaires scandinaves dont Avigaïl avait soigné la veille les coups de soleil passèrent devant elle en lui souriant. Alors elle se tourna vers le mur et chuchota dans le récepteur :

« Écoute, voilà ce que j'ai à dire : il faut absolument qu'il soit présent à la réunion plénière et qu'il écoute ce qu'elle va dire. Il sait que c'est important.

— ...

— Non, cria-t-elle, pas question. Il le sait très bien, moi non plus je ne peux pas y être. Nous pouvons suivre les débats sur la vidéo interne. Non, je ne peux pas l'enregistrer, il n'a qu'à apporter le matériel, ou alors Mahlouf Levi. Et puis, pourquoi enregistrer? Enfin, je n'en sais rien. » Puis elle ajouta avec colère : « On ne peut pas entrer là-bas. C'est-à-dire que s'il en a envie, il peut passer outre, mais ce ne sera pas pareil.

— ...

— Non, je ne suis pas à bout et ce n'est pas la peine de me plaindre. Je suis tout simplement tendue et tu le serais aussi à ma place. J'ai l'impression que nous sommes à la veille d'une explosion.

— ...

— Non, ils ne me feront rien, soupira-t-elle. Je sais qu'ils ne me feront rien, mais ils le feront peut-être à quelqu'un d'autre. Rappelle-lui la réunion plénière d'aujourd'hui et dis-lui qu'il doit tout laisser tomber et venir. Il n'a même pas vu l'ordre du jour, c'est quelque chose !

— ...

— Non, pas au téléphone, les gens commencent à arriver. Il faut qu'on arrête là, mais dis-le-lui. »

Michaël Ohayon regardait attentivement le petit écran. A la vue de Gouta assise à côté de Fania, qui agitait avec obstination ses aiguilles à tricoter, il réprima un sourire. Il eut le temps de distinguer ses lèvres serrées, sa bouche affaissée, puis la caméra se déplaça. Alors il regarda Avigaïl assise près de lui, dans un gros fauteuil marron qui dégageait une forte odeur de laine humide, vêtue comme d'habitude d'un jean et d'une chemise blanche boutonnée aux poignets. Il tenait des deux mains une tasse de café. Une cigarette qu'il avait oublié de fumer se consumait sur une soucoupe blanche.

Avigaïl se taisait. Il la sentait tendue et le devint aussi. Il repensa à Jojo, blême et en sueur, en train de répéter : « Ce n'est qu'une coïncidence. Beaucoup d'entre nous l'avaient, il y a longtemps. » Et cette banale carte grise bordée d'un trait noir autorisant son porteur, Elhanan (Jojo) Eshel, à faire usage de parathion.

Le silence persistant d'Avigaïl le troublait. Il voulait savoir ce qui s'était passé depuis leur dernière rencontre, avant qu'il n'emmène Jojo. Mahlouf Levi l'avait tenue au courant du déroulement des interrogatoires et avait raconté à Michaël qu'elle avait fait une grimace en répétant plusieurs fois : « Ce n'est pas une affaire classée. » En arrivant chez elle pour suivre la réunion plénière, Michaël lui avait demandé pourquoi ce n'était pas « une affaire classée ». Elle avait haussé les épaules et répondu : « Peu importe. »

Il savait qu'elle n'en dirait pas plus dans l'immédiat. Elle verrouilla la porte derrière lui et lui lut l'ordre du jour de la réunion. Il l'interrompit pour lui demander d'une voix affectueuse qui le surprit lui-même :

« Comment vas-tu, Avigaïl ? »

— Cette anxiété est contagieuse, répondit-elle. La date limite qu'il t'a imposée est lundi et nous sommes déjà samedi soir. »

Il hocha la tête :

« C'est dur pour toi. »

Ses yeux s'embuèrent et Michaël ne put réprimer un sentiment de victoire, comme s'il avait percé une brèche dans la muraille. Il avait envie de la toucher, mais il ne quittait pas des yeux l'écran où serait projetée la réunion que le jargon du kibboutz désignait par le terme de *siha*, entretien. En même temps, il la sentait si vulnérable et si touchante qu'il s'en voulait presque de ce fugitif sentiment de victoire.

Avigaïl avait posé par terre un livre ouvert. Il lut sur la couverture : *Chronique d'une mort annoncée*, et la souffrance cachée d'Avigaïl éveilla soudain en lui un sentiment puissant, depuis longtemps endormi, qu'il ne savait pas encore exprimer spontanément.

Il lui demanda s'il y avait du nouveau.

« S'il y avait eu quelque chose, je te l'aurais dit, lui répondit-elle sur un ton de reproche.

— Tu es sûre qu'il n'est rien arrivé ? insista-t-il.

— Non. Seulement dans ma tête. Et puis, il y a cette pression du temps qui passe...

— Avigaïl, dit Michaël sur un ton ferme, ce n'est pas ton problème, c'est le mien. Décharge-toi de ce fardeau, c'est moi qui me suis engagé et d'ici lundi, tout peut encore arriver.

— Il n'y a que dans les livres que ça se passe comme ça.

— Il est déjà neuf heures, ils n'ont toujours pas commencé », remarqua Michaël en consultant sa montre.

« Ils attendent qu'il y ait plus de monde. Je les ai entendus en parler dans la salle à manger. Moysh disait que s'ils arrivaient à avoir trente-cinq personnes au lieu des vingt habituels, ce serait une réussite.

— C'est un bien maigre pourcentage. J'ai lu dans leur bulletin que certains kibboutzim proposent des bonus aux membres qui viennent à la réunion.

— Je l'ai vu aussi. J'ai même lu qu'on leur servait une collation pour les attirer.

— Je ne comprends vraiment pas. Ils sont chez eux ici, et la réunion est l'unique instance où les choses se décident.

— Je ne sais pas si tu connais les réunions plénières, mais j'ai entendu dire que c'était très dur. » Michaël resta silencieux et regarda l'écran. « Non seulement c'est dur, mais c'est même parfois dégoûtant, ajouta Avigaïl avec une conviction surprenante.

— Ce n'est pas la peine de prendre les choses tellement au sérieux.

— Attends, tu verras bien. Tout sera déballé, tout. Les règlements de comptes, le besoin de pouvoir, tout.

— Voilà ton soupirant », annonça Michaël. La caméra montrait Boaz assis entre Tova et Yoské.

« Est-ce qu'il s'amuse encore à débarquer chez toi à une heure du matin ? »

Elle fit non de la tête.

« Mais il y en a un autre, dit-elle.

— Qui ? »

Michaël avait posé la question avec une indifférence polie, tout en allumant sa cigarette.

« Le comptable de l'usine, Ronny.

— Je le connais, je l'ai interrogé toute la journée d'hier, dit Michaël sur un ton hostile.

— Au sujet de Jojo, j'imagine. Quand vas-tu enfin me tenir un peu au courant ?

— Quand ce sera fini, répondit Michaël en montrant l'écran.

— Tu sais qu'il tient la comptabilité des conversations intérieures et extérieures, avec les numéros d'appel et tout le reste.

— Oui.

— Il veut savoir si j'ai un copain à l'extérieur. » Michaël saisit la soucoupe blanche et y écrasa son mégot. « Ils sont curieux, ils posent des questions sans se gêner mais ne m'invitent pas chez eux. Je les rencontre aux ateliers et c'est tout. Je suis juste allée une fois chez Moysh et une autre fois chez Dave.

— Tu n'es là que depuis une semaine, lui rappela Michaël.

— Oui, mais j'ai l'impression que ça fait plus longtemps. Et cette tension. Il faut absolument que je trouve quelque chose, mais tout se dérobe. On n'arrive pas à mettre le doigt dessus. J'ai l'impression d'être dans un film d'épouvante, comme s'il allait se passer quelque chose d'horrible, mais je ne sais pas d'où cela viendra.

— Tu n'as pas chaud? Tu portes toujours des manches longues. »

Sa propre question le surprit.

« Non », répondit Avigaïl d'une voix glaciale qui mit un terme à cette familiarité involontaire. Puis elle se tut. Son silence avait quelque chose de constant. Comme une force intérieure. Elle savait se taire sans éprouver de gêne et ne se forçait pas à parler pour rompre un silence pesant ou dissiper une tension. Cette force et sa vulnérabilité la rendaient à la fois réservée et séduisante.

Dave était assis au premier rang, à côté de Yankélé, non loin de Tova et de Boaz. Dans la rangée derrière eux, il entrevit Dvorka assise à côté de Ze'ev HaCohen et de Yoheved et, plus loin, d'autres vieux dont le visage reflétait l'inquiétude et l'anxiété, visibles même sur ces images d'amateur. Avant que la caméra ne se déplace, il eut le temps de remarquer les lèvres serrées de Dvorka, ses cheveux ramassés en chignon et ses yeux brillants. Elle lui rappelait quelqu'un. Il eut envie de le dire à Avigaïl, mais un coup d'œil de son côté l'en dissuada. Elle fixait le petit écran d'un regard concentré. Les jambes croisées, Ze'ev HaCohen balançait un de ses pieds chaussés de sandales à lanières.

Une rangée de chaises faisait face à l'assistance. On y voyait Moysh et les membres de la commission du kibboutz. Moysh chuchota quelque chose à Shoula, assise à côté de lui.

« Bonsoir tout le monde », commença Shoula. Elle dit qu'elle était heureuse de constater que quarante-trois membres étaient présents, que c'était un grand progrès et qu'elle espérait que ce changement ne serait pas que passager. Puis elle regarda Moysh d'un air interrogateur et poursuivit : « Malgré ce qui nous arrive, nous devons continuer à gérer les affaires quotidiennes comme si... »

Elle chercha un mot, et quelqu'un dans l'assistance cria :

« Comme d'habitude !

— Jojo étant absent aujourd'hui, annonça Shoula embarrassée, nous repoussons les questions financières à la prochaine fois. »

On relut l'ordre du jour. Il comprenait la cueillette des pêches, sujet sur lequel Shoula fit un petit discours qu'elle conclut ainsi :

« Camarades, il faut cueillir les pêches. Voulez-vous avoir recours au travail salarié ? Les scouts viendront faire un camp de travail, mais ce n'est pas suffisant. Je vous en prie, les choses sont déjà assez difficiles. »

Michaël regarda Moysh, qui mâchonnait le bout de son crayon, puis se mordait les lèvres chaque fois qu'il ôtait le crayon de la bouche pour prendre des notes sur un bout de papier. Dans la rangée des vieux, le visage de Yoheved était luisant de sueur, Mathilda pétrissait un de ces mouchoirs de grand-mère d'une extrême finesse, qui avait sans doute l'âge de ses rides profondes.

Shoula soumit à l'assistance le sujet suivant : est-ce qu'Ilan était autorisé à être dispensé de travailler trois jours par semaine pour pouvoir peindre ?

« Ou plus exactement, dit-elle en consultant une feuille devant elle, il travaillerait deux jours par semaine dans l'atelier qu'on lui a attribué à côté de l'ancienne étable, et il irait un jour par semaine à Tel-Aviv pour enseigner.

— Maintenant, dit Avigaïl, maintenant tu vas voir ce qu'est le kibboutz. Tu vas voir. »

Un murmure parcourut la salle à manger et les gens s'agitèrent sur leur chaise.

« La commission d'éducation a donné une réponse négative, poursuivit Shoula d'une voix plus forte. Alors nous avons décidé d'en débattre en réunion plénière. »

Avigaïl s'approcha de l'écran et montra un jeune homme en short, cheveux longs, un mégot entre les doigts, assis au bout de la deuxième rangée, en train d'observer ce qui se passait en hochant la tête.

Cinq personnes prirent la parole, dont Mathilda, qui était la dernière :

« Nous manquons de bras, dit-elle, et nous ne prendrons pas de travailleurs salariés. Il a déjà eu ce qu'il voulait l'an dernier. Il n'y a rien à débattre. »

Gouta, qui était assise non loin de Mathilda, hocha énergiquement la tête en guise d'assentiment.

« Si chacun de nous se déclarait artiste... » s'écria Yoheved.

C'est alors qu'Ilan, rougissant et en colère, explosa :

« Vous me faites rire. J'ai déjà exposé en ville, et tout le monde me reconnaît comme artiste, sauf vous ! Ce kibboutz est le seul endroit au monde où il faut avoir honte d'être un artiste. » Il y eut une agitation confuse et on l'entendit crier : « C'est le seul endroit du pays où être un artiste est une honte, une déchéance, parce qu'on ne fait pas un travail productif. Je n'ai aucune autorisation à vous demander.

— Un instant, calme-toi Ilan ! » dit Ze'ev HaCohen

en se levant. Puis il se tourna vers l'assistance : « J'ai une proposition. Il faut que nous soyons positifs et raisonnables. »

Dvorka acquiesça de la tête. Gêné et confus, Ilan passa une main tremblante dans ses cheveux longs. Une femme assise à côté de lui lui toucha la jambe. Avigaïl dit :

« C'est Ditza, sa femme. Elle vient de Haïfa. Après leur service agricole au Nahal, ils sont restés ici. Ça fait douze ans. »

Au milieu du silence, Ze'ev HaCohen reprit la parole :

« Je propose, dit-il, ce que nous avons déjà fait dans un cas similaire. Ayons recours à une commission de spécialistes du mouvement national pour qu'ils jugent le travail d'Ilan et nous disent ce qu'il faut faire. Que cette commission décide s'il peut avoir le statut d'artiste ou non.

— Je sais quel est l'autre cas, explosa Ilan. La commission de braves gens avait préconisé un traitement psychologique. D'après les œuvres, elle avait jugé qu'il n'était pas très équilibré. Et sachez... » — il était cramoisi — « ... que s'il a réussi comme peintre, c'est parce qu'il a quitté le kibboutz. C'est ce que nous ferons aussi. Je ne veux pas proférer de menace... » — sa voix se fit plus calme — « ... mais c'est ce que nous ferons si vous ne nous donnez pas le choix. Si cette bande d'imbéciles et d'ignorants vient me dire ce qu'ils ont dit à Yoël il y a quatre ans, quand tout le monde le reconnaissait déjà, je ne resterai pas ici.

— Camarades, dit Dvorka d'une voix paisible au milieu de l'agitation, je voudrais prendre la parole. » Elle se leva. « Ce n'est pas ainsi que nous allons combattre l'injustice et assurer l'égalité à laquelle nous aspirons, l'équilibre et l'harmonie entre les besoins de l'individu et ceux de la collectivité. Je vous invite à réfléchir à d'autres moyens de perpétuer une société comme la nôtre. »

La caméra s'attarda sur la stupéfaction qui se peignit sur le visage de Gouta. Fania continuait de tricoter comme si de rien n'était.

« Nous avons besoin d'artistes, poursuivit Dvorka sur un ton ferme et calme. Il nous faut des artistes ici. Et de l'art. Nous ne pouvons pas nous obstiner. Nous n'avons aucune raison d'entraver les démarches d'un camarade qui a du talent. Notre situation financière est bonne, inutile de faire des économies dans ce domaine. Et peut-être... » — son regard se posa sur le groupe de jeunes assis derrière Tova — « ... qu'au lieu de penser au coucher familial ou à des investissements financiers dans l'air du temps, faudrait-il que nous revoyions notre position sur le statut de l'individu.

— Alors, que proposes-tu, Dvorka ? demanda Shoula, embarrassée et perplexe.

— Je propose que nous repensions les choses autrement », répondit Dvorka d'une voix paisible.

Mathilda se redressa, et Ze'ev HaCohen lui tapota le bras comme pour la calmer. Les membres du kibboutz votèrent le report du vote sur cette question. Shoula s'apprêtait à présenter le point suivant à l'ordre du jour quand Ilan, qui ne quittait pas des yeux une Mathilda ronchonnante, explosa de nouveau :

« Osnat savait sentir ces choses-là, elle était la seule ici à apprécier les artistes !

— Nous la regrettons tous, dit Ze'ev HaCohen. Mais il y a ici de nombreux autres membres qui apprécient l'art. Nous devons veiller à ce que la réunion se déroule dans une atmosphère amicale parce que nous avons d'autres sujets à débattre. Ne dis pas des choses que tu regretteras. C'est ta maison ici, Ilan. »

La caméra n'enregistra pas la réponse d'Ilan, qui se dirigea vers la sortie. Tout le monde fit comme s'il ne s'était rien passé et l'on entérina l'admission de la famille Maïmoni, qui s'était bien adaptée au kibboutz et avait posé sa candidature un an et demi plus tôt. Il y eut dix voix contre, deux abstentions, et Shoula s'empressa de leur annoncer la bonne nouvelle.

Enfin, elle se tourna vers Moysh et lui céda la parole pour débattre du dernier point. Avigaïl changea de position dans son fauteuil, se redressa, tendue, s'agita de nouveau et finit par croiser les jambes et redresser le dos. Michaël alluma une autre cigarette. La tension qui montait dans la salle à manger se transmit à eux et se glissa dans la petite pièce, dont les fenêtres et les épais rideaux fermés lui donnaient un air de tanière.

« Il y a deux semaines, déclara Moysh, plus pâle et tendu que d'habitude, nous avons perdu Osnat. »

Un silence pesant régnait dans la salle. Ze'ev HaCohen et les membres du comité directeur assis à côté de Moysh baissèrent la tête. Dvorka demeura impassible — c'est à peine si elle serra les lèvres.

« Depuis la mort d'Osnat, nous ne nous sommes pas rétablis... » Michaël nota le ton solennel du discours et aperçut une feuille de papier sur laquelle Moysh jetait de temps en temps un coup d'œil. « ... Et nous ne serons rétablis que longtemps après avoir trouvé le... Mais ce n'est pas ce dont je voulais parler aujourd'hui, poursuivit-il d'une voix plus claire. Mon propos porte sur ce que j'appellerai brièvement “l'usine”. » Le silence était complet. On n'entendait que la voix de Moysh et sa respiration saccadée. « Je voudrais juste dire que jusqu'à preuve du contraire, nous avons une confiance absolue en Jojo et en son innocence. »

Yoheved chuchota quelque chose à l'oreille de Mathilda.

Michaël regarda Avigaïl, qui ne quittait pas l'écran des yeux. Elle avait senti son regard sur elle. Moysh continua :

« Excusez ce discours, mais comment dire... La mort d'Osnat a été pour moi comme un révélateur de notre nature éphémère. Et aussi la crise cardiaque d'Aharon Meroz, que beaucoup d'entre vous connaissent. Comme si notre génération allait s'éteindre sans que nous ayons rien fait qui soit notre œuvre. »

Quelqu'un cria quelque chose, et Moysh reprit : « Je vous prie de me laisser parler sans m'interrompre, c'est déjà assez difficile comme ça. »

Il y eut un silence, pendant lequel il parut reprendre des forces. Michaël regarda ses mains larges et assurées. Seules sa pâleur et sa respiration accélérée témoignaient de son anxiété.

« Bien sûr que la mort soudaine de Sroulké y est pour quelque chose. Je ne dis pas que nous ne faisons rien, mais il est peut-être temps d'imprimer notre sceau sur cet endroit, comme la génération de nos parents. Tant qu'Osnat vivait, je ne le ressentais pas ainsi. Mais depuis qu'elle n'est plus, je me sens investi de ce qu'on appelle pompeusement une mission. Je sens qu'Osnat... que nous devons poursuivre ce qu'elle avait commencé. »

Moysh se tut et regarda la feuille devant lui. Michaël aperçut le front plissé de Gouta et Fania qui tricotait rageusement. Le menton appuyé sur la main, Dvorka ne quittait pas Moysh des yeux. Ze'ev HaCohen décroisa les jambes et allongea l'une d'elles devant lui. Les bras croisés sur la poitrine, la tête inclinée sur une épaule, il avait une pose juvénile qui paraissait presque grotesque à son âge. A mesure que Moysh parlait, Yoheved était de plus en plus livide.

« J'ai le sentiment qu'il faut de nouveau débattre de la nouvelle organisation du kibboutz : des rapports entre la famille et la collectivité. Je cite ce qu'Osnat a écrit. Je ne sais pas le dire aussi bien qu'elle, mais j'ai compris comme beaucoup d'autres ce qu'elle visait. Je ne veux pas... » Sa voix était empreinte d'une émotion à peine contenue : « ... que tout disparaisse et soit réduit à néant parce qu'Osnat est morte.

— Pourquoi parles-tu de néant ? s'écria Tova. Nous avons créé une commission qui s'en occupe. On croirait qu'Osnat était la seule à...

— Oui, je sais, répondit Moysh, l'interrompant, mais je souhaite qu'on reparle de tout cela pour perpétuer aussi la mémoire d'Osnat... » — il toussota, embarrassé — « ... qui, ces dernières années, a joué ici un rôle crucial. Je voudrais que nous trouvions une solution immédiate au coucher familial et que nous parlions aussi de manière positive, sérieuse, enfin... profonde, oui, profonde, du projet de maison de retraite communautaire. »

Mathilda se leva, le ventre proéminent, et se mit à crier en agitant ses gros bras comme une vieille poule : « Vous recommencez ? »

Dvorka aussi se leva. La vision de sa silhouette, sèche et raide, eut un effet immédiat sur le reste de l'assemblée. Mathilda se tut et se rassit. Dvorka, qui semblait plus pâle que d'habitude, ouvrit la bouche et, sur un ton mesuré, didactique, dénué de toute émotion, elle déclara avec autorité :

« Écoute, Moysh. Nous en avons déjà parlé quelques fois. C'est une affaire complexe et embrouillée à laquelle il est difficile de se mesurer. Nous n'élèverons pas un monument à Osnat et à la gloire de situations destructrices pour l'individu et le groupe. Osnat n'avait pas de réponses à beaucoup de questions, dont certaines des plus élémentaires : par exemple, qui gardera les enfants lorsqu'ils seront malades ? Il me semble que parfois vous oubliez que nous avons créé ici une société égalitaire et progressiste bien avant que les féministes brûlent leur soutien-gorge. C'est l'unique lieu au monde où la femme peut travailler comme l'homme grâce aux possibilités qui lui sont offertes : celles de se réaliser en faisant un travail de pionnier qui ait un sens. Mais ce sont là des détails et Osnat disait que, le temps venu, nous les résoudrions comme les autres. Le vrai problème n'est pas celui-ci, mais celui de l'égalité. Nous avons fondé une société égalitaire grâce à une éducation uniforme. Le coucher familial détruira ces principes. Il y aurait encore beaucoup à dire sur le sujet. »

Michaël regarda Gouta, dont le visage était crispé par la haine et la fureur.

« Pourquoi ne dis-tu rien au sujet de la maison des vieux qu'ils veulent créer pour résoudre leurs problèmes de logement ? Pourquoi n'en parlez-vous pas ? La dernière fois où j'ai fait remarquer que les vieux ne recevaient pas de logement, Osnat m'a dit que la commission de l'habitat préparait un nouveau projet, cette maison de vieux où on a l'intention de vendre des places pour les gens de la ville. Comme si nous avions besoin d'argent !

— Gouta, intervint Moysh avec prudence, je t'en prie.

— Tu n'as rien à prier, cria Mathilda. Elle y pensait comme à une solution sociale. Elle disait que les personnes seules pourraient rencontrer des gens dans le cadre de cette espèce de maison de retraite.

— Vous voulez tout simplement nous jeter hors d'ici sans raison ! cria Gouta. C'est votre rêve !

— Pour ne pas les empêcher de prendre des décisions sur des projets modernes ! » dit Yoheved.

Elle s'était levée aussi.

« Que deviendront les puéricultrices ? Que se passera-t-il puisqu'on n'aura plus besoin d'elles ? » demanda une jeune femme coquette et soignée.

Michaël demanda qui elle était, et Avigaïl lui répondit par un haussement d'épaules.

Dvorka tira de dessous sa chaise un vieux livre relié et dit :

« Camarades, camarades, permettez-moi... » Le silence se fit, et tout le monde se rassit, sauf Dvorka, qui tenait entre les mains le livre ouvert. « En ces moments difficiles, il serait bon d'écouter ce que disaient les premiers pionniers qui nous ont laissé leurs pensées secrètes pour que nous puissions nous consoler dans des moments comme celui-ci. Je voudrais vous lire un passage de *Kehilatenou* où sont rapportées les paroles de David Kahana. Il est cité comme David K. parce qu'à l'époque on n'éprouvait pas le besoin d'immortaliser les noms. Même aujourd'hui, dans le bulletin, on fait figurer le prénom et uniquement l'initiale du nom parce que ce qui est dit est plus important que celui qui le dit. Nous vivons ici l'idéal le plus élevé auquel peut aspirer l'être humain : le bonheur de l'individu ne peut être obtenu que dans une communauté parfaite. Comme le disait David Kahana... » Elle s'arrêta, sortit des lunettes de la poche de son pantalon noir et se mit à lire :

> Je vous le dis, mes frères, même si je savais qu'à la fin, nous serons noyés dans la fange de la vie, je ne bougerais pas d'ici; peut-être que je m'arrêterais un instant, à la recherche de frères dans la douleur, mais je ne renoncerais pas à l'œuvre. Il m'arrive de revenir de la carrière, triste et tête baissée, avec l'impression que tout ce qui m'entoure est un terrible labyrinthe. Alors, ma vie défile involontairement devant mes yeux comme une espèce d'inferno viennois; les rencontres fortuites, les hésitations dans le bateau, le « froid mordant » de Galilée et le kibboutz; les souvenirs de dépression et d'échec brûlent ma chair comme du feu et obscurcissent ma vue qui imagine mon déclin sur cette terre... Mais puis-je renoncer pour autant? Non, mes frères. Je ne bougerai pas d'ici parce que je ne fais pas la différence entre le temps du doute et celui de l'œuvre. La lutte permanente, la recherche et les méandres sont notre lot. Ils nous accompagneront toujours, d'un obstacle au suivant, d'une œuvre à l'autre, de sacrifice en sacrifice; et plus notre entreprise grandira, plus la lutte interne sera dure, plus les temps seront difficiles, plus le doute nous rongera.

Dvorka referma le livre, le posa lentement sur la chaise et enleva ses lunettes.

« Je n'en crois pas mes oreilles! » dit Michaël. Il haletait et transpirait. « Cette femme... »

Il se leva, alla vers l'évier, pencha la tête et but une gorgée d'eau au robinet.

« Elle déraille ou quoi ? Que veut-elle dire ? » demanda Avigaïl.

Michaël revint et se rassit devant l'écran. La caméra s'était arrêtée sur Dvorka.

« Tu ne comprends pas, dit-il d'une voix étranglée. Elle ne se promène pas tout le temps avec *Kehilatenou* sous le bras, ce qui veut dire qu'elle a préparé tout ça. En fait, elle a mis en scène tout ce drame parce qu'elle sait ce qui se passera ici ce soir.

— Elle a des yeux effrayants, remarqua Avigaïl. Elle ne me plaît pas. »

Michaël essaya de respirer plus calmement. Il alluma une cigarette et se leva sans quitter l'écran des yeux. Il était angoissé, presque épouvanté. Dvorka lui parut soudain différente. Il sentit son visage brûler comme s'il avait été témoin d'un événement particulièrement menaçant.

« Je vous ai lu ce passage surtout à cause de la dernière phrase, reprit Dvorka en articulant chaque mot. Mais aussi pour que vous voyiez qu'autrefois on ne craignait pas d'exprimer ses sentiments. Et dans la famille, la famille qu'est le kibboutz, on pouvait s'exprimer librement. La dernière phrase où il est question de luttes est la plus importante. Nous devons sans cesse nous demander si le monde que nous avons bâti est bon et s'il faut le conserver ainsi. »

Dave la regardait, ému et surpris, comme s'il écoutait des paroles de sage prononcées par un animal exotique.

La tension dramatique qui vibrait dans la voix de Dvorka céda la place à un ton pragmatique, dénué de toute émotion :

« Quant au problème du coucher familial, je ne vois pas les défauts du coucher collectif. Pensez à votre génération, qu'a-t-elle donc de mauvais ? Les souvenirs communs, les expériences ? L'intérêt de tout le kibboutz pour chaque étape du développement de chaque enfant ? Nous savions tous quand tombait la première dent, qui faisait son premier pas, nous partagions tout dans une merveilleuse intimité. Vous êtes la preuve vivante de la réussite de cette expérience que nous avons tentée avec une foi ardente. »

Mathilda arbora son sourire méchant et lança :

« Que vous soyez réussis, c'est à vérifier ! Mais en attendant vous pouvez profiter du compliment.

— Ce que je veux savoir, dit Gouta, c'est ce qu'il en est de cette maison de vieux.

— On ne peut pas débattre des deux sujets à la fois, trancha Dvorka.

— Osnat pensait que c'était possible, dit Moysh. Elle pensait qu'il fallait lier les deux. »

Dvorka serra les lèvres puis les écarta et, faisant un grand effort pour se dominer, répondit :

« Tu sais bien que sur ce sujet, nous n'étions pas d'accord.

— Il y aura toujours des différences d'opinion, dit Ze'ev HaCohen sur un ton conciliant. Nous n'avons pas besoin de nous presser. Personnellement, l'éventualité d'une maison de retraite communautaire ne me paraît pas mauvaise dans la mesure où elle ne nous prive pas du droit de vote et de la participation à la vie du kibboutz. Quant au coucher familial, je ne vois pas de raison de rejeter ce projet. »

Dvorka l'interrompit avec une impatience qui ne lui était pas coutumière :

« En tout cas, il est clair que la majorité d'entre nous conteste les fondements même de ces projets, qui sapent à la base toute l'idéologie du kibboutz. » On l'entendit respirer profondément et lancer d'une voix empreinte de mépris : « Et ne nous donnez surtout pas l'exemple des autres kibboutzim. Ce ne sont pas les modes destructrices ou les fausses idées de progrès qui guideront nos pas. Au niveau du mouvement national, on commence à parler de rémunérer les membres des kibboutzim. Ce que je propose peut paraître anachronique, mais mon cœur me dit que ce ne sont pas les biens matériels qui donneront un sens à notre vie, mais les valeurs spirituelles.

— C'est toi-même qui viens de parler de dynamique et de besoin de changement ! lui rappela Ze'ev HaCohen.

— En quoi l'éducation de nos enfants était-elle mauvaise ? » cria Dvorka.

Les mains tremblantes, Moysh se leva et regarda comme s'il les découvrait, sans tendresse ni indulgence, Dvorka et la rangée de vieux :

« Je vais te dire exactement ce qui était mauvais. D'abord, le fait que nous ne parlions jamais du passé. Vous ne vouliez pas entendre, vous ne le permettiez pas. Je me souviens très bien comment Sroulké me ramenait à la maison des enfants quand je m'enfuyais la nuit pour aller retrouver mes parents chez eux. Depuis la mort d'Osnat, à cause de la manière dont elle est morte, j'éprouve le besoin de parler. Je dirai tout ce que j'ai sur le cœur et vous m'écouterez. Ce sera comme dans *Kehilatenou*. Moi aussi j'ai lu ce ramassis d'étalage public et je me suis dit que les choses avaient bien changé. La réunion plénière est devenue le lieu où l'on autorise ceci ou cela, où l'on débat de tel ou tel sujet. Que savez-vous donc de nous ? Sans doute quand nous avons percé notre première dent et fait nos premiers pas, mais vous ignorez tout de ce qui se passe en nous. Nous n'avions jamais eu l'occasion d'en parler, sauf en plaisantant et par le biais des sketches que nous préparions pour les fêtes du kibboutz et les *bar-mitzsva*. Je ne nie pas la beauté de cette forme de vie, mais ces nuits passées sans père ni mère, avec toutes sortes de remplaçants qui ne remplaçaient rien, comme ce garçon du Nahal qui avait saupoudré de talc la zézette de Noga... Vous en aviez fait une plaisanterie. » Michaël entendait la respiration oppressée d'Avigaïl, qui passait sans cesse la main sur son bras. « Ma mère, Myriam, poursuivit Moysh d'une voix étouffée, que vous avez tous connue, était une femme simple et pas très intelligente. Je n'ai pas besoin de la décrire... » Il s'épongea le front. « Elle a travaillé toute sa vie et n'a jamais ouvert la bouche aux réunions plénières. Il n'y avait pas de membre plus fidèle qu'elle. » Il regarda autour de lui. Personne ne parlait, ni bougeait. Tout le monde le regardait, certains surpris, d'autres atterrés. « Ma mère, Myriam, répéta Moysh, me racontait souvent comment vous avez congédié notre première puéricultrice, Golda. Je me souviens de son nom parce que ma mère l'a mentionné. Vous l'avez congédiée quand nous avions un an et demi. Mais avant, que s'est-il passé avant ? » Moysh ne se contenait plus, il criait sans la moindre retenue : « Où étiez-vous quand j'avais moins d'un an et demi, quand Myriam me racontait que l'image qu'elle garde de moi est celle d'un mignon petit bébé qui suivait la puéricultrice, morveux et en larmes, la petite menotte agrippée à la robe ou au tablier de Golda qui le rejetait ? Où étiez-vous alors ? » Le cri s'adressait à Dvorka, qui ne baissa pas les yeux. Michaël crut qu'elle avait cessé de respirer. Son visage était de pierre. « Voilà ce que je veux savoir. Où étiez-vous ? A quoi pensiez-vous pendant toutes ces nuits où nous avions peur ? Comment avez-vous pu n'accorder aux mamans qu'une demi-heure par jour pour voir leurs enfants ? Comment vous êtes-vous permis de décider que la cellule familiale était nocive à la société ? Voilà ce que je veux savoir. Osnat avait raison : elle m'a dit que vous vous opposiez à ce changement parce que vous vous sentiez coupables. Vous voulez perpétuer cette cruauté pour vous protéger, vous justifier à vos propres yeux ! »

Quelqu'un marmonna quelque chose, mais Moysh eut un geste d'impatience.

« Ne me dites pas de me calmer ! cria-t-il. Ce n'est pas ça qui compte en ce moment. Je vous le dis, ça suffit ! Arrêtons cette histoire ! Vous aviez peut-être vos raisons, je n'en sais rien, la vie difficile et tout le reste, mais nous n'avons pas à perpétuer vos histoires. J'ai envie de border mes enfants le soir, j'ai envie de les entendre tousser chez moi, j'ai envie que lorsqu'ils font un cauchemar, ils viennent dans mon lit. Je ne veux pas les voir parler dans un interphone ou sortir dans la nuit, à la recherche de notre chambre, trébucher sur les cailloux, voir un monstre à chaque tournant et arriver devant une porte fermée ou chez un père qui les raccompagne à la maison des enfants. Je les veux auprès de moi, et peu m'importe tout le reste ! »

Il avala sa salive et regarda ceux qui étaient assis au premier rang.

« Débrouillez-vous avec vos erreurs ! reprit-il d'une voix plus calme. Je voudrais que vous vous sentiez coupables, pourquoi pas ? Sonia n'est plus de ce monde, mais si elle vivait, je lui aurais dit quelques mots sur les années où ma mère n'avait le droit de me voir qu'une demi-heure par jour et sur les nuits. Vous avez organisé les choses selon vos besoins. Au nom d'un idéal d'égalité, vous nous avez fabriqué un moi collectif, mais vous avez détruit notre moi individuel, intime. Quelle assurance peuvent avoir des enfants qui ne doivent compter la nuit que sur d'autres enfants ? Et encore, dans le meilleur des cas ! Je ne parle pas de l'adolescence, des douches en commun et de toutes ces idées folles ! J'en ai assez ! J'en ai assez d'être tolérant et compréhensif à l'égard des erreurs du passé. J'aimerais bien comprendre ce que vous aviez dans la tête quand vous nous enfermiez de l'extérieur et que le veilleur ne venait nous voir que deux fois dans la nuit ! Deux fois ! Nous passions des nuits entières devant la porte, à frapper et pleurer, et personne ne venait. Chaque fois que j'y pense, j'explose de rage. Il y a de quoi devenir fou ! Imaginez un seul instant les enfants d'aujourd'hui en train de pleurer ainsi devant une porte fermée !

— Eh bien, eh bien ! » dit Michaël en allumant une cigarette.

Avigaïl resta silencieuse.

Ze'ev HaCohen se leva, mais Moysh cria de nouveau :

« Tu peux t'asseoir. Je ne vais pas me taire. L'abcès est crevé, je ne m'arrêterai plus. Tu attendras que j'aie fini, vous attendrez tous que j'aie fini ! » Ze'ev se rassit, effrayé. « Peu m'importe votre égalité, cria Moysh, et nous sommes loin d'être la crème du pays ! Qu'est-ce que toutes vos idées ont donné, je vous le demande ? On dit que nos enfants sont matérialistes, ce n'est pas étonnant ! Il faut bien qu'ils compensent ce qu'ils ont vécu. Vous pouviez vous abriter derrière vos idéaux, mais nous, qu'avions-nous pour nous abriter ? Et aujourd'hui, qu'avons-nous ? Le travail ? Ce travail qui est censé être toute notre vie ! Est-ce pour ça que vous avez fondé le kibboutz ? Quel gâchis ! »

Moysh pointa un doigt accusateur vers la première rangée des assistants.

« Nous nous sommes épuisés sans savoir pourquoi ni comment. Mais ce qu'Osnat voulait faire, c'est moi qui le ferai maintenant. Il n'y a aucune raison que mes enfants soient élevés par d'autres personnes que moi, et peu m'importe tout le reste. Non, Mathilda, je n'ai pas perdu la tête. Au contraire. J'étais fou et je ne le suis plus. Nous sommes les seuls à pouvoir nous le permettre sur le plan économique, mais cette histoire traîne à n'en plus finir. C'est moi qui vais border mon petit Assaf, tu m'entends, Dvorka ? Moi et pas la puéricultrice, ni le veilleur de nuit, ni l'interphone, moi et personne d'autre. Parce que vous n'avez pensé qu'à la première dent, mais pas à notre première peur, que nous étions trop petits pour pouvoir exprimer. Je te le demande, Dvorka, quel idéal peux-tu agiter devant la peur et la solitude d'un enfant qui ne sait pas encore parler ? Pas un enfant, mais un bébé. Je vois ma sœur élever ses enfants en ville : je ne dis pas qu'ils ont tout ce que nous avons ici, les sorties, les pique-niques, la clarinette dès l'âge de trois ans et tout le reste. Mais au moins, ils n'ont pas de peurs comme j'en ai encore aujourd'hui. Voilà ce que j'avais à vous dire ce soir : nous aurons ici le coucher familial. Et même une maison de retraite communautaire.

— Il faudra marcher sur mon cadavre ! » dit une voix claire.

C'était Gouta. Il y eut un brouhaha, et l'écran devint noir.

CHAPITRE 19

« Il est d'accord, dit Gouta en poussant Yankélé à l'intérieur de la pièce. Mais n'oubliez pas votre promesse. » Michaël hocha la tête. « Pas de Fania, ne vous occupez pas d'elle. » Gouta était furieuse, puis elle se radoucit : « C'est à cause de sa santé. Pour Yankélé, c'est moins grave. »

Elle avait parlé de lui en sa présence comme les adultes parlent des enfants. Il la regardait avec espoir. Elle passa la main dans ses cheveux et lui lança un regard obstiné.

« Je veux rester seul avec lui, dit Michaël.

— Vous avez des secrets ? demanda Gouta en mettant les poings sur les hanches. Je ne le laisse pas seul avec la police.

— Gouta, supplia Michaël, je ne suis pas la police. Je suis moi. Nous en avons déjà parlé. Si vous voulez que la vérité soit faite, vous devez nous aider.

— Je ne sortirai pas d'ici, répliqua Gouta, tranquille et déterminée. Ni de gré ni de force. Et cessez de me regarder ainsi avec vos beaux yeux. Je suis responsable de lui, je ne peux pas le laisser seul.

— C'est plus pour vous que pour lui que je vous prie de sortir, finit-il par dire en soupirant.

— Ne vous faites pas de soucis pour moi ! Au point où j'en suis, je peux tout entendre, il ne m'arrivera rien. »

Yankélé était assis au pied du lit branlant. Il n'avait rien dit jusque-là. Il fixa le bout de ses sandales et se mit soudain à trembler :

« Je ne lui ai rien fait. Rien du tout, s'écria-t-il brusquement.

— Mais vous y étiez cette nuit-là et vous avez vu Aharon Meroz entrer et sortir.

— Je la protégeais. Il fallait que je la protège ! »

Il parlait pesamment, comme s'il avait des cailloux dans la bouche. Son corps osseux était secoué de tremblements. Gouta, debout près de la porte fermée, alluma une cigarette.

« Pourquoi est-ce que tu les traites avec des gants de velours ? lui avait dit Nahari. Pourquoi tous ces égards ? Nous avons suffisamment de preuves pour les arrêter tous les trois. Pourquoi tous ces jeux ? Arrête-les, fais-leur passer une nuit en cellule et tu verras qu'ils vont tout te raconter !

— S'ils ne m'aident pas aujourd'hui, je les arrêterai, dit Michaël. Mais quand les gens n'ont plus rien à perdre, il vaut mieux essayer ainsi.

— Rien à perdre ! rugit Nahari. Comment sais-tu qu'ils n'ont rien à perdre ?

— Je le sais. Je connais les deux sœurs. J'ai déjà rencontré des individus de leur espèce.

— Quelle espèce ? insista Nahari.

— Des gens comme elles », répondit Michaël, laconique.

En regardant Yankélé, qui paraissait terrorisé et replié sur lui-même, il se demanda qui des deux avait raison. Gouta était immobile près de la porte. On ne l'entendait même pas respirer. Michaël remarqua du coin de l'œil la cigarette plantée entre ses lèvres.

« Je ne veux pas vous parler des nuits, dit Michaël, mais du service dans les cuisines. Voilà ce dont je veux parler. »

Yankélé le regarda d'un air surpris. Il cessa aussitôt de trembler. Il avait de longs cils et un regard triste et apeuré.

« Quel service ? Je ne suis plus de service dans les cuisines, c'était seulement pendant la fête, répondit-il toujours pesamment.

— C'est justement ce dont je veux parler. Dave m'a dit que pendant le sketch et le repas, vous étiez devant la porte arrière. »

Yankélé frissonna.

« Dave vous l'a dit ? chuchota-t-il. Il m'avait promis de ne rien dire sans me prévenir.

— C'est tout ce qu'il m'a dit. Rien de plus. »

Gouta écrasa sa cigarette dans un pot de terre posé dans un coin et en ralluma une autre. Michaël ne quittait pas Yankélé des yeux.

« Vous êtes le seul à pouvoir me dire qui est sorti en plein spectacle par la porte de derrière. »

Yankélé resta silencieux une longue minute. Michaël retenait son souffle.

« Elle, finit-il par dire doucement. Elle est sortie par la porte arrière. Très vite. Personne ne l'a remarquée. »

On entendait maintenant Gouta respirer, mais elle ne dit rien.

« Qu'avez-vous fait ? demanda-t-il à Yankélé en posant la main sur son bras en sueur. Racontez-moi. »

Il lui parlait comme à Youval lorsqu'il était petit. Il essayait de lui faire sentir qu'il était protégé, que rien ne pourrait lui arriver.

« Je l'ai suivie pendant la moitié du chemin. Elle s'est retournée, et alors je suis revenu en courant vers la salle à manger. » Yankélé baissa les yeux. « Je croyais qu'elle... qu'elle... était triste.

— Vous vouliez la protéger ? demanda Michaël.

— Je ne voulais pas qu'il lui arrive malheur. Je voulais... je ne sais pas », bredouilla-t-il.

Il regarda Gouta. Ses yeux brillaient. Elle restait immobile, debout dans l'encadrement de la porte, le dos au mur, le visage blême.

« Seulement la moitié du chemin ? Pas plus ? »

Yankélé hocha la tête. Gouta ouvrit la bouche, Michaël, qui la surveillait du coin de l'œil, lui fit un signe d'avertissement.

« Alors pourquoi avez-vous parlé de flacons? demanda-t-il soudain, la voix changée. Si vous ne l'avez pas suivie jusqu'au bout, vous ne l'avez pas vue près de Sroulké. »

Yankélé se mit à bégayer. Il tremblait de tous ses membres.

« Je sais tout sur Dvorka », dit-il, tout.

Gouta s'étrangla, puis se mit à tousser.

« Il parle de Dvorka? chuchota-t-elle. C'est d'elle qu'il s'agit? »

Michaël se tut. Yankélé se couvrit le visage des mains.

« Vous pouvez partir », lui dit gentiment Michaël.

Ils ne bougeaient pas. Gouta s'assit au pied du lit. Alors Michaël se leva, quitta la pièce et referma doucement la porte.

Il frappa un coup léger, et aussitôt une voix dit « oui ».

Elle ne fut pas étonnée de le voir et, comme il restait planté devant la porte, elle le regarda d'un air interrogateur.

« Je voudrais vous parler », dit Michaël.

Elle éteignit la télévision et lui indiqua le fauteuil. La climatisation ne marchait pas, il faisait chaud. Elle défroissa son pantalon et posa la main sur son genou, puis regarda Michaël, attendant paisiblement qu'il parle. Il laissa s'écouler quelques secondes, puis attaqua :

« Vous ne m'avez pas dit que vous aviez quitté la salle à manger le soir de Shavouot. Ni que vous aviez vu Sroulké.

— Si je ne vous l'ai pas dit, répondit Dvorka le plus tranquillement du monde, c'est peut-être parce que ce n'est pas vrai. C'est aussi simple que ça. »

Michaël l'observa attentivement. Son visage était de marbre.

« Mais vous avez bien quitté la salle à manger.
— Oui, je l'ai bien quittée. Quelles conséquences en tirez-vous ? Que croyez-vous que je sois allée faire chez Sroulké ?
— Je ne crois rien, je le sais. »
Dvorka le fixa sans crainte.
« Tout ce que je peux dire, c'est que vous vous trompez, affirma-t-elle lentement.
— Alors, pourquoi refusez-vous de vous soumettre au détecteur de mensonges ? Ceux qui n'ont rien à cacher ne nous opposent aucun refus.
— Je n'ai pas l'habitude de mettre mes propos à l'épreuve d'examens simplistes, déclara-t-elle avec entêtement. Personne n'a jamais douté de mes propos, jeune homme, et il ne faut pas oublier que j'ai soixante-quatorze ans !
— Alors je voudrais vous poser une autre question. Au sujet de tout autre chose. J'aimerais comprendre pourquoi vous avez cité *Kéhilatenou* à la réunion plénière d'hier au soir ? »
Pendant les quelques secondes où elle réfléchit, Michaël distingua une lueur de surprise dans ses yeux, puis une ombre d'angoisse très vite cachée par son regard glacial.
« Je ne comprends pas votre question, finit-elle par dire.
— J'imagine que vous n'allez pas partout avec ce livre sous le bras comme si c'était une Bible. J'avais comme une impression que tout cela était une vaste mise en scène.
— Jeune homme, j'ignore comment vous est parvenue l'information sur notre réunion plénière, mais j'imagine que vous disposez des moyens tortueux qui sont les vôtres... »
Son visage exprimait le dégoût.
« Le problème n'est pas là, ne changez pas de sujet, s'il vous plaît.
— Vous êtes impertinent. Je ne m'amuse pas à changer de sujet, répondit Dvorka, furieuse. Avant la

réunion, j'avais le livre entre les mains. J'en lis souvent des passages à mes élèves. Je revenais de la salle de lecture. » Elle lui lança un regard réprobateur : « Je ne sais pas pourquoi je vous réponds. Peut-être parce que je ne sais pas être impolie avec les gens. Votre insolence ne peut s'expliquer que par les tensions de ces derniers jours. Tout le monde n'est pas capable de garder la tête froide. Dans un certain sens, je vous plains, ajouta-t-elle froidement.

— Dommage que vous n'ayez pas plaint Osnat ! »

Cette fois, son visage exprimait la consternation.

« Vous êtes fou ? De quoi parlez-vous ?

— D'empoisonnement », répondit sèchement Michaël.

Il jouait gros, son cœur battait fort, mais elle ne pouvait pas le savoir.

« J'ai l'impression que vous n'y comprenez rien, dit-elle comme si elle s'adressait à un cancre. Vous ne comprenez pas que c'est moi qui ai élevé Osnat, que c'est moi... »

Elle se tut.

« Oui, oui. Je comprends votre position au kibboutz et tout le reste. Vous avez pensé être au-dessus de tout soupçon.

— Jeune homme, répliqua Dvorka, les yeux saillants mais la voix toujours aussi égale, je crois que vous suggérez quelque chose de si ridicule que cela dépasse ma compréhension. Mais il y a des limites aux sottises que je peux supporter. Cet entretien me paraît parfaitement superflu et stupide. Vous vous comportez avec une étonnante irresponsabilité. Je ne veux pas entrer dans d'autres détails, mais pensez à la différence d'âge entre nous ! Comment osez-vous ! » C'était la première fois qu'elle haussait le ton.

« Je vous prie de sortir immédiatement ! Immédiatement ! Je n'ai plus rien à vous dire. »

Elle lui montra la porte sans le quitter des yeux.

Michaël se dit qu'il n'avait aucun intérêt à la menacer ni à la coincer. Il avait essayé sans succès de convaincre Simha Maloul : « Je n'ai vu personne, avait répété la pauvre femme. Si j'avais vu, je l'aurais dit. »

Elle l'avait juré sur la tête de ses enfants. Elle n'avait rencontré personne ni à l'aller ni au retour. Lorsqu'il avait insisté pour qu'elle mente, elle lui avait pris le bras :

« Je vais pleurer. Quand je mens, ou je pleure ou je ris. Je ne peux pas faire des choses pareilles. Vous voulez que je dise que je l'ai vue sortir de l'infirmerie alors que je n'ai rien vu ? »

Simha Maloul était devant l'évier, les cheveux couverts d'un carré de tissu blanc. Elle récurait énergiquement un récipient reluisant et lui parlait par bribes.

« T'es de chez nous, toi. Tu dois comprendre que je ne peux pas dire une chose comme ça, un mensonge sur cette femme. »

Il la regardait d'un air suppliant. Alors elle avait posé dans l'égouttoir le bol en plastique vert et s'était assise devant la petite table, dans un coin de la cuisine :

« Écoute, avait-elle dit en marocain. Si j'avais pu, je t'aurais aidé, mais mentir ? » Puis elle avait continué en hébreu : « C'est une femme respectable, je ne peux pas dire pareil mensonge. On la respecte beaucoup ici. Elle ne m'a jamais fait de mal et je ne sais pas mentir, même pas à mon mari. »

Michaël regarda le bras tendu de Dvorka, qui indiquait sans trembler la direction de la porte. Il se leva et quitta la pièce.

CHAPITRE 20

« Tu es encore là ? s'exclama la standardiste à l'adresse de Michaël qui se dirigeait vers son bureau.

Une femme t'a demandé, mais j'ai cru que tu étais parti.

— Et... ?

— Elle n'a pas laissé de message. Tu restes ? C'est juste pour savoir ce que je dois répondre si on te demande.

— J'ai quelques coups de fil à passer », dit Michaël en lui faisant un signe amical de la main.

Il n'entendit pas sa dernière remarque. Il ouvrit la porte de son bureau, contempla la liasse de papiers qui couvrait sa table, posa dessus le dossier cartonné et regarda par la fenêtre : c'était une cour sans le moindre arbre qui le faisait penser avec nostalgie au lierre du quartier russe qu'il voyait de son bureau de Jérusalem. Il se dit que ces derniers temps, il avait négligé de soigner ses rapports avec les secrétaires et les standardistes. A force de vouloir se détacher et rester libre, il avait coupé les liens avec son entourage. Quant à ce bureau temporaire, il le sentait hostile. Peut-être à cause de cette impression de ne pas exister, d'avoir quelque chose à prouver, une reconnaissance extérieure qui lui manquait.

Le bureau était deux ou trois fois plus grand que son modeste réduit du quartier russe. Il s'assit dans le fauteuil capitonné et se mit à feuilleter le dossier cartonné. Après avoir lu et relu la déposition de Jojo, il appela la standardiste, qui lui répondit aussitôt :

« Oui, tout de suite. »

Pendant les dix minutes qui s'écoulèrent entre son appel et la sonnerie du téléphone, il fuma deux cigarettes et balaya d'un doigt nerveux et impatient la poussière du bureau. Il essaya de lire les papiers posés devant lui, mais se sentit incapable de se concentrer. Les mots ne s'agglutinaient pas pour former des phrases. Il ne prit conscience de son état de tension qu'en entendant la voix réservée et tendue d'Aharon Meroz à l'autre bout du fil. Elle paraissait lointaine et brouillée :

« Je n'ai plus qu'une semaine à passer ici et après,

on verra. Je suis dans le bureau des infirmières », ajouta-t-il d'une voix hésitante, en réponse à la question de Michaël. On entendait en bruit de fond des murmures et des appels. « Si vous ne pouvez pas venir jusqu'ici...

— Demandez-leur de vous passer la conversation dans le bureau des médecins », suggéra Michaël.

Il entendit le bruit d'une main sur le récepteur, puis des voix étouffées :

« Ça y est, on transfère l'appel », dit Meroz.

Michaël attendit trois minutes. Il regarda sa montre et compta les secondes. Pendant qu'il attendait, il inscrivit d'une écriture maladroite les questions sur le dos d'une enveloppe.

« Comment le saviez-vous ? » demanda le député, une fois installé dans le bureau des médecins.

Michaël contint sa fureur :

« Pourquoi ne me l'avez-vous pas dit pendant tous ces entretiens ?

— Parce que je lui ai juré que je n'y toucherais pas jusqu'à la date annoncée, qui était de deux semaines. Je l'ai déposée dans mon coffre. Je ne l'ai pas ouverte, je ne sais pas ce qu'il y a dedans, je vous le jure.

— Qu'importe le serment puisqu'elle est morte ! cria Michaël.

— Parfois c'est comme ça, dit Aharon Meroz après un long silence. On prête serment à des gens qui meurent et le serment a soudain plus de poids. Elle m'a dit que ça n'avait de rapport avec personne, que ça ne touchait qu'elle.

— Peu importe, maintenant, déclara Michaël. J'espère que c'est bien ce que nous cherchons. Je viendrai vous parler, mais je vais d'abord vous envoyer quelqu'un pour que vous lui remettiez une procuration et que nous puissions sortir la lettre du coffre. Ne vous faites pas de soucis, il sera accompagné d'un avocat. »

Michaël était de plus en plus tendu. Il sortit en courant dans le couloir et se dirigea vers le bureau de

Benny. Pendant que celui-ci prenait des notes sous sa dictée, d'une écriture inclinée, féminine et surprenante, Michaël entendit des voix qui lui murmuraient : « attention » et « danger ».

« Ne crois-tu pas, lui dit Benny, qu'avec tes relations à Jérusalem... Enfin, peu importe...

— Nous sommes trop dépendants de cette lettre, répondit Michaël avec un sentiment d'urgence. Je n'ai pas le temps de chercher des gens et des relations. Il me la faut aujourd'hui.

— Je croyais que tu étais pressé, observa Nahari en consultant sa montre. Ça fait déjà une demi-heure que tu m'as dit que chaque minute que tu passais ici représentait un danger supplémentaire là-bas. »

Ils se trouvaient dans le couloir, devant le bureau de Nahari.

« C'est vrai, répondit Michaël. Chaque instant compte, mais Benny est déjà en route avec le document. Je ne sais pas quand je pourrai parler à Jojo. Si tu as le temps, essaie d'écouter ce qu'il dira à Sarit.

— Je n'aurai pas le temps aujourd'hui, répondit Nahari, soudain sérieux et solennel. Je dois recevoir le conseiller juridique d'ici un quart d'heure. Mais je ne pense pas qu'il arrive rien de grave si tu ne lui parles que ce soir. »

Michaël fit un geste de désespoir et courut vers le parking.

Quand il vit l'indicateur de vitesse osciller entre cent trente et cent quarante kilomètres-heure, il essaya de relâcher sa pression sur l'accélérateur et de réduire au silence des voix intérieures qui avaient la sonorité de celle d'Avigaïl. Il sentit sa douleur habituelle aux mâchoires et alluma une cigarette. A mesure qu'il approchait du kibboutz, son anxiété croissait.

Il gara sa voiture devant le bâtiment de la salle à manger et se retint de courir aussitôt à l'infirmerie. Pourquoi donc craignait-il qu'il lui arrive quelque chose ? se demanda-t-il en se dirigeant vers le secrétariat. Il lut les mots : « Je reviens tout de suite », écrits à la main sur un papier collé au-dessous de la plaque indiquant « Secrétariat ». Il arriva essoufflé devant la porte de la comptabilité attenante au secrétariat. Une femme parlait tranquillement au téléphone, elle lui lança un regard interrogateur. Ignorant son agitation, elle acheva tranquillement sa conversation, puis lui répondit avec flegme :

« Moysh s'est absenté quelques minutes. Il ne m'a pas dit où il allait, simplement qu'il en avait pour quelques minutes. »

Transgressant toutes les mesures de sécurité qu'il s'était imposées, Michaël demanda la liste des numéros de téléphone internes et composa celui de l'infirmerie en veillant à tourner le dos à la femme. Elle paraissait plongée dans ses paperasses. Mais la manière dont elle l'avait dévisagé laissait deviner qu'elle savait qui il était et que, sous son apparence affairée, elle tendait l'oreille.

Il entendit la voix d'Avigaïl dire « allô » avec une pointe d'inquiétude et répondit « bonjour » d'une voix étouffée.

« La journée est déjà bien entamée », dit Avigaïl d'une voix sèche qui le rassura.

Il se laissa tomber sur la chaise, face à la femme qui continuait à faire semblant de lire mais ne ratait pas le moindre mot. Il sentit ses muscles se relâcher.

« Je voulais juste savoir s'il y avait du nouveau, dit-il en pesant chaque mot.

— Pas vraiment, répondit Avigaïl prudemment. J'ai quelqu'un en ce moment, mais je pourrai vous parler d'ici une demi-heure.

— Alors, je viendrai vous voir. »

Il y eut un silence à l'autre bout de la ligne. Il imagina l'expression vulnérable d'Avigaïl, le geste avec lequel elle rejetait ses cheveux en arrière et la main délicate qui jouait avec les mèches brunes.

« Est-ce que ce serait bien sage? finit par dire la voix.

— Il est difficile de le mesurer pour le moment, mais vu la situation, c'est peut-être naturel. »

Il regarda l'heure et se dit qu'il n'arriverait à l'infirmerie qu'à midi vingt. Quand il n'entendit plus sa voix, l'anxiété le saisit de nouveau et il essaya de contrôler le rythme de sa respiration.

« Alors, il reviendra bientôt ? demanda-t-il à la femme d'une voix creuse.

— Dans quelques minutes, c'est ce qu'il a dit. Mais l'autre, le moustachu, est passé. Lui aussi cherchait Moysh, et il est reparti. »

Elle haussa les épaules. Michaël la remercia et se dirigea vers l'ancien secrétariat, qu'on avait mis à leur disposition. Mahlouf Levi ne s'y trouvait pas, ni d'ailleurs l'officier de sécurité du district de Lahish. Michaël se sentit perdu. Il se demanda avec anxiété où Moysh pouvait bien être allé juste avant le déjeuner.

Puis il entendit le pas pesant de Mahlouf Levi avant de le découvrir, debout, près de la porte. L'expression sérieuse, Mahlouf jouait avec son anneau d'or, qu'il faisait tourner autour de son petit doigt.

« Qu'est-il arrivé ? s'entendit dire Michaël de cette même voix inquiète que prenait sa belle-mère chaque fois qu'on lui téléphonait.

— Rien, il n'est rien arrivé. Sauf qu'en plein jour, il est allé voir Dvorka. Il a d'abord parlé avec Dave, mais ça, tu le sais.

— Oui, répondit Michaël, impatient. Qu'a-t-il fait depuis le matin, depuis le moment où il s'est levé ?

— Il n'est pas sorti de chez lui de la nuit. Sa femme lui a fait une scène. Je crois qu'après, il ne pouvait plus dormir. J'ai l'impression qu'il ne se sent pas très bien, cet ulcère le ronge. Ce n'est pas moi qui l'ai vu, mais Itsik, qui était de garde, m'a dit qu'il l'avait vu faire les cent pas. Le volet n'était pas fermé, alors c'était facile. Nous avons tout entendu, mais il n'y avait rien de spécial. Puis, ce matin, il est allé prendre son petit déjeuner dans la salle à manger, mais il n'a presque rien avalé. Ensuite il est allé travailler au secrétariat où je l'ai rencontré. Il a à peine la force de parler. Quelque chose lui pèse, quelque chose de nouveau. Mais depuis le moment où tu nous as dit de ne pas le quitter des yeux, j'ai l'impression qu'il est complètement à côté de la plaque.

— Quand est-il allé voir Dave ?

— Dave était à l'usine et Moysh y est allé à vélo. Je ne savais que faire, mais il était tellement dans les nuages, qu'il ne s'est pas senti suivi. Il y avait des années que je n'avais pas fait de filature à vélo.

— Bon, et après ?

— Je te l'ai déjà dit, il est allé à l'usine. »

Michaël lança un regard hostile à Mahlouf, qui parlait lentement. Il avait envie de le secouer. Mahlouf ressentit son impatience et continua plus vite :

« Il est entré, puis ressorti avec Dave. Nous avons truffé de micros son appartement et quelques autres, mais pas son corps. Je ne peux pas savoir ce qu'ils se sont dit. » Puis, pour se justifier : « Tous les autres sont à leur poste, là où tu as demandé qu'ils soient. Personne n'a bougé. Itsik y a passé toute la nuit. »

Il regarda Michaël, qui ne dit rien.

« Dave ne paraissait pas différent des autres fois. Moysh l'a pris par l'épaule et attiré à part. » Mahlouf mima le geste de Moysh. « Puis Dave est retourné à l'usine, et il en est ressorti avec Yankélé. Mais je n'ai rien entendu de ce qu'ils disaient.

— Et après, tu ne lui as pas parlé ?

— Comment, après ? Après, il est allé à vélo chez Dvorka.

— Chez Dvorka ?

— Oui, et il y est encore.

— Alors pourquoi es-tu ici ? s'écria Michaël, hors de lui.

— Parce qu'ils étaient sur le pas de la porte, en train de partir pour la salle à manger, et que je n'ai pas voulu me faire voir. Il y a Baruch qui est posté en permanence devant l'appartement de Dvorka.

— Nous aurions dû poster plus de monde, dit Michaël avec une expression de regret.

— C'est ce que je pense aussi.

— Alors, qu'est-ce qui te travaille ? Tu as l'air préoccupé par quelque chose.

— C'est toi qui me mets sous pression en me disant de ne pas le quitter des yeux, répondit Mahlouf avec une anxiété croissante. Je ne sais pas à quoi tu joues en m'obligeant ainsi à faire du vélo dans un kibboutz, à mon âge. » Michaël regarda le pantalon de gabardine et la chemise repassée de Mahlouf Levi qui, vu les circonstances, avait renoncé à la cravate. « A part ça, j'ai l'impression qu'il est en piteux état. Mais nos gens sont postés partout, l'appartement de Dvorka est sur écoute et plus tard, nous pourrons entendre ce qui s'est dit.

— Plus tard ? Il n'y a pas de plus tard. Tout de suite !

— Bon, j'y vais, soupira Mahlouf, résigné. En tout cas, je sais qu'il a pleuré comme un petit enfant et qu'il a dit : “Comment as-tu pu ?” Je le sais, parce qu'au même instant, je suis passé devant. Mais tout ce qui s'est dit dans la pièce est enregistré.

— Qu'a-t-il dit d'autre ?

— Je n'en sais rien, parce que je suis parti à ta recherche, répondit Mahlouf Levi, embarrassé. Tout ce que j'ai pu entendre, c'est : “Comment as-tu pu ? Comment as-tu pu ne pas me le raconter ?” Il l'a répété plusieurs fois. »

Michaël consulta sa montre et vit que la grande aiguille avait atteint le chiffre trois.

« Il faut que je passe un instant à l'infirmerie. Rends-moi un service : va à la salle à manger et dis à Moysh que je voudrais lui parler. Disons, dans une demi-heure. Et poste-toi près de chez lui, au coin. Ne quitte pas son appartement des yeux.

— Moi-même en personne ? demanda Mahlouf Levi en tournant l'anneau d'or autour de son doigt.

— Oui, toi en personne. Il ne faut pas qu'il te voie.

Poste-toi derrière le grand buisson, là où était Itsik la nuit dernière.

— A quoi on joue ? ronchonna Mahlouf Levi. Ce n'est pas la peine de se cacher, on entend tout.

— Écoute, lui dit Michaël avec toute la patience dont il était capable, rends-moi ce service. Poste-toi près de la maison d'en face, fais-moi plaisir, débrouille-toi. C'est vrai que nous ne sommes pas organisés, mais nous n'avons plus le temps, crois-moi, plus le temps. »

Il effleura l'épaule de Mahlouf, qui avait au moins une tête de moins que lui.

L'infirmerie avait pour seule occupante Avigaïl, qui rinçait une éprouvette dans l'évier. Dès qu'elle l'aperçut, une étincelle de terreur passa dans ses yeux. Elle s'essuya les mains et s'empressa de boutonner les manches de son chemisier sous sa blouse blanche.

« Laisse tomber les boutons, ce n'est pas le moment, lui dit gravement Michaël.

— Pourquoi es-tu venu ? Quelqu'un le saura maintenant. Ils finissent toujours par le savoir.

— Parce que je voulais te demander deux choses qui ne souffrent aucun délai. »

Surpris par sa propre audace, Michaël toucha les cheveux d'Avigaïl, qui retombaient sur ses épaules. Il regarda ses yeux gris et y vit la peur et la détresse. Pas le moindre signe de joie. D'un geste gracieux, elle se déroba à sa caresse et recula d'un pas.

« Avigaïl, écoute très attentivement ce que je vais te dire, fais-le dans l'ordre et ne t'éloigne surtout pas du téléphone. Voilà le numéro de Kestenbaum, redemande-lui l'antidote et le temps qu'il faut...

— Ce n'est pas la peine, répondit Avigaïl d'une voix sourde. Je le connais parfaitement et tout est déjà prêt.

— Alors, tiens-toi prête devant le téléphone. Ne bouge pas. Si tu n'es pas ici, sois chez toi et n'en sors pas. Il faut que je puisse t'appeler à tout moment.

— Qu'est-ce qui te fait croire que nous sommes si proches du dénouement ? Je ne comprends pas. »

Elle fouilla dans un grand placard, d'où elle sortit une seringue jetable dans un sachet en plastique. Il observa ses gestes délicats et réprima l'envie de s'approcher d'elle.

« Nous en avons déjà parlé la moitié de la nuit. Je croyais que tu avais compris.

— Comment s'est passée la réunion ? demanda-t-elle en fourrant dans les grandes poches de sa blouse la seringue et un minuscule flacon.

— Est-ce qu'il est en sûreté ainsi ? s'inquiéta Michaël.

— Que veux-tu dire ?

— Est-ce qu'il ne risque pas de tomber ?

— Je n'ai l'habitude ni de courir ni de sautiller », répondit Avigaïl sans sourire. Puis elle ajouta, perplexe : « J'ai l'impression que tu t'es mis dans la tête que ça arrivera très vite parce qu'il faut que ce soit ainsi. Une journaliste est venue me voir aujourd'hui.

— Quel journal ?

— Peu importe. Un journal local, *La Dépêche du Néguev*. Elle voulait un scoop. Quand le secret de l'instruction sera levé, elle veut être la première à qui j'accorderai une interview. »

Avigaïl gloussa.

« Pourquoi ?

— Parce que je suis l'infirmière du kibboutz et qu'elle pense que je sais tout.

— Que lui as-tu dit ?

— Que j'étais très occupée ce matin et qu'elle me laisse son numéro de téléphone. Je l'ai ménagée pour qu'elle ne fourre pas trop le nez dans nos affaires.

— Qui d'autre as-tu vu ce matin ?

— Personne en particulier, sauf Dave qui était ici au moment où tu as téléphoné. Il a dit que Yankélé était sur le point d'avoir une crise. Que s'est-il passé à la réunion ? »

Michaël consulta de nouveau sa montre et résuma en quelques phrases la réunion. Avigaïl était songeuse :

« Je pense que tes suppositions au sujet de Jojo sont fondées, lui dit-elle au moment où il s'apprêtait à partir.

— C'est maintenant que tu y penses ? C'est déjà de la vieille histoire.

— Oui, mais tu ne me racontes rien », répliqua Avigaïl, offensée.

Michaël revint sur ses pas.

« A quoi penses-tu ?

— Il semble en savoir long sur les médicaments administrés aux psychotiques. J'ai déjà pensé qu'il avait peut-être des rapports avec un malade. C'était il y a deux jours, quand nous avons parlé de Yankélé. J'étais étonnée qu'un comptable en sache si long sur les psychotiques. »

Michaël était surpris :

« C'est étonnant qu'il n'ait pas été plus prudent.

— Quand les gens viennent ici... ça sort malgré eux... ils ont envie de parler d'eux-mêmes, dit Avigaïl, pensive.

— Ne bouge pas d'ici ou de chez toi, lui répéta Michaël.

— D'abord, il faut que j'aille déjeuner. Après je serai chez moi, et à trois heures, je reviens à l'infirmerie. Mais ce n'est pas parce que c'est lundi que tout arrivera comme tu l'as prévu ! »

Michaël retourna rapidement au secrétariat. L'air était brûlant, il le sentait au contact de la plante des pieds sur le béton. La chaleur montait même des pelouses et des sentiers verdoyants. Il n'y avait personne dehors. Vers quatre heures, les enfants iraient rejoindre leurs parents et vers cinq heures, tout le monde sortirait sur les pelouses, désertes en ce moment. On entendait le bruit monotone des becs d'arrosage dont les gouttelettes aussitôt absorbées par l'air brûlant n'arrivaient même pas à toucher le sol.

Moysh était assis à son bureau. Il lança à Michaël un regard désespéré et à bout de forces.

« Que se passe-t-il? demanda Michaël. Le temps n'est plus aux dérobades. Dites ce que vous avez sur le cœur. » Moysh le regarda, ouvrit la bouche, mais ne put articuler le moindre son. « C'est dur pour vous, reprit Michaël en le regardant se couvrir le visage des mains.

— Je ne sais pas, répondit Moysh péniblement.

— Ce n'est pas le moment de s'effondrer. Vous savez que Jojo est encore en prison? Nous n'allons pas pouvoir le libérer de si tôt. »

Michaël essayait une autre tactique. Moysh se taisait.

« Je serai plus précis. Vous pouvez peut-être me dire de quoi vous avez parlé ce matin avec Dave?

— Dave n'a pas d'importance.

— Alors qui en a? »

Moysh resta muet.

« Dites-moi, qui? C'est du temps perdu, vous voyez bien que c'est du temps perdu.

— On ne peut plus me faire peur, répondit Moysh. Je ne sais plus rien.

— Que vouliez-vous demander à Yankélé?

— A la fête de Shavouot, quand mon père est mort, il était de service aux cuisines.

— Mais nous l'avons souvent interrogé à ce sujet. Il prétend n'avoir rien vu. Qu'est-ce qui vous fait penser qu'il a peut-être vu quelque chose?

— Dave, répondit Moysh d'une voix brisée, en repoussant une mèche qui tombait sur son front blême.

— Comment Dave? Que dit Dave? »

Moysh servit d'une main tremblante de l'eau dans le verre en plastique bleu posé sur sa table.

« J'ai du mal à avaler et cette allergie me met à plat. Je n'arrive même plus à boire de l'eau. Au fait, vous en voulez un peu? »

Et il servit Michaël dans le verre qu'il venait de vider.

« Que vous a dit Dave?

— C'était après la réunion plénière de samedi. En rentrant chez moi, j'ai parlé avec Dave. Il m'a dit que, ces derniers temps, Yankélé tenait des propos étranges, que quelque chose le travaillait de nouveau. Dave craignait ses réactions après la réunion. J'écoutais à peine. Mais un petit détail a attiré mon attention. Dave disait que Yankélé parlait tout le temps d'un flacon.

— D'un flacon ? Il vous a parlé d'un flacon ? Il vous a dit quelque chose ?

— C'est-à-dire que je n'ai pas très bien compris à ce moment-là. Mais, ce matin, je m'en suis soudain souvenu, j'ai compris et je suis allé à l'usine. Tout le monde ne peut pas parler avec Yankélé. Je savais que je ne réussirais pas là où vous avez échoué. Alors j'ai expliqué à Dave de quoi il s'agissait et je lui ai demandé de m'aider. Dave a posé la question à Yankélé, qui a fini par dire que ce soir-là, Dvorka était sortie par la porte arrière des cuisines. »

Michaël regarda attentivement Moysh :

« Quel est le rapport avec le flacon ?

— Yankélé l'a suivie. C'est ce qu'il vient de dire à Dave. Il l'a suivie pendant la moitié du chemin. Jusque... jusque chez mon père.

— Et après ?

— C'est tout.

— Comment c'est tout ? Ce n'est pas tout.

— C'est tout ce que je peux vous dire pour le moment.

— Trop tard. Vous en avez trop dit. Vous ne pouvez plus continuer à protéger ainsi les gens !

— La réunion plénière de samedi soir a été très dure et depuis je... je suis encore plus perturbé. J'ai soudain compris que je devais tout repenser autrement.

— Que vous a dit Dvorka ? »

Moysh le regarda, épouvanté :

« Quand ? finit-il par articuler.

— Tout à l'heure, quand vous lui avez parlé.

— Elle n'a rien dit. Comment savez-vous que... Pourquoi me suivez-vous ? C'est lui, le moustachu ? Mais qu'avez-vous donc ? » Moysh s'était mis à crier.

« Que vous a dit Dvorka ?

— Elle n'a rien dit, c'est moi qui ai parlé.

— De quoi ? A quoi pensez-vous ? Dites-le-moi !

— Je ne me sens pas très bien, murmura Moysh en tremblant.

— Dites-moi à quoi vous pensez ! » Moysh posa les mains sous sa poitrine. Il avait le visage gris. « Vous pensez que Dvorka est allée chez votre père ?

— Je ne sais plus que penser. Vous ne pouvez pas comprendre ce que ça peut représenter pour moi ! »

Michaël avait souvent entendu prononcer cette phrase.

« Expliquez-le-moi.

— Elle n'a pas dit la vérité. Vous lui avez posé la question deux fois en ma présence. Et vous l'avez sûrement interrogée seule. Je lui ai aussi posé la question. Elle était amie avec mon père. Elle n'a dit à personne qu'elle savait qu'il était mort. Elle n'a pas dit si elle avait vu un flacon ou non. Je ne comprends pas qui elle protège, pourquoi elle me l'a caché. Pour moi, voir Dvorka mentir, c'est comme... c'est comme... Que Dvorka cache ces choses... » Moysh s'épongea le front : « Je n'en peux plus... Mon médicament est chez moi. Il faut que j'aille le chercher.

— Vous en avez toujours dans votre serviette », lui rappela Michaël.

Moysh fouilla dans sa serviette marron et en sortit un flacon en plastique. Il le regarda et l'agita.

« Il est vide, dit-il en le lançant dans la corbeille. Il faut que j'aille en chercher chez moi.

— Je vous accompagne, déclara Michaël en observant les efforts que faisait Moysh pour s'extirper de sa chaise. Voulez-vous aller à l'infirmerie ? Voulez-vous que j'appelle l'infirmière ou un médecin ?

— Ce n'est pas la peine. Pas de médecin ni d'infirmière. J'ai juste besoin de m'étendre sur mon lit.

Après avoir pris mon médicament, je me sens toujours mieux. Il faut que j'aille le chercher. »

Ils marchaient lentement. Michaël essayait de dominer la sensation de catastrophe qui l'envahissait. Le kibboutz semblait désert, le soleil était brûlant et à la lumière du jour, le teint gris de Moysh paraissait cireux. Ils s'arrêtèrent avant l'appartement de Moysh, qui dit :

« Ça ira mieux. Vous pouvez me laisser. Vraiment. »

Michaël hocha la tête et répondit :

« D'accord, nous parlerons plus tard. Quand vous serez reposé. »

Mais avant de regagner l'ancien secrétariat, il se retourna et se dirigea vers le grand laurier-rose, devant l'appartement de Moysh. Il en écarta les branches, et une guêpe surgit d'entre les feuilles poussiéreuses, mais il ne vit pas Mahlouf Levi.

Quelque chose l'arrêta. Il se sentit regardé et pensa à des forces mystérieuses qui ébranlaient son sens de la réalité. Il était sur le point de repartir quand il lui sembla entendre un bruit à l'intérieur. Il s'approcha de la fenêtre. Étendu sur le carrelage, recroquevillé sur lui-même, Moysh vomissait. Michaël ouvrit la porte. Il n'y avait personne d'autre dans l'appartement. Moysh gémissait maintenant. Un flacon en plastique était renversé sur le tapis, et il s'en échappait un liquide blanchâtre qui d'habitude sentait la menthe. Mais une autre odeur flottait dans la pièce.

Michaël éprouva aussitôt la froide lucidité des grands moments. C'est avec cette voix assurée et efficace qu'il parla dans le combiné :

« Immédiatement. Chez Moysh. »

Puis il se pencha sur l'homme étendu par terre, les membres crispés. Moysh était conscient.

« Vous reconnaissez l'odeur ? lui demanda Michaël, de cette voix douce et apaisante avec laquelle il s'adressait à Youval quand il était brûlant de fièvre.

— Je ne sens rien, répondit Moysh, parlant péniblement.

— C'est bien du parathion ? demanda Michaël.

— Oui. Il y en avait dans le flacon, je le sais. Je vais mourir. »

Moysh vomit de nouveau. Il était blême et convulsé. Michaël comptait les secondes.

« C'est toujours pareil, déclara Avigaïl en enveloppant le flacon. Il m'a fallu quatre minutes pour arriver ici, quatre minutes qui t'ont semblé une heure parce que tu craignais qu'il soit trop tard.

— Si tu n'étais pas venue immédiatement, il serait mort.

— Si je ne lui avais pas fait la piqûre d'atropine sur-le-champ, cinq minutes de plus et il était mort. » Michaël frissonna.

« Mais il y a une chose que tu ne sais pas, dit Avigaïl, et qui m'a fait très peur.

— Quoi ? demanda Michaël, réprimant le tremblement dont il était saisi.

— Si l'on administre à quelqu'un l'antidote du parathion sans qu'il soit empoisonné, c'est presque aussi dangereux. Surtout avec son ulcère.

— Mais il en était sûr ! Je le savais par Kestenbaum, qui me l'a répété cent fois au téléphone. Et j'ai fait confiance à mon odorat.

— Je trouve que nous avons pris trop de risques, persista Avigaïl.

— Avions-nous le choix ? » demanda Michaël avec amertume.

On entendit des bruits dehors. Le téléphone sonna.

« Où es-tu ? s'écria Michaël, furieux. Dis-moi où tu es ! »

Il écouta la réponse tout en faisant de temps en temps « Ah ! ». L'équipe médicale de l'hôpital, convoquée d'urgence par Avigaïl, entra dans le pavillon.

« Nous avons mis un quart d'heure », dit le médecin. Puis, après avoir examiné Moysh : « Si vous n'aviez pas eu d'atropine, il serait déjà mort. »

Michaël Ohayon reposa le récepteur.

« Je m'en vais, dit-il, s'adressant à Avigaïl. Reste ici jusqu'à l'arrivée de l'UNEC.

— Où seras-tu ?

— Chez Dvorka. »

Mahlouf Levi l'attendait dans la pièce. Assis dans un fauteuil en face d'elle, il ne la quittait pas des yeux.

« Il a failli mourir, dit Michaël.

— J'ai fait ce que tu m'as dit. Je me suis posté là-bas et je l'ai vue entrer. Puis je l'ai entendue dans la salle de bains. Je me suis dit : que peut-elle donc faire dans la salle de bains ? Il n'y a qu'une possibilité. Je me suis hissé sur la grosse pierre que nous avons posée là-bas hier. La fenêtre était ouverte, elle ne faisait pas attention. Mais comme il y avait du bruit, je n'ai pas très bien compris ce qu'elle faisait. Je ne pouvais pas regarder parce qu'elle avait la tête tournée vers la fenêtre. Mais le voici. Je le lui ai repris ici. Elle ne parle pas. J'ai sorti de sa poche presque de force ce petit flacon comme des gouttes pour le nez. Le voici. » Mahlouf Levi tendit à Michaël un petit sachet en plastique qui contenait un minuscule flacon. « J'ai pensé que Moysh serait tout le temps avec toi, alors je ne l'ai pas quittée. »

Voyant que Michaël paraissait toujours aussi furieux, il répéta :

« Je le croyais tout le temps avec toi, en sécurité, et je me suis dit qu'il ne fallait pas la quitter. Comment pouvais-je savoir que tu l'aurais laissé seul ? Tu ne m'as rien dit. Et puis... » Mahlouf baissa la tête : « L'appareil de Baruch ne fonctionnait plus, il n'a pas entendu ce que je lui ai dit. Je craignais qu'il ne soit pas là et qu'elle nous échappe ou qu'elle se fasse du mal. Mais nous l'avons prise sur le fait. Ce n'est pas elle qui a achevé Sroulké, elle s'est contentée de prendre le flacon. »

Michaël regarda Dvorka. Soudain, il se rappela à

qui elle lui faisait penser. Son visage ne lui faisait plus peur. Elle baissa les yeux.

Ce n'est que lorsqu'on l'eut emmenée, que les gens du laboratoire de criminologie entrèrent dans la pièce. Puis ils allèrent chez Moysh.

« Heureusement que les appartements sont vides, dit une jeune femme que Michaël ne connaissait pas. Où est la famille ?

— Ils sont allés à la mer ce matin », répondit Michaël.

Il aperçut Avigaïl qui marchait lentement sur le sentier. Elle portait encore sa blouse d'infirmière.

« Je t'accompagne chez toi, dit-il en la rejoignant. Tu peux commencer à faire tes bagages, à moins que tu ne veuilles attendre l'arrivée de ta remplaçante.

— Je ne veux pas rester une minute de plus, répondit Avigaïl. Mission accomplie.

— Comment se sent-il ?

— Ça ira. On lui a fait un lavage d'estomac. Elle lui avait versé une dose généreuse. » Puis elle ajouta, pensive : « Il le savait, Moysh savait que c'était elle.

— Oui, dit Michaël en donnant un coup de pied dans un caillou.

— Ça le rendait fou, bien sûr. Est-on certain que pour Sroulké c'était un accident ?

— Apparemment, répondit Michaël.

— Je ne comprends pas pourquoi Moysh s'est tu.

— Il voulait la protéger. Quand tout le monde forme une grande famille, c'est très difficile. Surtout avec Dvorka.

— Je ne comprends toujours pas pourquoi... Pourquoi elle a fait ça à Osnat. Et toi ? »

Michaël resta silencieux.

« Pourquoi ne me réponds-tu pas ? Tu comprends, toi ?

— Je pense que oui.

— Alors explique-moi.

— Je crois qu'Osnat, puis Moysh, menaçaient ce

qui avait été le sens de sa vie. Mais nous en parlerons. Nous en reparlerons pendant longtemps. »

Ils s'approchaient du studio d'Avigaïl.

« As-tu besoin d'aide ? » demanda Michaël, mal à l'aise.

Elle avait l'air si efficace et sûre de ses gestes. Mais, dans la chambre, à la lumière du soleil couchant, elle lui parut de nouveau vulnérable. Il posa la main sur son bras, elle le laissa faire.

« Avigaïl ?

— Oui ?

— Veux-tu faire quelque chose pour moi ?

— Quoi ?

— Me montrer tes bras. »

Avigaïl lui lança un regard mal assuré et déboutonna les manches de sa chemise sous sa blouse. Puis elle les retroussa jusqu'aux coudes et se détourna.

« C'est tout ? dit Michaël, soulagé. Je croyais que tu... enfin, je ne croyais pas, mais je ne comprenais pas. Ça passera, Avigaïl. »

Et il prit sa tête entre ses mains. Le téléphone sonna. Avigaïl le regarda, puis décrocha le récepteur.

« C'est pour toi », dit-elle.

Michaël l'entendit ouvrir et refermer des portes de placard, puis une sueur froide se mit à lui couler le long de son dos.

« Ce n'est rien, expliqua Sarit. Il n'est pas vraiment blessé. C'est juste une pierre.

— Qui est-ce qui t'a prévenue ?

— Sa mère a téléphoné. Elle m'a dit de te préciser que ce n'était pas grave. Il a juste un bras cassé et une blessure près de l'œil. Il est à l'hôpital Hadassa de Ein Karem. Elle m'a demandé de te prévenir. »

Debout devant la porte de la chambre, Avigaïl posa ses deux valises.

« J'ai un fils, dit Michaël d'une voix tremblante.

— Ah ? Il lui est arrivé quelque chose ? Tu as l'air bouleversé. Il est arrivé quelque chose. Où est-il ?

— A Hadassa, Ein Karem, répondit Michaël, toujours tremblant.

— Qui te l'a dit ? demanda Avigaïl en lui prenant des mains l'allumette qui se consumait.

— Sa mère. J'ai été marié et j'ai un fils. Il est sur le point d'être libéré, de finir son service. »

Avigaïl inspira profondément.

« Si tu veux, je peux t'accompagner à Ein Karem. Je t'attendrai dehors. »

Le téléphone sonna de nouveau. Michaël se précipita :

« Oui... oui... Ça colle bien avec ce que je pensais... Fais-lui signer une déclaration et libère-le. »

Avigaïl attendait avec ses valises. Il mit quelques secondes à éteindre sa cigarette et à les lui prendre des mains.

« Que s'est-il encore passé ? demanda-t-elle une fois installée dans la voiture.

— C'était Benny. La lettre d'Osnat était bien dans le coffre d'Aharon Meroz.

— Je n'arrête pas de penser à Jojo. A ce secret que tout le monde ignorait. Quelle vie ! » Et après un silence : « Après tout, il n'est pas le seul !

— Les gens, dit Michaël, alors qu'ils approchaient de l'hôpital, s'enferment dans des situations fabriquées de toutes pièces. Ils s'inventent des secrets, puis ne savent plus comment en sortir. »

Avigaïl regarda ses mains sans rien dire. Ils étaient arrivés devant l'hôpital. Elle sourit à Michaël et chuchota :

« Tout ira bien avec ton fils. Tu verras. Comment s'appelle-t-il ?

— Youval. Il s'appelle Youval. »

Du même auteur :

LE MEURTRE DU SAMEDI MATIN, roman traduit de l'hébreu par Jacqueline Carnaud et Laurence Sendrowicz, Fayard, 1993.

MEURTRE À L'UNIVERSITÉ, roman traduit de l'hébreu par Jacqueline Carnaud et Jacqueline Lahana, Fayard, 1994.

Composition réalisée par EURONUMÉRIQUE

IMPRIMÉ EN FRANCE PAR BRODARD ET TAUPIN
Usine de La Flèche (Sarthe).
LIBRAIRIE GÉNÉRALE FRANÇAISE - 43, quai de Grenelle - 75015 Paris.
ISBN : 2 - 253 - 14478 - 9

31/4478/9